NF文庫
ノンフィクション

新装版

修羅の翼

零戦特攻隊員の真情

角田和男

潮書房光人新社

序　――真実一路の阿修羅

元第一航空艦隊副官　門司親徳

私が初めて角田和男さんの姿を見たのは、昭和十九年（一九四四年）十一月初旬のことである。すでに神風特別攻撃隊は発動され、つぎつぎに新しい特攻隊が命名されている時期であった。この日、角田少尉は、「梅花隊」の戦果確認機として、マニラの第一航空艦隊司令部の海岸通りに面した前庭で待機していたのである。

私は、特攻生みの親といわれる大西瀧治郎長官の副官として、角田さんと同じ芝生の一角で、別杯の用意などを手伝っていた。すでに、第二航空艦隊もフィリピンに進出しており、二航艦の麾下である角田さんの二五二空も、二〇一空とともに体当たりを決行することに決まり、その一部が司令部に集められたのである。

もちろん私はそれまで角田さんと同じ部隊に勤務したことはなく、言葉を交わしたこともない。

しかし、この時集まった十人余りの隊員のなかで、角田さんの飛行服姿をたしかに見た記憶が頭に残っている。鼻の下に髭を蓄えた、いかにも練達の搭乗員であるが、その顔はやさしく、何より澄んだ目をしていた。命名式が終わって、各隊ごとに写真を撮った。この写真を撮ったのは、毎日新聞の新名報道班員であり、その写真が残っている。（本書二十三ページ）

「梅花隊」「聖武隊」の二隊は、翌日、司令部前の海岸通りを滑走路にして、轟然と南の空に飛び立って行った。私たちは、涙も出ず、胸のなかが慟哭するような思いで彼らを見送ったのだった。

日支事変以来、ラバウル、ソロモン、ニューギニア、硫黄島、台湾沖、そしてフィリピンと、修羅場をくぐってきた角田さんは、ベテランなるが故に特攻隊の直援や戦果確認の任務が多く、仲間や部下の体当たりを見届ける辛い非情な役目を耐え抜き、終戦まで生き延びた。生き残ることは、彼にとって重い負担であったに違いない。

今回、光人社から再刊されるこの「修羅の翼」は、まことに多くの戦友や部下の名前が登場する。それは、角田さんが、亡き戦友のためできるだけ書き残しておきたいという気持の現われに他ならない。搭乗員の方が書いた本は、今まで数多くあるが、十五歳で少年航空兵を志し、中国大陸から、南方の激烈な戦闘に参加し、硫黄島からフィリピンの決戦、そして沖縄攻撃まで、これほど多くの実戦に参加した搭乗員は稀有な存在である。その体験は、角田流の率直な文章により、我々飛行機乗りではない者にも、追体験の醍醐味を味わわせてくれる。

そして、何よりも魅力なのは、角田さんの人柄が全文に滲み出ていることである。上司を慕い、部下を思い、仲間を大切にする。妻子への想いはもちろんだが、時には慰安所の女性にまで同情の念を抱く。その真実一路の戦記は、読者を魅了するに充分であろう。

戦争が終わって三十年ほどたってから、世田谷にある「特攻観音」の慰霊祭で私は、角田さんはじめ二〇一空、二〇五空の人達に会い、その仲間に入れてもらうことになった。それを機会に、かつての戦地に慰霊に行くのが、毎年の習わしのようになったのである。

角田さんたちのツアーで最初に出かけたのは、もちろんフィリピンの特攻隊慰霊の旅であった。クラーク・フィールドの一角、マバラカットの旧飛行場跡にフィリピンの篤志家ダニエル・ディソンさんが建ててくれた記念碑がある。その碑の前で角田さんは、山本栄司令に代わって祭文を咄々と、真情をこめて読んだ。関行男大尉はじめ最初の特攻隊員を死地に送った二〇一空の山本司令は、角田さんがラバウル、ソロモンの修羅場で戦った時の二空の司令でもあった。老齢の司令は参加できず、最も苦労を共にした信頼する角田さんに、祭文を頼んだのである。私たちは、その角田さんが心をこめて読む祭文を涙を浮かべながら聞いたのであった。

これを皮切りに、慰霊団は、セブ、レイテと慰霊してまわった。角田さんはじめ、その仲間や部下が、命がけで飛んだ地域である。体当たりを見届けた部下の年老いた父親に、その時の様子を話す角田さんは、どんなに辛かったことだろう。私たちはセブの飛行場で静かに二人を見つめていたものである。

広い、真っ青に晴れたレイテ湾には、一隻の船も見えず、一機の飛行機も飛んでいない。「この湾が連合軍の艦船で一杯でした。その様子を参謀か飛行長に自分の目で見てもらいたかった」と、角田さんが回顧する。実際の修羅場を経験した人の重い言葉であった。

次に一緒に行ったのは、ラバウル、ソロモン、東部ニューギニアであった。二空（のちの五八二空）時代、この空域は、ガダルカナルの争奪を中心に、空の決戦場であり、角田兵曹長が連日のごとく活躍した戦場である。

もちろん当時、私は彼を知るはずはない。しかし、偶然のことであるが、私が主計隊長をしていた「呉鎮守府第五特別陸戦隊」は、ニューギニアの東端にあるラビの飛行場を占領すべくミルン湾に進入し、ラビの海岸に上陸したのである。占領に成功すれば角田さんたちの二空がその飛行場に進駐してくるはずであった。残念ながら堅固な守りをわずかな陸戦隊で取りに行った我々は、司令以下多くの犠牲者を出して占領に失敗し、ラバウルに救出された。二空の艦爆や角田さんもラビ攻撃に来てくれたようだったが、天候が悪く、我々を応援してくれることができなかったという。そして、その攻撃で九九艦爆三機を失ったうえ、二空の先発地上員として私たちと同行した橋爪整曹長以下もラビで戦死したのであった。

ガダルカナル、ムンダ、ルッセルなどソロモンの島々を慰霊したのち、角田さんと私たちはグループと別れ、四人でラビの海岸に慰霊に行った。人けのないミルン湾の海岸で寂しいけれど思い出に残る慰霊をやったものである。

どこに慰霊に行っても、角田さんのご遺族に対する心づかいは感服のほかはない。そして、その場で戦死した仲間や部下にたいする深い思いは、真似のできない独特の真情にあふれている。

慰霊旅行でも真実一路の人であった。

この本に、反戦の言葉はない。しかし、実戦のありのままの姿と、戦場のヒューマニズムは、溢れるように満ち満ちている。そして戦争について、改めて考えさせられ、多くの人の胸を打つにちがいないと思う。

修羅の翼——目次

第三章　ラバウル・死闘の翼

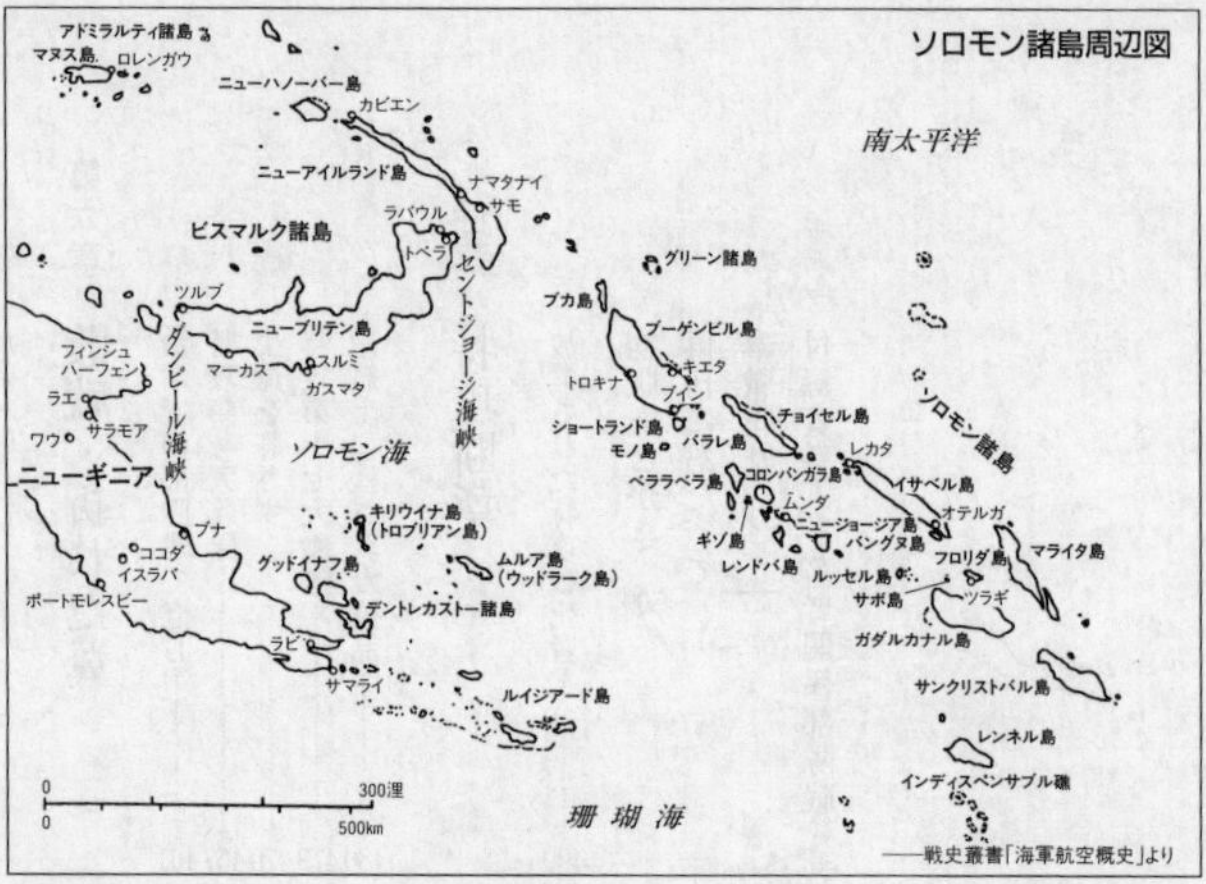

ソロモン諸島周辺図

——戦史叢書「海軍航空概史」より

南西諸島周辺図

フィリピン要図

中国主要航空基地図

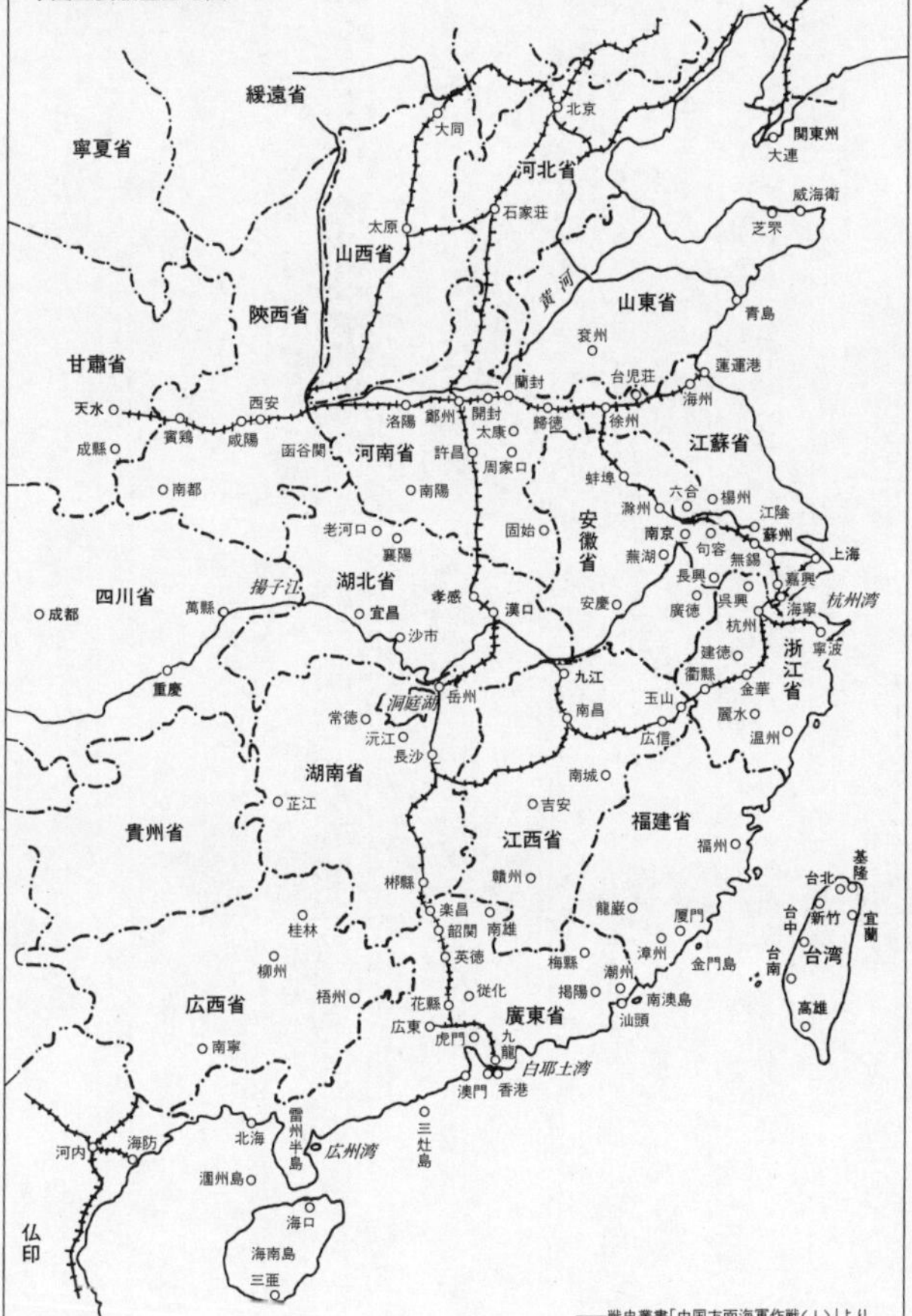

——戦史叢書「中国方面海軍作戦〈1〉」より

昭和18年春、ブーゲンビル島ブインの指揮所裏で撮影された五八二空戦闘機隊員。中列左端に立つのが飛行隊長・進藤三郎大尉、右へ著者・角田和男飛曹長、福森大三一飛曹、1人おいて榎本政一一飛曹、明慶幡五郎二飛曹。後列左から2人目は山本留蔵二飛曹、右後方頭の飛び出しているのが楢原憲政上飛曹。進藤大尉の左に腰を下ろすのは山内芳美二飛曹、前列右端は八並信孝一飛曹、4人目が沖繁国男飛長。写真の21人中、生きて終戦の日を迎えられたのは、わずか3名だという

昭和17年頃、第一種軍装姿の著者。同年4月に飛曹長となった著者は、7月、二空(のちの五八二空)の分隊士としてラバウルに進出、「搭乗員の墓場」と呼ばれたソロモン戦線で、以後10ヵ月にわたって熾烈な空戦を戦い抜いた

昭和12年秋、霞ヶ浦航空隊での第5期乙種飛行練習生時代。手前は教員の小沢寅吉三空曹、後ろに並ぶ練習生は左から井上勝利、沢田秀二、著者の各一空兵。1番若い教員だった小沢空曹は3期生の先輩で、飛行作業の後、著者ら受け持ちの練習生を格納庫の陰でこっそり休ませてくれた。後方の機体は訓練に使用した三式初歩練習機

練習機教程を終えた著者は、戦闘機専修のため昭和13年3月、補修生として佐伯空に転勤した。写真は同期の第5期戦闘機補修生たち(一空兵)で前列左端が著者。ここでは約6ヵ月間訓練が行なわれた

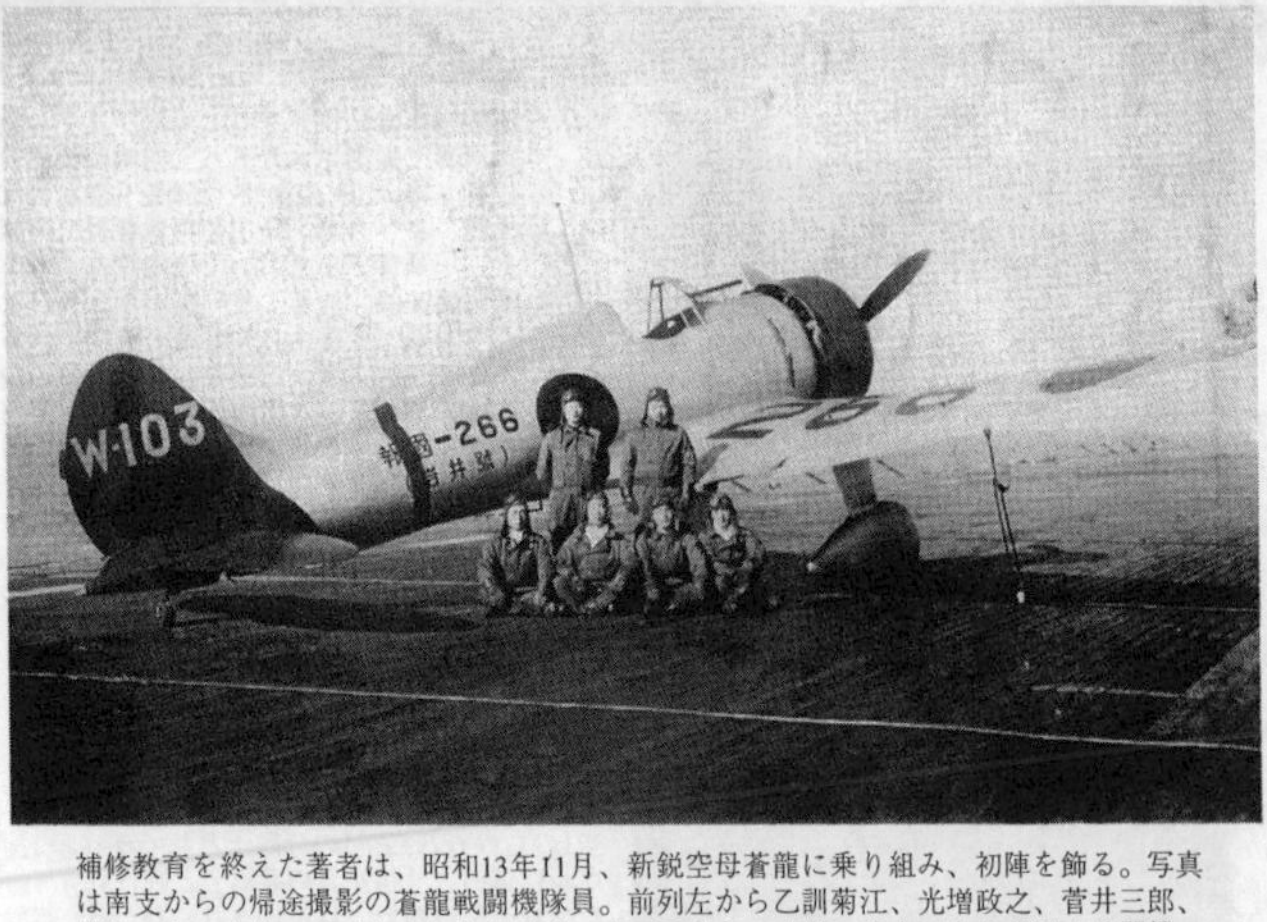

補修教育を終えた著者は、昭和13年11月、新鋭空母蒼龍に乗り組み、初陣を飾る。写真は南支からの帰途撮影の蒼龍戦闘機隊員。前列左から乙訓菊江、光増政之、菅井三郎、著者の各二空曹。後列左から宮部員規、宮田房治各一空曹。後方は九六式艦上戦闘機

漢口基地の十二空搭乗員。昭和15年夏、零戦配備当時の撮影で、2列目左から東山市郎空曹長、白根斐夫中尉、進藤三郎大尉、飛行長・時永縫之助中佐、司令・長谷川喜一大佐、隊長・蓑輪三九馬少佐、横山保大尉、飯田房太大尉、山下小四郎空曹長。3列目左から2人目中瀬正幸一空曹、1人おいて岩井勉二空曹、光増政之一空曹、高塚寅一一空曹、北畑三郎一空曹、大木芳男二空曹、大石英男二空曹、羽切松雄一空曹、三上一禧二空曹。4列目左から6人目上平啓州二空曹、4人おいて著者・角田一空曹、松田二郎二空曹。左は著者操縦の十二空の九六艦戦(大石英男二空曹撮影)

昭和15年から16年、筑波空教員時代の同期教員。前列左から小材義弘、宮本亘、冠谷悟、著者。2列目左から新谷國男、國原千里、武田忠義、大隅梅太郎。後列左から羽野與廣、中舳正彦、井上朝夫(各一飛曹)

昭和17年10月、ラバウルの二空戦闘機隊員。前列左より和田金次郎整曹長、輪島由雄飛曹長、倉兼良男大尉、二神季種中尉、著者(飛曹長)。後列左から森田豊男三飛曹、長野喜一一飛、横山孝三飛曹、山本留蔵一飛、石川三郎二飛曹、生方直一飛、細田一整曹。右の写真は、ラバウル基地に進出した二空の零戦三二型

昭和18年6月2日、著者がブインを離れる日に指揮所前で撮影された五八二空戦闘機隊の記念写真。前列左から鈴木宇三郎中尉、司令・山本栄大佐、隊長・進藤三郎少佐、野口義一中尉、著者、竹中義彦飛曹長。鈴木中尉の左上が長野喜一上飛曹

三沢基地に並んだ二五二空の零戦。左が五二型、右が二一型の列線。マーシャルで壊滅した二五二空の再建のため、著者は歴戦の分隊士として若年搭乗員錬成の中心となった

昭和19年5月27日、三沢基地の二五二空隊員たち。海軍記念日の演芸会が急遽中止となり、司令も交えて搭乗員一同ヤケ酒を飲んでいる。前列左から後藤上飛曹、宮崎勇上飛曹、木村國男大尉、隊長・粟信夫大尉、司令・舟木忠夫中佐、花房飛曹長。3列目左から3人目が著者・角田少尉。約1ヵ月後、二五二空は硫黄島に進出、米艦載機群との熾烈な防空戦でこの写真のメンバーの大半が戦死し、終戦まで生き残ったのは3人である

昭和19年11月６日、著者は不時着先マニラのニコラス基地で、神風特攻隊梅花隊に編入された。写真は当日、特攻隊命名式直後の著者・角田少尉

昭和19年11月11日、マニラ湾岸道路から出撃する梅花隊、聖武隊の両特攻隊。左写真は直掩隊で、先頭が著者の乗る零戦である。下は爆装隊で、１番機が隊長・尾辻是清中尉機。零戦の胴体下に装着された250キロ爆弾がわかる

上右写真と同様、命名式直後に撮られた梅花隊の写真。左から高井威衛上飛曹、和田八男三上飛曹、坂田貢一飛曹、隊長・尾辻是清中尉、著者、岡村恒三郎一飛曹。出撃シーンとともに新名丈夫報道班員の撮影

上写真は昭和20年3月9日、特攻待機中の大義隊員。前列左から鈴村善一二飛曹、高塚儀男二飛曹、藤井潔二飛曹、磯部義明二飛曹、永田正司二飛曹。後列左より常井忠温上飛曹、村上忠広中尉、著者・角田少尉、小林友一上飛曹。左写真は同年5月4日、沖縄南東海面の英機動部隊に突入、戦死した第十七大義隊員。上段は隊長・谷本逸司中尉(左)と常井忠温上飛曹。下段は鉢村敏英一飛曹(左)と近藤親登二飛曹。著者は直掩機として同行、空母3隻に各1機命中(1機不確実)の戦果を確認した。写真が傷んでいるのは、戦後、比島やソロモンでの慰霊祭で著者がアルバムを拡げると必ず途中から雨になり、濡れてしまったため

昭和20年8月、台湾で終戦を迎え、再び着ることはない飛行服姿の最後の写真を写した(台中にて)。著者は本書6ページ掲載の特攻待機中の写真と見比べることで、特攻隊員の心境を察してほしいという

修羅の翼

零戦特攻隊員の真情

第一章　予科練・回想の翼

予科練入隊まで

私が海軍少年航空兵を志したのは、大空に憧れたからではなかった。まして、それほど人一倍国のために働こうなどと考えた訳でもなかった。

昭和五年、館山に海軍航空隊が出来て、たまたま近くの二島浦海岸に不時着した飛行機があり、修理の上現場から飛び立つというので、祖父に連れられて見物に行ったことがあった。

波打ち際から飛び立った二枚羽の飛行機は、上空で数回宙返りや垂直旋回をすると、西の空に向けて飛び去った。

「凄い、勇敢な人だな」とは思っても、自分で真似をしようとは思わなかった。

私は、大正七年十月十一日、千葉県安房郡豊田村（現丸山町）の一貧農の次男として生まれた。それでも父の健在な頃は、村の農家としては中流であったかもしれない。それに、父五郎吉、母かつ、それにまだ祖父寅吉、祖母ふでが働き盛りであった。

房州は昔から牛乳の産地である。しかし、家庭によっては搾乳のできない老人や婦人の家もある、その様な家々を朝の暗い内にまわり、乳を搾り、集乳して回る。そして、日の上らない涼しい内に隣村の工場まで搬入しなければならない。今のような車の無い時代である、荷車を曳いて、雪の日も風の日も休む事はできない。

そんな無理が祟ったのか、十三年一月、父は肺炎が元で、数え年三十三歳になったばかりで亡くなった。兄は小学校の一年で七歳、私が五歳、妹は三歳、弟が一歳の時であった。父が亡くなった夜、私には死ぬ、ということがどういうことか、まったく分かっていなかった。母や祖母の泣くのを不思議に思っていた。

大正末期から昭和初期にかけての農業経済の恐慌時代である。大黒柱の父を失った家庭がいかに困窮を極めたか、想像に難くはないだろう。

小学校五、六年になったころ、学校から帰ってみると近所の菩提寺、日運寺の住職が縁側に腰掛けていた、珍しく、母も祖父母も揃っていた。どの様に話が進んでいたか、和尚は私を見るとすぐに、

「どうだい、お寺の子になってくれないか。学校に上げて、立派な坊さんになれるようにしてやるが」

と、話しかけてきた。突然のことに驚き、返事はしなかったが、別に悪い気もしなかった。子供心にも、一人減ればそれだけ家の暮らしが楽になることは想像できたし、この坊さんに付いて、

檀家を拝んで回るのも悪くない、母や祖父たちが行けと言うなら行っても良いなと考えていた。その後も、二、三回訪ねて来たが、母の反対が強く、この話は流れてしまった。

それから間もなく、今度は祖母の実家より大伯父がやって来た。小学校の先生をしていた跡取りの長男が病気で亡くなり、姉二人はすでに嫁に出て、子供があったが女の子ばかりなので、跡取りに男の子が欲しい。将来はやはり師範学校に入れて教員にしたいが、どうだろう、という相談であった。祖母は当然大乗り気であり、祖父も今度は反対はしなかった。いずれ家を出なければならない次男であってみれば、最高の行先であった。しかし、これも母の反対で消えた。母にしてみれば、父の死に際に苦しい息の下から「子供を頼むぞ」と、言われたことが、忘れられない。自分も「必ず、一人になっても立派に育てるから、心配しないで」と約束したことが忘れられない。何としてでも一人前になるまでは手許に置きたい」と、懇願していた。この頃が一番苦しかった様である。

大正末期には一俵十四、五円した米が、昭和五、六年にはわずか五円になってしまった。地租税を払うのも容易でない。せっかく働いた小作地は、収穫の半分は地主に納めなければならない。私も荷車一杯に米俵を積んで坂道を行く祖父の荷車の後押しを手伝わされたものだった。「これが、全部家のものならなあ」と言うのが祖父の強い希望であった。

ある夜中、ふと眼を覚ますと、人の声が聞こえた。母達はまだ夜鍋の藁仕事をしていた。母の声で、

「今、ブラジル移民の募集を政府がしているが、補助もあって、向こうへ行けば三十町歩の土地

が無料で払い下げられるらしい。いっその事、ここを全部引き払ってブラジルに渡ったら、今よりはもう少し、楽な生活ができるのではないか」と。すると、祖父の弱い声が聞こえる、「俺がもう少し若かったらなあ。三十町歩もらえるにしても、それは山林だろうから、開墾するのに骨が折れるだろうよ」

すでに七十歳近い祖父、若い頃は雨の日に足駄下駄に傘をさして米二俵を担いで米屋まで運んだという力自慢の体力にも、そろそろ限界を感じているのが分かった。

悪い時は重なるもので、小学五年の春、田植えの盛りに兄政雄が赤痢にかかり、私にもうつった。法定伝染病であるため、村の隔離病舎に収容された。三週間余り母の付き切りの看護を受けた。ただでさえ忙しい時期、大変なことだった。

秋になって、登校してみると、先生の話はまったく分からなくなっていた。勉強は面白くなく、ほとんど自暴自棄に陥っていた。それでも小学校に落第は無いので、どうにか卒業、高等小学校に進むことができた。

義務教育が終わると就職していく者も二、三名いる。私の家よりもまだ貧しい家庭があるのだ。これではいけない、高等小学校ともなれば月三十銭の授業料も払わねばならない、本気になって勉強しなければ親に申し訳ないと思うようになり、二週間の春休みに初めて家で夢中になって自習をした。

まったく分からなかった算術も国語も、どうにか中程度の理解ができるようになった。

そのころ、学芸会で綺麗に着飾ったお姫様役の従妹を見て、淡い憧れを抱いた。恋と言うには未だ幼な過ぎた。一年ほど過ぎて、高等科二年の春十三歳になると、結婚を夢見る様になっていた。親戚とはいえ、当時のことだから、女の子とは口一つ利いたことはなかった。

こちらは貧農の二男、相手は自作農ながら次女である、当たり前のことでは結婚できる状態ではない。ただ一つの希望は相手が結婚適齢期の十九、二十になるまでに、こちらが一人前になっており、少なくとも二十歳になるまでに求婚できる生活状態になることであった。私は夢中になって勉強した。しかし、勉強ばかりではどうにもならない。

そんな時、少年倶楽部に海軍少年航空兵募集の記事があった。ほとんど同じ頃、満蒙開拓少年義勇隊の記事もあった。前者は、高等科二年卒業程度の学歴ある十四、五歳の少年より選抜され、将来は海軍航空隊の下級幹部として昇進の道が開かれ、後者は高等小学校卒業後、義勇隊訓練所で一年の訓練を経た後満州に渡り、三年間開拓農業に従事すれば、約三十町歩の耕地が無償で払い下げられるのである。

共に二十歳までには一人前の軍人なり農民になれることを知った。考えている暇はない、飛びつくしかなかった。「大陸非常線」とか、「日米若し戦はば」など山中峯太郎などの軍事小説を好んで読んでいたためもあり、第一志望は航空兵、第二志望を義勇軍と決めた。

いよいよ募集の始まった秋、家人に志願の希望を打ち明けた、心配したほどのこともなく家族一同の同意を得た。いずれ次男坊、どこかへ就職しなければならない。ところが役場の兵事係に申し込みに行くと、私の顔を見ただけで「止めた方が良いのじゃあないか、航空兵はとても難しいから、やるだけ無駄だよ」と、とり合ってくれないのを、頼み込んだ。「仕方無いなあ」とぶつぶつ言いながら、手続きだけはしてくれた。

十二月、館山小学校で徴兵検査が行なわれた、各兵科に混じって少年電信兵、航空兵志願の小学生も三十名ばかりいたが、まず数学の試験で三分の一が落とされた。次の試験は受ける必要無し、帰ってよろしい、という訳である。国語が終わると身体検査、少年電信兵と航空兵志願者には、それぞれの適性検査もある。残り少ない人数の中で、一応最後の適性検査まで行った。

もう、その頃はほとんど合格不合格は決まって、終了式を待つばかりであった。私は徴募官の一番偉い大佐の前に呼び出された。

「お前は実に惜しい。数学は百点、身体検査、適性検査共に申し分ない優だが、国語の点数が五点足りない。七十点あれば合格できるんだが、六十五点である。どうだろう、まだ年は若い、これから一生懸命勉強して身体を大事にし、来年もう一度受けてくれないか、このまま落としてしまうのは惜しい」

やはり駄目だったか、しかし不安に思っていた身体検査には徴募官から太鼓判が押されて、後は不得手な国語だけである。一年あれば何とかなる。希望はかえって大きく膨らんだ。この年、安房郡からの合格者は無かった。

高等小学校二年を卒業すれば、どこかへ就職しなければならないが、家人に頼んで、午後は百姓の手伝いをすることで午前中開講している漢学塾に入れてもらった。まったく本から離れては、次の受験が難しくなる、と考えたからであった。苦しい生活の中にも、これには母の力が大きか

昭和９年６月、横須賀海軍航空隊で二次検査に合格した第５期海軍予科練習生たち

った。母は小学校四年しか行っていない。明治時代の義務年限である。五人兄弟の末子である母は、高等科に入りたくて泣いて頼んでも入れてもらえなかった。その時の辛さを、母は死ぬまで忘れていなかった。

こうして今は館山市になっている、館野村の漢学者、林信太郎先生の塾、時習舎に通うことになった。

先生は、四書五経に通じ、自分では教科書を持たずに論語、孟子、詩経等の講義を空《そら》んじていた。しかも、自分の朱子学だけでは、若者の心を片寄らせる危険があるからと言って、日曜日には館山の禅道会館に案内され、鎌倉円覚寺の大橋鉄眼大僧正の直接の講義を受け、また官幣大社安房神社の宮司稲村真理先生の神惟《かんながら》の道の講義も受けさせられた。

禅道会では、主催者政友会の元大臣・大石正己翁の目に止まり、当時館山航空隊に在勤していた間瀬平一郎兵曹を兄弟子として紹介していただいた。間瀬兵曹は、その頃空中火災に遭ったが、陸上の民家に被害を与えることを恐れ、燃える愛機を海上まで操縦して、初めて落下傘降下をしたため、相当な火傷を負ったが、海軍からは沈着適切な処置であるとして、特別善行章一線を付与され、また、大石翁からは禅の道を極めたる者として、銀時計一個を記念に贈られた。

私は、志願はしても飛行機のことは余り知らなかったが、この時、「よし、俺も間瀬さんのような立派な戦闘機乗りになって、国のために働くぞ」と決心を新たにした。

昭和九年二月、今度は北條小学校で徴兵検査が行なわれた。禅道館の隣りである。前回は南三原より北條まで汽車で行ったため、滅多に乗ったことのない乗り物にすっかり酔ってしまい、失敗したこともあったので、今度は一人で自転車で早く会場に向かった。

航空兵志願者は、四、五十名いたが、二度目のことなので順序も様子も分かり、落ち着いて受験することができた。館山より来た半沢行雄と二人が合格と決まった。さすがに嬉しかった。まず、人生の第一難関を突破することができたのである。

第二次試験は、横須賀海軍航空隊で、昭和九年六月一日より四日間にわたって行なわれた。毎日何人かの不合格者が荷物を持って帰される。不安な四日間であった。合格発表となり軍服に着替えるまで祖父が付き添っていてくれ、着替えの荷物を持って帰った。初めて外に出た孫の心配と、二次試験に落ちた場合のことを考えて、祖父は東京の親戚に就職口を頼んであったのである。

何しろ出発の際は、隣り村の駅まで祝入隊の大幟りを立て、青年団、小学校の全生徒、村の有志ら大勢に万歳の声と共に送られて来ているので、試験に落ちました、では済まないのだ。

半沢の父は三日目には帰っていった。私は合格の喜びも大きかったが、駅の名前も読めない祖父が寂しそうにして一人帰って行く後姿が心配でならなかった。

少年航空兵

海軍少年航空兵、正しくは、海軍予科練習生という。後に飛行予科練習生と改称され、さらに新しく甲、乙、丙、特乙種ができて、私たちは乙種飛行予科練習生と称されるようになったのである。

軍隊生活の話を聞き、予想はしていたものの、新兵一年間の教育は厳しかった。一般社会と同じ教育注意をしてくれるのは、最初の一週間だけである。一週間過ぎてなお間違ったことをしたり、できないことがあれば、必ず罰直がつく。鉄拳であり、バッターであり、制裁の方法には事欠かない。

予科練入隊直後の著者。当時満15歳

欠礼したと言って、軍靴で頰を殴った四期生もいた。しかし、最上級生の三期生には、一般に親切な指導を受けた。たまに殴られることがあっても、充分納得できる理由と愛情がこもっていた。

個人的にも、同じ丸山町出身の平井宗二さんは特に温和で、細かい所に気の付く人で、何かと身の回りのことまで面倒を見ていただいた。館山市出身の鈴木義雄さんと共に長身のがっちりした体格で、運動部の選手であった。特に鈴木さんは柔道部の主将でもあったので、級でも顔が利くようであった。

この二人の先輩には随分と色々な場面で庇ってもらったものである。また、教班長にも恵まれた。通信専門の岡部住吉二等兵曹が私たち六班の受け持ちであった。二百名の練習生は十二班に別れ、三班をもって一組を形成していた。

私の組は、二、四、六班であった。岡部教班長は決して練習生だけを殴ることはしなかった。班員は十七名、どうしても罰直を行なわなければならない時は、班員を二列に並べて向かい合わせ、お互いに殴り合いをさせた。その時、

「お前たちが悪いのは、俺の教え方が悪いからだ」と自分も列に入り、同じように殴らせていた。向かい合った班首席の伍長・中瀬正幸は、教班長を殴ることはできない、と泣きそうになって断わっていたが、本気で殴るまでは許してもらえなかったものだ。

予科練の食事は、育ち盛りのため、一般兵の食量よりは増加されていたが、それでも足らない、カロリー計算上は充分なのだろうが、空腹感はどうしようもない。教員は三日の内二晩は外泊できるが、この外泊日には夕食を食べずに出た、一人前の食事を練習生に分配してくれたのである。

しかし、ただ一つ、この教員にも納得のできないことがあった。家族との通信である。父の亡い私は母宛に手紙を書く、当然母から返事が来る。これが教班長の眼に止まり、教員室に呼びつけられた。「女名前の手紙など女々しい、軍人らしくきっぱりしろ」と言われる。「父は亡くなりました。祖父は、文字が書けません」と説明しても、「兄か弟がいるじゃないか、女名前など意

気地がない」と言う。これぱかりは素直には受け取れなかった。教育勅語にも、父母に孝に、と教えられているのにどうして母に手紙を出すのが悪いのだろう。しかし、上官の命令では仕方ない、それ以後は内容は母でも名前だけは祖父の名前を使って書いて来るように母に連絡した。何か親を軽んじ不孝をしたようで、長く気にかかった。

その中でも、伍長の中瀬だけは毎週必ず分厚い封筒の手紙が女姓名で届いていた。何度となく教員室に呼び出され、長い間説教されているようだったが、予科練在隊中は遂に止めることはなかった。教班長もこれには匙を投げたようであった。内容は聞いたことはないが、恋人らしいことは分かり、羨ましく思ったものだった。座学、実技共に大原に次ぐ優秀な成績だったので、見逃してもらえたのかも知れない。

暇があれば聖書をひらいていた同期生の菊地義盛

教室の左隣りは、四班次長の菊地義盛であった、同じ千葉県出身でもあったが、彼は学歴は小学六年卒業であった。その故か、私よりはなかなか世間慣れしており、軍隊内のことも批判的であった。暇があれば聖書を読んで、私にも良くすすめてくれた。体格は細身で、しなやかな作りであった。

体育時間、余りくにゃくにゃしているのを見兼ねた分隊長・唐木大尉より一発殴られた。士官教官が自ら手を出すのはよくよくのことである。

ところが菊地は、平然としてかえって斜になって分隊長の前に摺り寄って行った。何をしているのか、変なことをするな、と思って見ていると、分隊長も不思議そうに一、二歩下がった。さらに摺り寄って殴られなかった方の右頬を突き出して「こちらもどうぞ」とやった。私たちも驚いたが、分隊長の顔も怒りのためさっと赤くなった。それより早く周りで見ていた教員たちが「貴様ッ」とばかり殴りかかっていった。

顔の形の変わるほど殴られても「汝左の頬を打たれなば右頬をも出せ、だ。殴って気が済むなら気の済むまで殴ってもらおう」と、万事がこの調子なので、私の組では、精神教育と称して彼が一番叩かれ通したが、遂に信念は曲げなかった。

その故かどうか、座学の成績は良かったが、一年修了と同時に予科練は止めさせられ、整備兵として本隊に転勤させられた。

十九年末、比島クラークで会った時は、飛行兵曹長（偵察）として陸攻部隊にいたが、翌二十年戦死した。どうして予科練を志願したのか、どの様な気持で十年余もたった一人の戦いを続けたのか、考えると気の毒でならない。

ある夜、温習時間に当直の歴史担当の若い君塚文雄教官に教官室に呼ばれた。上級生から宣統帝と渾名されている、貴公子風の穏やかな教官であった。入って礼をすると、ニコニコしながら、「角田練習生は小学校の頃の先生を覚えているか」

と、聞かれた。何の考えか解しかねて、黙っていると、

「一、二年の頃、君塚という女の先生に教わったことはないか」と言う。「覚えております」と答えた。確か遠縁に当たる親戚だと母から教えられていた、美しい先生であった。「あれは僕の姉だよ。姉も教えたことがあると覚えていたよ、しっかり頑張れよ」と励ましてくれた。

世の中は広いようでも狭いものだ。教官の中に知人がいるということは、何か心強い気がした。二年生になると、次の六期生が入隊して来た。この級の分隊士として宮崎特務少尉が転任して来た。陸戦砲術武技等の教官で、銃剣術は五段、海軍でも一、二の腕前ということだった。この人にも当直の晩、教官室に呼ばれた。顔を合わせるなり、「お前が五郎さんの子供か」と聞かれ、驚いた。返事をする暇もなく、「今、練習生の履歴書を見ていたのだが、お前の名前を見て驚いたんだ。お前、豊田村から海軍士官の出ている話を聞いたことはないか、影山とは同年兵なんだが」

そう言われて、入隊の時予科練まで送って来てくれた在郷軍人会会長の影山兵曹長が「同じ砲術科で、まだ現役に残っている者がいる」と話してくれたのを聞いたことがあった。「小学校の時は、五郎さんより一級下だった。勉強敵だった。今は養子に入って宮崎と名前は変わっているがな」と、私の知らない父の子供の頃の話など一時間余り聞かされた。

この人には、苦手の砲術、体育、陸戦、銃剣術等、卒業まで教わった。しかし、親しみを覚えると共に、ちょっとがっかりした。なにしろ父親の同級生がまだ少尉では、海軍というところで出世するのは思ったより容易なことではない、と気が付いたからである。この方は終戦となり、少佐で復員された。

二・二六事件

昭和十一年二月二十六日、二年生の冬である。朝より珍しく横須賀は大雪であった。課業は初めは平常通りであったが、午前途中で総員集合が行なわれた。部長内田中佐より、

「今朝東京方面に於て陸軍の一部が叛乱を起こし、重臣を襲撃し、海軍出身の総理大臣・岡田啓介大将はじめ斉藤實大将、鈴木貫太郎大将等が暗殺された模様であるが、詳細はまだ不明である。練習生は流言に惑わされず、特令なき限り平常通り課業を続けるように」

との主旨の説明があった。しかし、武官教官、教員の興奮は相当なものであった。詳しい説明はないが、ただ海軍出身の政治家が多く狙われたということで、陸軍と一戦も辞せず、の気概が見受けられ、いやな感じであった。菊地が一年生の時、精神教育の際質問したことがあった。

「軍人勅諭に、軍人は政治に拘わらずと教えられているのに、どうして大臣になっている人がいるのですか」

「大臣は天皇陛下の親任によるもので、勅諭とは別だ」と言う分隊長の返事は物足りなく感ぜられた。

翌日早朝、警急呼集が行なわれた。全員陸戦用意の武装をして整列した、叛乱軍の鎮圧に向かうことになり、各自にずっしりと重い小銃実弾が百二十発ずつ配給された。砲術教員の班には機関銃が配備された。宿舎内に一時間待機のまま、その日は暮れた。

夕食後同じ班の親友・福田政雄が密かに話しかけてきた、

「どうだ、角《つの》、教官の説明と陸軍の主張を聞いて、お前はどちらが正しいと思うか、俺はどうも陸軍のやろうとしていることの方が正しいような気がするんだが」と言う。聞いても驚きはしなかった。昨日から何かもやもやした頭の中が「スッ」と晴れたようだった。故郷の農村の疲弊《ひへい》を思えば、このままの状態ではどうしようもない。それでも国には財閥貴族というものがあり、豊かな暮らしをしている。何とかしなければならない、それをする道を開くのが蹶起部隊である、と思っていた。


陸軍内部の皇道派とか統制派とか言うのは、戦後知ったことである。

「俺もそう思うよ」と答えた。陛下に背くのではない、君側の奸を除くのである。

「では、やるか」「どうする」「明日にも現場に到着したなら、機を見て武器を持ったまま陸軍側に飛び込もうよ」


東京の地理には暗い、難しいことだとは思ったが、日頃より温厚沈着であり、数ヵ月の年長者でもある福田には一目置いていた。彼は、

「俺に指揮は任せてくれないか、外にも同志を誘って飛び出す時は俺がみんなに合図をするから」と言うので、

「良し、任せよう」と、答えた。


翌朝、彼の話では、あれから大丈夫と見込んで話しかけ、同意を得た者は、浜田徳夫、丹生重

男、川元宏、山下魁、吉村幸男の五人で、これ以上は危なくて話しかけられない、と言う。私は日頃信頼していた中瀬の意見を聞きたいと思ったが、福田は、「あれは危ない、話せば止められるに決まっている。外に洩らされては終わりだから止めてくれ、俺たちだけでやろうよ」ということになった。

二十八日も課業は平常通りだが、一時間待機は続けられた。二十九日、雪溶けの中の練兵場で陸戦演習が行なわれ、航空隊本部前に特別陸戦隊の集合が命ぜられた。いよいよ出動だな、と緊張したが、一部の斥候隊が市内に派遣されただけで演習は終わった。そして、叛乱軍は降伏したと伝えられた。残念であったが十六歳の籠の鳥のような生活の少年たちが、武装して隊を離れ、道不案内の現地まで駆けつけることは、到底不可能なことであった。

以後、仲間同士でこの話に触れたことは無かったが、気の合う同士、良く外出日には追浜より湘南ハイキングコースを歩き、神武寺の静寂さを訪れ、鎌倉に下りては鎌倉宮に参拝した。宮の裏に大塔宮の押し込められた洞窟というのがあった。昔からの本物だとは思わなかったが、夏も涼しい岩屋の前に揃って、しばらく礼拝したものだ。

志潰えて命を断った陸軍の士官たちと、悲劇の親王、大塔宮の故事とが同じように心の中で重なっていた。

今も、私はあれは間違っていなかった、と思う。あの人たちの手によって財閥解体、土地解放が行なわれたならば、その後の日華事変や大東亜戦争は起こらなくて済んだのではないか、

二年程前、五・一五事件にもかかわりあったと聞く五八二空の二代目副長・五十嵐周正元中佐

を訪ねたことがあった、折を見て、

「北一輝の言う日本改造論は読んだことが無いのですが、あれは国のためにならない共産主義だけだったのでしょうか」と聞いてみた。副長は遠い昔を偲ぶようにして、

「一輝《いっき》の改造論、あれは共産主義とは紙一重だったなあ、右翼も左翼も紙一重の差じゃあないのかな」と話された。

「副長は、二・二六事件をどのように考えておられましたか」と、思い切って尋ねてみた。

「俺はな、あの時、大村航空隊にいたのでなあ」と、言葉を濁し、

「村中陸軍大尉がね、大村まで訪ねて来てくれてはいたんだが……」

そして、是とも非とも言われなかった。遠い昔のこと、それ以上は私も聞かなかった。副長は今も健在である。

予科練生活

一年生の初めは執銃教練が多かった。四班に中島道行という少年がいた。座学は成績順に並ぶが、教練は身長の高い方を基準に並ぶ。中島は私の左隣りであった。訓練を始めてまだ半年もたたない内に、駆け足を始めると咳をするようになった。おかしいとは思ったが、苦しそうな様子は見せず、頑張っていたが、間もなくときどき咳と共に血を吐くようになった。素人にも結核らしいと分かった。

結核となれば兵役免除である。しかし、どうして帰れようか、私は足を踏み間違えた振りをし

て彼の吐いた血を大急ぎで踏みにじった。教員や教官に見つからないためにである。早く療養すれば治ったかも知れなかったが、石にかじりついてでも卒業しなければ、と間違った友情が彼を免役一号にしてしまい、間もなく死亡したと聞いた。

庇っていたのは私だけではなかったが、三年間の予科練生活中に他にも死亡者八名、免役者二十八名、近眼等で他兵科に回った者十七名、次期への編入者八名と、合計何と六十二名の脱落者を出している。いかに五期生の訓練が激しかったかが想像されよう。

二年生になったある日、直接受け持ちではない先任教員に呼ばれた。

「角田練習生、もっと頑張らなくちゃ駄目だぞ。成績の良い者を見ろ、北海道や九州、四国の様に出身地の遠い者ほど成績が良い。千葉、茨城は人数は多いがこれといった優れた者が少ないのは故郷が近くて努力が足りないためだ。遠方の者は、みんな死に物狂いになって勉強しているのだぞ。

ところで、お前の勉強法だが、お前の体力で全科目に上位を狙うのは無理だ。予科練の成績は普通学に重点が置かれているのだ。千点満点として数学、国語、英語、物理、化学、地理、歴史で大体七百点、残りの三百点が軍事学、武技、体技、精神教育となる。たとえば国語の満点は百点だが、武技の有段者、体育の選手など、満点でもそれぞれ二十点か十点である。短艇などいくら一生懸命にこいでも、最高十点くらいなのだ。体をこわしては何にもならない、武技、体技等は落第にならないよう中位を狙え、そして普通学の方に力を入れて満点を狙え。そうすればお前の成績なら十番は難しくとも、少なくとも二十番以内には入れるはずだ。

予科練２年生時代の同班員。前列左から大河原宏、中瀬正幸、後藤教員、丹生重男、著者。２列目左から山下魁、廣瀬満男、河野勝、福田政雄、浜田徳夫、野田清司。３列目左から井上勝利、加藤不二男、沢田秀三、川元宏、植松保

この予科練の成績はな、卒業後も海軍にいる間は一生考課表について回るのだ。実技の方は飛練に行ってからでも遅くない。飛行兵の実力は操縦術だ、短艇漕ぎや銃剣術で病気になっては元も子もない。『兵学や実技は体力に応じて、普通学には全力をかけて』これがお前に適した勉強のコツだ」

と教えてくれた。他の鎮守府出身の者に負けないように頑張れと、これは訓練を受ける上に非常に役立った。海軍式の要領良くやれということかも知れなかった。

大阪出身の大原は、普通学、武技、体技共に優れ、三年間首席の座を続けていた。しかも課業時間内以外はいつも休憩していた。私は試験前ともなれば巡検後人の寝静まった頃まで、明るい常夜灯を捜して教科書を持ち歩いたものだった。

誰もが気のつくのは便所内で、ここは大抵満員だった。海岸のダビットに明るい常夜灯があったが、辺りが丸見えで、隠れる所がなく、残念だった。巡検後起きていることが教員に分かれば、当然バッターである。

一番安全で、余り練習生仲間でも気のつかなかったのは化学教室の隅にある写真室であった。ここは暗室があるから中で煌々と明かりをつけても、光は絶対に洩れない。眼を悪くする心配もなかった。しかし狭いので、時間を見計らって行くのが大変であった。遅くなると十人くらいしか入れない部屋は一杯で、みな満員電車の中の立ち読み同様であった。

日頃恐ろしい四期生もいたが、「お願いします」と頼めば、不思議にここだけは親切に割り込ませてくれた。

三年生になった夜中の一時頃、光を求めて風呂場に入ってみたことがあった。薄暗いが電灯がある。しかし、とても本の読める状態ではなかった。風呂場には天井が張ってない、百人は一度に入れる大浴場の屋根は高く、七、八メートルはある。梁の下にポツンと一個暗い裸電球がぶら下がっていた。

何気なく上を見上げて驚いた。到底私など足元にも及ばない天才だとばかりに思っていた大原が、高い梁の上に腹這いになっていたのだ。人の気配に気がついたのか、凄い顔をして見下ろしていた。足場もない梁の上に、どうして這い上がったのか、下はコンクリートの床である。危険この上もない。私にはとても真似はできなかった。顔淵《がんえん》の曰《いわ》く「人之を一度すれば、我之を百度す」と。首席の大原でさえこのように人知れず勉強していた努力の結晶であることを知った。

罰直と称する鉄拳も、バッターも、二等航空兵となり最上級生ともなればずっと緩やかになる。行軍も辻堂演習も、艦務実習も、今となっては楽しい想い出である。

昭和十二年六月一日には、善行章一線をつけた一等航空兵となり軍艦長門《ながと》に乗っていた。夜の甲板整列も、バッターを持って文句を並べるのは、大抵この善行章一線の一等水兵の仕事であり、下士官は見ているだけである。私たちも見学の立場であった。

長門の艦務実習中に、もう一組の艦務実習生がいた。短期現役兵という師範学校卒業後海兵団に入った人たちであった。私の分隊にはいなかったが、副砲分隊などでは猛烈に厳しい訓練と罰直で、休む暇も無いようであった。わずか一年で下士官として退団していける訳だが、普通の兵隊が四年かかる所を一年で仕上げるのだから大変である。

長門での艦務実習中、同じ分隊だった間立弘一水

私の小学校の一級上で、首席優等生の久野田耕さんという人がいたが、ちょうどこの時艦に乗り合わせていた。まだ三等兵であったので、徹底的に絞られている最中だった。話もロクにできない、一等兵と親しく話している所を見つかれば、またバッターものである。

私の分隊には昭和八年志願の時一緒に受けて合格した間立弘一等水兵がいた、古参であり、私には遠縁の親戚でもあったので、色々と特別世話になった。しかし、久野田さんの方は、まだ三等水兵だし、分隊も違ったので、可哀相だが手を出して助けることができなかった。私も酒保より菓子など買って来ておいて、誰もいない隙をみて、手渡すくらいが関の山であった。

七月二十八日、長門で艦務実習中、突然予定を繰り上げて退艦、予科練に帰ることになり、佐伯湾で潜水母艦迅鯨《じんげい》に乗り換えた。支那事変勃発により艦隊が臨戦態勢を整えるためであった。

八月三日、繰り上げ卒業式が行なわれ、在隊の六、七、八期生たちに送られて、偵察員は本隊に、私たち操縦予定者は茨城県の霞ヵ浦海軍航空隊へと出発した。

霞ヵ浦航空隊

霞ヵ浦航空隊は、前年一ヵ月間検定飛行を行なった所なので、古巣へ帰ったような感じであった。ここで水上機専修者は霞ヵ浦湖畔の水上班(後の土浦海軍航空隊)に、私たち陸上機専修の四十三名は本部のある陸上班の教育分隊に入った。

他に飛行機の整備訓練のために、飛行隊定員分隊があった。新しい班別と共に、練習生三人に一人の専任教員も決められた。教育分隊の教員だけでは人数が足りないので、定員分隊の下士官も教員として数名応援された。私と井上勝利、沢田秀二の三人は、最初定員分体の大坪教員の教えを受けた。

教員は艦攻出身の二空曹で、温厚な人であった。機上でも地上でも大きな声は出さない、もちろん手を上げるようなことは絶対に無い。丁寧な教え方で随分助かった。

八月十六日より飛行訓練が始まった。この頃より支那事変の影響か、教員の異動が多く、三式初歩練習機の訓練も、十月十五日より小沢教員に代わった。やはり定員分隊であった小沢（現田中）寅吉三空曹は、先輩三期生であり、一番若い教員であった。

三式初練は、飛行場の端、荒川沖駅のすぐ近くにある第一飛行隊にあった。練習生は朝食の片付けが終わるとすぐ整列、四キロの道を駆け足で格納庫まで行く。そして飛行作業が終わると、油に汚れた機体を廃油できれいにふき取り、教員の講評を聞いて、また兵舎まで四キロの駆け足をしなければならない。

汗と油にまみれての、この清掃作業は疲労が激しかった。ところが、小沢教員は、ほかの教員の眼を盗んでは私たちを涼しい格納庫の陰に呼び出してくれた。清掃の方は定員分隊の機付の整備員に頼んでくれて、ゆっくりと休みながら、操縦の講義をしてくれたので、ほかの練習生に比べると随分助かった。

午後の座学は、水陸班共一緒である。講堂が水上班の場合は、昼食後休む暇もなく一キロ余の坂道を駆けなければならない。着陸や通常の空中操作は、穏やかな大坪教員に、特殊飛行は戦闘機専門の小沢教員に教わり、これも好運であった。

十一月二日より、第二飛行隊の九三式中間練習機に移った。教員も定員分隊の剣持清二空曹に代わった。教員分隊受持の教員は、全期間を通じて同じ練習生を受け持つが、私のペアは、他にも伊達教員、佐藤空曹長と盥回しされ、教える側の教員にも色々と癖のあることが分かった。

剣持教員は艦攻出身であった。一般に定員分隊の教員は操縦以外のことに関しては教育分隊の教員のようなうるさいことは言わず、優しかった。

一応訓練も進んで、明日から特殊飛行という時、教員より将来進むべき希望機種を聞かれた。身体の大きな沢田は艦攻、井上は艦爆を希望していた。教員が艦攻出身ということは分かっていたので、言い難かったが、私は戦闘機を希望した。

教員はちょっと困ったように、「そうだろうなあ、戦闘機に行きたいだろうな」と呟き、「俺は明日から風邪をひくからな」と言われた。次の日教員は、目だけ残して大きなマスクをして指揮所に現われた。飛行隊の兵舎は違うので分からない。誰も本気にしており、病気になっても飛行場に出て来る熱心な教員だと思っていた。

教員が風邪では特殊飛行の同乗はできない、こういう時は、分隊士が代役をしてくれる。佐藤空曹長と小福田中尉が代役をしてくれ、時々は飛行隊長の和田鉄二郎大尉も同乗してくれた。共に戦闘機乗りであり、卒業検定の特殊飛行の試験官は、佐藤空曹長と先輩一期の安部安次郎教員であった。自分ながら落ち着いて満足できるできばえであった。

後日、自分が教員となってみて、初めて剣持教員の温情が分かった。艦攻教員は、幾ら上手でも、宙返り一つにしても戦闘機乗りとは違ったものがあるのだ。こうして、私の組は三人共それぞれ希望機種に進むことができた。

三月十五日、霞ヵ浦に於ける練習機教程を終了した私たちは、左腕に飛練のマークを付け、形だけは押しも押されもせぬ一人前のパイロットとして、戦闘機専修のために、佐伯海軍航空隊に

霞ヵ浦空の練習生時代、九三式中間練習機の前で。左から中川静男、著者(後方)、剣持清教員、木村英一。剣持教員の配慮で著者は希望どおり戦闘機教程に進むことができた

転勤した。何か用事があって、田中正臣大尉が同行してくれた。

佐伯空は、戦闘機ばかりの延長教育部隊であり、私たちはまだここでは補習生と呼ばれた。先輩四期生、操練の三十八、三十九、四十期の古い級が午前午後に別れて猛訓練を続けていた。今度は飛行機の操縦訓練ばかりでなく、実戦訓練なので、霞空とはまた違った活気があった。

私たちの教官は新郷英城中尉（五月に大尉）分隊長、分隊士は欠員、先任教員は先輩一期の山口弘行一空曹。他は全部一年先輩の八年志願兵の菅井三郎、岡本重造、乙訓菊江、内藤千春、原田要の各三空曹教員であった。

すでに、全員戦場の実弾を潜って来た者ばかりであり、張り切り方も違っていた。補習生といっても、練習航空隊と違い、ここでは罰直も駆け足もなく、訓練の厳しい割に精神

的には胸を拡げて勉強に励むことができた。予科練では一年先輩の四期生には随分痛めつけられたが、ここでは搭乗経験の差と、年齢的にも差のあったためか、みな弟のように和やかに指導してくれる、良い教員ばかりであった。

ここでは九〇式艦上戦闘機の複座機による操縦訓練より始まり、単独の離着陸操縦訓練、編隊飛行、基本攻撃、射撃、追躡、夜間定着、急降下爆撃、空戦と、約六ヵ月間で一通り終わり、機銃の整備、羅針儀の修正など搭乗員として必要なことは大体教えられた。

訓練も順調に終わるかと見えた八月半ば過ぎ、暗夜の夜間飛行訓練が行なわれた。飛行場には滑走路幅を示す着陸灯が両側に数個並べられる。着陸角度を示す赤青の誘導灯、着陸後直進するために前方に目標灯（白灯）一個が置かれる。

この夜は風具合によって目標灯の左側に弾火薬庫の存在を示す赤灯がつけられていた。交代して何回目かの離陸をしようとした丹生重雄が、何を感違いしたか左斜めに滑走して、この赤ランプを目掛けて離陸を始めた。「あッ」と思った時は誰にもどうしようもなかった。このまま直進して、わずかに離陸できるか、と思った時、グァーン！　と大音響と共に火薬庫の掩体にぶつかってしまった。後は静寂である。

一生懸命走った。まず殉職、少なくとも重傷は間違いないと思われたが、闇の中に転がった機体の側に、何と彼の忙然として立っている姿が懐中電灯の光に照らし出された。機体は廃機とするしかなかったが、搭乗員はかすり傷程度で助かった。本人の運の良さもあるだろうが、人間の

体とは随分強いものだな、と驚いた。新郷分隊長は、

「赤ランプに向かって飛ぶ奴があるかッ」と、一言叱っただけであった。

さらに訓練も積んで卒業間際の九月六日、急降下爆撃の査閲中に今度は、半沢行雄の飛行機が目標に向かって急降下に入った途端、火を吐いた。私の小隊は爆撃を終わって空中に集合中であった。見ていると、次の小隊が爆撃コースに入っている。高度千五百メートルより突っ込み、七百メートルで一キロの模擬爆撃を投下する訳であるが、半沢機はたちまち火達磨となってしまった。

上空から見たのでは、ほとんど自爆かと思われたが、高度五十メートルくらいで火の玉の中から白く落下傘が飛び出し、パッと開いた。しかし、開くのが早かったか、着水するのが早かったか、分からない。胸がどきどきしていた。

ところが、目標近くに落下傘が白く浮かんでいるのに、次の小隊の中にはまだ気付かず、爆撃を続行している者がいたのには驚いた。後に本人に聞いた所では、

「急降下に入ると共に、目の前が真っ赤になってしまったので、消火操作も脱出操作も思う様にできなくてな、ようやく飛び出した時は奇蹟的に開傘のショックと着水のショックをほとんど同時に感じたよ。火は飛行眼鏡の中を残して顔一面と飛行手袋の隙間から入り、両腕を焼いたが、飛行服のため、幸い身体だけは火傷から免がれたんだ」

飛行作業を終わって病室にかけつけた時は、すでに顔中包帯を巻かれて、話もできなかった。余りの重傷に看護の手伝いようもなかった。口は癒着してしまい、切開しなければ流動食も流し

込めなかった。半年ほど過ぎた全快後も、眼の周りを丸く残して顔全体が赤黒くケロイド化し、美少年だった昔の面影はまったく無くなり、搭乗員の宿命を背負ってしまったのだった。

原因は座席前の胴体タンクの蓋が確実に固定されていなかったために飛行中に外れ、急降下姿勢に入ると共にガソリンが噴出して引火したものであった。最後に燃料を積み蓋をした者は誰か調べられたが、なかなか分からなかった。号長の森喜代蔵氏が名乗り出た。森さんは一期先輩の四期生だったが、病気のため遅れて、私たちの級に編入されていたのだ。首席卒業の大原はいたが、一年古参の森さんが号長をしていたのである。

海軍では責任者が分からないでは済まない、そのため進んで過失を引き受けたのだと思う。結果は正式の懲罰で謹身三日であった。しかし、略式の外出止めと違い、正式の場合はわずか三日でも善行章一線は没収されてしまう。気の毒だったが、技倆未熟と異なり不注意の過失は許されなかった。

十二日には空戦の査閲があり、教員との格闘戦で点数がつけられた。これで全部の課目を修了したことになり、結果は分からないが、その晩は分隊総員外出を許可され、料理店に於て慰労祝賀会が催された。分隊長、教員も総出で、まだ未成年ではあったが、初めて海軍の一人前の搭乗員として酒席に座ることを公認されたのである。同期生の中には下宿などで少しは飲んでいた者もいたらしいが、私は初めてであった。

芸者も何人か呼ばれていた。美しい女の人に、どうぞどうぞとすすめられると、断わるのが悪いような気がして、あまり旨いとも思わなかったが、お茶のようにガブガブ飲んでしまった。歌も踊りも珍しく、緊張のし続けであまり口も利けなかった。

宴が終わって解散となったのは十時頃だったろうか。階段を下りながら、足元がフラフラして危ない、これが酔ったということかな、と思った。一番綺麗な若い芸者が寄り添って来て、手を取り、抱える様にして階段を下りてくれた。余計急にボーッとして、記憶が薄れてしまった。外は強い雨が降っていた。雨衣が一人で着られない。

同じ下宿に帰る中瀬と光増が手伝ってくれた。「仕方ない、担いで行こう」と雨の中へ二人に担がれて出たのは覚えている。ようやく帰隊したものの、まだ足元が乱れて真っ青であった。それでも誰も文句を言う者はいなかった。

半沢の事故以来、飛行作業中も一人ずつ交代で看護することを許可されていたが「今日は朝からお前一人で病室に行っておれ、何とか教員には報告して置くから」と、中瀬や光増、それに号長の森さんや、大原まで言ってくれた。とても飛行機に乗れる状態ではなかったので、みなの好意に随った。

半沢の看護は氷で冷やすだけで、ただ側で見守っているだけだった。治療の方は軍医でなければ手が出せない。それでも枕元に同期生がいるだけで、幾らか安心できるようであった。

ようやく頭痛も治って兵舎に帰ったが、これはただでは済まない、バッターの二、三十本はやむを得ないと覚悟していた。一日課業に出なかったのだからバレているのは明らかだが、分隊長からも教員からも叱られることはなかった。ただ、先任教員の山口一空曹から、

「初めてだから仕方ない、誰も何も言わないが、これで自分の酒の量は分かっただろうから、今度からは気を付けろよ」と親切に注意されただけであった。

翌一日は射撃、空戦の訓練で終わり、十五日には晴れて補習教育を終了したのであった。

第二章　零戦・若き翼

空母蒼龍

昭和十三年九月十六日、戦闘機専修の補修教育を終了し、負傷入室中の半沢行雄を残し、陸攻に転科となった森喜代三、羽生重雄、吉村幸男、中村吾助の四名は木更津空に残り、井上朝夫、大原猛、岡本茂、木村英一、小材義弘、小林勉、相根勇一、杉尾茂雄、中瀬正幸、光増政之、山下佐平、吉野俐の十二名と共に実施部隊である大村航空隊に転勤した。

今度こそ晴れて一人前の搭乗員である。ここには、九〇式、九五式の複葉機の他に、単葉全金属製の九六式艦上戦闘機があった。実戦部隊はほとんど九六戦に代わっていたので、これを乗りこなせなければ本当の一人前ではない。実施部隊では下士官ともなればまず殴られるようなことはなくなる、呼ばれるのにも姓の下に必ず兵曹がつく。兵や練習生の時とは待遇が違ってくる。

ここでは、舟木忠夫少佐が飛行隊長兼分隊長であった。他に艦爆の補修教育と艦攻の実施部隊が同居していた。艦爆の補修学生であり、甲板士官であった江間保鬼中尉に気合を入れられたのもこの頃であった。

二ヵ月ほど九六戦による慣熟飛行、単機空戦と、大村湾上で射撃訓練を行なうと、中瀬正幸（佐鎮）と吉野俐（横鎮）が中支那の十二空に転勤となり、続いて岡本茂（呉鎮）が南支那の十四空に出征した。まだ中南支には空戦の行なわれている頃で、急がないと相手が無くなってしまう、と若い心を逸らせて心配していた。

どうも成績順に良い方から戦地へ転出させられるらしいという古い搭乗員方の話であり、体力的に大きなGのかかる単機空戦に自信の無い私は、あまり希望を持つことはできなかった。ところが、次の十一月二十八日、私には蒼龍乗組の命令が来た。艦隊の新鋭空母であり、飛行機乗りとしては戦地と同様憧れの的の配置である。しかし、これで少なくとも一年は戦地行きの希望は諦めなければならない。半ば本望、半ば落胆であった。

小林勉が一緒に発令されており、続いて飛練首席だった大原猛は小型空母の龍驤《りゅうじょう》に転出した。後のことは良く分からないが、戦地行きと内地の練習航空隊教員とに半々くらいに別れたらしかった。

蒼龍は横須賀のドックに入って補修中であった。飛行機隊は横須賀航空隊で訓練を行なっており、着任した時は転勤者はすでに出て行った後で、残留者も休暇中であった。

数日して全搭乗員が揃った。戦闘機は常用十二機、補用三機、搭乗員は分隊長横山保大尉、分隊士飯田房太中尉、向井一郎中尉、この人は私たちの教育と同時期に飛行学生、補習学生と、共に訓練を受けて来た人である。固有編制が決められた。すべての訓練、実戦共にこの編制が基準となるのだ。

一小隊一番機は横山保大尉、二番機・羽切松雄二空曹、三番機・大石英男三空曹。

この編制は前年度より引き続き同じであり、二人に対する分隊長の信任のほどを示していた。

二小隊一番機は飯田房太中尉、二番機・北畑三郎二空曹、三番機・井上七五三三空曹。
三小隊一番機は向井一郎中尉、二番機・井奈波寅吉三空曹、三番機・小林勉三空曹。
四小隊一番機は柴山栄作一空曹、二番機・乙訓菊江三空曹、三番機・戸口勇三郎一空。
五小隊一番機は宮田房治一空曹、二番機・山中幸三郎二空曹、三番機が私であった。

小林と共に分隊長の元に呼ばれ、

「今まで母艦搭乗員は少なくとも五百時間以上経験のある熟練者でなければ難しいと言われてきたが、このたびお前たち延長教育卒業と同時に二百時間で乗組とされたのは、海軍が期待を持って試験を行なおうとしているのである。現在、航空母艦の建造は順調に進んでいる。しかし、乗るべき搭乗員の養成が間に合わない。艦爆、艦攻は老練者と若年者の操縦員と偵察員を組み合わせることによって比較的早く養成できるが、単座の戦闘機乗りが一番難しい。卒業してすぐ艦隊勤務に堪えられるか、無事発着艦ができるかどうか、もしお前たちが成功すれば、日本は開戦の覚悟をもって対米外交が推進できるが、失敗して母艦はできても搭乗員の養成が間に合わないと分かれば、アメリカの要求に屈するしかない。大事な任務がかかっているのだ、先輩搭乗員を見習って、しっかり頑張ってもらいたい」との訓示を受けた。

しかし、入渠中は飛行作業もなく、搭乗員は待機室で休憩の状態であった。

昭和十四年一月七日初飛行、横浜鎌倉方面上空の編隊飛行であった。八日は日曜のため、九日より本格的訓練が始まった。艦隊搭乗員といっても、初心者もいることだし、古参搭乗員もすることは同じ、離着陸訓練からであった。初めて電話機を搭載、交信訓練も行なった。蒼龍は点検修理を終わって港内のブイに繋留していた。さすが艦隊訓練は今までと違い、午前午後共に飛行訓練の連続であった。

十七日、艦は着艦訓練準備のために出港し、館山沖に仮泊した。飛行科員は帰艦できず、田浦の集会所に泊まることになったため、毎日外出のようなものである。

十八日、初めて航行中の母艦に接艦する。接艦とは飛行甲板に着艦の要領で近づくが、飛行甲板に停止せずそのまま滑走、離艦するのである。着艦訓練の初歩である。午後は雪となり、中止された。翌日、翌々日と午前午後接艦訓練が行なわれ、二十一日初めて母艦甲板上にワイヤーを張り、飛行機はフックを下ろして着艦した。

毎回飛行長、飛行隊長が艦橋にあって、採点していたが、講評の結果は接艦着艦共に優であった。二十二日は総飛行機収容して、二十六日横須賀を出港した。連合艦隊が編成され、第一期訓練が開始されたのである。

蒼龍飛行機隊は、発着艦訓練を繰り返しつつ西航、艦は鹿児島県の志布志湾に投錨、飛行機隊は笠ノ原飛行場に着陸し、ここを基地として連日空戦、射撃の訓練を始めた、月月火水木金金である。二月一日、光増政之が大村より転勤して来た。同期生が増えるのは心強い。射撃訓練は鹿児島湾上空で行なった。

昭和13年９月、著者らが戦闘機搭乗員として乗り組んだ蒼龍。前年12月に竣工したばかりの新鋭艦であった。14年４月の撮影

命がけの着艦

二月九日、射撃訓練より帰り、着陸しようとしたがなかなか高度が下がらない。いつもと調子が少し違った。一、二番機共に調子が悪いのか、着陸をやり直した。飛行機の沈み工合がいつもと違う感じである。天気は快晴で、指揮所に立てられた吹き流しは正向かい五、六メートルの風、一番離着陸には都合が良いはずであった。

二回目、一番機二番機共にやはりやり直した。ここが腕の見せ所と、飛行機のパスを低める。いつもの姿勢のままエンジンを全閉にした途端、急速に落下し、着陸と共に左の脚が折れ、飛び、転覆してしまった。左に傾いたので右側に体を寄せて瞬間にして胸部を胴体に敷かれて、動くことができなくなった。呼吸ができず苦しい。救援隊が来てくれないかな、とチラッと頭をかすめた。

足を動かしても持ち上がらず、翼を睨んで気絶してしまった。

どのくらいの時間が過ぎたか、ガヤガヤする人声に気付いた。五百メートルほどの距離を駆けつけてくれた搭乗員、整備員によって機体の尾部が持ち上げられ、座席より引き出される所だった。車に担ぎ込まれる時、誰かが「生きているようだぞ」と言うのが初めて声として聞こえた。

病室に運ばれ、中村軍医大尉の診察を受けた。傷はなかったが、胸部を押さえたための充血と、左眼内出血、頭部打撲、左手はしびれて動かず、夕刻より右眼も内出血が甚しくなり両眼湿布をした。

艦爆艦攻の同期生、中岫《なかくち》正彦、宮本亘、長光雄、曽根礼次、池津六郎、高松寿、阿曽彌之助、中垣政介、浜田徳夫、樋口留吉、小林義美等みな見舞いに来てくれた。戦闘機の小林、光増、それに先輩三期生の日浦兵曹には特に世話になった。日浦兵曹は聴力障害のため搭乗員を止め、兵器整備員となっていた。

どうして造ったのか、寒いだろうと湯タンポまで作って来てくれた。新兵の時、予科練の指導練習生であった三期生の人たちにはどこでも良く世話になった。

事故は、練習生ではないから技倆未熟という訳にはできない、特に先輩である一、二番機さえやり直しているのに、つい慢心のため大切な飛行機を壊してしまったのだ。きつい懲罰を受けることはやむを得ない、と覚悟していたが、見舞いに来た分隊長は何も言わず、叱られなかった。

小隊長宮田兵曹の話では、吹き流しは向かい風だったが、着陸場所の風は強い追い風だったとのことであった。どのような始末書を書かれたのか、後で聞いた向井中尉の話では、

昭和14年頃、三空曹時代に横須賀中央の料理屋で開いた蒼龍乗り組み同期生会。前列右から池津六郎、阿曽弥之助、高松壽、曽根礼次、光増政之、小林勉。後列右から中岫正彦、著者、長光雄、浜田徳雄、中垣政介、樋口留吉。円内右は小林義照、左は宮本亘

「責任は分隊長がとられた。そのため分隊長の進級は一回以上遅れるだろうから、後で良くお詫びしろよ」と教えてくれた。陛下の飛行機を破損した罪のお詫びには、ただ一身一生を海軍航空のために捧げる他なしと確信を固めたのだった。

二月十四日、胸部の痛みはほとんど消えたが、左手のしびれと眼の充血がなかなか治らず、艦の病室に帰ることになった。空室となっている搭乗員室で約一ヵ月、大事な時期に休んでしまった。

現場に復帰して間もなく、連合艦隊第一回の基本演習が始まった。今までの飛行機隊だけの訓練でなく、各戦隊との合同訓練である。

三月十六日、わが小隊は母艦上空直衛であった。試運転中は異常無かったが、発艦

直後爆音不良、黒煙を吐いたが、約一分間で直ったので、そのまま飛んだ。

一〇一〇、艦より警戒の電話が入る。直後より十一時過ぎまで艦攻編隊、陸攻編隊の連続水平爆撃進入が続いた。続いてさらに陸攻九機が進入して来るのを発見、発見時期が早かったこともあり、これに後上方連続攻撃を繰り返すこと五分、突然エンジンが停止してしまった。燃料はまだあった。ただちにレバーを絞り、ハンドポンプをついて起動の操作を繰り返したが、かからない。高度が下がるのでただちに「われエンジン停止、着艦宜しきや」と艦に伺いを立てた。艦よりただちに「着艦せよ」との応答と共に蒼龍は風上に急変針、定針した。

飛行場とは違う。エンジンストップした場合、どのくらいの角度で降下したら良いか分からない。

やり直しはきかないので着艦コースはだいぶ高目にしたところ、今度は高度を落とし切れず、右に左に木の葉落としの要領で滑らせても、とても飛行甲板オーバーである、やむを得ない、左舷の海上に不時着するしかない、と覚悟を決めた時、急に艦の方で高速をかけてくれた。

艦尾より蹴上げる白波は飛行甲板にも届くかと思うほど高速で、見る見る艦の方で前方に出て着艦コースを調節してくれた。しかし、今度は高度が低くなり過ぎた、艦尾に激突しそうになり、思わずレバーを開く。甲板上の高度五メートル、偶然今までどうしてもかからなかったエンジンがブルルンと回りだした。何とか上昇して無事着艦することができた。

着艦操作は満点と思ったが、飛行機はバリケードの手前まで滑走して止まった。高度ばかり気にして慌てていたので、フックを下ろすのを忘れていたのだ。自分の技術ではない、神仏の加護と艦長上野大佐か航海長青山中佐の操艦による助けであった。

上野艦長は霞空飛練の時の副長であり、青山中佐は予科練時代の主事であった。分隊長横山大尉からは、

「あんなに頭を上げる奴があるか、失速になるじゃあないか。落ち着け、覚悟してかかれ、伸《の》るか反《そ》るか、一度に決するようにしろ」

と、きつく注意を受けた。言葉は強いが、顔には温情が溢れて、嬉しさを隠し切れないようであった。私も胸が熱くなった。良い分隊長であった。

三月十八日は、飛行機は格納したまま佐世保入港、半舷上陸休養があった。二十一日出港、演習を繰り返しつつ黄海、済州島沖を西進する。海は濁り、空気は染まり、視界不良。水平線も見えず実に日露戦争の時の上村提督の心中如何ばかりであったかと思った。

二十四日は、午前は訓練、午後は実弾を装備して山東半島で示威飛行を行なった。赤城、龍驤飛行機隊と併せ、艦上機百機、他に水上機数十機が参加し、青島より倉口、高密等を経て、二時間余りして帰着した。

着艦の際、艦攻一番機が右翼を艦橋に引っ掛け回転して海中に転落した。分隊長渡辺大尉、操縦者の青木空曹長は殉職し、最後席の電信員のみ脱出して助かった。

青木分隊士ほどのベテランでも、このような誤りを犯すことがある、着艦とは実に一回一回が命がけのことであった。蒼龍は一時艦隊より外れて沈没機の捜索を始めた。海は比較的浅いので

掃海作業である。翌日も果てしなき海原に仮泊して終日掃海作業を続ける。無情な大海は夕刻になって再び荒れ始め、二十六日には発見されないままに一時中止して仮泊地を抜錨、青島第一錨地に向かった。

幾度か戦争の繰り返された青島の街の背後には、小高い岡が続いている。そしてその中腹あたりまで紅い屋根の洋館が続く。隣邦とはいえ、いかにも故国を離れた感を与えられた。別府、佐世保、横須賀などよりも遥かに賑やかで、夜景は幾多の灯影に空は輝いている。故郷の街がネオンも禁止されているのに、ここの街はどうしたことであろう。衰えた国と、栄える街と、奇異な対象であった。

以下、当時の日記より抜き書きをする。

三月二十七日、〇七〇〇より半舷上陸する、海軍波止場を始めとして、至る処《ところ》に歓迎陣開かれ居たり。亦《また》処々に陸戦隊、陸軍部隊の仮駐軍しているを見、流石《さすが》に支那だと思われたり。青島神社に参拝、集会所に行く、途中神社、女学校等に休憩したり。土産物は買わず、小林、光増、中岫、長等と共に昼食後付近の日本人カフェを飲み歩く。海越えて此の地に働く娘子軍《じょうしぐん》、彼女等の上には如何なる悲哀が秘められて居るか、笑顔にも何となく悲しげなる影漂ふは、我心持ちばかりではないだろうか哀れなり。彼等もやはり此の大地に一線国民として日本民族発展の急先鋒なのだ。願はくば幸あれ。ふと酒気の間に感ずる事あり、又途を歩くに特有の香街に漂ふ。支那町を行く人力車夫、ふと車を止めて落ちたる煙草を拾ひたり、又悲しみを味ひたり。皮を売る大道商人、用もなくさざめき歩く婦女子小人、彼等は如何して生活するか、戦あるを知るか。嗚呼一刻も早く彼等に教育の手のさし伸べられん事を。広い舗道、整った町、しかし此の中には思ひも寄らない不幸が醸されて居る、幾多の支那民族の上に、そして自身はそれを知らない。

三月二十八日、二十九日、港外に出て沈没艦攻の掃海作業を行い、夕刻漸く引揚げる事が出来た。連合艦隊基本演習参加のため急ぎ追尾するが、連日霧深く、視界極めて不良のため飛行機隊の発進は中止された。

四月二日、演習終了して飛行機隊は五島沖より発艦、雨の中を高度五十メートルで笠ノ原に向った。再び激しい基地訓練である。射撃の外に電話交信訓練が大分進んで、僚機、母艦ばかりでなく各戦隊旗艦等とも連絡交話出来る様になった。射撃訓練も五千メートル以上で酸素吸入をせず編隊射撃でも命中弾を得る様になって来た。

四月十二日、有明湾で飛行機を収容し、鹿児島湾に投錨する。市内上陸が許可され、まず照国神社に参拝する。笹岡一空曹、曽根、浜田、中村軍医と会い、城山に上る。美しき公園なり。道は掃きたる様に、辺には八重桜、山桜、紅葉や楓その美を競い、前に桜島あり楽しき散歩。降りて高島屋、山形屋等を見物している中に、宮田小隊長に会ふ、山中兵曹も一緒であった。「角《つの》、離れちゃ駄目じあないか、小隊は外出しても編隊行動を忘れない事、今日は俺が遊び方を教えるから従いて来い、金を使うばかりが遊びじあないぞ」と注意され、従う。

暫く玉突を行いつつ時間をつぶす、夕刻になって小さな喫茶店に入った。桜の造花が見事に飾られて華やかであった。宮田兵曹の軽妙な話題に店の娘達がドッと集って来た。中に憂しげなる美人一人あり、河野波奈子と言う、十八歳なりき。帰りには波止場の倉庫まで送って来てくれた。小隊長の指導の故か、南国の女性は熱情的である。鹿児島は永久に忘れざるべし。二二〇〇帰艦する。今宵も桜島には雲がかかっている。夢の様に、夢の様な街の灯が懐しい。一月に一度の上陸が街の子の熱情が、されど武士の襟度を如何せん。

十五日出発する、波荒くうねりも大きく、追従して来る駆逐艦は艦橋迄突込んだかと思うと次は空に向って艦底の赤腹を三分の一程突立て、真に木の葉の荒るるに任せる様であった。母艦に居ても船酔いを感じた。舷外に出て涼んでいると飛行士の候補生に見つけられ「危険だから中に入れ」といひ、チョコレート一箱をポケットに入れられた。

十七日には始めて碇泊発艦する。心配する程もなく容易であった。小雨の中、風速は七、八メートルであった。十九日も雨となる、南国の春雨、細りたる牡丹桜にわびしく降りかかる。今を盛りの菜の花ももの寂し、百里の外、征討の師は今如何。彼の人達にも物思ひ出す此の雨はかからむ。故郷を思ふか、果た思ひ人か、さにあらで皇師只戦ふ事のみか。亜細亜の平和の為に大和民族の自負守る為に、王師の武運に誉あれ、我も亦励まむ、一途に。

笠ノ原の最後の夕、高隈山の南に紫紺色の断雲漂ふ、身に沁む春の涼風、心澄み諸々の世の事を忘れんとす。

二十四日、有明湾で飛行機隊緊急収容される。光増十一時半頃パス低く、艦尾に激突墜落してしまった。幸い本人軽傷、後続の駆逐艦に救助された。前歯は折損、唇手足に微傷を負っただけであった。遅れて着任した為、接着艦の訓練充分で無かったが、不幸中の幸であった。午後基地物件の収容等作業は忙しかったが、私は光増の世話係、衣類の洗濯から、飛行機其の他機体と一緒に沈めてしまった官品の亡失届書の作成をする。中々一機の飛行機に附属した品物は多く、細目調査して艦長の確認印を貰ふのに二十八日までかかった。此の中にも艦隊の総合演習は昼夜繰返されつつ、佐伯湾に向った。

五月一日戦闘機隊は佐伯基地着、久し振りに旧兵舎の釣床に就寝した。今ここには艦爆半隊常駐するのみ、それも今は場外飛行に出て留守との事で、隊内は静かであった。五月五日には、新しく戦闘機補修教育の為開隊された大分航空隊の見学に行った。山口、重見、宮部、菅井、岡本、白土の各兵曹、佐伯時代の教員方が未だ多数残留して居られた。受け持ちの先輩一期の山口教員より注意を受けた。

一、飛行機には争って乗る事
一、体を大事にする事
一、上陸には必ず旅舎を取り、悠っくり休む事
一、勉強をする事
一、早く嫁を貰ふ事

右緊張の生活を続ける所以である。と、実に別れた後の行動を見通されて居るように有難かった。

五月十一日には前期訓練終了して、連合艦隊は解散した。蒼龍も母港である横須賀に帰った。湾内には新鋭艦飛龍の雄姿あり、程なく翔鶴も進水した。飛行機隊は横空に於て訓練を続けた。本艦には小学校同級生の長谷川広が信号兵として赴任して来て居た。入団の遅かったため、未だ新兵で忙しそうであった。

六月七日、再び横空を基地として猛訓練が行なわれ、相模湾上空に於ける高々度射撃、宙返り中、垂直旋回中の射撃と、訓練する事は幾らでもある。夜間飛行も暗夜の編隊特殊飛行まで行ふ様になった。

或夜、月はなく、星明りの幾らか見える東京湾上空で連続三回宙返りを行なった。周囲は何も見えない。一番機宮田兵曹の両舷灯だけが唯一つの目印だったが、水平飛行に戻って暫くすると一番機の右翼前方に星の光が見えた。二つ、三つ、ぞっとして背中に冷い汗が流れた、小隊長が間違って背面の儘宙返りを止めた。それでなければ翼の下に星が見えるはずがない、今に三機共失速して墜落する。どうしよう、一人離れて背面を直すか、続行するか、何時も言われる「絶対離れるな、俺に従いて来い」の言葉、頭が「かあッ」となった時、星影の先に一際黒く陸地が見えた。「あッ」背面ではない、水平飛行だった。陸地は三浦半島の先端であり、星と見たのは東京湾に浮ぶ漁火であった。もう一秒あの状態が続いたなら編隊から離れて一人海上に突込んで居たかも知れない。これ以後は、どんな事があっても絶対に小隊長からは離れる事はしまいと固く心に誓った。

七月二十一日、一〇〇〇館山湾内に於て登舷礼式を行ひ皇礼砲発射する。天皇陛下御座乗の御召艦長門は遥か沖合を大島沖に進んだ。潜水戦隊、主力戦隊の砲戦終了して我蒼龍戦闘機隊は主力一戦隊の上空直衛に上り、天覧飛行の光栄に浴した。初め爆撃機を攻撃前に完全に制圧し、機首を廻らし急降下し、陸攻艦攻隊に対しても有効な攻撃を加える事が出来、彼我百機に及ぶ壮観な大空中戦を御覧遊ばされ、更に遅く各母艦の着艦状況まで天覧あらせられたのであった。（以上、日記より）

初めての戦地

さて、晴れの総合訓練を終えて、艦隊は再び九州方面に巡航する。わが戦闘機隊は初めて富高基地に進出した、相変わらず空戦、射撃の毎日である。

九月四日には艦爆、艦攻は鹿屋空に、戦闘機隊のみ離れて横空に進出した。赤城、龍驤隊も集結し、予科練兵舎に同居することとなった。この時期、予科練はすでに土浦に移転済みであり、宿舎は空いていた。横空戦闘機隊も混じえて新しく大編隊空戦の研究訓練を行なうためであった。

支那軍相手の単機空戦の時代は去りつつあり、最小戦闘単位は小隊三機とされ、順次機数を増加して、十月末には稼働全機を使用して、二十七機対二十七機の遭遇戦を演ずるまでに向上した。この間にも整備員と共に機体、発動機、機銃関係等の改修整備を促進し、十四日には概ね臨戦準備を完了した。すでに十月初めより、飛行長より近く出征する予定であることは予告注意されていた。

十月二十八日、一応訓練より離れて蒼龍飛行機隊は館山沖で艦爆、艦攻も含め総飛行機が収容されて、三十一日一一〇〇、登舷礼式を行ないつつ馬公に向け出港した。夕刻になり、隊長より今次作戦の説明があった。

それによれば、十三日海南島南部に集結し、十五日夜より東京《トンキン》湾に敵前上陸する陸軍約三万(五師団と広東部隊の一部である)を援護し、約二週間で南寧を占領、敵輸送路を絶つ予定とのことであった。仏領インドシナより援助物資が運搬されるのを食い止める作戦であった。

十一月四日、予定通り馬公に入港し、外港に投錨した。呉より続行して来た駆逐艦吹雪、白雪は内港に先行した。雲高低く、東風強く、波は荒れて白く流れる。断崖の上は平坦、澎湖の諸島は実に大海に浮かぶ夢の国である。東の島に海軍無線柱が見える。高く聳《そび》えて、軍事上の要地である。

重油、清水の搭載をして、午後四時出港した。五日には香港の南百六十浬を走る。七日一一〇

○には予定通り三亜湾に入港。第五艦隊と御用船十数隻が既に入港していた。ここでは、三時間の上陸散歩が許可された。長谷川広君と歩く。支那人児童の小学校には五十名ばかりの子供たちが、実に真剣な眼差しで勉強していた。教師は一人の海軍下士官であった。

防備隊、設営隊がある。道路建設中の半裸の男たちは真っ黒で、現地人の傭人かと思い、長谷川君に「苦力《クーリー》もここまで来ると黒人に近いようだな」とうっかり話しかけたところ、言葉は通じないだろうと思っていた道端の一人に「日本人ですぞ」と抗議を申し込まれ驚いた。聞けば鹿児島県より出稼ぎに出ている労務者とのことであった。「失礼しました」と謝ったが、南海の果てに働く土木工の姿、偏舟を操る漁夫の雄々しさ、海国日本の涙ぐましい姿であった。

同期生の城武夫、越川武雄、寺元武敏、先崎義秀に会った。妙高に乗り組んでいるとのこと、城智久雄は今飛行中、神川丸には宇野好介、福田源一がいた。翌八日は建設中の三亜飛行場の見学に行った。東西に斜めに走る滑走路は幅五十メートル長さ八百五十メートル、コンクリートの立派なものであるが、やや小さい感もあった。風向風速等年間ほとんど一定しているため、これでも間に合うとの説明であった。

十三日、予定通り駆逐艦、掃海艇の先導で輸送船五十隻が出港する。艦爆、艦攻はそれぞれ前路側路の警戒のため発艦したが、雲高約二百メートル、小雨のために全容は見ることができない。一路欽州湾を目ざした。十四、十五日共に雨雲高百〜二百メートル、視界三百メートル、東の風十八メートル、暴風雨を冒して早朝、今村部隊は敵前上陸を開始したが、飛行機隊は協力ができなかった。塩田部隊も一二三〇より上陸開始の予定であったが、詳報は入らなかった。

連日雨風強く、東京湾に遊弋、仮泊をして機を待っていたが、十九日よりやっと天候回復、陸戦協力に飛び立つことができた。

初陣

私は二十一日一一二〇発艦、艦攻の手島空曹長指揮の下に艦攻三、戦闘機三で南寧北方の偵察攻撃に向かった。塩田部隊、中村支隊の連絡にもあたった。欽県より大尚蘿、大寺墟等、南寧までの道路は寸断されていた。南寧北方まで索敵したが、空中には敵機なく、攻撃隊は貴県に通ずる道路に投弾した。ここの道路上には数百台に上るトラックの密集行進があり、戦闘機も銃撃に入った。近づくとトラックばかりでなく、装甲車が所々に混じっており、反撃してきた。曳痕弾は二十五ミリ程度か、九六戦の七・七ミリ機銃で射ち合っても装甲車では効果はないと思い、主にトラックを狙った。縦列なので面白いように命中した。初めて攻撃を受けた時は、ちょっと動揺したが、後は演習とあまり変わらなかった。銃撃を受けた車からは多勢の人員が左右の田圃道に散って逃げたが、車にはなかなか火は付かない。帰途は陸軍司令部上空に報告球を投下し、無事予定の行動を終えた。

二十二日は向井中尉指揮の下に、武鳴攻撃に参加した。付近に飛行機は認めず、反撃も無かった。基地内の建物に投弾、命中させ、帰途は昨日とは別の数百台の行動中のトラック群に銃撃、相当数を炎上させた。調子に乗って弾丸を射ち過ぎ、小隊長より、「射ち過ぎは危険だ、いつ敵機が現われるか知れないから、必ず弾を残すように」と注意を受けた。

南寧平野の緑の田園の中に屹立する岩柱は、南画に見るそのままの雄大な風景で、壮観であった。高さ数百メートルに及ぶものもあり、飛行の邪魔にもなった。陸軍はこの日午前、南寧の対岸まで進出した。

二十三日、峰中尉の艦攻三機小隊と共に南寧の陸戦協力に参加する。陸軍多数が渡河中であった。今晩中には南寧市街飛行場は占領できそうである。艦攻は頻りに付近を爆撃していたが、私の肉眼ではほとんど敵らしきものは見えなかった。

二十四日も南寧攻略、陸戦協力、指揮官野原中尉指揮の攻撃機三機と共に参加する。塩田部隊の東側を偵察後、浦津を経て南寧上空に着いたが、すでに完全に占領され、敵らしきものは認められない。及川部隊の渡河する上空十メートルばかりを低空飛行して激励、市街上空飛行場北方陣地の上空二十メートルばかりを飛んだが、敵を認めず、反撃もなく、こちらも銃撃すべき相手がなかった。

市街の北西、田園の中に多数の牛と共に右往左往する農夫の群が見えるだけであった。悲惨であった。帰途、欽州の陣地を見ると、死屍累々としている。戦さの無惨、しかし、ただ攻撃あるのみ。一八〇〇着艦する。

二十八日午後、南寧北方の偵察攻撃に向かったが、敵兵を認めず、攻撃隊は建物のみ爆撃して帰った。

十二月一日、大高峰隘路に於ける及川部隊の総攻撃に協力、艦爆九機と共に行く。銃撃の好機と思われたが、小隊長は慎重で高度を下げず、高空から突っ込んだだけ、戦果は不明だった。小隊長は敵味方の判別ができなかったのかも知れなかった。味方騎兵部隊は山岳地帯より出て平野に対し展開中らしく、砲煙、爆煙がしばしば上がっていた。

母艦はいつものように洋上に仮泊する。周囲にジャンクが多数あり、ちょっと不安を感じた。敵に潜水艦か水雷艇があれば大変なことになる。

十二月二日、攻撃機十二機、戦闘機六機をもって武利墟、永準を爆撃した。午後も艦爆十二機、艦戦三機をもって同方面を攻撃、一四〇〇全機無事収容して今次作戦の参加を終了した。

蒼龍は支那方面艦隊より解かれ、ただちに厦門に向かった。夕食後は分隊居住甲板にて戦捷祝賀会が開かれ、飛行長以下が出席して、盛大に行なわれた。席上向井中尉より百里原航空隊に転勤が決まっていることを知らされた。

退艦する時私は飯田房太中尉の私室を訪れて、必死の思いで、「分隊長になられて、自由が利く様になりましたら、列機にもらって下さいますようお願いします」と頼んだ。最初にして最後のことだった。無口な中尉は黙ってうなずいて下さった。

十二月六日、厦門入港、左にコロンス島が見える。七日、半舷上陸があり、中岫と行動を共にした。陸戦隊のトラックで島内一周、激戦の跡を見学した。海岸近くに砲台、鉄条網陣地があり、激戦の跡を偲んだ。支那人街で弟に靴を、母や妹に反物を、祖父には外国煙草を土産として買った。午後、飛行甲板にて報国号と共に記念写真を撮った。

十二月十一日、いよいよ横須賀帰還の日が近づいた。艦長の解散に対する訓示と副長の話の後、各分隊総員の写真を写した。

百里航空隊

十二月十五日、一年の想い出多き艦隊勤務を終えて、副長、分隊長初め分隊員に見送られて退艦、筑波航空隊に向かった。一九〇〇友部駅着、隊よりの迎えのトラックに便乗した。艦爆艦攻の操縦偵察員合わせて十余名ほどの転勤者があった。

その晩は、隊の新兵がとんで来て、脱いだ軍服を奪うようにして整理してくれた。釣床の準備までされ、肩口の毛布まで直して押さえてくれる。これにはまったく泡を喰った。

朝には靴はピカピカに磨いてある。余り年も違わない人たちである、気の毒やら恥ずかしいやらで、穴があれば入りたい気持であった。何しろ昨日までは、こちらも食卓番専門だったのだから。

翌日、百里原航空隊行の十一名は、トラックで送られた。私はすでに一分隊に編入が決まっていた。山口兵曹長、西川一整曹、大坪一空曹、原田二空曹等、世話になった教員方が多かった。分隊長は関衛大尉、分隊士青木予備中尉、篠原空曹長、一色空曹長等の錚々たるメンバーに引き合わされた。飛行隊長は、後に世話になった玉井浅一少佐であった。

百里原空は開隊されたばかりで、先着の杉尾茂雄や井上朝夫は、飛行場整理の土方仕事もだいぶ長くさせられたとのことだった。

十二月二十日には、御写真奉迎奉拝式があった。開隊に当たり両陛下の御真影を下賜されたものである。しばらくの間は受け持ち練習生もなく、中間練習機の試験飛行や、整備員や新兵の体験飛行の操縦を行なっていた。

昭和十五年一月になると、新しく操縦練習生が五十人ばかり入隊してきた。私の受け持ち練習生は武藤一空兵、石原二機兵、小倉二機兵の三人であった。まず、さっそく手を取っての離着陸訓練より始めた。

私の身の回りの世話は三人が気持の悪いほど争ってしてくれた。自分の飛練の時はこれほどのことはしなかったのだが、海兵団出身の若い兵隊はこのように仕付けられてきたのだろう。気の毒になるほど気を使ってくれる。こちらは二空曹とはいえ、半月前までは食卓番で同じことをして駆け回っていたので、自分のことは自分でするから、と言っても聞いてもらえなかった。

飛行作業ばかりでなく、人を教えるということは、実に神経を使うものであった。それでも受け持ち練習生の適性の良かったためもあり、新米教員にもかかわらず技術は順調に進んでくれた。

最前線の十二空へ

昭和十五年一月二十七日夜、巡検前に「明日十一時品川発にて出征」との兄政雄よりの電報が入った。陸軍工科学校を卒業して、山形三十二連隊に赴任したばかりだったが、近く外地に行くらしいとは手紙で知らされていた。

二十八日はちょうど日曜日で、外出予定日だったので、当直将校に電報を見せ、早出外出の申請を行なった。折良く当直将校は練習生の時の分隊士・酒井航空特務中尉であり、六時の起床と同時に外出を許可して戴いた。

七時半石岡発の列車に乗ったが、東京の地理に暗く、乗り換えを間違えたり山手線を逆回りしたりして暇取り、品川に着いた時は十一時を過ぎてしまった。駅内には陸軍らしい姿もあまり見えないし、落胆していると、思いがけず母と弟妹に声をかけられて驚いた。向こうでももう間に合わないと思っていたところだった。ところが、軍用列車の発車が何かの都合で一時間遅れたので、兄は時間を見ていま軍人会館に軍刀を買いに行っているところなので、間もなく帰って来るだろう、と言う。

急いで帰って来た兄は、「軍人会館では、下士官には軍刀は売れない、と言うので困ったが、折良く通りがかりの幼年学校の生徒に頼んで買ってもらい、後から送り届けてもらうように部隊名を書いて頼んで来た」ということであった。三十分ばかりのわずかな時間であったが、武運を祈って見送った。部隊名は分かっても行先は分からない。北支か北満らしいとは思った。

母たちは、いつ作ったのか、千人針の腹巻きを作っていた。列車は十二時、宇品に向けて出発した、親子が揃うのはしばらくぶりだったので、四人で上野動物園に遊び、房州の家に帰る母を両国まで送り、新宿の下宿に帰る弟妹とは上野駅で別れた。

この時、何気なく話した母の話に私は大きな打撃を受けた。まだ誰にも話していない、もちろん相手も知らないことだが、私を飛行機乗りに駆りたてた初恋の人は、先月姉の産後の肥立ちが悪く、七日目に男児を残して亡くなってしまったので、母の実家では親戚等にも相談する暇なく、やむを得ず彼女を逆縁組させてしまったということだった。

教員配置ともなれば、三分の二外出、つまり三日の中二晩は外泊できる。土曜日曜も引き続きである。落ち着いて教員生活に慣れれば、結婚も夢ではなくなっていたのだが、長い間の夢が砕け、落胆のショックは大きかった。しかし、立ち直るのも早かった。すでに搭乗員生活にも慣れ、いかに危険を伴うものであるかを身に沁みて感じていたからである。

これで良いのだ、初恋の人を不幸な後家にしなくて済むのだから諦めて、心より祝福することにしよう。しかし、寂しかった。

翌二十九日も、午前は離着陸同乗飛行である。三人の受け持ち練習生は、共に単独飛行差し支えなしと見込みをつけた。

この日の午後、分隊士より十二空に転勤を達せられた。さっそく航空記録、履歴書、身体検査、被服の整理等忙しい。母弟妹に電報を打っておいた。

三十日午前は、教員として最後の飛行作業である。三人共一回ずつ同乗離着陸を行ない、二回目はそれぞれ単独飛行を許可した。まず同乗では優秀と思われた武藤一空兵だが、単独ではひやりとした。石原二機兵は、まず安全だった。一番難しいと思っていた小倉二機兵は、結果は優秀な着陸をしてくれて、ほっとした。短い教員生活だったが、初めて受け持った練習生を三人揃って単独にできたことは嬉しかった。

午後は退隊準備、夕食後は特別外出が許可された。同期生の整理を終えた。伝ってもらい、下宿の整理を終えた。

三十一日十二時三十分、副長、分

初めての休暇で帰省したときの家族写真。手前は母・勝（右）と妹・千鶴子。後ろは右から著者、弟・實、兄・政雄、祖父・寅吉。挿入写真は亡父・五郎吉（上）と亡祖母・ふで

隊長、分隊士に挨拶し、分隊員に見送られて退隊した。

新宿の弟妹の下宿に着いたのは七時を過ぎていた、母には会ったばかりなので、今度は祖父が従弟と共に来て待っていてくれた。あまり遅いので諦めたところだったという。父代わりの祖父には随分世話になり、心配をかけ、有難く思った。母はいなかったが、妹の作る料理に一家揃って夕食を共にし、感激であった。

午後十一時、東京発の急行に乗る。再び踏めるか分からぬプラットホームを肉親の愛に送られて、勇躍三日前に出征した兄の後を追ったのである。

二月二日朝五時、佐世保駅に着いた。巡羅兵に案内されて海兵団に仮入団する。各地より色々な兵科の転勤者が集まっていた。中に練習生時代に班長教員だった高塚寅一一空曹の見えたのは、大変心強かった。行く先は同じ十二空、二度目の出征だそうである。

三日、昼食後に海兵団の総員見送りを受け、市内は軍楽隊の行進曲に送られて、思いがけない晴れの門出となった。以後、この様な晴れがましい出撃はしたことがない。私は幸成丸に便乗した。済州島経由上海行とのことであった。港内在泊の艦船は全部登舷礼式をもって見送ってくれた。実は漢口にある十二空へ一人転勤と聞いたときはいささか心細かったが、先輩教員には会えたし、便船も順序良く手配がついているらしいので、安心できた。

六日朝、明けてみると海の色がすっかり黄土色に変わっている。小雨の中にリンリンリンとけたたましい音がする。これを鳴子灯台とかいうと、再征の人は説明していた。揚子江の入口である。物珍しく眺める中に呉淞、上海大学等を過ぎ、海岸桟橋に船は着いた。ただちに上海陸戦隊に仮入隊し、戦車隊の世話になった。

ここでは便を待つ者が三十名ばかりいた。音に聞こえた、日本一軍規厳しく、訓練の激しいという上海陸戦隊である。まだ暗いうちに銃剣術の音に目を覚まされた。七日、陸陵丸という小さな川船に便乗、十時頃より揚子江をさかのぼった。夕刻江陰に碇泊する。夜間は航行しないとのことであった。八日、鎮江に投錨する。幾多の戦跡と、血を流した揚子江も、連日の曇り空に、ただ両岸の真っ白な雪景色を眺めるだけであった。

十一日は紀元二千六百年の紀元節である。総員起床後、上甲板で遥かな東京の空に向かって遥拝式が行なわれた。この輝かしき日を征途の途中で感慨深く迎えることができた。この日は安慶に仮泊。

著者と共に十二空に転勤した高塚寅一一空曹

十二日、九江に着いた。十二空の艦爆、艦攻隊はここに派遣されているそうで、関係者は下船する。積み荷の整理にもだいぶ時間のかかる様子であった。このあたりまでさかのぼると、河幅もだいぶ狭くなり、河の流れが分かるようになった。渇水期のためか水深も浅く、ときどき浅瀬に乗り上げる。糧食も不足とかで、三食粥食となった。水は揚子江の濁水を汲み上げ、たくさんの水瓶を甲板に置いて時間をかけて澄ませるのである。病人が出ないのが不思議なほどであった。

十六日、早朝抜錨、朝食も早目にし衣嚢の整理をする。次第に両岸の人家が増してきた、天候は相変わらず曇り空で寒い。

〇九〇〇、十日間の船旅を終えて陸陵丸はようやく漢口の桟橋に横付けした。船や他部隊の同行者に別れを告げて、上陸の第一歩を踏み出した。航空隊より迎えのトラックで宿舎に向かった。宿舎は漢口の刑務所であった。搭乗員宿舎は扉を締めれば外の音は一切聞こえない密室である。高窓が小さく一つあるだけ、余程の重罪人を収容していた所だろう、驚いた兵舎であった。夏ともなれば風も入らず、その代わりに大きな氷柱が一個ずつ配給になったものであった。

事務手続きを終えて飛行場に行く。分隊長兼子正大尉、分隊士河合四郎中尉、先任下士官名取一空曹に着任の届けをした。同期の半沢行雄、井上朝夫、杉尾茂雄がいたのは心強かった。ここでは、先輩予科練の二期生である名取兵曹についで三分隊次席搭乗員となった。

張り切って来た戦地とはいえ、数ヵ月敵の空襲もなく、こちらの戦闘機の行動範囲内には敵機はいないとのことで、一応三機交代で上空哨戒は行なっているものの、他は指揮所待機か時たまの空戦訓練の程度で暇だとのことであった。しかし、気分はさすが戦地らしく、引き締まっていた。同行して来た高塚兵曹と稲葉兵曹は、それぞれ一、二分隊の先任下士官となった。一分隊長には中島正大尉、二分隊長には伊藤俊隆大尉がいた。その上に、飛行隊長蓑輪三九馬少佐、飛行長岡村基春中佐、司令古瀬貴季大佐がおられた。

三月八日、先任搭乗員名取兵曹が試験飛行中不時着、重傷を負った。ただちに海軍病院に入院されたが軍医長以下医務科員、搭乗たちの必死の看護も甲斐なく、七時半頃遂に亡くなられてしまった。数日お仕えしたに過ぎなかったが、惜しく残念であった。

十九日には九江より来ていた同期の艦爆搭乗員・田島一男、新谷国雄が帰ると言うので、監獄の中でささやかな送別会を行なった。こういう時は便利で、密室は酒を飲んでいても通路を通る士官にも感づかれることはなかった。

三月二十四日より、海軍の上空哨戒は偶数日のみとなり、奇数日は武昌にある陸軍の戦闘機隊が受け持つことになった。十三空の中攻隊は奥地爆撃を断続的に行なっている様ではあったが、漢口地区はこのところ平穏な日が続いた。二、三度空襲警報のかかったことがあったが、当時の情報はどこから入り、どのようにして発令されるのか、下士官の私には分からなかった。ただ、警報により待機の車に飛び乗って列線に駆けつけ、飛び上がるだけである。指揮所待機も、この頃はまだ悠長であり、飛行服を着けている者は少ない。夏の盛りには褌一本に飛行靴をはいたまま六千メートルまで飛び上がった猛者もいた。警報はどれも空振

刑務所だった漢口の搭乗員宿舎の前で

数日して、佐伯、大村時代顔見知りの進藤三郎大尉の卒いる新式戦闘機九機も到着した。これが零戦であった。兼子正大尉、河合四郎中尉は転出となり、進藤大尉は私たちの分隊長となり、分隊士には山下小四郎空曹長が着任された。私は横空において零戦の実用化が進められていることも、なぜ少数機が急ぎ進出させられて来たかも知らなかった。小林、光増も転入して来て、蒼竜戦闘機隊の半数が揃った。そして、在隊中の古参搭乗員の中よりA、B二組の錬成員が選ばれ、さっそく零戦での訓練を始めた。

離着陸の基本から空中操作、対九六戦との空戦、零戦同士の空戦、新しく搭載された二十ミリ機銃の射撃訓練等、連日行なわれた。発動機、機銃等の理論的講義は、主として東山空曹長が行なわれたが、その精密な説明に、これが我々の先輩の兵曹長か、と驚いた。私はいくら勉強しても、とても人前でこれほどの講義はできない。空戦技術においても、横空時代に、対九六戦、対零戦の空戦において、この人が零戦に乗れば隊長も一回りで負けてしまう。たとえ九六戦に乗っていても、数回回ると零戦の後に付いてしまったといわれ、分隊長以下の絶対の信頼を得ているようであった。

零戦初出撃

八月十八日午前、初めて重慶空襲の研究会が行なわれた。分隊構成には関係なくA、B二組の搭乗員を三人の分隊長が交互に指揮することになった。研究会の途中、深山に敵重爆九機ありと情報が入り、艦攻隊が攻撃に行くことになった。その直掩が私の小隊三機に下った。二番機伊藤純三郎二空曹、三番機岡崎虎吉一空である。飛行機は九六戦である。

宜昌で燃料補給、後発して来る艦攻隊と上空で合同、進撃するはずであったが、遂に味方艦攻隊を発見することができず、途中より引き返した。この日、光増小隊は漢口空襲に来た敵SB九機を追い、五機を撃墜していた。十二空へ転出以来の初空戦であり、初撃墜であった。恐らく、この敵は深山にあった九機と思われたが、途中行き違いとなり残念であった。

八月十九日には、零戦による横山部隊の重慶空襲が初めて行なわれた。陸攻隊の直掩であった。A組を主としたためか、B組の私は選に洩れた。この日は敵機を認めず、全機無事帰還した。

翌二十日は、伊藤大尉指揮の下に作戦は繰り返され、この日はB組を主として編成された。私は二小隊長山下空曹長の二番機であった。ところがこの日、連日出撃のためか、陸攻隊、零戦隊共に故障機が多く、なかなか集合、編隊が組めなかった。待ち切れず、山下空曹長は小隊のみで単独空襲を敢行した。忠州より敵十七機離陸の情報が入っていたが、上空にはすでに敵影はなかった。

重慶上空を一時間四十分制圧、後れて到着した陸攻隊の爆撃が終了するのを見届けて帰途についた。分隊士山下空曹長の沈着豪胆さは大いに教えられるところであった。

第三回空襲は九月十二日、横山部隊で行なわれ、私も二小隊二番機として参加した。小隊長は離陸直後エンジン不調で引き返したため、私が二小隊の指揮をとった。情報洩れを防ぐため、この時は敵陣に近い宜昌での燃料補給を止め、直接漢口より飛んだ。敵情にあった忠州の五機の戦闘機は、すでに逃亡済みであり、重慶周辺の各飛行場上空に敵影なく、高度を下げて市街飛行場の偵察攻撃をした。

飛行場の端には木製の疑装飛行機が置いてあった。数十回の爆撃で、市街には目ぼしい目標はなくなっていたので、この模型飛行機にも一撃を加えてやった。この間にも三番機山谷初政三空曹が良く付いて来てくれた。さすが横空仕込みは違うな、と感心したものである。

九月十三日金曜日、この日は進藤大尉指揮の下に十三機が出撃した。私は非番であった。この日の味方の作戦は効を奏して、敵戦闘機二十七機撃墜、味方全機帰還の大戦果を上げた。すなわち陸攻隊援護は今まで通りだが、爆撃終了後一度一緒に引き返し、空中避退している敵機の帰った頃を見計らい、零戦隊は引き返して再び重慶上空に突入したのである。

十三日も金曜日も、練習生の頃から先輩教員より縁起の悪い事故多発の日として教えられていた、キリストの処刑された日であるとも言われ、割合に担ぐ人も多かった。しかも十三機、しかし、この日の搭乗員たちはこちらが縁起が悪ければ相手の飛行機乗りにも縁起は悪いだろうと、気にしなかった。「断じて行なえば、鬼神も之を避く」の諺どおりの完勝であった。

機数不足とはいえ、私はこの攻撃に参加できなかったことが残念であった。隊内の気分もやっと本格的な戦場気分となってきたが、攻撃の無い日の基地は、相変わらず指揮所待機で、碁や将棋が上達した。

戦勝の噂は街にも聞こえたのだろう、二十日、待機の終わった夕刻、整備員宿舎に市内日本人食堂の女給さんたちが慰問に来てくれた。唄、踊りもなかなかのもので、和やかな気分になった。

零戦に敵なし

九月二十六日に、伊藤大尉が退隊され、代わって蒼龍時代分隊士だった飯田房太大尉が着任された。翌日には、戦地勤務の長い者十名ばかりが退隊、内地に向かった。零戦に乗らないまま退隊となった者も多く、気の毒であった。この頃より、全員が零戦の講習を行なうようになった。

十月四日、第二回成都空襲が、横山大尉の指揮で行なわれた。進藤大尉に先陣の功を取られて、先任の横山大尉は少々おかんむりだったらしい。前日に東山空曹長、羽切、大石、中瀬の三下士官に、

「敵が上がって来なかった場合は、着陸して敵飛行機を焼き払う。そのために、油を沁み込ませたボロ布とマッチを用意しておけ」と指示された。

もし故障か被弾で離陸できない者ができた時は、機体は焼却して、搭乗員のみ他の飛行機の胴体内に収容して帰るという思い切った作戦であった。

私は非番であったが、この作戦も成功し、撃墜六機、地上炎上十九機に達する大戦果を上げた。

翌五日は飯田大尉指揮の下に七機で、第三回成都攻撃があった。今日こそは、と張り切っていたが、書き出された編制表には私の名前は無かった。連続非番とは情ない。この日も鳳凰山、大平寺等の飛行場で大型小型合わせて十機、ついでに囮機も六機炎上させて帰ってきた。宿舎に帰り、みなは祝杯を挙げていたが、私は祝杯ならざる苦杯を飲んでジャクっていた。中国空軍はほ

とんど全滅かと思われたので、私は武運の拙さを怨んだ。

十月九日、功州攻撃の予定となり、やっと進藤大尉の下に参加することができた。総員に見送られ出発したものの、宜昌以西の山岳上は雲が低く、進入できず口惜涙を飲みながら引き返した。

十日も成都西方三十五浬の功州攻撃の予定で漢口を出発した。今回は戦闘機のみ三機である。小隊長は羽切松雄一空曹、二番機私、三番機は岩井勉二空曹であった。ところが、目的地の天候が悪く、千早大尉の陸偵の誘導を受けて重慶空襲に切り換えた。

すでに重慶方面は零戦の制空権下で、敵影はなくなっていたが、見張りを厳重にしながら徐々に高度を下げ、市街地上空百メートルくらいを飛んだ。江の西側、山の手は外国公館の多いため爆撃していないので、美しい別荘地帯の様である。各国の国旗が屋根一杯に大きく色とりどりに標示され、見事であった。非武装地帯ではあろうが、敵要人が隠れるには最高である。

下町は瓦礫の原であった、飛行場にも目標にするよう

昭和15年８月19日、漢口基地から初出撃する十二空の零戦。著者はこの日の出撃メンバーには選ばれず、翌日の出撃にまわされた

なものはすでに無い。白市駅の飛行場には前回一撃した囮機がまだ飾ってあった。「仕方ない、こいつでも撃ってやるか」と、一撃して、引き上げたところ、至近距離に「グワン！」と、高角砲弾が炸裂した。

敵に戦意はなく、みんな防空壕にでも入っているのだろうと思っていたところだし、初めてのことなのでビックリした。

高角砲相手の打ち合いはいくら二十ミリでも不利だと思ったので、さっそく避退に移る。同じ思いか、羽切兵曹も岩井兵曹も一目散に上昇、東側に避退していた。砲弾は一斉射毎に近くに追いかけて来る。さすがの零戦もこの時は遅く感じられた。

高度三千メートルで弾痕を振り切るまでに、わずか一、二分の時間が随分長く感じられた。今思えば恥ずかしい慌てぶりであった。低空のまま避退すればすぐ振り切れたものを、飛行機だからといって上へ、上へ、と逃げたのは、考えがたらなかった。知らぬこととは恐ろしいものである。

それにしても、一斉射はせいぜい五、六発程度であった。後のガダルカナルやレイテ戦の弾幕をくぐり抜けたことから見れば、本当に子供だましのようなものだったが、その時は豪傑をもって鳴る羽切兵曹も「凄かったなあ」と述懐したものだ。支那方面艦隊司令長官嶋田繁太郎中将は、この日も来隊していた。

十月十一日、私の誕生日である。横浜沖では紀元二千六百年祭の行事として大観艦式が行なわれるという。これに参加する誉れよりも、第一線に活躍できる嬉しさに感謝した。昨年漢口が爆撃されたのも十月十三日だったという。

十三日は支那軍にとっては何かの日なのか、宜昌は対岸より猛烈な野砲攻撃を受けた。

初撃墜

また、当時の日記をそのまま転記してみる。

十月十五日雨、宿舎待機、昨夜より小雨降りしきる。大陸の秋雨は中々晴れぬと言う。帰還前の貴重なる日をかくして暮す。口惜しけれ、さはあれ秋雨と言うものは、そぞろに物を思わすものかな。遠い故郷の人達を、恋しき人を、身を捧げ心も捧げたけれど、未だこの様な日は偲ばる故郷、ほろりとす。されど又、故郷に我を待つあれば、一層奮闘せざるべからず。決心を新にする次第なり。

十月十七日、本日も功州攻撃の予定であった。また靖国神社大祭の当日でもあった。飛行場で遥拝式を行ない、その後総員に見送られて出発したが、漢水の中頃より密雲となり、雲上飛行を続けたが突入の見込みがなく、引き返した。指揮官は飯田大尉であった。十八日、十九日も雨。二十日雨、宿舎待機午前は大掃除、しとしとと、いつに止むか大陸の雨。空しく暮す幾日か、解散の日は近づくに、未だ晴れず。成都の空も飛ぶ事なく凱旋する共、何の顔あってか古老に見えん。土産物の予算写しつつ故郷を想いて手紙を書く、晴れよ亜細亜の空。（日記、原文のまま）

十月二十六日、待望の成都攻撃に参加する。指揮官は飯田大尉、私は二小隊二番機である。小隊長は歴戦の山下空曹長、三番機もすでに歴戦の岩井二空曹である。飯田大尉の了解もあったろうが、まだ一度も敵に会わない私を特に推薦してくれたのは、先輩東山空曹長であった。朝の内に漢口を発進、宜昌に着陸して燃料補給の上、陸偵の誘導に随って成都へ向かう予定で計画されていたが、当日朝から一帯は煙霧に覆われ視界が悪く、宜昌上空で旋回しつつ待ったが、遂に偵察機と合流することはできなかった。宜昌は最近対岸からの射撃がしばしばあり、燃料補給中も気が気でなかった。

遂に指揮官は単独進撃を開始した。重慶までは数回通った慣れた道だが、長時間の敵地上空はやはり緊張する。時間の経つのがひどく長く感じられた。緑の美しい四川の大平原も、今日は真下ばかりわずかに白くぼやけて見える。四千メートル上空は快晴なので前途を阻むかの様にそびえる雄大なチベットの高原が、真っ白に雪に覆われて迫って見える。

宜昌を出発してから霧の上を飛ぶこと二時間、果たして敵を捕捉することができるだろうか、と不安になったが、そろそろ目的地に近づく時間だなあと思った時、突然一番機の山下空曹長がバンクをした。ハッと思う間もなく急降下に移った。敵発見である。急いでその前方を見ると、遥か下方千五百メートル付近を西に向かう一機があった。私にはその時一機しか見えなかった。敵機だと思うまでに一秒たらずだが、すでに一小隊も私の後続機も突っ込んでいた。

私は視力でも空中の勘でも自信があり、訓練では滅多に人に遅れをとるようなことはなかったが、実戦の未経験はあまりにも差があり過ぎた。わずか一、二回だが、今日の搭乗員は私以外は全部実戦で撃墜の経験者ばかりである。あッという間に獲物にとびついてしまう。

早くも先ほどの飛行機は真っ赤な炎の尾を引いている。白い霧の中で特に印象的な光景だった。近づいてみると、初めて見る三、四機の複葉機がいた。すかさず前方の一機に後上方より回り込んだ。距離二百五十メートル、照準も良し、二十ミリと七・七ミリ機銃を同時に発射したが、たちまち近付き、追突しそうになったので、数発しか射つ暇はなかった。

慌てて右上方へ引き上げる。これでは駄目だ、もっと落ち着いて、速力を落として、と自分に言い聞かせて二撃目に入ろうとした瞬間、スーッと横から出て来た味方の一機に追い越され、敵機はたちまち空中分解、黒煙を吐いて落とされてしまった。

こんなことを繰り返してまごまごしていると、戦果にありつけないぞ、とあせってくる。それにしてもおかしな敵であった。射たれても射たれても反撃もせず、火を噴いても逃げようとする様子もない。ただ直線飛行を続けるばかりで、話に聞いた空中戦とはまるで違う。速力の差があまりにも大きく、照準する暇がない。ようやく態勢を整え、射とうとするとたちまち追い越してしまう。

地上、五、六ヵ所に黒煙が上がり始めた。撃墜された敵機だ。残念ながら今日も獲物にはありつけないかと、諦めかけた時、左下方を南方に逃げる一機を発見した。今度こそは、とエンジンを全閉にして突っ込む。それでも右上方からでは二、三発しか射つ時間がない。一度引き上げ追尾に移った。高度は百メートル。しかし、今度は横槍が入らないから、落ちついて座席や上翼中央に曳痕弾の吸い込まれるのを見とどけ、再び右上方に引き上げて様子を見た。

すでにお互いに超低空となっていた、確かに命中しているはずなのに墜ちない、火も吐かない。味方の二機が上方五百メートルくらいに近付いていた。また横取りされてはたまらんと思い、急ぎ三撃目を加えようと追尾に入ると、こちらが射たない内に、相手は前方の竹林の中に突っ込んでしまった。

搭乗員は二人乗っていた。ホッとすると共に何か後味の悪い空虚さを感じた。せめて適《かな》わぬまでも、旋回して反撃してくれたら良かったのに、子供を相手に本気で喧嘩でもした後のような嫌な気持はいつまでも残った。それに煙霧の中で視界が悪かったとはいえ、空戦場の確認もできなかった。敵発見から集合までの間、一度も羅針儀を見ていなかった。右も左も、南も北も、勘だけで飛び、上空の二機の戦友が見守っていてくれなければ帰投するのに冷や汗をかいたことだろう。

上空二千メートルに集合する。すでにその位置は私には確実には分からない。まだ爆撃を受けたことの少ない成都の街は、整然としていた。特に大きなコの字型の二、三階の建物と、広い運動場を持った成都大学が一番目についた。こんな奥地にこれほどの大学を持つ民族の底力はどれほどか、周囲は見渡す限りの緑の平原耕地である。諸葛孔明の立て籠ったこの要害肥沃の地に、わが陸軍は攻め込めるのであろうか。さらに青海、西蔵と広大な奥地が続く、残念ながら、この見事な景観に圧倒されそうであった。

新しく工事中の大きな飛行場があった、飛行場の真ん中に何かの式典か、数千人の人たちが集まっていた。上空の空戦に気付かなかったらしい。これに一撃ずつ加えると、蜘蛛の子を散らすように四方に散っていく人の輪が、次第に広く薄くなっていった。隠れるものは何もない、軍人か労務者か不明である。反撃もないので二撃目は止めた。まだどこで会敵するか分からないので弾も惜しかったし、何よりも無抵抗の民間人かも知れないので撃つ気がしなくなったのである。

一二一〇、飛行場東方上空に集合、帰途についた。宜昌についてみなの話を聞いていると、どうも私の対地感覚は、時計の針回りに九十度以上間違っていた。私は小隊長も三番機も見失っていたのに、私の上空を見守っていてくれたのは、小隊長山下空曹長だった。話にもならない空戦だったが、どうにかこれで同期生とも肩を並べて話ができるようになった。

この日の編制――

指揮官　飯田房太大尉、二番機光増政之一空曹、三番機平本政治三空曹

二小隊　一番機山下小四郎空曹長、二番機私、三番機岩井勉二空曹

三小隊　一番機北畑三郎一空曹、二番機大木芳男二空曹

筑波航空隊へ

十月三十日、前より噂に上っていた内地転勤者の名前が発表された。この時期は海軍の定期異動の時期である。搭乗員は九六戦を持って、まだ行先は分からないが、一応大村航空隊まで行き、後令を待つことになった。もう戦地勤務は一番長い中に入る私も指名された。衣嚢等の荷物は、船で帰る基地員の転勤者に預け、身の回りの貴重品のみ持って、十一月一日、十ヵ月の戦場生活

に別れを告げた。

総員見送りの中、基地を飛び立ち、二時間余、正午には上海飛行場に着いた。この日は上海泊まり、整備員も少ないので、燃料補給は飛行場に転がっているドラム缶から自分でしなければならない。何年か雨晒しのままのドラム缶は叩けば穴が開くほど銹びついていた。中は大丈夫かな、と少々心配になる。日本製の航空ガソリンは青色に着色してあるが、分捕り品だというこのガソリンは薄赤色で、錆が入っているのではないかと心配だった。

宿舎は往行と同じ陸戦隊の道場の広間であった。準備の終わったところで、四時間ばかりの外出が許可された、土産物を買うための上官の配慮である。この時の空輸指揮官が誰であったか、確かな記憶はない。先任下士官は高塚兵曹であった。漢口でも外出は許可されたが、日本人食堂に寄るくらいで、街で品物を買ったことは無い。支那人街は立ち入り禁止ともなっていたためである。

上海の街は色々な品物が溢れて、活気を呈していた。日本よりは遥かに安い。弟には、教練用に上等の編上靴を、母には農作業用に紺の綿反物と白キャラコを一匹ずつ買い込んだ。

経済的なことにはまったく無知な私は、支那商人の価格のいい加減さに腹が立った。だいたい定価の半値が相場とは聞いていたが、それも交渉次第である。一番腹の立ったのは、日本円で十円の品物が支那紙幣なら十二元、アメリカ札なら八ドルという。アメリカの紙幣で八ドルで売れるものが何で日本札で八円で売れないのか、店員に喰ってかかった。いくら談判しても、これは聞いてもらえなかった。何だか国が侮辱されたような気がして腹が立って仕方なかったが、帰隊時刻も迫ったので、やむを得ず相手の言いなりに買うしかなかった。

いま思えば、相手は随分無茶な要求をする兵隊だと思ったことだろう。もっとも、今でも円の変動相場など、何だか良く分からない。


十一月二日、すでに後方基地となり、人気も少ない上海基地を、見送る人もなく一路大村に向かった。大村基地もわずかの間に随分変わっていた。航空廠が同居するようになり、格納庫などの建物も多くなっていた。飛行機は航空廠に預け、士官は大村空の庁舎に行ったが、まだ次の命令は出ていない。荷物の到着までには二週間近くかかるだろうから、その間、下士官兵は町内の航空隊指定旅館で待機するようにと、言い渡された。

仮入隊では息がつまるが、戦地帰りということで配慮されたものだろう。しかし、いつ次の命令が来るか分からないので、遠くへは離れないよう、ゆっくり旅館で休め、ということであった。

もちろん旅館は酒でも求めない限り無料であった。隊から連絡があれば、その日のうちに帰らなければならないが、先任下士官高塚兵曹の温情で一日行程で帰れる近畿地方以内の者は家に帰ってもよろしい、ただし、用事のできた時は電報を打つからすぐ急行で帰って来るように、と独断で休暇を出してくれた。

もっとも、本人も二、三日したら退屈してしまって、

「角田兵曹、俺もちょっと家へ行って来るから、後を頼むよ」

と、奥様の待つ静岡県まで行ってしまった。残されたのは甲一期の中馬兵曹、吉橋兵曹と私く

らいになった。朝八時頃まで待って、隊よりの連絡が無ければ日帰りの旅に出た。たまには海軍病院のある嬉野近くの鹿の島公園や、雲仙公園にハイキング登山をした。足止めされていることも忘れて、楽しくのんびりと遊んで暮らしたが、いくら出張旅費を戴いているとはいえ、遊んでばかりいては懐中が持たない。後半は、ぼつぼつ休暇員の帰って来るのをごろごろしながら旅館で待つしかなくなった。

そんな折、大村空の艦攻隊にいた同期生兒子《にごう》力が凱旋祝いに一杯やろうといってきた。あまり親交はなかったが、同期生である、喜んで受けた。町中の食堂で飲みながら話した。いざ引き揚げとなり、支払いは割り勘を提案したところ、

「何を言う、今日はお前の無事凱旋の歓迎会じゃあないか、俺が払う」と言う。

実は兒子の倹約は予科練当時より評判で、休暇で横須賀より岡山まで帰るのにも隊より支給される一食分の弁当だけで、後は水だけ飲んで家まで帰るとか、予科練在隊三年生の頃、すでに百円以上の貯金ができていたとか、とても私には真似のできないことであった。そのため、今日の支払いも割り勘にしようと言ったのだが、案外の言葉に、気を回しすぎたのが恥ずかしくなると共に、改めて三年間同じ釜の飯を喰って鍛えられた同期生の有難味を感じた。

十四日になり、荷物が届いたから、明朝食後帰って来るように、と連絡があった。もう全員揃っていたので良かったが、高塚兵曹の心配は大変なことだったろうと思った。衣嚢と旅費を受け取り、転出先の筑波航空隊に向かった。急いで特急列車に乗る。海軍下士官兵の転任には、普通

短い新聞報道だけでは詳しいことは分からなかった。そして戦況は勝利の中に進み、どこにそんな力があったか、と思うような連勝の後、昭和十七年の正月になって兵員の臨時異動があった。古い教員方の幾人かが転出して、私の班に偶然蒼龍より若い艦爆操縦員が教員として転入して来た。菅野三飛曹か佐々木三飛曹のどちらかである。私はこの人に飯田大尉の戦死状況と、列機は誰だったか、本当に帰れないほど大きな穴がタンクに開いたのだろうか、などなど喰い下がって聞いた。

初めはなかなか話さず、戦闘機の方のことは分からない、と言っていた彼も、

「班長の熱心さには負けました、実はこれは絶対に口外してはならぬ、と箝口令が敷かれたことで、他人には話せないことですが、あまり班長が飯田大尉のことを心配されるのに感じて言います。実は、飯田大尉は帰れないほどの被弾はしていなかったらしいのです。私も直接聞いたのではないのですが、分隊長は攻撃の前日列機を集めて『この戦《いくさ》は、どのように計算してみても万に一つの勝算も無い。私は生きて祖国の滅亡を見るに忍びない。私は明日の栄ある開戦の日に自爆するが、みなはなるべく長く生き伸びて、国の行方を見守ってもらいたい』という訓示をしたそうです。予定通り引き返した時も燃料は洩れていなかったということでした。しかし、このことは、その日のうちに艦内全員に口外することを禁止されたのです」

とのことだった。

私はそれを信じていた。そして最近になって、当時の攻撃隊編成表を見ることができた。そして飯田大尉直率の列機二、三番機も共に続いて自爆していたことを知ったのであった。

私は昭和十五年、十二空在隊当時のことを思い出した。零戦の活躍によって、飛行機隊が支那方面艦隊司令長官より感状を授与され、われわれ搭乗員も喜んでいた中で、一人飯田大尉は憂かぬ顔で、

「こんなことで喜んでいたのでは困るのだ。空襲で勝負をつけることはできないのだぞ。戦闘機は制空権を握って攻撃隊、艦隊の安全を確保するのが任務だ。最後の勝利は陸軍の歩兵さんに直接足で踏んでもらわなければならないのだ。砲兵も工兵も歩兵を前進させるための援護部隊にすぎない、その陸軍の歩兵が重慶、成都を占領する見込みがなくては困るのだ。今、奥地攻撃で、飛行場に全弾命中などと言っているが、重慶に六十キロ爆弾一発落とすには、爆弾の製造費、運搬費、飛行機の燃料、機体の消耗、搭乗員の給与、消耗等諸経費を計算すると約一千円かかる。相手は飛行場の爆弾の穴を埋めるのに苦力の労賃は五十銭で済む。実に二千対一の消耗戦なのだ。

こんな戦争を続けていたら、日本は今に大変なことになる。歩兵が重慶、成都を占領できないなら、早く何とかしなければならないのだ。こんな感状などで喜んでいられる状態ではないのだ」

と、話されていたことが、鮮やかに想い浮かんだ。

飯田大尉こそ、私の十一年半の海軍生活の中でただ一人だけ、この人とならいつ、どこで死んでも悔いはないとまで心服していた士官だったのである。

昭和十七年一月には、丙四期は卒業して、甲七期生が入隊して来た。受け持ちは六名となり、

飛行作業は忙しくなった。

普通、離着陸を単独でするのは操縦の向上工合を見て順番に許可されるのだが、これは練習生同士の中でも技術の目安になるので、私は差別感を与えたくないと思って、多少技術に上下はできても、ほぼ分隊の中間くらいのところで全員単独飛行を許可した。いつもながら、教員として一番心配な時である。

この時の練習生は、二人生き残っている。宮崎市の村田治郎氏と、大阪市の丹野晴雄氏である。数年前同期生会に招待されたことがあった。土浦の会場で丹野氏より、

「受け持ち六人同時に単独許可された時は嬉しかったですね、今考えても教員の教え方は良かったと思いますね」

と言ってくれ、

「それに、われわれ同期の生存者は十数名しかいないのに、教員に教えられた者が二名も生き残れたのは教え方が良かった証拠ですよ」と、偶然の好運まで私のせいにしてくれた。丹野氏は新聞記者であり、村田氏は国立航空大学校の教官を長く勤め、停年退職された。

真珠湾攻撃で自爆した蒼龍分隊長・飯田房太大尉

しかし、私はこの級の離着陸を終わり、空中操作、編隊飛行の始まったところで、転勤命令を受けた。十七年四月一日、准士官に任官したため、三ヵ月の予定で士官教育を受けるた

めに、横須賀海兵団の第一期准士官学生を命ぜられたのである。

すでに前年十二月には大東亜戦争に突入しており、危ないな、というのが本心であった。重慶でさえ落とせないのに、どうしてワシントンが落とせるだろうか。ハワイやマレー沖の戦勝を聞きながらも、不安は去らなかった。

零戦の数も、搭乗員の数も、だいたい見当はつく。この練習航空隊にしても、着任した時はまだ若年の方だったのに、今は漢口から遅れて着任した羽切兵曹が先任で、私は次席教員になっていた。他は、みな飛練を出たばかりの若い下士官か、私より古い応召の下士官、予備下士官になっている。

こんなに拡がった戦線の始末は、どうつけるのだろう。それほどの戦力があるならば、南方へ手を出さず、重慶、成都に攻め込んで、支那と有利な講和を結んだ方が良かったのではないか。われわれには外交や国策のことは見当がつかなかった。それでも、早くしないと自分の出番もなくなるのではないか、という心配を感じない訳でもなかった。

公務のこととは別に、転勤ともなれば昨年夏頃より交際を始め、話を進めていた結婚も片を付けなければならない。筑波空への着任と共に、一週間の慰労休暇が出た。さらに年末には恒例の冬休暇である。

ここで、また、すでに諦めていた初恋の人の噂を聞いた。結婚一ヵ月にして離婚、相手は赤子を置いて出て行ってしまったという。彼女の不幸を気の毒に思うと共に、いったん諦めていた家

婚礼の準備を進めた同じ
下宿の同期生・新谷国雄

著者と妻・くま子の結婚記
念写真。昭和17年５月撮影

庭への夢が甦った。今度こそまごまごしていて同じ誤りを繰り返してはならない。階級も一空曹になっていたし、妹も学校を卒業して、千葉の家政学校の教師として就職していた。

すべて条件は整った。しかし、十年来誰にも意志表示をしていない、兄も戦地でまだ独身である。なかなか直接母親にも話し難かったが、猶予はできない。その頃、小学校のころよりの親友、丸勇君が三沢空にいた。予科練時代にも彼は隣りの航空廠の少年工養成所におり、二ヵ年、塀越しに話もできたし、漢口では同じ基地の十三空の整備員として隣りの兵舎におり、常に往来していた。

考えた末、私もまだ若かった、親友の彼を介して相手側の様子を聞いてもらうように手紙を出した。返事は直接伯父より来た。賛成であり、家中で喜んでいるとのことであった。了解を得たので、今度は母に報告しなくてはならない。従妹は母の生家の人である。当然喜んで賛成してもらえるものと考えていたが甘かった。報告より先に早くも母より強硬な叱責の手紙が来てしまった。

「親の知らないうちに相手に話すとは何事か、絶対に反対である。認める訳にはいかない。もっと良いところからいくらでも嫁はもらえる」というのである。詳しく事情を説明して了解を求める手紙の往復が何回か続き、ようやく最後は兄の判断に任せようということになった。

母からどのような報告が行ったか分からない、自分では精一杯誠意を尽くして書いたつもりではあった。しかし、半年過ぎて南仏印の兄から来た手紙も『否』であった。「まだ結婚を考えるのは早い、この非常時に一生懸命軍務に精励すべきである」との主旨であった。万事休す、である。賛成してくれたのは祖父一人であった。戸籍上の戸主ではあるが、すでに七十歳を過ぎ、実権は母の手に移っていた。

戸主の同意が無ければ、司令に婚姻願書を提出することもできない。五歳の時より片親で育てられた私には、母の意志に反する行動をとることはできなかった。

こうして、十年の恋も一片の淡雪と消えてしまった。自然に公務にも熱が入らない。丙四期生には申し訳なかったと思う。ちょうどその頃、彼女に後ろ姿の良く似た娘に出合い、偶然の機会から交際するようになった。

私は荒みかけた心を取り戻すことができた。半年交際して、結婚の決心をした。

今度は、前例に懲りたので、母へ一番影響力を持つ東京の伯父に仲人を頼んだ。母のすぐ上の兄であり、小学校長であった。伯父は喜んでくれて、順調に話も進みつつあった。

しかし、転勤となれば相手側は慌てる、その前にどうしても仮祝言を、というので、四月五日に行なうことにした。

簡単ながら、式一切は同じ下宿の新谷が家主と相談して準備を進めてくれた、私はただ座っていれば良かった。今考えても、当時二十二歳の若者が、経験もないのに良く一人で段取りをつけてくれたものと、感歎する。

式場には、母と妹、それと伯父の安西夫婦と新谷が出席してくれた。ただ、花嫁側は地元でもあるし、親類や近所の人たちも多い。仮祝言とはいえ立派なものであった。ただ、私は今までの下士官服と違い、金筋の襟章の入った士官服に短剣を吊った姿だけは、誇らしく思えた。

翌六日、新妻を実家に預け、私は横須賀海兵団に准士官学生として入団したのであった。

第三章　ラバウル・死闘の翼

ラバウルへ

昭和十七年五月三十一日、三ヵ月の予定であった准士官学生教程を一ヵ月繰り上げ、二空への転勤を命ぜられた。

横須賀航空隊で編成中の同隊に着任したが、まだ司令と副長くらいで、隊員はほとんど未着だった。戦闘機隊は、分隊長倉兼大尉以下千歳空よりの転入者を主力として、六月十日頃までには艦戦十二機、補用三機、艦爆十六機の陣容が整い、訓練に入ることができた。

心配していた通り外南洋の守備に当たっていた千歳空は、まだ零戦の配備がなく九六戦の経験者ばかりだった。また、珊瑚海に沈んだ航空母艦祥鳳《しょうほう》よりの転入者も、聞けば攻撃に出るのは零戦だが、機数が間に合わず上空直衛には九六戦が使われていたとのことであった。開戦が早過ぎたのか生産が遅過ぎたのか、私には分からない。

約二ヵ月訓練を続けた。射撃、空戦等は熟練者ばかりなのですぐ慣れたが、初めて積んだ無線帰投装置（クルシー）は遂に使いものにならず、そればかりか電信電話も駄目だった。三年前の艦隊時代には、電話は元より電信も百五十浬くらいまでなら自信をもって交信できたのに、今度は終戦まで一度も使えずに過ぎてしまった。優秀な電信員に整備してもらわなくては搭乗員には細部の調整はできなかった。

七月二十八日夕刻、突然出動命令を受ける。分隊長倉兼大尉は極めて軍規厳正な方で、特に機密保持には厳格であった。分隊士の私が妻に出す手紙も開封のまま検閲を受けなければ発信できず、個人的に書きたいことも書き難く、簡単な葉書で済ます状態である。後で聞けば、地上勤務の人たちはだいたい行き先の見当もつき、出発前に交代で二、三日の休暇もあったとのことだったが、搭乗員はまったく何時何処へ行くかも知れされなかった。ただ、二十九日中に飛行機全部を特設空母八幡丸に搭載するようにと指示されたので出動と判断し、急ぎ電報で妻に「アスタツスグコイ」と電報を打った。

空母への着艦経験者は少ないので、機体は運貨艇で母艦まで運びクレーンで積み込むとのこと、それでは出発前の一日はゆっくり休めるかと思い格納庫にいたところ、朝より汗だくで作業していた和田整曹長が、

「おい、角《つの》さん、手伝ってくれ。今やっと一回積んで来たんだが、俺一人ではとても今日中に積み込みは終わらない。俺はこっちで運貨艇へ積み込む指揮をするから、角さん向こうにいて母艦に積み込んでくれ。他の士官に頼もうと思ったんだが、分隊長は角田にやらせろと言うんだ。急

いで今度の便で行ってくれ」と言う。

思わず「えッ」と驚いた。私は今まで飛行機用のクレーンなど見たこともない。せいぜい予科練で習ったのは端艇の上げ下げくらいだ。しかし、一番若い兵曹長とあれば仕方ない。合図の号笛を渡され、二機の零戦を積んだ運貨艇で母艦に向かった。八幡丸は格納庫の後部を大きく開き、デリックで一機ずつ格納しなければならない。三十二機の艦戦、艦爆と付属品を収納するには休みなく働いても一日で終わるかどうか分からない。このデリックは准士官以上の指揮（号笛による合図と、手真似によって上下左右の移動をする）がなければ動かすことができないと言われ、さっそく指揮塔に上がってみると、向こう側の運転室には善行章を五本もつけた親父のような機関科下士官がハンドルをにぎっている。潮風に鍛えられた浅黒い鋭い顔と、自信に満ちた眼光がこちらを見つめて催促している。

ホッと安心すると共に下士官でも大先輩だ、作業中の皆にも聞こえるような大声で「お願いしまーす」と怒鳴り、敬礼してさっそく号笛を吹き、上げの合図をする。相手はベテラン、号令がなくても立派に仕事はできる。責任者が指揮塔におれば良いのだとすぐ分かったので、古参下士官の顔色に随って合図を続けることにした。それにしても、飛行機は梱包した荷物と違って積み込みは難しい。それにフックを掛けた整備員が翼の上に一人ずつ乗ってバランスを取り、安全を確認しながら上って来る。人命に係わる作業でもある。

四隻の運貨艇の往復によって昼食の暇も休みもなく、それでも明るいうちに無事積み込みを終わり、飛行場に帰ることができた。ガランとした格納庫に整備分隊士が残っていた。飛行機以外の基地物件はリオン丸に積み込まれた。忙しい一日だったが、そちらの方までは分からない。仕事の終わったものは最後の外出に出てしまったとのこと、北海道出身の独身者の和田整曹長は落ち着いているが、私は急ぎ外出して下宿に向かった。詳しい打ち合わせなどできないが、たぶん妻が来ているのではないかと思ったからである。

ところが、思いがけず母、祖父、妻の兄まで出て来てくれていた。その頃ぼつぼつミッドウェイの敗戦の噂も出始めていたので、恐らく皆最後の別れと感じたのだ。

しばらくぶりの妻との一夜も予想が外れ、狭い部屋でどこへ行くかも分からない戦争の話でもないので、妊娠中の妻を一言頼むと義兄にお願いした。肉親の間では別に話はしなくても顔さえ見れば後は安心できる。

三十一日、いつものように一度横須賀航空隊に帰隊、朝食後、八幡丸に乗り組んだ。部屋は豪華な客室である。六人ばかり同室となる。通路も広く快適であるが、やはり客船、これでは魚雷一発、爆弾一発で終わりだなと、いささか心細い。

午後一時頃出港する。甲板に出て懐しい房総三浦の山々を見る。支那事変では佐世保を出発する時、海兵団より桟橋まで軍楽隊の先導でお祭りのような行進で見送られ、港内の艦も皆登舷礼式で送ってくれたのに、今回はひっそりとしたものだ。午前の出港ならば見えるかと思い、妻には今日出る母艦に乗っている、と教えておいたのだが、三笠桟橋より浜金谷行きの連絡船は午前運行、今頃は汽車の中だろう。この母艦に気付いたろうか、などと考えた。

ラバウルに向かう特設航空母艦八幡丸。日本郵船の豪華客船を改造、昭和17年５月末に完成した空母で、のちに雲鷹と改名された

故郷の山が見えなくなれば便乗者は退屈である。人の心を見ていたように分隊長に呼ばれる。こちらは一等船室でさらに豪華である。数冊の赤本が机の上にあり、ここで初めて艦はトラック島に向かっていること、飛行機隊はトラック通過後、発艦してラバウルに進出する、目的地はニューカレドニアであることなどを知った。

「ここは、ニッケルの島であり磁石が狂うので帰投装置の準備をしていたのだが駄目だったなあ。俺もここに行くことは知らなかった」と少々心配そうだった。そして「後は状況によりシドニーに渡り豪州を占領する。その頃は六空がフィジー諸島を占領してメルボルンに進出するはずだから、航海中に現地の研究をしておいた方が良いだろう」と渡されたのは、ページ数は忘れたが厚さだけでも二十センチ近い軍極秘の資料である。一週間で読み切れるものではない。

この資料の著者は陸軍大尉、海軍大尉の共著となっている。一流民間会社の貿易現地調査員として豪州各地を視察して回った際の軍事関係記録である。分隊長は、「これだけの資料を隠して持ち出すことは不可能だ、これは全部この二人が記憶して帰国後に書き上げたものだろう。

頭の良い奴がいるものだ」と、半信半疑の説明だった。

さっそく借りてみたが、シドニーよりポート・ダーウィンに至るところだけでも数百ページ、軍事施設、兵力より道路、橋の幅、強度、距離、一年を通じての天候の変化、さらに食料、宿泊の状況など、微に入り細にわたり軍を進めるに必要な本人たちの所見がついている。後は計画に随って兵力を進めるだけである。ニューカレドニアの調査も詳しくできていたらしい。計画通り進めば、功績の大半はこの二人の苦心の賜物と思えた。

出航最初の夜はなかなか眠れない。艦隊勤務の長い和田分隊士は早くもどこからかビールを一抱え持ち込んで飲み出した。他の人たちも兵隊は古いがみな新任准士官が多かった。みな眠れないらしい。十一時頃だったか、輪島飛曹長が入って来て、

「思った通りみんな目をパチクリしているな。日頃の心掛けが悪いぞ、海軍の軍人が陸上勤務だからといって毎日カアチャンを抱いて寝ているからこういうことになるのだ。日頃から別々の布団に寝るように癖をつけておくものだ。仕方のない奴らだ、海軍の枕は頭の下にばかり使うものじゃない、お前ら枕を抱いて寝てみろ、すぐに眠れるから」と言う。冗談かと思って聞いていたが翌朝一同の感想では、あれは本当だったとのこと。輪島飛曹長には色々教えられることが多く、良い先輩だった。

八月五日、トラックを過ぎるともう戦場は近い。敵潜水艦近しの情報で、倉兼大尉と輪島飛曹長が爆弾を持って哨戒に発艦する。約一時間進行方向の警戒をしたが、異常なく帰って着艦する。

久し振りに見る発着艦は見ていても心の躍る勇ましさだ。やっぱり海軍は艦隊勤務だと羨しく思えた。期待したその後の哨戒はなく、艦は予定地点ニュー・アイルランドのカビエン沖に近づき、倉兼大尉を先頭に全機無事に発艦、編隊を整え艦爆の井上文刀大尉が指揮官となり、世話になった八幡丸の上空に別れを告げる。

時に〇七三〇である。〇九三〇には早くも初めて見るラバウルに着く。山の上の西飛行場はともかく、ラバウル湾に近い東飛行場は滑走路一本の小さな飛行場だ。こんな小さな飛行場は内地では見たこともない。しかし、艦船はだいぶ停泊しており、小要港の観を呈していた。もっとも、ここは一時の仮の宿で、行先はニューカレドニアと聞いていたので、つぎの作戦は降りてから聞かされるだろうとあまり気にしなかった。

時差の修正はしないので、太陽は正午の位置だった。

この日は、先住の台南空に御世話になることになった。この時の東飛行場指揮所には飛行隊長中島正少佐、分隊長河合四郎大尉、山下丈二大尉初め、高塚飛曹長、山下佐平飛曹長、大木、西沢、吉田兵曹等の旧知の人たちなどたくさんの先輩搭乗員が溢れる様に並んでいた。特に同期生の山下佐平の顔の見えたのは心強かった。

先輩方の手柄話を聞きながら宿舎も一緒に世話になり、高床式の現地人の家屋に泊まる。この時点ではまだ支那事変以来の大勢の先輩方に囲まれて勇ましい話を聞いていると、この戦争も事によると何とかなるのではないかと、希望に満ちて見通しも明るく想われてくるのだった。

決戦の幕開け

明ければ八月七日、昨夜来の情報により、ツラギ方面は米軍が上陸。横浜航空隊と二空前進予定のガダルカナルに建設中の飛行場も攻撃を受けているとのこと。まだ戦場にまったく不慣れで幾分の不安を感じていたところ、午前十時早くも空襲警報があり、「敵大型機近づく」と前進基地ガスマタ見張所よりの報告である。即時全機離陸、上空哨戒に就く。初めての編隊は、指揮官倉兼大尉以下、

一小隊　倉兼大尉、岡崎二飛曹、森田三飛曹
二小隊　二神中尉、丸山二飛曹、大槻一飛
三小隊　輪島少尉、井原三飛曹、長野一飛
四小隊　角田飛曹長、石川三飛曹、横山三飛曹
五小隊　真柄一飛曹、松永三飛曹、山本一飛

の十五機であった。

上空高度四千メートルで編隊を整える。数分にして西方より近づくB17十三機の編隊を発見、指揮官より突撃にかかる。台南空戦闘機隊との共同攻撃だったが、まったくいつもの訓練と変わらない。ただ目標の大きなのにいささか驚き、距離の判定の難しいのが心配だった。訓練通り高度差二百メートルをとり浅い前上方角度より思い切り近づき、中央一番機を狙って機銃を発射する。反航戦はたちまち接近する、危うく操縦桿を突っ込み敵機の直下へ避退すること五百メートル、弾着は不明、B17の機首すれすれに突っ込んで思わず「ヒヤッ！」とした。

ラバウル東飛行場に進出した二空戦闘機隊。連絡用の一式陸攻の向こうには零戦三二型が並ぶ

編隊の各機共二、三十メートルの鋼索を引いている。密集隊形のため、それが網のように感ぜられ、危うく引っ掛けるところだった。これは予想外のことで、今まで訓練では聞いたことのないものだ。一番機を狙うのは常識だが、避退が難しい。五百メートル突っ込んだところで右に切り返し、上昇に移る。二撃に移るためである。

突然、右翼にカン、カンとカン高い音がする。ちょっと不審に思ったが別に機体に異状はないようだ、急ぎ全力で高度を取りつつ敵前方に出る。次々と零戦の突っ込むのが見えるが、なかなか落ちる気配はない。ただ、編隊はすっかり乱れている。

第二撃に入る。今度は攻撃しやすい右翼の列機を狙う。鋼索を避けやすいためである。攻撃法は思いのほか落ち着いて容易にできるが、またも弾着不明、突っ込んで再び右に引き上げる。またも右翼にカン、カンと激しい音がする。

敵との距離五百メートル、高度を取りつつ何の音だったかと右を見ると、何と、右翼のメインタンクより真っ白く燃料を噴いている。霧状化して煙幕のように美しく数十メートルの尾を引いているではないか。瞬間「ハッ！」と緊張する。あの音は被弾の音だったのか！　まさか敵さんの旋回銃がこう簡単に命中するとは思っていなかった。それに零戦は、燃料タンクをやられるとたちまち火を噴くと聞いていたので、急に心配になった。敵はちょうどラバウル市街の北方上空を南へ避退中、僚機は燃料を噴き出し遅れたB17機に群がっている。東飛行場は砂煙が多いので、近い西飛行場に不時着の決心をする。なるべく着陸するまで発火しませんように、と困った時の神頼みだ。無事滑走路に着陸する。

こちらは陸攻隊の飛行場なので大きい。しかし誰一人見えない。どこに行って良いか分からないので、滑走路の東側に一杯に寄せてエンジンを停止し、点検をしてみると、右翼に七発の弾痕がある。その中の数発は右タンクを貫通していたのだ。不時着するほどのことも無かったな、とちょっと恥ずかしくなった。それに気が付くと、膝がガクガクしている感じだが、おかしなものだ、特別いきり立つこともなく、恐怖感もなくすべて訓練通り落ち着いてやっていた積もりだが、歩くたびにどうも膝の調子が良くならない。

飛行服を着ているから外からは分からないが、指揮所に報告に行くにもこれでは飛曹長ともあろう者が格好悪くて仕方がない。幸い、付近には人っ子一人見当たらないので、故意にぶらりぶらりと足を慣らしながら歩き出した。

飛行場の中頃まで来た時、一人の整備員らしい者が油缶を提げてこれもポツリ、ポツリと反対から歩いて来た。近づくにつれて驚いたことに、これが小学校時代一番仲の良かった同級生丸勇整備兵曹だった。昨日着任したばかりなのに偶然とはまったく奇なものである。

彼とは小学校ばかりでなく私が横空の予科練時代、彼は隣りの航空廠の少年工見習生として塀一つ隣りの教室で毎日顔を合わせ、話し合える仲だった。また、支那事変では漢口で私は十二空、彼は十三空で同じ飛行場に勤務し、海軍に入ってからも三度目の出会いだった。

なるべく時間を伸ばしたい、私は奇遇もあり立ち止まって彼に話しかけ、また驚いた。顎がどうもガクガクして旨く発音できない。しかし、聞く方は別に気付かないらしく、彼は今三沢空にいること、基地員は空襲警報と共にみなジャングルに逃げ込んでしまったから一時間くらいしなければ出て来ないだろうと言う。

積もる話もゆっくりしたいが、そうもしていられない。それでも仲良しの級友と話ができたことで足のガクガクもすっかり直ったので、まったく大助かりだった。

指揮所には、士官が一人椅子に寄りかかっていた。悠然と起き上がると私の報告より早く、「おお、角田分隊士か、しばらくだなあ。いつから来てたんだ」

と心易く話しかけてきた。峯大尉だった。分隊長倉兼大尉の同期生であり、霞ヶ浦では一緒に飛行訓練を受けた仲、母艦蒼龍では艦上攻撃機の分隊士で同じ艦だが機種が違い、階級もあまり違うので親しく話したことも無かったのに、良く覚えていてくれたと有難く嬉しかった。ここでは飛行機隊は全機ツラギ攻撃に出発した後でガラガラ、司令以下兵隊もみなジャングルに入っている。（当時ラバウルにはまだ防空壕は一つも無かった）

「今に戻って来たら、下の飛行場に連絡してもらうから、それまでゆっくり休んで行け」

と、一別以来の話などに時を過ごしていた。やがてぼつぼつ指揮所も賑やかになってきたので正式に司令に状況を報告し、電話連絡をしてもらった。間もなく心配した分隊長が整備員数名と共に迎えに来てくれた。


飛行機はタンクの修理をしてから空輸することとし、分隊長と共に車で山道を帰路についた。途中の道路は狭く、あまり良好とはいえないが、両側に恐らく植樹されたもののようだが、赤、青、白、緑の観葉樹の並木の美しさに驚き、珍しさに目を奪われる。途中にあった教会堂の金色の大きなマリア様も目に冴えて美しく、話に聞いた南の国とは思えなかった。ただしこれも恐らく地元民の搾取による産物だろうと想像された。


昼過ぎ飛行場に着くと、待っていたように輪島少尉が寄って来た、

「遅かったなあ、一足違いだった。いま艦爆隊がツラギ攻撃に出発したところだ。中垣がまだ角田は着陸しないか、と探し回り、出発間際まで心待ちにしていたようだが、何か言いたいことがあったんだろう、残念だったなあ」

と言われた。足の短い艦爆はツラギ沖の敵船団に片道攻撃を行ない、帰路はショートランドまでしか燃料がないので、飛行艇が一機迎えに行き、空中で合流し、不時着水したところで搭乗員だけを救助して来るという、思い切った作戦だった。編制は、

一小隊（一人目操、二人目偵、以下同様）

一番機　井上文刀大尉、松井二飛曹

二番機　佐藤清二三飛曹、野呂田二飛曹
三番機　馬場一飛、常磐三飛曹
　二小隊
一番機　桜井三飛曹、中垣政介飛曹長
二番機　大本三飛曹、永易一飛
三番機　西山二飛曹、黒田二飛曹
　三小隊
一番機　太田源吾飛曹長、今川一飛曹
二番機　高橋二飛曹、山門一飛曹
三番機　中本一飛、岩岡二飛曹

以上、九機十八名である。

中垣が出発に際して行なった小隊長訓示は、

「われわれは昨日着いたばかりでまったく地理不案内の上、初めての洋上で迎えの飛行艇と会合することは極めて困難が予想される。幸い合流できても脚の出たままの九九艦爆は着水の時に転覆の恐れが多い。なまじ不時着して行方不明となるよりは敵艦に体当たりを決行しよう。列機もいっさい帰ることは考えるな、俺の後に続け」

と叱咤し、進撃針路だけ分かればよい、と航法計算盤を投げ出して飛び立って行ったという。

中垣は私の同期生で、熊本県産の気力旺盛な人物だった。私に伝言を書く暇もなく、何か遺言をしたかったのだろうが、不覚にも間に合わず実に残念だった。

しかし、今、土浦の予科練の記念館には彼の遺書、恐らく最後の手紙が飾られている。人吉の生家には九十歳過ぎの母と七十歳の兄嫁二人が今も家業の豆腐屋を営んでいるという。昭和五十一年、山本司令を記念館内に案内して回ったが、かつて豪気であった司令も、しばらく大粒の涙を止められなかった。

指揮官井上大尉は途中の島岸に不時着、数日して奇蹟的に帰還され、三小隊一、二番機のみ予定通りショートランド湾で救出された。

中垣の言葉通り、二小隊は全員自爆未帰還となった。

こうして米軍反攻と軌を一にしてラバウルに進出した二空（三ヵ月後、十一月一日付で五八二空と改称）の第一撃は、これより一年余に及ぶ壮烈な攻防血戦の幕明けにふさわしい壮烈な攻撃として決行されたのであった。

スルミ基地

八月九日も上空直衛を行なう。九日午後四時、警報によりモレスビー方面より接近するB17四機を列機八機、井汲、山本、岡崎、井原、長野、松永、森田、横山を率いて迎撃する。視界良好、西飛行場の遥か前方に発見、攻撃を開始する。

今度は右端機に接近、有効な攻撃を加えることができた。敵機の数の少ないこともあり、気持を楽に確実に接近、発射、命中を確認できるようになったが、なかなか落ちない。燃料を吹き、エンジンより黒煙を吐くほどになっても、四個のエンジンを持った大型機は、なかなか手強い。しかし、敵も繰り返し間断なく続ける零戦の攻撃に恐れをなしてか爆弾を投棄し、ラバウルの北側を東へ逃走する。

黒煙を吐く二機を追撃、夕闇の中で遂に火災を起こし、墜落を確認したのはセントジョージ岬の沖合であった。

時差修正はしていないので、一時間近い空戦ですでに帰着は夜間着陸となった。この攻撃には台南空からも参加している。戦果が上がったものの、前途の容易ならないものを痛感する。十機以上の零戦をもって四機のB17を追撃し、数時間攻撃を繰り返しながら遂に二機は逃がしてしまった。内地で聞いていたほど簡単には連戦連勝とはいかない。これが本当の実戦かも知れない。この不安は的中して、遂に私は最後まで敵機全機撃墜の本当の撃滅戦を経験することはできなかった。

十一日に初めて倉兼大尉の下に三小隊長としてラビ攻撃に参加する。攻撃隊の全弾飛行場内に命中したが、この頃はまだ地上、空中共敵機を発見することができなかった。

十二日にはブナに行く輸送船団の上空哨戒中、B17七機がラバウルに向かうのを発見し、攻撃を加える。船団直衛任務のため、深追いはできないので、数撃、敵機が爆弾を投棄するのを見て攻撃を中止、再び船団上空に帰る。被弾三発を受ける。

八月十四日には宿舎の設備が整い、台南空宿舎の居候より解放され、初めて二空の特准室に入る。やはり気分は楽になる。高床式の接収家屋だが相当の広さもあり、夜の涼しさが初めて感ぜられた。遠慮なく話も弾み、ここがブインへ進出するまで私たちの住家となった。飛行場寄りの街外れ、しばらくは夜間爆撃も受けず、住み良い印象の良い宿舎だった。ここでは整備分隊士の和田金治郎整曹長と共に一人の従兵をつけてもらうことができ、ビールも酒も自由に買えるし、このくらいの状態が続けば、戦地も楽天地だった。しかし、そう甘い話は続くわけはなかった。

さっそく翌日は船団直衛のため前進基地ニューブリテン中部のスルミ基地へ進出を命ぜられた。この頃ニューギニア方面の戦況はまだ切迫しておらず、B24、B25、B17等数機が一、二回近寄る程度で被害もほとんど無く輸送することができる。この基地で、鮮やかな記憶が二つある。一つはラバウルでは毎日喉の乾く炎暑が続いているのに、数十浬離れたスルミにはスコールの多いことであった。進出直後だったが、初めてスコールに見舞われた。積乱雲が現われたと思う間もなく、まるで滝のような豪雨、数時間で飛行場はたちまち湖のようになってしまう。この日は風も強かった。

私は分隊長と二人、陸戦隊の宿舎にお世話になっていたが、ここにも横なぐりの雨がとび込んできた。そこに、防暑服で、半ズボン一枚の和田整曹長が飛び込んできた。

「分隊長、飛行機が沈み始めました。地盤が緩んで機体を固定するロープを止める杭が利かなくなったので、整備員は総員ロープを引っ張り、押さえたり、突風で転覆しそうになるので翼の上に乗せたりしておりますが、いつ飛ばされるか分かりません」

報告を受けた分隊長も、この暴風雨では何ともできない。

「気の毒だができるだけ頑張ってくれ」と言うしかなかった。十メートル先も見えない豪雨の中を分隊士は、膝まである飛行場の水の中へ駆け出して行った。格納庫はもちろん、掩体壕もない滑走路一本だけの飛行場である。地上員の日夜の苦労は大変なものであった。

二つ目は、お世話になっていた陸戦隊の幕舎である。ここには接収されるような民家もなく、ジャングルの中に天幕をところどころに張って飛行場を警備しているのだが、隊員の食事に米のないことだった。私たち戦闘隊員には普通食を出してくれるが、陸戦隊員の主食は甘藷だった。隊長の大尉の話では、占領はほとんど無抵抗でできたが、輸送船が帰った後はいつ次の輸送船が来るか予定はない、陸路ラバウルとの連絡は地図の上では近いが、まったく不通である、とのこと。十七年八月の頃すでに自活を考えるしかなく、「甘藷を広い飛行場の周囲に挿しておくと暑さとこの雨のため、一ヵ月で大きくなります。掘った跡に、また新芽を挿しておくと面白いように育つ。米は飛行機の来た時の準備に保管しておくのです」と言う。

前線の陸戦隊（恐らく陸軍も同様だったと思われる）がいかに航空機の援護を頼みにしているか、責任の重さを痛感すると共に、士官まで米食を節約して飛行隊員のために譲ってくれる情には感激した。それにしても同じニューブリテン島の中でラバウルでは内地と変わらぬ生活ができ、中部ではこの様な補給しかできないとは！　幾千と散在する太平洋の基地、島々、果たして海軍は麾下全体を掌握し通せるのだろうか、不安な疑問を感ぜずにはいられなかった。

その後数日して、やはり船団直衛の折、B24のためにまた燃料タンクを打ち抜かれ、一機で戦場を離脱、様子の知れたこの基地に不時着した。この時も、隊長自ら湯気の出る煮たての甘藷をざるのまま持ってニコニコと出迎えて戴いたことがあった。燃料を吐きながら近づく零戦を見張りよりの報告で知り、慰労のためただちに兵隊に基地の一番の御馳走の甘藷を煮させたとのこと。「見張りが破損機を発見してすぐに火を付けると、ちょうど搭乗員がここに来る頃煮え上がるのですよ」と、すっかり慣れた口調だった。それに、われわれに対して言葉が非常に丁寧なことだった。この基地では名前も聞かなかったが、ただ一人の兵学校出の士官であった。

十七日、初めて、ポート・モレスビー攻撃隊直掩に参加する。全弾飛行場格納庫等に命中、火焔が吹き上がった。しかし、遂に敵機は現われなかった。十八日には、さらに設備の整ったラエ基地に進出、哨戒を続けた。飛行隊が前進基地にある間、ラバウルではラビ攻略部隊の準備が進められていた。二空からも先発隊として整備員を主とし、主計看護等の人員が編成された。指揮官には戦闘機一分隊士の和田整曹長、艦爆隊二分隊士の橋爪整曹長が選ばれていた。同年兵の田中一整曹も簡単な小銃武装のまま出撃した。いつ出発したかは知らない。

二十三日に夜間の敵前上陸に備えて台南空の中島正少佐を指揮官として二空よりも八機計十六機でラビ飛行場を強襲した。

二小隊長として参加したが、天候快晴にも拘わらず遂に飛行機を発見することはできなかった。このため、この夜ラビ東方ミルン湾に上陸した先発隊が厳しい苦戦を招く結果になってしまった。

ラビ攻撃

八月二十四日は二空戦闘機隊のみでラビに攻撃に向かう。駆逐艦に便乗して敵前上陸に参加した地上員のことがしきりに心配される。予定通りの航空撃滅戦がまだ終わっていないからである。

この日の天候は悪く、雲量十、雲高千五百より四千メートル、編制は指揮官倉兼大尉、岩瀬一飛曹、長野二飛、二小隊は私と岡崎二飛曹、三小隊に真柄一飛曹と井原三飛曹であった。

一四一四、ラビ突入の数分前、恐らく味方陸戦隊の上陸点辺りと思われる地点の雲の切れ間に一小隊がＰ39を発見、ただちに突っ込む。

私はこの時まだ敵機を見ていなかったが、続いて雲下に突っ込んだ。敵を見て急降下した一小隊はすぐ敵一機の後に回り込んだが、続いた私は態勢が悪く、アッという間に後続の敵機の前に飛び出してしまった。

私は、不利と見てただちに離脱して雲上に引き上げる。真柄兵曹の三小隊がこの敵機を追う。

雲下の敵は十数機のＰ39だったが、私には全容は分からない。積乱雲の谷間を回りながら、突入の機会を狙う時、雲間に敵機が現われた。

二番機の岡崎兵曹と共にこの機会を待って攻撃し、ただちに引き上げる。

敵からは雲上の我々は見えないので、実に安心して降下高速を利用して接近、射撃ができた。基本的な後上方射撃で、確実に二機に二十ミリ弾を打ち込むことができた。

岡崎兵曹も一機不確実撃墜を報告した。雲のため確実な撃墜まで見届けられなかったのは残念だった。初めての対戦闘機空戦で訓練よりも楽な戦いを経験することができた。約十分間で味方全機雲上に集合、さらにラビ飛行場上空辺りをしばらく索敵の後、全機ラバウルに帰着した。指揮所に向かう途中、三小隊の真柄兵曹が寄って来た。普段から赤ら顔の人がさらに緊張の面持ちで、

「分隊士、支那事変とは違いますねえ、今度の戦争ではとても生きて帰ることはできないでしょう」と言う。

私はアッ、と驚いた。私は決してずるい気持では無かったが、無責任にも訓練気分で楽な初戦をしてしまったが、雲の下では確かに三倍くらいの敵がいたはずだ、この豪快な先任下士官がこんなことを言うからには、余程の苦戦を強いられたのだろう。さらに搭乗員たちが揃うと、

「おい、みんな、だれが先に逝っても三途の河原で待っていることにしようや。三途の川はみんなで揃って一緒に渡ろうや」

と声をかけ、私の方も見る。いつにないしんみりした先任の呼び掛けに、搭乗員たちもまじめに「ハイ」と答えていた。苦戦の割には被弾機は無く、天候と乱戦のために不確実四機を含む九機の撃墜戦果を上げていた。しかし、私は申し訳ない気持一杯で、分隊士としての職務からも今度は必ず戦闘の先頭に立つことを心に誓った。

ブナに炎と燃えて

八月二十五日午後、分隊長倉兼大尉以下七機でブナ基地に進出、台南空司令の指揮下に入る。飛行場の幅五十メートル、長さ六百メートル余り、発進するのにもフラップを出さなければならないほどだ。設備も設営中で、夜は陸戦隊の士官宿舎に分隊長と泊めてもらった。

佐世保鎮守府第五特別陸戦隊とのことで、大尉の指揮官と応召だという軍医少佐の二人のみ。他の中、小隊長は、みな特准で別棟であった。分隊長が相談相手がなくては心細いでしょうと聞くと、

「いや、みんな支那事変以来の実戦経験者だから、若い兵学校出の士官より安心して任せていられるよ」と言っていた。

寂しいほど静かな密林の中にポツンと一棟のニッパ椰子の小屋があり、ほかの宿舎はどこにあるのか、物音もしない。従兵がときどき音もなく出入りして、食事や毛布の支度をしてくれる。

「明朝は早くラビに向け出発しますから、この宿舎も空きますよ」と陸戦隊の士官が言う。湾口深く進入する呉五特に呼応して半島の北側からラビを突く計画だとのこと。夜十一時頃まで静かに吹く軍医長の尺八の音が悲しげに聞こえたが、古武士の面影をしのばせるものがあった。

ブナで撃墜された列機、岩瀬毅一一飛曹(左)と井原大三三飛曹

千鳥の曲だという尺八の音につられて、故郷のことなどを想い出すうちに、ぐっすり眠ってしまった。
まだ暗い三時頃、ダダダ……と轟く機銃の音に飛び起きると、すでに二人の姿は無い。続いて二斉射の機銃音。いつの間に支度をしたのか、私たちを起こさぬよう静かに黙って出て行かれた隊長と軍医長。今の機銃音は出撃の合図だろう、二人の心遣いが殊に奥ゆかしく感銘を覚えた。
早朝、飛行場に出る。前日に引き続きラビ空襲の予定、戦闘機隊のみ基地指揮官の命を受け、搭乗する。編制は、
指揮官兼一小隊長山下丈二大尉以下台南空四機
二小隊は一番機私、二番機岩瀬一飛曹、三番機井原三飛曹
〇六一五、山下大尉が離陸線に着いた時、見張りより敵襲の報がある。西南高度五百メートルに、すでに地上銃撃の態勢に入ったP39十五機が見えた。
飛行場が狭く、単機離陸しかできない。ただちにチョークを外しフラップを下げ、離陸線に出る。山下大尉離陸、続いて二番機が十メートルくらい上ったところで左後上方より攻撃され、いきなり爆発した。三番機四番機も共に離陸後脚を入れる間もなく火達磨となり爆発、滑走路前方に墜落してしまった。
目の前で三機も爆発するのを見ていると、向こうもあまり速力のつかない内に零戦が高度を上げたがるので射撃しやすいのだ、と見て、続いて離陸した私は密林すれすれに速力をつけながら

飛び、まずフラップと脚を入れ、突っ込んで来る敵に向首反撃に移る。Ｐ39の三十七ミリ砲がブオッ、ブオッ、と耳元をかすめてうなる。こいつを一発喰ったらなるほど爆発するにちがいない。ガンガンと十三ミリが何発か当たった。再び突っ込んで速力をつけ、増槽を落とす。すぐに二機目に正面反撃、また被弾あり、そしてもう一度突っ込んで速力をつける。

とにかく速力がなければ落とされる。風防を閉め、機銃を初めて装填して照準器のカバーを開け、戦闘準備完了となる。しかし、二度の向首反撃で、両翼の主タンク、胴体タンク、潤滑油タンクも被弾、燃料は煙幕のように流れ、座席内にもガソリンと潤滑油が溢れてエンジンからも白煙を吐き、風防に油がかかる。

振り返ると私の二番機が火達磨となって突っ込むところだ。一瞬、機体内のガソリンのガスが七・七ミリを打った衝撃で爆発するのではないか、と思い、翼の二十ミリだけを発射する。曳痕弾は一直線に敵正面に吸い込まれる様に見える。敵の射撃も一直線に私の機に当たる。一瞬、おたがいのエンジンが赤い火線で縛った様に見える。グアッと音を立てておたがいに右へすれ違った。もう一度振り返ると、今度は三番機が火達磨となって離陸直後の姿のまま滑走路前方の密林に突っ込んでしまった。

三撃打ち合ったところで全力で高度をとる。千メートルまで上り、敵を探すが、風防も照準器も真っ黒で前方の視界はゼロ。機を左右に振りながら、やや透き通る両横から見張りを続けると、敵機は今朝ブナを出発したばかりの船団を発見して銃撃していたらしく、高度三百メートルほどでモレスビー方面に避退する一機を発見、ただちに追撃する。

幸いエンジンは白煙もうもうと吐きながらも快調に回る。潤滑油の流れ出したのが皮靴を通して熱い。足踏桿《フットバー》も焼けて片足ずつ踏み換えながら、方向を保たなければならない。再びさきほどの列機の自爆の光景が頭をかすめる。

今、目の前で、列機を二機共落とされて、おめおめ帰ることはできない。射撃の衝撃で自爆すれば、それまでだ。ガスのため頭が痛い。ガス抜きと、万一の時の落下傘降下のため風防を開けておこうとしたが、いくら力を入れてもビクとも動かない。これでは火を吐けば完全に終わりだ。覚悟を決めて再び二十ミリのみを敵機の方向に発射する。相当近づいたはずだが、油のため敵機を確認することはできなかった。引き上げて、機首を振って効果を確認しようとしたが、遂に見失ってしまった。やむをえず全力上昇で、飛行場上空に帰る。

高度千メートルで、敵を求めて哨戒飛行を続けたところ、指揮所前に「着陸せよ」の布板信号が出されたので高度を下げる。前方が見えないので直線飛行ができない。機首を左右に振りながら警戒する。誘導コースに入り、脚を出そうとしたが全然油圧がかからないので、機体を強く横すべりさせてようやく脚を振り出した。フラップも出ない。手動ポンプに切り換え、突いても全然役に立たない、もちろん風防は開かない。

前は見えない、フラップもなしでの着陸の訓練などしたことがないので、どのくらい滑走距離が伸びるか分からない。

一回目は普通通りの降下をしてみたが、とても高度が下がらない。頭を下げれば速力がつき過ぎる。五メートルくらいまで下りてやり直す。今度は着陸コースに入る前より高度は密林すれすれまで下げ、飛行場に入る直前にスイッチを切り、滑り込んだ。

座席にもぐったまま、左側の地面を見て直進、ほとんどショックも感ぜず、われながらまずまずの着陸ができた。飛行場の先端約五十メートルばかりを残して止まる。すぐに整備の先任下士官・細田兵曹等数人が走り寄って来てくれた。

著者が搭乗して空中戦で敵弾13発を浴び、ブナに放置されていたQ-102号機（零戦三二型）。米軍の手に渡りテストに使用された

指揮所には救急車、消火器まで用意されていた。被弾は十三発に過ぎなかったが、燃料タンク、潤滑油タンク、高圧パイプを打ち抜かれ、中の一発は風防のレールに突きささっていた。上下どちらか一センチも外れれば、完全に私の胸に命中するところだった。

整備員に座席より引き出してもらったが、ガソリンに酔って足元がふらふらで気持が悪い。迎えの車で指揮所に報告に行き、車よりよろよろしながら降りたとたんに、拳を握りしめてかけ寄って来た分隊長が、

「馬鹿野郎、それくらいの傷で何だ、しっかりしろ」と、今にもなぐりかからんばかりの勢いで怒鳴った。

「はい、負傷はしておりません」

と答えたが、頭も足も定まらず、吐き気がする。

みなが見ている上空のことなので、詳しい報告はいら

ぬ、と言われ、出発と着陸、離陸直後自ら被弾して列機への援護の機をつかめなかったことだけを詫びて報告を終わった。やむを得ない戦況とはいえ、残念ながら二空戦闘機隊として初めての戦死者を私の二、三番機から出してしまったのだ。

岩瀬兵曹は千葉県の生まれ、操練出身のため私より飛行歴は古く、二十四日のラビ攻撃には早くも三機撃墜の二空一の働きを見せていた。

井原兵曹は横浜の産、後輩九期生で、やはり一機撃墜の功があり、共に前途を嘱望された明朗な搭乗員であった。しかし、頭上に優勢な敵を控えての離陸では如何ともし難かった。

この時私の乗っていたQ102号機は、工作科を伴わないわずかの整備員だけの最前線基地では修理不可能と判断されて、現地に放置されたままになっていたところ、翌十八年ブナが米軍の手に陥ちた際、この報国号も敵の手に渡り、アメリカで復元されて捕獲零戦二号機として試飛行に供されたという。（一号はアリューシャン方面で捕獲）

数年前にこのことを知り、複雑な気持であった。

ラビ敵艦船攻撃

九月二日、ミルン湾に敵艦船侵入の報があり、一一三〇艦爆三機を直掩してラバウルを発進する。

隊長倉兼大尉以下六機。私は二小隊長として参加する。天候は極めて不良であったが、ラビ方面味方部隊の苦戦を思えば、中止はできない。

離陸後間もなく雲上飛行を決行する。高度四千、見渡す限り白雲の海を行く。

艦爆隊は大田源吾飛曹長が指揮官、偵察は山門一等飛行兵。二番機・堀三飛曹、偵は田中二飛、三番機・丸山一飛、偵は井堀二飛。

到着予定時間が近づいても雲量十、一切変化なくラビはおろかモレスビーまでも続く雲海かと疑われる。海抜四千メートルのスタンレー山脈も雲に隠れて見えず、やはり今日の攻撃は無理だったか、と思った。しかし、爆撃隊は直進し、分隊長もついて行く。私はこの密雲の中を下へ潜り抜ける自信はない。ニューギニアの山に衝突するだけだと思い、決死の覚悟をする。すでに艦爆はラバウルへ引き返す燃料は無くなっているはずだし、雲下に出てブナかラエに行くしか残された道はない。

心配しているのは私だけだろうか、飛行機隊は平然と雲海を行く。不安な航法を続ける。敵地も近いことだし天候は悪くとも見張りは厳重にしなくてはならない。二小隊長として最後衛である私は、後方の警戒は特に厳重にしなくてはならない。

そう思って左後方を振り返った時、通過する時は見えなかった雲の乱れがあり、島影がチラリと見えた。同時に、ここ以外には雲の下に出る道はない！と直観したのですぐに増速して前に出て分隊長に合図をする。分隊長も同じことを考えていたのか、間髪を入れず隙間を目がけて急降下する。艦爆隊は、と見ると、相変わらず直進している。距離も離れている、迎えに行くかちょっと迷ったが、追い付くには時間がかかるし、変化の早い天候ではいつ隙間がなくなるかも知れない。それに一小隊とも離れてしまう。艦爆はいざとなれば偵察員がいるので計器飛行はできることだし、機位の確認もしていることだと思い、二十ミリを数発発射して注意を喚起して、わずかの雲の切れ目を追って急降下に入った。

島影はサクリン礁付近と思われた。雲高五十メートル、下はスコール、視界は狭く、一小隊にしばらく海上を西進、岬より海岸線に沿ってますます激しくなるスコールの中を十メートルの高度で北上、ようやくブナ基地に到着することができた。一七三〇であった。

しばらく艦爆隊の帰投を待ったが、連絡も入らないので燃料補給の上ラエに帰投した。そして、遂に最後まで大田隊からの電報はなく、初日のガタルカナル片道攻撃にも成功した責任感の強いベテラン搭乗員も消息不明となってしまった。私たちの降下した時一緒に潜ってくれたらと、残念でならなかった。

夜に入って傍受した敵側電報に、「モレスビー沖に日本ハドソン機三機着水」との報があり、山本司令も日記に『fb（艦爆）×三消息不明生存の算あり』と記された。

しかし、この後情報は一切得られず、戦死と認定された。

昭和五十七年八月十五日の茨城新聞に、右三機の日本軍機はラビの西百キロメートルのテーブル湾に不時着、搭乗員は戦闘用に機銃を外し飛行機に火をつけてジャングル内に避退したが、九月七日、三名がドベタ地区で、九日にさらに山奥のジャングルで三名が豪州軍と激戦、全員戦死、敵側の手によって丁重に埋葬されたことが報じられた。戦史研究家の奏郁彦氏の調査の賜物であった。

真柄倖一一飛曹

九月六日の朝であったか、ポート・モレスビー攻撃の予定で準備の整った搭乗員たちが指揮所前に集まり、命令の下るのを待っていた。

この朝は特に搭乗員の顔が明るく嬉しそうに見えた。一人が白い靴下を高く差し上げて私の方を見て笑った。何かと思って近寄ってみる。今日出撃の搭乗員全部が一個ずつの靴下をぶら下げている。「何だ」と聞くと、「缶詰ですよ」と言う。

私はハッとした。二日ばかり前、分隊長から陸軍の状況を聞かされていた。それは、「スタンレー山脈を越えつつある南海支隊が、非常に食糧に困っている。慣れない山中を一週間分の食糧と弾薬兵器を担って徒歩ですでに一ヵ月の行軍を続けているが、補給が全然続かない。ブナより、これも肩にかついで輸送隊を送るのだが、部隊に追いつかぬうちに自分で食糧を食ってしまい途中から引き返して来てしまうという。もし航空弁当の余った者がいたら、少しでも良いから部隊の上に落としてやれ」

という話であった。しかし、にぎり飯三個の航空弁当ではいくらも残らない。搭乗員は自費を割いて酒保より缶詰を買い、靴下一杯詰め込んで少しでも補給してやろうというのだ。そこまで気付かなかった私は恥ずかしかった。

そこに後ろから輪島少尉の蛮声が飛んだ。

「馬鹿者、シャラくさいことをしやがる。真柄の考えそうなことだな、貴様たちこれから喰うか喰われるかの戦争に行くんだぞ。少しでも機体を軽くするために電信機や浮袋まで下ろしているのに、そんなものを座席にぶら下げて戦争ができるか。被弾した時は、一キロ、二キロの差でスタンレー山脈が越えられるかぶつかるか決まる時があるんだぞ。分隊長の訓示はな、余った弁当はやれというんだ、買って来てまで運べといわれたんじゃあない。第一、貴様らの俸給で三万の陸軍が養えるか。馬鹿者、今日は仕方ないが今後絶対に禁ずる。落とすのは弁当だけにしろ」

今までにこにこしていた搭乗員たちは、「ハッ」と顔色を変えて固くなり、ただでさえ日に焼けた先任搭乗員の真柄兵曹は、赤ら顔を気の毒なほど真っ赤にしてしまった。しかし、くるりと後ろ向きになった輪島少尉の顔も赤く、眼には大粒の涙が今にも落ちそうにふくらんで、「シャラクサイ、シャラクサイ」と小さくつぶやいていた。

南海支隊(私は南海支隊と聞いたように記憶しているが、青葉支隊の間違いであったかも知れない)は、ちょうど海抜二千メートル以上のココボの飛行場を過ぎた辺りを、西へ西へと日の丸の旗の波を進めている頃であった。

先輩には教えられることが多い。真柄兵曹についてはたくさんの思い出がある。海軍は一年先輩であるが、操練出身のため搭乗歴は三年くらいの大先輩になる。初めて顔を合わせたのは横空だった。マーシャルから日に焼けて帰ったばかりの時、

「角田分隊士ですか、兼ねてからお名前は伺っていました。よろしくお願いします」と丁重な挨拶に、私も兼ねてより磊落なこの人の逸話は聞いていたので、恐縮して初対面から階級を離れて兄弟の様な感じを持っていた。

この頃のことだったが、ある日夕食後、その日の戦闘記録を整理しているところへ従兵が呼びに来た。

「先任搭乗員が下まで呼んで来てくれと言っています」

はて、今頃何の用かな、と宿舎の外へ下りていった。南国の宿舎は床は六尺くらいの高さである。暗がりに立っていた真柄兵曹は、

「分隊士、呼び出して済みませんが、明日では手遅れになってはと思って来ました。実は今まで台南空の宿舎に遊びに行って色々戦訓を聞いて来たんですが、私がうちの分隊士は凄く勇敢だ、上がるたびに被弾して来るんだと自慢したんですがね、連中がみなで『そんなことをしていたらすぐ落とされるぞ、飛行機を滑らしていないんだろう』と言うんです。敵の照準器はこっちのより良いらしいし、初速が早いから正面より撃ち合ったら必ず先に弾を受ける。射距離も長いから、こちらは機を滑らしながら近寄って、射撃する時だけ止める。射撃が終わったら、また滑らして、敵に翼端を撃たせながら避退するそうです。これをやらないと敵の旋回銃も命中率は良いから危ないそうです。明日にも迎撃があ

思い出深い著者の大先輩・真柄俤一兵曹

るかもしれませんので知らせに来ました」と話してくれた。

初めて実戦経験者の尊い戦訓を機敏な処置で教えられ、有難かった。簡単なようでも内地の教育では教えられない戦法である。

また陸攻隊の直掩に際して、いよいよ爆撃コースに入ると、猛烈な対空射撃を受ける。直掩隊は左右斜め上空に位置しているが、敵戦闘機もこの弾幕の中には入って来ないから戦闘機は少しは左右に離れて良いと言われていたが、離れて見ていると、グラマンF4Fが千メートルの上方から真っ逆様に攻撃隊に突っ込み、そのまま真下へ突き抜けて行く。零戦の強度ではちょっと不安で追い付けない。陸攻の被害は防御砲火よりこちらの方が多いのではないかと思えた。

真柄兵曹はその日帰るとさっそく、「あれでは陸攻が可哀相ですね、この次から爆撃進路に入ったら、攻撃隊の真上に出ましょうよ」と相談しかけてきた。それ以後、私たちは指揮官には無断で自分の中隊なり小隊なりを率いて、前上方または直上方でバリカン運動をすることにした。いくらか敵の近寄るのを妨害できたと思ったが、このため、真柄兵曹はガダルカナル飛行場真上にて一瞬のうちに消え去った。高角砲の直撃によるものか、F4Fによるものか判然としないが、九月十四日のことだった。

二空戦闘機隊にとっては実にかけがえの無い、惜しい搭乗員であった。

和田整曹長

ラバウルに進出して間もない頃だった。指揮所に待機していると整備員が小声で「和田分隊士がちょっと来てくれと呼んでおられます」と言う。すぐ後について行くと、分隊士は整備中の飛行機の発動機を汗と涙と油でくしゃくしゃになった顔で泣きそうに睨んでいた。

「何でしょうか」と聞くと、

「ああ、この飛行機受け持ちの搭乗員が、どうしても調子が悪いと言うんだ。地上の試運転ではどこにも故障はないんだが、整備点検して何回試飛行してもらっても、空中に上がると調子が悪くなる。搭乗員にも原因は分からないらしい。上空に行ったらどう変化するのか、自分で見なければ若い搭乗員の話だけではこれ以上なおしようが無いんだ。これから分隊長に試飛行の請求をするから、角さん、お前飛んでみてくれ。その前に俺は座席の後ろにもぐり込んでいるから。悪いところが分かるまで宙返りでも急旋回でも実戦と同じ様に飛んでみてくれよ。どうせこんなことを頼んでも許可は出ないのは分かっているから、分隊長には俺の乗っていることは隠しておいてくれ。万一、空中火災や事故の時は、俺には遠慮なく跳び下りてくれ。俺の乗っていたことは知らなかったと言えば良いから。こんなこと安心して頼めるのは角さんしかいないからなあ、頼むよ」

と、悔しそうにエンジンを見上げる。分隊士の生命がけの整備魂に打たれ、「承知しました」と答えた。

受け持ちの搭乗員が上空に行くと不調になるというエンジン、もし間違っても胴体にもぐり込んでいる整備分隊士には脱出の機会はない。まさかそれを知って自分だけ落下傘降下することはできない。たぶん大丈夫とは思ったが万一の時は、男同士一緒に死んでも悔いはない、と思った。

しかし、試飛行には念を入れ随分急激な運動をしてみたが好調だった。さすが七十キロ以上の巨体の和田分隊士も降りた時はしばらく口も利けない様子だったが、「大丈夫です。搭乗員の気のせいでしょう。どこも悪いところは無いですよ」と言うと、「そうかッ」と嬉しそうだった。このような本当に生命がけの整備員に支えられてこそ、私たち戦闘機隊は安心してどこまでも飛べるのだ。

同じ一分隊士なので特に印象に深いものがあった。

自爆する陸上攻撃機

九月十四日、陸攻隊二十七機の直掩を命ぜられる。倉兼大尉以下十一機。私は二小隊長として分隊長の後に続き、攻撃隊の左側上方を飛ぶ。二中隊長輪島少尉は、油洩れでショートランドに不時着したため、四小隊長真柄兵曹が二中隊を率いて右側上方を警戒しつつガダルカナル飛行場の西側より爆撃針路に入った。

前日の申し合わせ通り、私は中隊長より離れて陸攻隊の前上方に出て何時でも攻撃に移れるように、増速しつつ蛇行運動を続ける。真柄兵曹は二中隊を連れて攻撃隊の真上を蛇行運動に入った。前もって制空隊が上空制圧しているはずなのに、敵も勇敢に単機ずつ攻撃隊目がけて直上方より降るように突っ込んで来る。味方機もこの敵機を追って行くので、爆撃が終了する頃には、直衛戦闘機はほとんど見えなくなった。

私も避退するＦ４Ｆを追い、高度二千メートルくらいでようやく捕捉、Ｆ４Ｆが水平にもどすところを捕らえ、一撃で空中分解させた。すぐに急いで離れた陸攻隊を追ったが、単機となり、全力で追うものの、一度空戦に入ると原位置に復帰するのは容易ではない。

サボ島の東側を通る頃、編隊の右側三機が進路を外れマニング海峡方面に向かうのが見えた。最初は何か特別の偵察任務を持っているのかと気にせずに、本隊を追っていたが、近づくうちに、キラリキラリと敵機が切り返す時の金属の輝きが見える。「しまった、攻撃を受けているのだ」ただちに本隊を追うのを止め、右方の一個小隊を追う。

明らかに四機のグラマンが陸攻に反復攻撃を繰り返している。もう大丈夫とちょっと安心していたが、随分しつこく追撃して来たものだ。イサベル島への中間くらいに来た時、陸攻は遂に黒煙を吐き出した。右エンジンである。何分飛んだろうか。随分長い間の攻撃を受け、良く頑張ってくれたのに……。私はいまだ射距離に追い付けなかった、もう少し、もう少しと祈るなか、ようやく近づき、少し遠いがとにかく撃とうと狙いを定める。四機のF4Fは、すでに気付いていたのか、一斉に急降下し、くもの子を散らすように避退してしまった。

私は黒煙が次第に大きくなり、チョロチョロと火を吐き出した被弾機が気になり、追撃を止めて陸攻に近づいた。見ていると、被弾機は「バアッ」と大黒煙を吐き、火は消えた。消火器のガスが利いたようだった。片エンジンでも飛べる、ほっと安心する暇もなく、ガス煙の消えた後からまたチョロチョロと赤く炎が見えた。私は右胴体に寄り添ってみるが、手の出しようがない。炎はだんだん大きくなる。消火器のガスは一度しか使えないらしい。搭乗員が四、五人窓ガラスに顔をつけるようにして手を振る。不思議と平静な様子だった。

私は機番号をしっかりとメモ帳に記入して置いたのだが、今となっては思い出すことができない。陸攻は急に大きく右急旋回をすると、機首は百八十度変針、ガダルカナルに向けられた。高度は下がる。火勢は強くなる。とてもガ島までは戻れまい。しかし、この場に及んで機首を敵地に向けた搭乗員たちの気持を思うと、しばらく後を追いながら涙が出て我慢できなかった。

やがて、火勢が右翼を覆うようになると、今はこれまで、と思ったか、機首を下げ、海面目がけて真っすぐに自爆の態勢に入っていった。七人の搭乗員を乗せたまま……。

その頃、私たちの二空では先輩の台南空を真似て各自の飛行機の垂直尾翼に撃墜機数だけ星のマークが記されてあり、協同空戦を指導はされていたものの、マークの増えるのは優越感を覚えたものだった。そのため直掩でありながら敵機を撃墜するまで深追いする結果になり、一度深追いすれば陸攻も増速して帰投するため、二度と直掩の位置に復帰することは困難であった。この日の私の行動が一番悪い例であった。これ以来、私は撃墜競争には加わらないことに決心した。自爆する味方攻撃機を見て身に沁みて感じたのであった。敵戦闘機を落とすよりも味方機を落とされないように戦うのが直掩戦闘機の任務である。

九月十四日、この日はいささか意気消沈した日であった。友軍の自爆を見送り、ブカの西側を過ぎセントジョージ岬への半ば頃から、すでにラバウル方面に上る黒煙が見えた。留守中にだいぶ爆撃を受けたな、と感じた。近づくにしたがって黒煙はラバウル湾東側の火山群を覆うように高く広く燃え、爆発を続けているのが分かり、とても消火できる状態ではないと思えた。

これは大変な被害を受けてしまったかと驚いた。幸い飛行場には被害はないらしく、火煙の中を飛んで着陸することはできた。聞けば航空廠で整備中の飛行機が発火し、それが野積みの燃料、爆弾に引火したとのこと。敵襲でなかったのは安心したが、被害の甚大さには変わりなく、飛行場は元より夜半になっても宿舎まで破片が飛び散り、血の一滴とさえ言われたガソリン、そして弾薬を大量に失ってしまったのである。

十月五日、ブカ基地に着陸、ここに泊まる。二〇一五より一一四〇まで敵大型機六機の波状攻撃を受け、宿舎に直撃弾一発を受けて、丸山三飛曹、森田三主曹、福島三整曹、台南空の谷津倉一飛が戦死し、井汲三飛曹は重傷で内地に送還され、大槻が軽傷、ほか四名の負傷者があった。丸山兵曹は、筑波空時代隣りの分隊におり、成績優秀温厚な搭乗員だったが、地上で無念の最後を遂げた。

その後、搭乗員宿舎はブカ水道に浮かぶソハナ島に移され、朝夕の飛行場往復にはランチを使うようになった。宿舎は元白人の住宅で、島全体が公園化し、南国の花が咲き乱れていた。潮の満干により水道は渦を巻いて流れる。色とりどりの熱帯魚が岸近く泳ぎ、透き通って天然の水族館のようだった。時々は鱶の小さなのも見える。

一日の戦闘の疲れをいやすには最高の基地だった。しかし、ここも戦況の推移と共に後には陸戦隊のみならず基地部隊、設営隊をあげての決戦場となってしまった。この頃はまだ特務少尉の率いる一個小隊の陸戦隊が進駐しており、島の管理は非常に行き届いていた。島の酋長には特務少尉が日本軍で一番偉い人だと思い込ませていたので、司令の中佐が来た時には、説明するのに非常に苦労されたそうだ。それでもどうにか納得させたらしく、一日老酋長を先頭にして大勢の現地人が色彩豊かな等身大の人形武具類を担いで果物と共に貢ぎ物を持ち挨拶に来た。子供たちは上手に日本の唱歌軍歌等を歌って歓待してくれた。年輩の陸戦隊小隊長の教化政治力には敬服したものだった。

丸山兵曹等の犠牲はあったが、私にとっては一番楽しい思い出のある基地であった。

ブイン基地初着陸

十月八日一三三〇、ブカ基地を発進、九機を率いてルッセル島南方にガダル輸送の水上機母艦日進《にっしん》の上空哨戒につく。高度四千、視界良好。一五〇〇より一六〇〇（日没）までの最終直だった。これまでの最終直は帰路の関係上早目に切り上げると日没近くに空襲を受ける算が多く、台南空、六空等では日没まで哨戒を続け、飛行機は護衛駆逐艦の付近に着水させ搭乗員だけを救出するという非常手段を取っており、着水の際多数の犠牲者を出していた。幸いにもこの日は急造中のブイン基地が使用可能の状態となり、夜間に、新基地まで帰投するよう命ぜられていた。基地には六空の飛行隊長小福田大尉が整備員数名と共に先発隊として飛行艇で進出しておられるはずであった。

予定時間中敵は日没間近のためか現われなかった。交代の飛行機は来ないので、念のため哨戒を日没後三十分延ばして海面も薄暗くなり、発見される恐れの無くなったのを見届けた後、航空灯を点けて低空に下り、艦上の人たちに激励と武運を祈るバンクをして帰途についた。

輸送は暗夜を利用して揚陸するため、月は無く、まったくの暗夜を選んでいる。昼間と違い、雲もだいぶ出たようなので高度五百メートルで一路ブインに向かう。

往路に確認しておいた飛行場は、上空から見るとコンクリート舗装か、と見間違えるほど立派な滑走路だったが、到着してみて驚いたことに、赤青灯の誘導灯のほか地面を示すカンテラは四個しかない。目標灯も飛行場の端を示す灯も一切見えない。若い搭乗員も連れていたので、ちょっと不安を感じたが、今さらどうにもならない。

「着陸宜しきや」

の信号を点滅する。ただちに、

「着陸せよ」

の発光信号が飛行場中央西側あたりに見える。ただちに解散、縦陣となり順次地上の指揮に随って着陸を開始した。暗夜にかかわらずラバウルと違い新しい滑走路は快適な着陸ができた。北の端にクルクル回る懐中電灯の方へ滑走して行く時に、何か爆音の中にグワァーンという異様な音を聞き、エンジンを絞る。ところが意志とは関係なく飛行機はどんどん前に進んでしまう。おかしいと思ってブレーキを踏む、それでも止まらない。いささかあわて気味のところに「スイッチオフ、スイッチオフ」と悲鳴のような整備員の声が聞こえ、ただちにスイッチを切ると、とたんに何百人とも知れぬ万歳の嵐が起こった。

万歳、万歳、の声が絶えず続き、電灯に照らされた両翼、胴体、尾翼まで鈴なりになった人たちがワッショイワッショイと掛け声と一緒に飛行機を押している。まるでお祭りのようだ。しかし、暗夜の中、電灯の数も二三個、光の届く範囲も狭く極めて危険に思い、飛行機より飛び下りると共に近くの整備員に聞いたところ、

「まだ整備員が六、七人しか来ていないので、飛行機の収容が間に合いません。それで設営隊から気の利いた者三十名ばかりを手伝いに頼んだのです」とのこと。

ついでに「あの声は」と聞くと、「初めて飛行機が来るというので、総員滑走路の側に並んでいるのです」と言う。飛行機を知らない人たちではまったく危険だ。暖夜の作業は慣れた整備員でも大変なのに、潮のような万歳の声は次第に前に押し出すようだし、昼間頼んだ人たちには良く説明したとはいうものの、二機三機着陸するうちに、迎えの人たちまで飛行機のプロペラの止まるのも待たずにわれ先に飛びつき、「万歳、万歳、ワッショイワッショイ」と押したがっている。

隊長は、と聞くと、向こう側の指揮所で、まだ伝令も電話もなく、一人で指揮をとっています、と言う。危険を感じ一時着陸を待ってもらおうと思ったが、反対側に離れていて、こちらの騒ぎには気付かない隊長は、適当な間隔をおいて次々に着陸の指示を発信している。これでは滑走路を横切ることもできない。また、夕方まで工事を続けていた滑走路の先端の方は、まだ地盤が柔らかく車輪がめり込んで、こちらでも騒ぎを起こしている。やむを得ず、設営隊の大軍の中に飛び込んで得意の大声で「退がれ退がれ」と怒鳴り続けたが、姿は見えず、爆音といつ終わるとも知れない万歳の声にかき消されて気が気でない。

列機の中には、戦地では初めての夜間着陸のため機体を回されて片脚を折り、翼をついて止まる者もあったが、これもたちまち普通の滑走の早さでかつぎ出してしまったため、私も報告を受

けるまで気づかない状態だった。

そのうち、飛行場の中頃で万歳の他にざわめきが起こった。私が大急ぎで駆けつけると、七、八番目に降りた飛行機に、まだ相当速力のあるのに万歳と共に翼に飛びついた人がいて、たちまち打ち飛ばされてしまい、今運び去ったところだと言う。たぶん即死らしいとだけで犠牲者は誰か、どこへ連れて行ったのか誰に聞いても分からず仕舞いだった。指揮官はどこにいるのか、これまた分からない。

炎熱の下に機械力の無いわが軍が千メートルの滑走路を鋸や鍬やもっこで地ならしをし、鉄板を敷き、一部のコンクリートは手練りで作り上げたとのことであった。

この飛行機の初進出が如何に嬉しく待たれたことだろう。特にこの日は夕方までに仕上げなくてはと、飛行場守備隊の陸軍まで一緒になって猛作業だったと聞いた。

小福田隊長に報告して、親切な一夜のもてなしを受けた。隊長は私の練習生当時の教官分隊士であった。

翌朝、出発前に、夜間部下に事故を起こさせた罪をお詫びしたいと思い、設営隊宿舎を訪ねた。隊長と教えられた方は名乗ってはくれなかったが、いかにも土方の親方といった真っ黒に日に焼けた筋骨たくましく眼光の鋭い四十歳前後の方だった。隊員の大部分は朝鮮出身者だということだったが、お詫びとともに、せめて戦死者の本籍名前だけでも教えて戴きたいと頼んだが、まだ二十三歳の兵曹長では子供扱いで、

「兵隊さんは心配しないで一生懸命戦って下さい。戦死者の方は遺族のことなど私の方でできる

だけのことはしますから安心して下さい」

と、丁寧ながら断呼として教えてくれなかった。相手の襟章は紺青の技術大尉だし、押して聞くこともできず黙って引き下がるしかなかった。

鋭い眼光に似合わない丁重な言葉と、鋭い中に人情味溢れる穏やかさを感じさせる眼を、今も忘れることができない。そして、今南北に別れた朝鮮とあの万歳の声を思い出す時、政治のことは分からなくても何となく熱い涙を禁じ得ないのである。

私は海軍の基地は海軍の陸戦隊か警備隊が守備してくれたものと思っていたが、実はブインには陸軍の飛行場大隊がいたとのことだった。

昭和五十一年十一月十二日、ようやく鹿児島県枕崎市に神風特攻隊梅花隊長・尾辻是清少佐の三十三回忌にお参りすることができたが、少佐の長兄は陸軍軍曹で第六師団に属し、ブイン進出と共に飛行場大隊付で勤務、滑走路作りも手伝い、終戦まで守備に任じ、彼のトロキナの苦戦の最中にもこの一個大隊だけは動かされなかったため無事帰還することができたということであった。

この日の編制九機は、松永、長野兵曹の他はなぜか戦史にも残されていない。

タサハロングに昇る大黒煙

十月十一日、この日は私の満二十四歳の誕生日である。ソロモンの空はあくまでも青く、深く、澄み渡って私の武運を祝福してくれているように見えた。しかし、戦局はようやく転換期を迎えようとしており、予断を許さなくなっていた。

　ガダルカナル第二次総攻撃の陸軍部隊を満載した輸送船団六隻は、この日敵前上陸を敢行するはずであった。わが二空にこの船団上空直衛の命令が出て、常用わずか十二機の小部隊の二空戦闘機隊も、連日のように陸攻隊の直衛、また船団の上空直衛にと出撃。ほとんど直衛専門といった状態であったため、同じラバウル基地で第六航空隊や台南航空隊などの華々しい制空隊の活躍を横目に見ながら、若い搭乗員たちは髀肉の嘆をかこっていた。

　しかし、今日は同じ直衛でも敵飛行場の眼の前だ、相手にとって不足はない。

　〇八〇〇ラバウルを発進した私の率いる七機の零戦は、高度四千メートルで、予定通り一一四五、ガダルカナル島タサハロング沖のわが船団上空に到着した。すでに数十キロメートル手前より立ち昇る黒煙が見え、激戦の模様がうかがえた。出発する時六隻と聞いていた船団も、今眼下に見えるのは四隻、しかもすでに全部が火災を起こしている。一隻は陸岸近く乗り上げており、一隻は凄まじい火炎を吹き上げ、船全体が真紅に焼けて見える。他の二隻も黒煙におおわれている。

　それでもなお、荷揚げ作業は続行されているらしく、短艇が盛んに往復している。前直の味方機は見えない、数機の敵爆撃機とＦ４Ｆ戦闘機が見えるだけである。

　ただちに掃射に入る。たちまち敵機は爆弾を投下、急降下で逃走する。しかし、広い澄み切った大空のどこからともなく一機、二機と忍び寄るように近寄って来る。今日はＦ４Ｆも爆撃しているのか、空戦に入る意志はまったく無いようだ。敵もわが軍の上陸阻止に必死なのだろう。避退していったものも、再び弾薬を補給して飛び立ってきて、編隊を組むひまもなく近寄って来る。われわれが発見して機首を向ければ、爆弾を捨て、逃走する。こんなことの繰り返しだ。

今日の上陸にそなえて、昨夜は戦艦による艦砲射撃と、連日の大編隊による陸攻の爆撃によって、敵飛行場には相当な被害をあたえてあるはずだったが、すでに機能は回復しているらしく、滑走路の南端には燃料弾薬の補給中と見られる五、六機の小型機がいて、絶え間なく離着陸するのが手に取るように見える。

私は編隊を千メートル間隔の単縦陣に変えた。泊地上空の、どこから敵機が近寄っても、誰かが捕捉できるためである。これは実は空戦には弱い極めて危険な隊形だが、七機をもってどこから来るとも分からない敵を防ぐには、ほかに方法がない。いつものことながら、敵を落とすより味方を守るのが任務の直衛隊である。つらい仕事だが、仕方ない。今日の泊地直衛は特に大切なので、船団上空を離れることは厳重に禁止しており、列機も良くそれを守ってくれて深追いはしない。

とにかく上空に到着して以来は有効攻撃圏内に敵機は入れていない。しかし、追っても追っても、むらがる蠅のように敵機の出現は限りがない。できることなら敵飛行場の列線の補給を封殺したいところだが、直衛だけではまったく効率の悪い、同じことの繰り返しである。

この日も、二十七機の陸攻の爆撃が行なわれたはずだが、滑走路の弾痕を修理することなどは、実に簡単なことだということは、すでに大陸戦線で十分知りつくしているはずなのに、意味のない爆撃ではないのか、と思う。

あの二十七機の編隊を九機ずつ三波に、あるいは三機ずつ九波に分けて攻撃させたなら、常に敵の上空に爆撃機を置くことになり補給作業も妨害をすることができるであろうに、と思った。

ガダルカナル島上空で零戦隊と熾烈な空中戦を繰り広げた米艦上戦闘機グラマンF4Fワイルドキャット

「最良の防御は攻撃に在り」とは兵隊でも教えられているのに、司令部はなぜやらせないのか。爆撃隊がやらなければ戦闘隊による銃撃でも良い、とにかく補給作業を妨げなければならない。しかし、残念ながらわれわれの七機は防御に手一杯である。司令部の計画した一直七機は最低限度の兵力である。ここで今、私が独断専行して飛行場銃撃を行なえば補給は一時的に止めることができても、その間直衛がからになった船団の被害ははかり知れないものがあろう。ああ、飛行機が欲しい、あと六機、あと六機を私にあたえてくれたなら、ガダルカナルの制空権は完全に掌握できるだろうに！

翼下に、炎につつまれた船の中で作業する船員や陸軍を思うと、胸も張りさけるばかりの悔しさである。あと六機の戦闘機があれば飛行場からの発進をくい止めることができる。地上砲火がどんなに激しかろうとも、灼熱の船上に働く船員たちに比べれば何ほどのことがあろうか。しかし、このわずか六機の戦闘機が、ラバウルには無いのである。

とにかく、今は命令された通りの戦闘を繰り返すしかない。何機目かの敵を追い払ったあと、ふと気づくと、小癪にも船に銃撃を加えている四機のグラマンＦ４Ｆがある。何としよう、いま高度を下げては敵の爆撃機を追い払うには不利となる。しかし、目前に迫る船の危機を見逃がすことはできない。

私は上空に列機の所在を確認しておいて、さっと急降下に移った。千メートルまで近づいた時、早くも気づいた敵はたちまちクモの子を散らすようにガダルカナル目がけて遁走する。実に逃げ足の早い奴らだ。深追いは禁物、私は追うのを止めた。この時私は先ほどから気になっていた飛行場掃射を思いついた。高度を下げてしまったついでに一撃加えなければ気が済まない。

ただちに飛行場めがけて全力でとばした。ところが、上空からは眼下に見えていたが、距離は二万メートルもある。零戦でも五分はかかる。船団上空が気にかかる。機首は飛行場に向けたまま、後方の泊地上空を凝視する。臨機の正しい行動であるとは思いながら、命令以外の行動をする本能的な不安感が消えない。

高度五百メートル、飛行場までの半分も達しないうちに果たして私の判断が間違っていることを知らされた。二兎を追うものは一兎をも得ず、のことわざを思い知らされたのである。

遥か東方、ツラギ方面に小型機の大編成を発見したのである。距離二万、高度三千と見た。「シマッタ！」ただちに翼をひるがえして上昇に移る。列機を厳しくいましめつつ、自らこれに反して上空を離れた罪は覿面《てきめん》で、恐らく間に合わないだろう。しかし、この小型機はガダルカナルから飛び立ったものではない。今までの戦闘振りを見ても、基地の敵は編隊を組む間も惜しげに思い思いに進入してくるが、今度の敵は約三十機の密集隊形である。おそらくソロモン東方海面の機動部隊から発進した攻撃機であろう。とすれば直衛の戦闘機隊がついているはずだ。

わが列機はバラバラである、集合させるにも距離は離れ過ぎている。悪くすると一番恐れていた各個撃破を受けることになる。

「シマッタ！」と歯がみしつつ、全力上昇を続ける。高度二千に達した頃、ようやく列機の所在も分かってきた。真東より侵入する敵編隊に対して、完全に反航接敵コースに入ったもの一機、北方より全力で近づきつつあるもの一機、この二機は確実に爆弾投下前に攻撃を加えることができるだろう。しっかりやってくれ、頼むぞ、と祈る気持である。心配した直衛戦闘機はついていないようだ。味方の基地の制空圏下にあると思い、爆撃機のみ発進させたのに違いない。これはこちらにとって実に幸いであった。

やがて船団の東方約五千メートルくらいで最初の一機が、絵にかいたように見事な反転を行ない、後上方攻撃に入った。そのとたん、まだ射距離にも達しないと思われるのに、敵編隊はさっと散開したと思うと急降下に移り、そのまま浅い角度で爆撃針路に入ってきた。二番機はただちに追尾にはいる。

私はホッとした、先ほどからの緊張と責任感が急にうすらいで、全身の力が抜けるようだった。ラバウルは珊瑚海海戦、ミッドウェー海戦経験者も多数おり、敵の母艦航空隊の勇敢さも聞いていただけに、わずか一機の零戦が機首を向けただけで散開してしまう爆撃隊などは、何としても信じられない現象だった。これでは急降下爆撃にはならない、せいぜい三、四十度の緩降下爆撃になってしまい、命中することはないだろう。果たして水柱は船を覆って見えたが、これが崩れ去ったあとに、新しく被害を受けた様子は無かった。とはいえ、上空に敵機を進入させたことは揚陸作業には大きな障害となる。基地攻撃をあきらめた私は、ふたたび専ら上空掩護に当たることに努めた。

指定された一時間の間、相変わらず散発的に進入を図る敵機は絶えなかったが、再び大編隊の来襲はなく、先ほどの爆撃隊もガ島には着陸しなかったようだった。定刻一二四五、北方より交代の味方零戦六機が現われる。

私は大きくバンクをして味方列機を集合させる。燃料もギリギリなので帰途につく。敵戦闘機に空戦の意志が見られなかったので、味方機に被害はなく、延べ数十機の来襲を受けながら、一発の命中弾もなかったのは偶然とはいえ、やはり嬉しかった。

しかし、相変わらず四隻の輸送船は上陸した陸軍を象徴するかのように、はげしく燃えつづけていた。

高度三千メートル、ルッセル島を過ぎる頃より、今日は馬鹿に寒いな、と思う。ニュージョージア島の西側を過ぎる頃、突然眼前の水平線がゆれた。変だな、と良く目を据えて見定めようとすると、たちまち今度は大きく左右三十度くらいも揺れ、傾く。それと共に飛行機は横なぐりの突風を受けて、私の身体は斜めに叩きつけられるようだ。下方水面を見ると、もりもりと海面がせり上がってくる。

ウワッ！　天変地異、地球始まって以来の大地震だ。前方ラバウル方面の水平線は絶えず揺れる。飛行機は暴風の中の木の葉のようで、水平飛行も困難だ。これは戦争どころではない、地球の終わりがきたのか！　と恐怖を感じた。

ふと、列機はどうしているかと振り返ると、二番機の横山一飛曹、三番機の山本二飛曹が、共に私の頭上に近寄って、風防を開き心配そうにしきりに私の座席をのぞきこもうとしている。彼らにはこの大地震が分からないらしい。瞬間、ハッと気がついた、「やられた！」マラリヤだ。地球の回るのは当たりまえだが、俺の目玉まで回ってやがる。原因に気づくと、つい二、三日前、司令より、

「分隊士、毎日で大変だが、二神中尉は飛行学生を出たばかりだからぼつぼつ戦闘に慣れさせたいし、輪島少尉は戦地が長いので内地への転勤内命が届いている。交代者が着任すれば帰還させることになっておる。今万一の事があっては気の毒だから、しばらくの間一人で頑張ってもらいたい」

と、頼まれたばかりなのを思い出した。マラリヤだと分かれば飛行止めになる。とっさに座席を下げ、計器飛行に移った。目は回っていても、計器は正しく働いているはずだ。針、玉、速力、戦闘機の計器飛行はこれだけである。旋回計の針と左右傾斜計の玉を真ん中におき、速力を巡航百四十ノットに固定して回転を変えなければ水平直線飛行ができるはずだ。それでも計器盤はぐ

らぐら動き、体は投げ出されそうに感じたが、どうやら機は安定したらしい。針、玉、速力、と呪文のように唱えつつ三十分ほど過ぎると、ようやく体の熱も下がり、目の回りも止まってきた。それは実に長い三十分であった。

座席を上げて前方を見ると、相変わらず紺碧の空と海。遥か右前方には、すでにセントジョージ岬が見えていた。燃料不足のため、石川二飛曹、松永二飛曹、生方一飛、それと臨時に指揮下に入っていた台南空の菅原一飛はブカ島に向かった。

無事ラバウルに着陸すると三番機の山本二飛曹、二小隊二番機の長野二飛曹が、何かおかしくてたまらぬといった様子でかけ寄って来た。

「分隊士、今日は計器飛行の練習ですか」と言うので、私が「そうだ」と答えると、遂にたえ切れずに笑いを爆発させて、鬼の首でもとったように得意そうに、

「分隊士の計器飛行はあまり上手じゃないですねえ。急にぐらつきだしたので、被弾しているのかと思って心配しましたよ」そして、また二人でころげるように笑い続ける。

二番機の横山一飛曹もそばでニヤニヤしている。どうやら私にも欠点があることを知り、仲間意識が深まったのだろう。私も笑いながら、

「計器飛行は俺も練習生卒業以来初めてだ、明日からは毎日帰りには練習するから見張りを厳重に頼むぞ」とごまかして、マラリヤにかかったことは分からずに済ませることができた。

これがガ島上空なら一巻の終わりだったが、幸い発熱は午後三時から四時頃に決まっていたから、一安心だった。それから数日苦しい中にも計器飛行の訓練ができて、すっかり自信をもった。

これは後日大いに役立つことになった。

十月二十四日の深夜、「角田分隊士、起きろ」という輪島少尉の声に私は驚いてとび起きた。通称「ツノサン」で通っている私は、夜中に公式の職名を呼ばれてびっくりしてしまった。他の分隊士連も、何しろ輪島少尉の蛮声ときたら天下一品だから全員起き上がってしまった。当の本人は電話器の前でいかにも厳粛な態度で、

「ただ今副長より電話があったので伝える。『陸軍部隊よりの電報によれば、今夜十一時、陸軍部隊はガダルカナル飛行場を占領せり、明日戦闘機隊はガ島に進出する。陸軍の指示にしたがって上陸の残敵掃射に協力すること。整備員は陸攻に便乗して行く、燃料弾薬の補給も陸攻より受けること。指揮官は二神中尉とする。角田分隊士は、明日は宿舎で休養して宜しい、飛行場に出なくても宜しい』以上」

期せずして万歳の声が上がり、深夜ではあったがさっそくビールの乾杯が始まった。私は急に疲れを感じ、先輩方に失礼して寝台にもぐり込んだ。宿舎で休養せよという副長の命令、自分では完全に隠していたつもりだったが、司令や副長には分かっていたのだろうか。しかもこの夜中に明日の休養をわざわざ電話してくれた上官の思いやりに、私はこの司令や副長の下に死ぬことができるならば悔いはない、と、改めて肝に銘じた。

しかし、明日は二神中尉の壮途だ、飛行場には見送りに行こう。そんなことを考えながら乾杯の騒ぎの中にいつしか眠りにおちていた。

「分隊士、時間になりました」従兵の呼び声にいつものようにとび起きた私は、思わずよろよろと膝をついてしまった。

寝台に手をかけ、立ち上がろうとしたが壁も床もぐらぐらとして頭が割れそうに痛い。

「あれッ、マラリヤは午後のはずだったが」

と思ったが、駄目だ。どうしても歩けない、目もあけていられない。仕方なく、副長の言葉にあまえるようで残念だが再び寝台に横になった。診察の結果はデング熱、熱帯熱マラリヤ、三日熱マラリヤの三種混合で、重態とのことだった。

夕方、飛行場より帰って来た輪島少尉から、昨夜の陸軍の電報は誤りで、ガ島飛行場に着陸しようとした二空戦闘機隊は待ちかまえていたグラマンの包囲攻撃を受け、帰って来たのは長野二飛曹のみ、二神中尉、石川二飛曹、森田二飛曹、生方飛長は自爆。

事実上、二空戦闘機隊は全滅に近い打撃を受けてしまったと聞かされた。私は遂に頭も上げられず、これより半月近く休養をやむなくさせられたのであった。

再びブナの炎

十一月十一日、倉兼大尉は十五機を率いガ島攻撃に向かったが、離陸直後より天候が急に悪化し、スコール来襲のため引き返して来た。雲高五十メートル、視界は極めて悪く、列機を着陸させ、自分も着陸しようとした頃、飛行場は湖のようになり、滑走路の辺りはわずか三十分足らずの間に水は膝を越える有様となってしまった。分隊長は、この水の上に降りたが、滑走できず転覆して重傷を負い、ただちに入院となった。

非常に厳格な方だったが、私にとっては、またとない良い分隊長だった。炎天の下に常に飛行服にジャケットを着けて待機しており、どんなに暑くても、水を飲まなければ汗は出ない、という激しい気性の人だった。

十五日にはブナ方面の作戦が忙しくなり、補給船団の直掩を続ける。司令はラエに進出の予定であったが、天候が悪く、二十四日になってようやく零戦十二機を率い、司令搭乗の輸送機を直掩して午前、ラエに進出した。

わずかの間留守したばかりなのに、ブナ西方密林中にはすでに敵の飛行場が二ヵ所完成し、彼我の距離は約一時間行程ほどである。さっそく連日のように朝晩敵襲がある。

午前午後二回はこちらより攻撃をかける。まだ機数は少ないが忙しい毎日が続いた。艦爆隊主力はラエに集結しており、二五二空戦闘機隊が進撃していたものの、司令以下、准士官以上全員が熱病その他で入室中とのことであった。

さっそく、午後航空攻撃戦のために、一四一五、ラエ発進。大槻二飛曹、本田飛長を列機に、二小隊には、小川、関谷、竹内の各兵曹を連れ、六機で進撃する。高度四千。

一五〇〇には早くも敵P39の編隊と遭遇し、攻撃態勢に入る。しかし、敵十五機はラビ方面に避退してしまった。

関谷兵曹がこれを深追いして、一機を撃墜、さらに他の六機の編隊を発見、これも一機撃墜して帰った。攻撃精神は見事であったが、編隊空戦の基本を忘れた行為と思い、注意した。ソロモン方面の米軍の戦法と、ニューギニアの豪軍の戦法はかなり相違があるため、慎重を期したのである。

つまり、ガ島の米軍はわが爆撃機に対しては極めて勇敢に攻撃して来るが、零戦に対しては、徹底的な優位でない限り空戦を避ける傾向がある。これに対して豪軍のP39は挑戦的であった。しかし、本日の対戦で、恐らく敵機も地上部隊、特に基地建設の掩護を任務とするものと判断されたが、われわれが爆撃機を使わず、戦闘機ばかりの場合は似たような戦法を採るようになったものと思えた。

新しい二つの飛行場に銃撃を加え、偵察したが、効果不明。滑走路以外のジャングルは敵味方の境界はまったく不明のため攻撃できなかった。

この夜、報告書類整理のために命令書を見ると、上級各司令部よりの命令は、「五八二空司令は当分の間所在航空部隊を指揮し敵の反抗を阻止撃滅すべし」とあるだけであった（注、二空は昭和十七年十一月一日付で五八二空と改称）。数日後私が再びマラリヤにかかり、休むまで、新しい命令は来なかった。艦爆はあるが、専門の偵察機を持たない司令の、苦しい作戦指導の数日だったと思う。司令部も編制替えの時期だったかも知れないが、一週間に一ヵ所ずつ新しく敵飛行場ができるとさえ言われた時に、上部からの命令がないということは、実に心細いものだった。

後に私がアッツ島玉砕前の榎本大尉の沈着な電報、ビアク島より発信された猪口司令の具申電報の写しを終戦まで離さず持っていたのも、この時の経験から、いつどこで最後の電報の起案を命ぜられるかも知れないので、その時の参考にと考えていたためであった。

二十五日、この日、ブナ攻撃に出発準備中の零戦がP38五機の奇襲銃撃を受ける。前進基地が無くなったため情報が入らず、いきなり敵発見と共に銃撃を受けるのだ。待機中の三機がすぐに飛び立ったが、一航過で逃げる俊速のP38に対してはとても間に合わない。

私は、すぐ準備完了して後を追うように出発する。二番機福森二飛曹、三番機平林飛長、二小隊は榎本一飛曹、森岡二飛曹、長尾飛長の六機。この他に二五二空六機が飛んだらしいが、私の日記にはない。

この時期、二五二空の下士官兵搭乗員は、命令通り山本司令の指揮下にあり、同時に私の指揮下にあった。

一〇三〇、ブナ上空三千メートル着、警戒しつつ高度を下げ、ドブヅル飛行場の銃撃に入る。建設中の滑走路の真ん中に四十トン級のブルドーザー（もちろん当時は、ブルドーザーの名前は知らなかった）を発見、銃撃を加えたが燃えなかった。

私はザリガニのように排土板を持ち上げた、戦車よりも大きな機械に驚き、これで飛行場ばかりでなく密林の中を進みながらアッという間に道路ができるのか！　と思うと、こんな怪物を相手に戦っている陸軍は容易じゃないな、と思った。この怪物の炎上を見ないうちに、南方に逃げるP38二機を発見、ただちに全力で追跡したが、上昇速度に相当の差があるようで、次第に離され、遂に見失ってしまった。

同時に上空に輸送機一機を発見、追撃したものの、これは雲の中に逃げられてしまった。ドブヅル飛行場はもう使用可能となり、これらの敵は着陸のため一度高度を下げてからわれわれを発見したか、地上からの指令で避退したもののようであった。

ラバウル上空にもP38は現われるようになっていたし、ちょっと速そうだとは思っていたが、直接出会ったのは初めてであり、予想以上の速度差に容易でないものを感じた。何とかこれを捕捉する方法を考えなければならない。

一二一〇、全機ラエ基地に帰着。指揮所には司令一人である。朝出発する時も寂しげに、

「角田兵曹長は、副長兼飛行長兼分隊士だなあ」

と、話しかけてきた。上からの命令はなく、偵察機の情報は入らない。その日攻撃に出た者の戦闘報告によって明日の作戦を練らなければならないばかりか、相談相手の士官も無い。

この日の報告を聞いていた司令はいつものように、「ご苦労だった」と解散を令したが、私の報告だけでは情報不足だったのか、思わず「さあて、明日はどこをやるかな」との一人言がでた。側にいた艦爆の搭乗員たちにも聞こえてしまったらしく、古参らしい下士官が、

「司令、昨日爆撃した陣地ですが、赤十字のマークは避けた積もりでしたが、破片が飛んだらしく側に積んであった物資が誘爆しました。あの山は医薬品でなく弾薬の山です。明日はあの赤十字を爆撃させて下さい」と、怒りを押さえながらも力強く申し出た。

司令の顔色に瞬間苦痛の色が走った。しかし、すぐ明確に否定した。

「それはならぬ、赤十字のマークに弾痕を残すような攻撃はしてはならぬ」

司令のあの苦痛の色は何だったのか。部下の不見識にあきれたのか、敵の卑怯さが腹立たしかったのか。そして攻撃を命令できない立場が苦しかったのか。

私はそういう司令が好きだった。その日の午後は輸送の駆逐艦上空の哨戒であった。

二十六日は、早くも〇五〇〇にB17一機、P38四機の空襲を受け、迎撃に上がった。私に続くもの九機。しかし、高度六千では追いつけない。攻撃準備があるので、追い払っただけで着陸する。今日は艦爆直掩を兼ねた攻撃である。目標もドブヅル飛行場か、河口の敵ハリコフ陣地か、どちらかの決定は状況により、艦爆隊指揮官岡村予備中尉の判断によることとなる。

〇七一五ラエ発進、私の二番機は長尾飛長、三番機山内飛長、二小隊西山一飛曹、古本二飛曹、笹本飛長、それに二中隊に二五二空の下士官が続く。

〇八〇〇、ブナ近くで、高度三千にダグラス輸送機二機を発見。今日の直掩はP39七機。ほかに敵機を認めずただちに艦爆隊から離れて攻撃に移る。爆撃機と異なり、ダグラスでは零戦の敵ではない、たちまち一機は黒煙と火炎を吹きつつ緩降下、墜落。一機は右翼を半分飛ばされ、大きく火を吹きながらゆっくりと水平錐揉みに入り、両方からパイロットが飛び出し、落下傘が二つ三つと開く。

ところが、上空のP39を甘く見たのは失敗だった。F4Fならすでに戦勢の決まったこの時点で逸早く離脱してしまうのだが、P39は空戦を挑んできた。アッという間に、二番機の長尾飛長が黒煙を吐く。私の目の前を真っすぐに突っ込む。それが炎上しながら水平錐揉みで落ちていくダグラスの横を矢のように早く通り過ぎ、瞬く内に自爆してしまった。勇敢にも上方より突っ込んで来た敵も、味方の反撃に二機を墜とされるや、たちまちラビ方面に遁走してしまった。

制空権は完全に制圧したと判断したので、列機は上空に残したままドブヅル飛行場にある輸送機ダグラス一機の銃撃に入った。曳痕弾の吸い込まれるのは、はっきり見えるが、発火せず、飛行機横の密林内より相当機関砲の射撃があり、また、東北隅にある約五十メートルのエプロン上に大きく赤十字の帆布が張られている。

西側に弾薬箱らしき木箱が四、五メートルも積み重ねられ、その北に沿って、大きな幕舎三、四棟がある。反対の東側からは、高角砲陣地があり、特に猛烈に射って来る。たぶん先ほどの輸送機が補給したばかりなのだろう。弾薬集積所を銃撃したが、こう近くては赤十字のマークに弾を入れない訳にはいかない。ここの対空砲火はわずかの間にずいぶん激しくなったものだ。

私は赤十字のマークのはっきりした国際法上の権利を知らない。どのくらい離れれば合法的攻撃なのか習った覚えもなかった。しかたなく、二撃はあきらめた。

ドブヅル飛行場は高度五メートルくらいで西より東へ飛び抜け、ついでにブナの味方基地に向かう。昨夜の陸軍よりの傍受電に「軍医士官一名、電信兵一名を含む十名足らずの陸軍がわが基地を死守せんとす」との電報があったのを思い出した。

命令は無かったが、高度を下げたついでに状況を見たいと思い、上空十メートルで南より北に滑走路上空を通過してみる。

早くも気付いたらしく、兵隊五、六人が西北隅の以前整備員の退避壕に使っていた防空壕の前に出て、それぞれ日の丸の旗を振っている。ただちに右旋回して元のコースに戻る。何十日か前、大本営に戦況報告に行くという陸軍大佐の方を零戦の胴体に入れて、ムンダよりラバウルまで運んだことをチラッと思い出した。

よし、直接現状報告を聞くためとすれば二人くらい胴体に入れて運んでも軍規違反にはなるまい。それには着陸可能かどうか、良く調べる必要がある。高度十メートルで二航過目に入る。滑走路の半ば頃には弾痕も無く、着陸は可能だと判断した瞬間、右斜め頭上をすれすれに後方より四十ミリ機関砲弾が細長く飛んだ。

「しまった！」

反射的に右足を一杯踏み、操縦桿は左前に押し、地上すれすれに突っ込み機を滑らす。次の瞬間「ゴオーッ」と物凄い嵐のような発射音が尾翼後下方より聞こえた。

思わず「ひやッ」とする。これだけの低空飛行をしているのに、さらに後下方に喰い付いてくるとは、どれほどの腕の奴か！　恐ろしい奴、しかし、前方はジャングルだ。すぐ高度を上げなければならない。これで終わりか、と後ろを振り向くと、敵機はなくて、飛行場南端、私の列機岩瀬、井原兵曹を火葬にした辺り一帯が白い硝煙に覆われている。何百梃とも知れぬ機関砲の一斉射撃だが、敵機でないのを知ってほっとした。

まず滅多にこれは当たることはあるまい。しかし、陸軍は私のために却って隠れ場所を晒してしまったのだ。いずれ脱出の望みのない数人でも、死期を早めてしまったことは申し訳ないことだった。

〇九三五、上空の列機をまとめてラエに帰着する。艦爆には被害はなく、ブナ上空でDC3二機、P39二機の撃墜、一機撃破の戦果をあげた。だが、ちょっとした油断から長尾飛長を自爆させてしまった。水平錐揉みのダグラスのすぐ側を垂直に突っ込んでいった長尾、あれは意識不明の落ち方では無い。明らかに教えられた通りの精一杯の自爆である。

私はまだ長尾家の人たちに会っていない。靖国神社の慰霊祭にお誘いしたが、日蓮正宗の信者である一家は神社を認めず、用があるなら福岡の墓まで来いという。私は、昭和六十年七月、ソロモン慰霊祭を前にして福岡に墓参りに行ったが、言を左右にされ、遂にお参りすることができなかった。

若杉育造飛長の自爆

十一月十三日、この日ラバウルは朝から小雨だった。雨が降っては戦さはできない。当時の戦闘機は有視界飛行が主だから、彼我共に自然休戦である。今日一日は命に別状無いだろう、と安心していたところ、十時近くなって飛行場待機の命令が出た。

指揮所に駆けつけてみると、すでに司令、副長共に先にみえて、当日の出撃編制表が書き出されていた。零戦六機、指揮官兼一小隊長は私、二番機大槻二飛曹、三番機若杉飛長、二小隊小川一飛曹、外二名である。

　空は明るいが、小雨は降り続ける。司令の戦況説明があった。

「昨夜、戦艦二隻を基幹とする艦隊がガダルカナルへ夜襲を決行、飛行場を砲撃し、現在避退しつつあるが、戦艦比叡が落伍している模様である。早朝より十一航艦司令部には『上空直掩機送られ度し』の電報が絶え間なく届いている。しかし、偵察機の報告によればニュージョージヤ、マライタ島以北は密雲に覆われ、ところにより豪雨があり、飛行困難である。そのために戦闘機の出動は見合わせていたのであるが、ルッセル島以南のガダル水域は晴れ、このため比叡は敵飛行機の波状攻撃を受けつつある模様である。比叡よりの要請が激しいので、基地航空部隊としては、艦隊への義理のため直掩機を一隊だけ当隊から送ることになった。現場へは一式陸攻が誘導する。ラバウルの西方二〜三十浬のところに雲の薄いところがある、そこから陸攻は計器飛行で雲上に出る予定であるから離れないように。比叡の位置は到着予定時にはマニング海峡を東太平洋へ脱出中のはずである。上空二時間または艦隊が東側のスコール中に脱出するまで直掩。交代の飛行機は行かない。ブインは豪雨のため進入できない。時間になったら指揮官の判断で適当なところに帰投するように」

　出発を令した司令の眼に涙が浮かび、顔の硬直しているのがはっきりと分かった。私はこの時、天候よりもわずか六機をもって敵の波状攻撃を喰い止めることができるかどうか、その心配による緊張の方が強かった。

　天候の方は今までの経験から午後にはベララベラ島以北は晴れとなり、ブインまでの帰投は可能だが、それまで保つかどうか。

西飛行場を飛び立った一式陸攻に誘導されて、予定通り西進して、ガスマタの近くより密度の薄い白色の層雲を突いて雲上に出る。雲中の視界は二十メートル、一小隊が陸攻の右翼下方に、二小隊が左翼後下方にそれぞれ左右単梯陣にして編隊飛行をすることができた。高度六千、進路東南南に変えて、雲上飛行を続ける。予定時刻ピタリで、イサベル島南端に到着、これよりルッセル島以南は雲は無いが、煙霧に覆われて視界は非常に悪い。陸攻は左旋回して帰途につく。

私は、まだ味方艦船は発見していなかった。電信機を搭載していない戦闘機は基地に問い合わせることもできない。陸攻を追って手真似で様子を聞こうとするが、さっぱり要領を得ない。ここまでくればわが任務は完了と思ったか、次第に高度を下げ四千メートルで帰投進路を取り、雲の中に入ってしまった。しかたなく自分で付近の捜索にかかった。狭い水域だから視界が悪いとはいえ、簡単に見つかるだろうと思った。高度を二千メートルまで下げ、コの字運動を続けること約三十分、東側の真っ黒な壁のようなスコールまで索敵したが、遂に艦影を見つけることができなかった。

これは出がけに司令に言われたように、幸運にあのスコールの中に逃げ込んだろうと判断して帰路につくことにした。その時は、まさか日本の戦艦がそう簡単に沈むとは思っていなかったが、事実は遥か西南方のサボ島付近ですでに航行不能に陥っていたのであった。

予定では昨夜のうちに通過しているはずだし、空襲の報はあっても艦の位置や被害は報告されないため、予定海面をいくら探しても分からない訳である。

さて、帰途につき、高度を上げてみると、驚いたことに三十分前六千メートルで越えて来た雲が八千メートルでも越えられない。すでに頂上は約一万二千メートルにも達する積乱雲に発達していた。これでは零戦では越えることはできない。しかたなく、雲の下をブインまで帰ろうと思った。

予定通り下はスコール、ルッセル島よりニュージョージヤの東海岸に沿って北上する。初め二十メートルくらいで飛べたのが、雨がだんだん強くなると共に雲も低くなり、海岸の椰子の幹だけがときどき現われてサッと消える。葉は雲に隠れて見えなくなってきた。雲高十メートル、しかし、帰る途は一つしかない。危険を感じて海岸を離れる。視界はますます狭くなる。雨は大粒となって海面に跳ね返る。

ニュージョージヤを離れる頃よりようやく不安を感じ出した。周囲の雲は、さらに黒くなり視界は約二十メートル、すでに前方を見て飛ぶことはできない、右翼前縁の海面をじっと見つめスコールに叩かれ、吹き上げるしぶきのわずかな白さで、ようやく機の水平を保つだけである。高度は三メートル。波頭をなめるように飛ぶ。

全身すっかりねっとりと油汗になった。三番機が右横腹にピッタリ喰いついてきている。主翼の後流が重なるため、修正に骨が折れそうだ。操縦に角が立つ、体を固くし過ぎているな、と思うがどうしようもない。

二番機は一メートルばかり上に離れて影絵のようについて来る。ときどき雲の中に入って見えなくなる。しかし、これはまだ気持に余裕がありそうだ。修正の柔らかさが分かる。

二小隊はとても見えない。こんなにひどくなるのなら単縦陣にしておくんだったと後悔したが、追いつかない。今さら手真似で信号しても視界が利かないし、第一、自分の手足も水平飛行で精一杯なのだ。片手でも離そうものなら、たちまち平衡を失って自爆だろう。もうぼつぼつブーゲンビル島は晴れる頃だと思いながらも、視界はますます悪くなるばかり。後五分でコロンバンガラ島に近づく頃と思うころ、心なしか前方の黒さがさらに増したように思われた。決断の時だ、機位にも不安を感じてきたし、帰るのはあきらめよう。無理をして島に衝突するなら、ガ島へ引き返そう。目標には事欠かない。その方が死に甲斐があると思う。

だが、困ったことにこの状況では旋回ができない。頭の中に地図を書く、右旋回して百八十度反対方位へ向かえば良いのだが、高度三メートルでは、機を右に傾けた瞬間三番機は海に突っ込んでしまう。左旋回した場合は百八十度反対でニュージョージアの島に衝突する恐れがある。回り過ぎればチョイセル島だ。

無事ソロモン水道の中央を抜けるのには何度にしたら良いか、通い慣れたガダル街道の地図は頭の中に焼き付いている。計算は小学生でも分かる勘定だが、今、視界三十メートル以内、高度三メートルを飛びながら考えたのでは、いくら泣きたくなるほど考えても安全な針路は出てこない。出るのは油汗ばかり、よし、右旋回百八十度。意を決し、バンクをとらずに足だけで少しずつ、少しずつ旋回しようとした。

旋回計の球が中心の目盛りよりちょっと左から外れたと思った瞬間、ただでさえ固くなってピタリと翼を重ねて飛んでいた若杉飛長があわてて離れた。二メートル、三メートル、これはまずいと思って足を戻しながら、ちらッと視線を走らせた時、私の視界のはじで、若杉機は、機首を海面に逆さにつきさし、胴体は座席の後方から真っ二つに折れ、折れた尾部は上空の雲の中に跳ね飛んで見えなくなった！　私の航法に間違いがなければ場所はコロンバンガラ島の東南十キロメートルと思われた。

無我の境地で飛ぶこと三十分余りで元のイサベル島南端に出る。高度を上げつつ、初めてどっと涙がでる。胸が痛いほど引き締められる。

若い情熱を戦闘機乗りとしてこの南海の果てまで来ながら、敵との空中戦で敗れたならばやむを得ないが、私ごとき者を指揮官と思えばこそ最後まで頼り切ってついて来たのに……。

過って自爆させてしまった私は、ご遺族の人たちに何としてお詫びをして良いか、それに任務の比叡も発見できず沈ませてしまった。

あのスコールの中、手を伸ばして、しっかりと抱き取ってやりたいほど可愛い列機だったのに……。

それでも私は生きて帰って来てしまった。

ガダルへ行こうと針路を取ったが、抜け出したスコールを振り返って見ると、一時間前には一万メートル以上もあった積乱雲が降雨のためにすでに四千メートル以下に下がっていた。私は恥を忍んで再び上空をブインに引き返した。

出発時の予想通り、ベララベラ島の北岸以北は快晴になっていた。艦隊は見つからなくても二時間待てば天候は回復したのに。

辛い想い出である。

五八二空戦闘行動調書には、この日の記録はまったく無い。ただ、厚生省にある戦死者名簿に、若杉育造飛長は昭和十七年十一月十三日、コロンバンガラ島上空に於て敵機と交戦戦死と記入されているのみである。

最後の輸送船団

翌十一月十四日、私は昨日とは打って変わった雲一つ無い、空も海も真っ青に澄み切った珊瑚海を一路南下していた。

通い慣れたガダル街道だが、朝から胸騒ぎがいつまでも治まらない。ラバウル到着以来幾十度かの空戦による被弾も受け、多くの同僚を失って、ようやく戦火にも慣れ、決死の一日、一日にも一種の悟りをひらいたつもりだったが、今日は違う。命が惜しいのではない、今朝出発に際して聞いた司令山本栄大佐の訓示である。

「命令、角田飛曹長は零戦八機をもって輸送船団の上空直衛に任ずべし。輸送船十一隻、護衛巡洋艦一隻、駆逐艦数隻はソロモン水道をガダルカナルへ向け南下中である。正午の位置はルッセル島東方、哨戒時間十三時より十四時まで、高度四千」

と、ここまでは聞き慣れた作戦命令だったが、

「数次にわたる輸送作戦はほとんど失敗に帰して、補給を断たれたガ島の陸軍は餓死寸前である。このたびの輸送は日本海軍がソロモン水域に動員し得る最後の輸送船団である。これが失敗に帰

したならば、後にはもう一隻の輸送船もない。ガ島の陸軍は見殺しにするしかないのである。角田飛曹長はなんとしてでも一時間頑張ってくれ、一時間経てば交代の直衛機が行くはずだから、それまで頼む。船団は夜明けと共に敵の哨戒機に発見されているはずだから、敵襲は必ずある。ちょうど時間からしてもポートモレスビー、ポートダーウィンからの敵機も到着する頃であるから、警戒は特に厳重にするように」

と、沈痛さを含んだ命令である。後の訓示、訓示というよりも「頼む」と言われた一言が胸を痛める。

振り返ればピタリと左右に続く列機七機、明るい陽光の下に絵のように浮かぶ零戦の雄姿は、いつもながら頼もしい。ミッドウェー以来の苦戦、スタンレー山脈頂上のハゲ山で苦労している陸軍部隊など見てはいたものの、海軍がこれほどまでに消耗しているとは、いったい軍令部は何を考えているのだろうか。ワシントン白亜城《ホワイトハウス》下に誓を迫るまでには、まだまだ前途遠く、半ばにも及ばぬこんなところで輸送が続かぬとは、果たして日本は勝てるのだろうか。

私は良い、恐らく今日は私の最後の戦さと覚悟はつけている。しかし、ガダルカナルの小型機とモレスビー、ダーウィンからの大型機を相手に、いかに歴戦の部下を連れているとはいえ、わずか八機で一時間、果たして任務を遂行できるだろうか。あたえられた責任と重大さ、とくに前途の不安にいつまでも続く胸騒ぎであった。

澄み切った青空、不安と共に神経はますます冴える。ようやく前方の水平線上に箱庭のようにソロモンの島影、ニュージョージヤ、レンドバが浮かぶ。さらにイサベル、チョイセル島が現われると帯の様なソロモン水道が白く輝く。

昨日のことが夢の様にチラッと浮かぶ。到着三十分前、帯の真ん中辺にゆらりと動いたものがある。はっと緊張して見つめる。かげろうか、眼の迷いか、神経を集中する中に一瞬再び空気が動いた。しかも確かに白かった。同時に左右に大きくバンクする、敵を発見、突撃せよの合図である。スロットルレバーを全開する。

距離約七十浬（百二十キロメートル）、しかし、私にもまだ戦況が分かった訳ではない。戦場特有の勘は、今船団が攻撃を受けつつあることを確信したとはいえ、果たしてあれは爆煙か、または空襲警報を告げる信号か、緊張し過ぎたための誤認か、数分間直観と疑惑の闘争が続く。

十分くらいして、ようやく判断に誤り無かったことが分かる。船影はまだ見えないがニュージョージヤ島よりルッセル島の東方数十浬の間に線香の煙より細い五条の白煙が上がっていた。すでに手遅れかも知れない。口惜しさに涙がにじむ。ここで増槽タンクを落とし、機銃の試射を行なう。振り返れば列機は五百メートル間隔に引き離され、後方までは数千メートル、赤トンボほどの大きさになって見える。

レンドバ島を過ぎる頃、ようやく船団の全容が明らかになった。五隻の船は炎上しつつ全速力でガダルへ向けて航行中である、恐らく隊形は解かれて各船の能力に随って南へ南へと、突進を続けているのだろう。健在なのは最後尾の輸送船一隻だけで、他の護衛艦と共に五隻の影はすでに見えない。ああ、またしても作戦は失敗に帰したのか。

近づくに随って発見した敵機は三群でＢ24十八機、高度四千、ちょうど反対の東側より船団に近づいてくる。彼我の距離二万メートル。その南一万メートル低高度に、北上中の大型機十八機、さらにその東側を北上中の小型機二十数機。高度四千、青空に銀粉を撒いた様にキラキラと光る。

味方機は、と探したが、遂に発見できなかった。ここで再び突撃を下令する。隊形はあつらえむきの単縦陣となっている。まず編隊先頭の一番機をねらう。撃墜を期するならば外側機をねらって思い切り近づくのだが、今は投弾の妨害ができれば良いと考え、中央機をねらう。ただ、これでは避退が難しいので、幾分早めに射撃を止めるしかない。

前上方より一撃、直下方へ滑らして避退、再び高度をとり、敵の前方へ出る。この攻撃法をくりかえす。二撃目を終わったころようやく最後の列機が戦場に到着した。

敵機も投弾する、炎上中の一隻が水柱に包まれて見えなくなった。しまった！　やられたか、と思ったが、すぐ水柱から出る。被害は無かったらしい。

爆弾を持たない敵に用は無い、左右に大きくバンクをする。集合せよ、の合図だ。しきりにバンクを続けるのだが、あまり遠く離れ過ぎた列機は、なかなか集まらない。特に敵編隊の中に有効弾を受けて、編隊より後れ出した一機があるため、これをねらって、信号に気づいても追撃を止めないらしい。

全機の集合するまで待っている暇はない。ようやく機首を向けて来た三機を認め、三度目の突撃の合図をして急降下する。東側を北上中の低空の編隊が変針して攻撃コースに乗ったところだ。

今高度を下げるのは惜しいが、一刻も早く敵の爆撃前に一撃を加えなければならない。今日の零戦のなんと速力の遅いことか、高度は三千、二千、一千メートルと下がる。しかし、敵はまだ低い五百メートルほどだ。

遂に二百メートル、ガッチリ組んだB24十八機の編隊。この高度、これは雷撃だと直感した。どうしよう。今まで訓練して来た前上方より直下方への攻撃はできない、といって後上方へ脱出すれば待ち構えた百門以上の防御砲火にたちまち蜂の巣にされることは明白だ。しかし、この雷撃隊だけは絶対に阻止しなければならない。魚雷一発くえば艦も船も轟沈まちがいなしだ。どうする、どうする?

せわしく自分で自分に問いかける。答えは一つ、体当たりしかない。全身の血がカアッと頭に上って、目がくらみそうになる。胸がぎゅっとしめつけられてくる。それでも手足は確実に操縦をつづけ、頭の中の他の一部分は最も有効な方法を考える。

敵の一番機、おそらく魚雷は胴体の中に抱いているだろう。前上方や側方では駄目だ、真正面から同高度でぶつかろう。うまくすれば、魚雷の誘爆を起こせるかも知れない。そうだ、飛行機ではない、魚雷だ、あの中の魚雷に体当たりするのだ。そうすれば、少なくとも第一編隊の九機くらいは道連れにすることができるだろう。敵の第一編隊が木端みじんになれば、おそらく第二、第三編隊は算を乱して避退に移るだろう。

私はちょっと振り返って見た。よし、確実に約千メートル間隔で列機は三機ついて来ている。心臓に錐でも打ち込まれたようにキリキリと痛むと同時に、私は精神分裂症なのだろうか、にやりと笑った。自分が上手にぶつかって、一編隊が木端みじんになったら、敵は四散するだろう。おそらく私の後を追って、同様体当たりする気で突っ込んで来た列機は急に目標に逃げられて、あわてるだろうな。その様子が目にみえるようで、思わず「にやり」としてまた振り返る。

ところが、いつの間にか敵の真正面に位置しようと、夢中になって追いかけているうちに、針路はだいぶ南に変えられて、船団は遥か後方に小さくなってしまった。どうしたことだろう、まさか雷撃を企図するほどの者がわずか四機の零戦に恐れをなして攻撃を放棄したとは考えられないが……。

疑問は残るが考えている暇もない、すぐに視線を東に移して小型機を追う。見えた、銀粉を撒いたような編隊がちょうど船団の九十度方向を北上中だ。距離二万五千メートル、よし、これが先だ。雷撃機がコースを改めて再び侵入して来るまでには、数十分はかかるだろう。

集合せよの大バンクをしながら、反転上昇に移る。今度は列機とすれ違いだから、信号は確実に分かったはずなのに、反転しない。ここまで追いつめて一撃も加えずに引き返す指揮官を手ぬるしと見たか、そのまま雷撃機を追って行く。おそらく距離から見ても、小型機には気づいていないようだ。それならそれも良し、どうせ一回りすればまた侵入して来る敵だ。この敵はお前たちにまかせる。小型機は俺一人で追い払う。と、とっさに決心して、バンクを止める。

頼んだぞ、と心の中で叫び、ただ一機上昇を続ける。

百メートルまで下げてしまった高度が残念だ。敵は四千メートル、ああ、またしても零戦の遅いこと、心はあせる。高度を上げるだけでも四分はかかるのだ、その上距離をちぢめなければならない。間に合うだろうか、とても無理だ、高度はあきらめて速力を出す。早く船の上空に帰らなければならない。幸い敵は船団の北側を大きく西に迂回している。

こうして約十分、ようやく船と敵機の中間にでることができた。今度は高度だ。近づいてみると、敵編隊は二十数機のグラマンF４Fだ。飛行隊形から判断して、今日は爆装していると見てまちがいない。高度二千メートルに達した頃、先頭の四機がサッと散開した。続いて二、三小隊も散開する。

くるなッ！　と思い、こちらも敵一番機をにらみながら機首を突っ込んで速力をつける。敵の左に切り返し、急降下で突っ込んで来るのを見て、こちらもぐっと機首を引き上げ、真正面に向ける。約六十度の上昇角度だ。しかし、零戦はこの姿勢は長く続けることはできない。

発射レバーは軽く握ったまま、撃つことはできない。今は一秒でも長くこの姿勢を保ちたい。機銃発射の反動で速力の落ちるのさえ惜しかった。

それよりも心配なのは敵の行動だ。果たして敵は自分をねらっているのか、ただ一機と侮り無視して船に急降下爆撃しようとしているのか。真ん中に入った私には見当がつかない。

祈るような一瞬、来たッ！　ガン、ガン、ガン、ドラム缶でも叩きつけるような甲高い銃撃の命中音が、胴体から主翼から響く。撃て、撃て、俺を撃ってくれ！　お前たちの爆弾は俺がもらった。どんなに練達した搭乗員でも投弾中は空戦はできない。爆弾の命中するはずはない。私が撃たれれば、撃たれるだけ爆弾は外れる。

緊張と不安に堅くなっていた胸が、ふぁーッと暖く膨んで瞼がにじむ。形容し難い嬉しさ、もしこの時死んでいたら極楽往生は間違い無かったろうに。

どのくらいの時間か、愛機の力は尽きて、ふわりと空中に浮かんだ。と、思うと失速、操縦装置は軽く利かなくなり、次に機首を真っ逆さまにして墜落する。視野の端を敵の黒い影が一団となってかすめて過ぎた。しばらくして、舵に手応えを感じて引き起こし、高度計を見ると元の二千メートル、下の船を見る。健在だ、被弾の煙は上がっていない。上空の敵機も無く、防御作戦は成功したのだった。

飛行機の振動が激しい。本能的に機首をラバウルに向けていた。機体は大小の穴だらけ、燃料タンク、潤滑油タンク等全部貫通されている。エンジンからは白煙がもうもうと吹き出し、いつ空中分解するか分からない。

風防を開け、落下傘バンドをつけていつでも跳び出せる準備をする。ラバウルへの帰投はすぐあきらめ、一番近いルッセル島に機首を向ける。頭、手足を動かしてみる。どこにも傷は無い。あまりエンジンの踊り方が大きいので、レバーを巡航に戻したところ、たちまち焼き付いて止まってしまった。

実に陽炎のような煙を発見してから全力運転すること一時間、良くも回ってくれたものだと思う。急に静かになり、爆音のない空中に一人いるのは妙に寂しい。エンジンが停止したため、火災と空中分解の心配は無くなったが、不時着の準備を急がなくてはならない。場所はたくさんの材木やボートの浮いている集団の南側に、漂流者を傷つけないようになるべく近く、機首は風上、南東に向ける。

落下傘と腰バンドを外し、肩バンドだけ固くしめ直す。転覆しても飛び出せる用意だ。脚、フラップも納めたまま、スピードは百二十ノットとして海面すれすれで水平飛行をする。速力の落ちるに随って水面を自然滑走して、ほとんどショックなしで着水に成功した。

停止後も機体は浮いている。座席をけって海に飛び込み、五、六メートル泳いで振り返ってみたが、すでに愛機の姿は見られなかった。近いつもりでもいざ海上に下りてみると、船も漂流物も全然見当たらず、大海の中にただ一人置き忘れられたようで、これは大変なことになったな、と思ったが、間もなく護衛中の駆逐艦天霧が近づいて来た。

対空戦闘中の忙しい中を微速で近寄り、前甲板よりサンドレッドを投げてくれた。太いロープでは中頃までしか届かない。静かに艦首は過ぎ、次は中央部より投げてくれた。これは五メートルばかりの近くへ来たが、泳ぎつく前に船の進行と共に離れて行く。三度目のサンドレッドを後甲板より投げてくれた。これはロープも細かったが、熟練の水兵さんの腕は見事で目の前に届いた。必死にしがみつく。艦上ではただちに「引けーッ」の号令と共にロープは引き寄せられる。

艦は前進を始めたらしく艦尾からの航跡が一際高くなる。艦上から「離すな」「頑張れ」など口々に激励してくれる。細いロープに両手でつかまると頭から潜ってしまう。右手で浮こうとすれば左手にかかる力が物凄い。したたか水を飲みながら、ようやく後部鉄梯子のところまで引き寄せてもらった。梯子につかまったまま、しばらく動けない。この時、私はまだ下半身の麻痺が直っていなかった。

ようやく歩けるだけで、飛行機に乗る時も整備員に抱き上げられて座席に座っていたのである。この垂直な鉄梯子、どうして上がろうか。腕の力だけでどのくらいの時間がかかるかな、と、考えていた。

吹雪型駆逐艦天霧。昭和17年11月14日の輸送船団直衛でグラマンF4Fと交戦して被弾、洋上に不時着した著者の救助に当たった

艦は航跡から見て十二ノットは出しているようだ、すると、甲板から見下ろしていた大勢の中から、一人の水兵さんがスルスルと梯子を降りて来ると、物も言わずに私の首に右手を回し、グッと引き上げた。そのまま小脇にかかえると、左手だけでグイッグイッと鉄梯子を昇り始めた。ちょっと左手の操作を誤ったら二人共海に落ち、スクリューに巻き込まれてしまう。命がけの仕事だ。しかも、私を甲板に投げ出すと、後も見ずに集まった人混みの中に消えてしまった。

こうして、私は九死に一生を得たのだった。

空襲下の忙しい任務中の天霧だったが、艦長以下乗員の手厚い待遇に深く感激を覚えた。特に兵曹長の甲板士官には、長く駆逐艦乗りをしていて、不時着機の救助をしたことは数えきれないほどあるが、今日ほど見事な着水と服装態度のととのった遭難者は見たことがない、さすがは准士官だ、と士官室あたりでも評判で、われわれ准士官仲間は肩身を広くしました、と、いたれりつくせりの待遇だった。

戦闘解除を待って、艦長室に報告と救助のお礼に上がると、甲板士官の自慢していた艦長だけあって、厳正自若とした中にも穏やかで丁寧な言葉使いで話され、乗員の信頼もさこそと感ぜられた。

「戦闘状況は良く見ていました。ご苦労様でした。上空からうちの艦隊は見えませんでしたか」

と、聞かれ、サボ島以北には見えない旨答えると、「ツラギ水域に敵艦隊のある情報が入ったため、本艦だけ護衛に残して全艦先行、突撃していったので、今頃合戦の始まった頃かもしれないなあ」

と、心配そうであった。そして、「雷撃機が南へ変針したのも、敵側も目標変更の命令を受けたのではないかと思う」と、説明してくれた。

最後の頼みの輸送作戦も不成功ときまり、天霧は残った船一隻を護衛して翌日午前中にブイン湾に帰投した。ブインの二〇四空基地に、案じていた部下の二小隊長小川一飛曹以下三人が不時着しており、ブカ基地に三機不時着、ラバウルに帰った者はなく、戦闘指揮所は一時火の消えた状態だったと聞かされた。

いかに激戦とはいえ、列機の本多秀三飛長を自爆させ、最後まで確実に見届けることができず、遺族にも申し訳ない次第であった。

慰安婦と士官教育

十月二十五日朝よりの発熱は、午前中も下がらない。一人で床を歩くことももちろん、病室に行くこともできない。申し訳ないと思いつつも、ベッドに寝たまま軍医の診察を頼んだ。

患者も多く、忙しい中を分隊長永井軍医大尉が診察に来てくれた。結果は三日熱マラリヤ、熱帯マラリヤ、デング熱の三種混合とのこと、従兵の岡田上整には大変世話になってしまった。

年齢は私とあまり違わない、頑丈な体格に似合わず良く細かく気の付く人だった。最初体温計を病室より借りてきて計ってくれたので、「何度あるかな」と聞いても困った顔をして返事をしない。二度聞いても黙っている。「見せろ」と手に取って見たが、返事のできないはずだ、水銀柱は一杯に上がって、目盛りを突破している。

「何だこれは、壊れているじゃないか、取り換えて来てくれ」

と、頼んだ。すぐ駆け足で取り換えて来てくれたが、やはり目盛り一杯、四十二度を超えている。人間の体は四十二度を越えたら死ぬんだと聞いたことがあったが、たぶん南洋に来たため体温計に狂いが出ているのだろうと思った。しかし、目は回る、吐き気はする。解熱剤をもらっても三十分か一時間しか利かない。そのつど岡田上整に難題を言いつける。どうして看護科に渡りをつけたものか、そのつどもらって来てくれた。

熱帯の熱い、長い日中、特准室に珍しく備えられた、ただ一つの冷蔵庫の氷も、全部私の頭を冷やすのに回してもらった。岡田上整の受け持ちにもう一人、和田整曹長がおられた。私よりも六年も古い戦闘機の整備分隊士で、蒼龍乗組の頃も同じ分隊の先任下士官で可愛がってもらっていた。毎晩一番遅くに、真っ黒に油だらけになって飛行場から帰って来られるのだが、私が発熱してからは、従兵に、「俺のことは一切自分でするから構うな、お前は角《つの》さん専門に面倒見てくれ」と親身に面倒を見てもらった。

先輩方、医務科の手厚い看護を受けながらも、三日目頃よりは両足先が冷たくなり、五日目頃は両足共氷のような感触で、目が回るばかりでなく、まったく動けなくなった。それでも上半身は体温計では計れないほど熱く、ぐらぐらしている。

毎日の空襲には、サイレンと共に岡田上整が駆けつけ、防空壕の一番奥まで背負ってくれる。しばらくして作業中の人たちが入ってくるので、病人が一番早く避難しており、かえって恥ずかしい思いをするほどであった。六日目頃、腹部まで冷たくなった。それでも毎日、永井分隊長が一度は診察に来てくれたので、不安は感ぜず、ただ早く何とか熱を下げてくれないかなあ、と考えていた。

その日の夕食後、永井分隊長と看護長の富樫兵曹長が衛生兵二人を連れてリンゲル注射に来てくれた。冷たい両脚を随分長い時間をかけて温湿布してくれた。みな休み時間なのに申し訳ないと思いながら、睡眠薬のためか私は治療も終わらないうちに深い眠りに陥ってしまった。

夢を見ていた。青く澄み切ったラバウルの上空。市街や飛行場、湾内の艦船が絵のように一際鮮やかに美しく見える。私はこの澄み切った青空の中を一人で飛んでいた。試飛行か訓練か分からないが、心もうきうきするように弾んでいた。

ふと、南方湾の上空に黒い点が見えた、目をこらすとそれがどんどん広がる。敵機かと思う間もなく、蠅ほどになり、赤トンボほどになった。飛行機が空一杯に広がって近寄って来る。もはや間違いない、幾百千とも知れぬ大群が数百メートルの層をなして、東西に大空も狭しとばかり迫ってくる。

昭和14年9月、笠の原基地で着陸に失敗、転覆した著者の乗機・九六式艦上戦闘機。下敷きになった著者は気を失ったという

基地では気付いているだろうか。僚機はいないか、左右後方下方見回すが、今空中には私一人、味方は異変に気付いた気配はない。仕方ない、突っ込むしかない。F4F、P39、P40、B25、B17、B24、今まで見たことのある敵機が雑然と入り混じって一斉に向かって来る。どこへ撃っても弾は当たるだろう。全力を出すと機銃発射レバーを握りしめて、滅茶苦茶に飛行機群の真ん中に飛び込んだ。

不思議に予期した衝突もしない、どこをやられたか、被弾の音は聞こえなかったのに、飛行機は垂直に墜落を始めた。操縦装置は利かない、錐揉みではない、ラバウルの街が直下にはっきり見える。それがいつの間にか故郷の風景になって、飛行機は生家の庭先を目がけて垂直に近づく。

アッ、という間もなく門の右側の槙の木に右翼をザッザーッと引っ掛け、庭先に突入。飛行機はグシャッと潰れてしまった。昭和十四年九月に笠の原基地で着陸に失敗して九六戦の下敷きになってしまったが、同じ形である。あの時はすぐ気絶してしまったが、今は飛行機は押しつぶされたようになっているが、どこも痛くない。しかし、身動きはできない。誰か来てくれないか、と思っていると、姿は見えないが妻の声がする。「アラ、ウチの人じゃあないかしら」続いて祖父の声、「ウン、大丈夫だまだ生きている、助かるかも知れないぞ」

声を聞きながら気がついた。話し声は途中から祖父ではなく輪島少尉の声に変わっていた。

「よう、気がついたか、良かったなあ。軍医も看護長も昨夜は徹夜で看病してくれたんだぞ。今朝になって『できるだけの手当ては全部した。これで夕方までに気が付けば直るが、眠ったままならもう助ける方法はない』と言って帰られたんだ。お前は運が良いよ、軍医も副長から角田を病気で殺すなと命令されて一生懸命だったんだ」

と聞かされた、翌日の夕刻、飛行場より引き揚げて来た人声で気付いたのだった。昨日までのめまいが嘘のように治って、熱もなく、頭もはっきりしてきた。しかし、麻痺した両足はビクとも動かせなかった。熱が出なければマラリヤもデング熱も全治だ、起きなければ、とあせるが、どうにもならない。従兵の岡田上整は、相変わらず何時もどこかで見ている。歩く練習をしようとベッドから先に下りようとすると、くたくたッと座り込んで、膝に力が入らず、立つこともできない。

岡田上整がすぐ駆け寄って抱き上げてくれる。甘え過ぎては駄目だと思い、留守をみては練習しようとするのだが、すぐに見つかり抱えられてしまう。親切さに、断わる訳にもいかず、寝たままの状態が二、三日続いた。

十一月五日に軍医よりもう大丈夫、と軽業の許可が出た。軽い作業に従事せよ、ということだが、物につかまって立つのがやっとで、足が重く、歩くことができなかった。その日の夕食後、戦闘機の先輩輪島少尉が、

「オイ、ツーサン、今夜は慰安所へ連れて行くぞ」驚いて返事をする暇もない。「オーイ、みんな手を貸してくれ」と声をかけた。すでに相談はできていたとみえて、太田少尉、花本少尉、佐伯飛曹長、和田整曹長など飛行機の先輩方に「駄目です、困ります」と言うのも構わず用意された乗用車に寝衣のままかつぎ込まれてしまった。足は動かないし、上官連中のすることに抵抗のしようもなかった。

「ツーサンが顔を見せないと慰安所は火が消えた様で面白くない。いくら病気で寝ていると言っても信用せず、戦死と思い込んで泣いてばかりいる奴がいるんだ、あまり可哀相だから今日は顔を見せてやると約束しておいたんだ。一晩ゆっくり看病してもらって来い」

「歩けないから」と言っても相手にしてもらえない。

「オーイ連れて来たぞ」と家へ帰った様な大声に、廊下の両側の個室から大勢の顔がのぞく。ぞろぞろ後をついて来る者もいる。また輪島少尉、佐伯飛曹長にかつがれて、かねて馴染みの若丸

の部屋に降ろされた。両人は、長居は無用とばかり「明日の朝迎えに来るから頼むぞ」と、みな帰ってしまった。次々と部屋に見える慰安婦たちの純情が有難かった。特に若丸の嬉しそうな笑顔が胸に沁みた。

しかし、それからが大変だった。薬のためか小用が近い。宿舎では岡田上整に背負ってもらっていたが、ここではそうはできない。心配していた通りになってしまった。初め若丸一人で背負おうとしたが、看病の良かったため、いまだ六十キロ近くある私を持ち上げることはできない。同僚の少女たちを呼んできて替わる替わる試してみても一、二歩でみな倒れてしまう。少女たちも真剣に頑張ってくれたが、比較的小柄な子の多い慰安婦の力では足らない。やはり自分で歩くしかない。両側から肩を貸してもらい、十メートル足らずのところを他の二人に片足ずつ、少しずつ引っ張ってもらって三十分余りかかって用を足すことができた。

三回ほど起きただろうか、いつ声をかけても皆喜んで手伝いに来てくれたのには、真実心から感謝した。おかげで、明け方にはまったく動かなかった足が自力で四、五センチずつ動かせるようになった。迎えに見えた先輩たちにはまったく恥ずかしいことながら厚く感謝した。

慰安婦たちの純情な親身の世話と共に今も鮮やかに残る先輩の本心、たぶん従兵の手厚い看護に甘えて回復の進まない私の様子に、華やかな雰囲気の中に鋭い気合を入れてくれたものと感じた。

海軍にはバッターばかりでなく、こんな気合の入れ方もあるんだな、とつくづく幸福をかみしめ、戦いで恩返しすることを心に誓った。

この若丸との出合いというのは、私がラバウル到着早々に空戦に巻き込まれ、毎日の事務が停滞してしまったころのことである。毎日の戦闘詳報の原稿、戦果があれば見認証書、戦死者には現認証明書、未帰還者が出れば事実証明書、これらは分隊長、飛行隊長、飛行長、副長、司令の検認を受けて清書し、副官部に提出するのが新任分隊士の仕事であった。

そのほかに人事関係の仕事もある。初めての仕事にさっぱり進まず、分隊長倉兼大尉は一切訂正はされず、駄目だ書き直せの一点ばり。庶務より関係書類を借りて勉強したり、艦爆の佐伯飛曹長に教えを受けたり、恥をしのんで六空の日高飛曹長に問い合わせたり同じ係の先輩に教えられ、大丈夫と思っても書き直しになる。一ヵ月ばかり書きかけの原稿がたまってしまった。

先輩の輪島少尉もこれには一言も口は利かず、それでも黙って自分が二空へ転入する前の千歳空時代の人事控帳を貸してくれた。それでもどこが悪いのか見当がつかない。毎晩十二時頃までかかって書き直して、翌日早く分隊長の点検を受けに行くのだが、度重なる書き直しには、居並ぶ士官室士官連中の目が一斉に私一人に注がれるようで、まったく顔から火が出るようだった。

特に八月二十六日の見認証書、自分の分と列機の現認証明書には泣きたくなるようだった。分隊長だって知らない仲ではない。分隊長が少尉の飛行学生の時、私は一等兵の飛行練習生だったが、飛行訓練は士官も兵も同じ、下手をすれば連帯責任の罰直には広い霞ヵ浦の飛行場を一緒に駆け足をさせられた仲である。少しは面倒見てくれても良いだろうにと、怨めしくさえなった。

ある晩、例によってしおれて士官室より帰る廊下の暗がりを、コツコツと靴音を立てて隊長代理の艦爆の井上文刀大尉が追って来られた。

「分隊士、ちょっとその書類を見せてくれ」私は言われるままに差し出した。ちょっと目を通しただけで「これを俺に一晩預けてくれ」と言われる。何か分からないが上官の言われること、私は「ハイ」と答えて帰った。

翌朝、井上大尉より私室に呼ばれた。「昨夜直しておいたから、これを黙って分隊長に出してみてくれ、俺に直されたとは言うなよ」と優しく教えてくれた。その夜書き直して恐る恐る点検に上がったところ、読み終わった分隊長は、ぎょろりとにらみ、

「誰かに教わったな。自分で考えて書け、これは良し」

と、初めて許可を戴いた。その後は訂正されることもなく、順調に作業が進むようになった。

初めて自分で書いた原稿と隊長の書かれた原稿を比べて、気付いたのだが、初めはこんなことを書いて分隊長に怒鳴りつけられるのではないかと思いながら、隊長の言うままに出してみたのだが、私自身の見認証書の一部に『被弾も顧みず劣位より終始攻撃に出て、悪戦苦闘、遂に敵P39一機を撃墜せり。その勇戦実に鬼神をも泣かしむるものあり』とあり、自分のことをとてものような美辞で書けるものではなかったが、その時下で見ていた分隊長の心配と着陸した時の喜びようは大変のものだったし、八月七日に被弾して山の飛行場に不時着した時も、電話と共に一人でいち早く車で駆けつけてくれたのだった。部下を思う分隊長の心が初めて分かった。今まで自分の考えで作文していたが、署名は分隊長がするのである。分隊長の意志を表現しなければ補佐役は勤まらないことを教えてくれたのだった。

それから間もなく分隊長より印鑑を預けられ、

「分隊士も辛かったろうが、やっと一人前の分隊士になったな、もういつでも分隊長になれる。どんな難しい隊長のところでも立派に勤められるぞ。一緒に赤トンボから習ってきた仲じゃあないか、憎いことはない。手を出して修正したいのは山々だったが、そうしてはだめだ。君もいつか分隊長になるだろうが、分隊長になってから副長や司令に訂正されたのではたまったものじゃない。俺も新郷さんからあのような教育を受けてきたんだ。結果的にそれを良かったと思って君にもそのまま伝えた。輪島君にも君から聞かれても教えないよう頼んでおいたのだ。恨むなよ」

と、諭され、怨みがましく思っていたことを深く反省し、感謝した。上を見ても、下を見ても、真実に働き甲斐のある部隊だった。

とはいえ、戦地のこと、幾分日没後は暇になり、先輩に誘われ遊びに出るようになった。われわれ新米の准士官では士官慰安所では相手にもされない。下士官兵の慰安所は、夜はもちろん外出する者はないので空いているので、そちらの方へ行く者が多かった。

慰安婦は朝鮮出身者だったが、初めて訪れた時、ほとんどの者が洋服でいた。中に、一人だけ和服を着て座っており、部屋をのぞいた時丁寧に頭を下げて「お帰りなさい」と淀みない標準語で挨拶され、ツイ足を止めるようになった。それが半年余り交際するようになった若丸であった。本名は忘れてしまった。

まだ何日も経たない夜、夜半よりB24の空襲を受けたことがあった。爆撃よりも安眠妨害が目的で、小型爆弾による波状攻撃だった。防空隊では寝ることもできず一晩中対空戦闘が続いていた。

私は、慰安所にもある防空壕に入ろうと彼女を誘ったところが、

「私は行きません、兵隊さんどうぞ行って下さい」

と言う。「どうしたんだ、危ないぞ」と言うと、「防空壕に入ったんではいつまでも戦死できませんから」と言う。不思議に思い色々事情を尋ねると、ここラバウルに今いる海軍下士官兵用の慰安婦は、ほとんどが元山付近の北朝鮮出身者が多いのだが、初めは女子勤労挺身隊として徴用され、横浜に着いた時に、内地の軍需工場に働く者と前線の慰安部隊との希望を聞かれ、気の強い仲間が仕事の内容は知らずにお茶汲みか食事洗濯の手伝いくらいに考えて前線を希望したのだという。

船に乗せられてトラック島に向かう途中で初めて慰安婦の仕事を説明され、驚いたがすでに遅かった。船の中では、毎日、これも天皇陛下のためであると教育され、トラックを経由、ラバウルに着いた時は大部分の者があきらめ、しばらくの間は四、五名の者がいうことを聞かなかったが、今では故郷に許婚者が待っているという一人だけが頑張って何と言われても聞かず、仲間の洗濯、炊事などをしているということであった。

「私は天皇陛下のために兵隊さんの奥さんの代わりを勤めようと決心しました。仲間内には良く日本語の話せない子もいますが、私は京城の高等女学校を卒業し内地人の生活もだいたい知っているので、なるべく内地の奥様らしく務めるよう努力しているのです」と、初めて会った時の挨

拶も、この子にできる精一杯の忠義心であったのだ。

しかし、このようなことは故郷には知らせられない。家には横浜局気付で元気に工場で働いている、詳しいことは軍機で書けない、といつも簡単に葉書を出している。お金はたくさんもらえるが、使い用がない。家に十円以上は送れないと言う。それ以上の大金が女の子にかせげる訳がないから監督者は金をためて、横浜辺りで将来は料理店でも開いたらどうかということで、だいたいみなその積もりで故郷へは帰らない決心でいるのだと言う。

「監督の説明では、もし万一ここで戦死するようなことがあれば、身分を一階級進めて特志看護婦として公報され、靖国神社に祭ってもらえるとのことです、私は店を開くより靖国神社に祭ってもらい、立派に軍属として父母に公報を届けてもらった方が良いのです。防空壕に入っては戦死できませんから」と言う。戦争とはいえ何と不幸な人たちのいることか。人生を完全に狂わされてしまったのだ。ときどき心ない兵隊のからかいに、彼女たちは、「何を言うか、天皇陛下一つ、朝鮮朝鮮パカにするな」の叫び声は毎夜のようにどこかで聞かれた。それに自分も一日一日を死と対面する空戦を続けているが、まだ自分から進んで死のうと思っていない。国のために全力で戦うが、また自分でも死にたくない、落とされたくないから精一杯戦っているのだ。

死を決している少女の言葉にウソは無いと信じた。そうと聞いて一人逃げる訳にはいかない。「チラッ」と妻の顔が浮かんだが、天皇陛下のためにとこの道を選んだ少女がいるなら陛下に代わってお詫びの印に、私も一緒に万一の場合は死んでやろう、と決心した。

若丸は飛び上がらんばかりに喜んだ。

「本当に一緒にいてくれますか、前に聞いたことですが、もし爆弾が当たって二人一緒に戦死すれば、海軍では一夜でも妻は妻、一緒に海軍葬をしてくれるそうです。私は飛行士官の妻として靖国神社に祭ってもらえるかも知れませんね」と言う。

私は服装を整えて静かに横になっていた。終夜続いた間断的な盲爆の一発で、三十キロくらいの爆弾が慰安所の庭に落ちた。バリ、バリッという屋根に破片の落ちる音と共に二階から人声がする。誰か他にもいる。飛び起きて見に行った若丸が、しばらくして眼を輝かして帰ってきた。

「今夜も防空壕に入らない者が七人ばかりいる。でも皆一人で寝ている。ちょうど上の部屋の子が足に破片を受けて今病院に運ばれて行った。あの子は可哀相だった」と。しかし、嬉しそうに「今日は爆弾が当たる、当たる」と歌うように口ずさみ、私の横に寄り添って胸に顔を埋め、真剣に、

「神様仏様、どうか今夜は爆弾が命中しますように」と、小声で祈っていた。本当に可愛い子だった。

私は、この子の運命が何とかならないものかと考えつつ、申し訳ないが私は心の中で、

「当たれば仕方ないが、なるべく爆弾は当たりませんように」と祈っていた。

樫村寛一飛曹長

樫村飛曹長、聞いただけで「キリッ」と身の引き締まる思いがする。支那事変で、片翼機で帰還した有名な人である。

十二月二十四日、私が二回目のマラリヤに罹り休養中に着任された。二回目は回復まで一ヵ月ばかりかかり、正月になってようやく軽い慣熟飛行のために飛行場に出ることができるようになった。

指揮所についてすぐに感じたのは、空気が非常に緊張して、搭乗員たちの姿にも厳しさが強く感じられることだった。三十六機に定数が増加された戦闘機隊の人員もほぼ整って、各地から転入して来た若い搭乗員たちの再訓練が行なわれているところだった。

もちろん、指導は横空生え抜きの樫村さんだ。対大型機攻撃の訓練中だったが、その適切で微に入り細にわたる講義は一人一人について手に取るように指示される。搭乗員は待機中は長椅子に腰を下ろしているが、樫村さんは飛行機の離陸から着陸まで立ったまま上空の動きをじっと見つめている。そしてこれも驚いたことに、私の練習生教員生活中にも経験したことの無いほどの酷しさで、一人一人に注意をあたえるたびに、技倆に応じて必ず一つ二つと鉄拳がとぶ。おそらく横空の研究、訓練の神様の中から来て見ては、再編後間もない五八二空の搭乗員は心細い限りだったのだろう。私よりも飛行歴の古い操練出身の先任下士官までも殴られていた。

三十分ばかりの慣熟飛行の後、私もこの訓練の編制に入り、だいたい自分では良くできたと思ったが、訓練時代と同じように列機を連れて並び、「ご注意お願いします」とやった。内心私も一発喰うかな？　と覚悟はしていたのだが、樫村さんは「分隊士は宜しいですよ」と恥ずかしそうに苦笑いしていた。

この人の、ちょっと顔を赤らめて恥じらった笑顔は、噂に聞いていた。また現実の厳しさとはまったく違った、優しい親しみ深さを持っていることに気付いたのだった。

病気が治ると、当時のラバウルはまだ物資は豊富で私は毎晩夕食時にビールを二本飲む。もちろん夕方遅く宿舎に帰るので、他の士官たちの夕食は明るいうちに終わっており、搭乗員だけが私の隣りに掛けている。

樫村さんは大変な下戸で、日本酒は小さな盃に一杯、ビールはコップに半分で真っ赤になり、汗まで流れる始末。それでも量が少ないので余り酔いは回らないらしい。その人が私の飲み終わるまで種々空戦のこと、友人や家庭のことまで、内心恐れていた噂に聞いた人とは別人のように和やかに話しかけてくれた。

しかし、数日して、先輩花本少尉が、樫村さんが少し中座した時に、近寄って来て、他の人たちに分からないほどの小声で、

「角、お前が自分の金で飲むのはいくら飲んでも勝手だが、樫村君が困っているじゃあないか、一言『お先へ』と言ってやれ」と注意され、はッとした。私はまたとない先輩の色々な経験談を喜んで拝聴している積もりだったし、樫村さんも話し好きかな、と考えていたのだが、これは大変なことだった。

私が二本のビールを飲み終わる頃、最後の整備の士官方が飛行場から帰って来る。それまで席を立たず待っておられたのは、ただ私が乙種出身のため、半年早く准士官になっただけなのに。こんなちょっと気付かないようなところでも礼儀正しく、厳格に守っておられたのか……。

ラバウルでの樫村寛一飛曹長（中央）と五八二空搭乗員たち（昭和18年初め）

小用から帰られた樫村さんに、私は遅くなりますから、花本少尉に注意された通り、「私は遅くなりますから、お先へどうぞ」と言ってみた。ほっとしたように「ではお先に失礼します」と、初めて煙草盆の仲間の方に入って行かれた。その奥床しさに、改めて尊敬の念を強くすると共に、私は顔から火が出るようだった。花本少尉は「それみろ」と言わんばかりにニヤッと笑っていた。

その頃の会話の中で、特に鮮やかに残っているのは、樫村さんが深刻な表情で、

「角田さんはもう大丈夫ですね、この戦争は切り抜けられるでしょう。でも恐らく私は駄目だねえ、今度は必ずやられる。わかりますよ、長くは保たないなあ。はっきり分かってみると、やはり妻子のことが心配ですねえ。妻とは姉のすすめる見合い結婚だったんです、どうも近頃その姉と妻の仲がうまくいっていないような気がしてね、心配なんですよ。私の戦死後も仲良くしてくれると良い

んだが。これだけが一つ心残りですね」

と、年下の後輩だが、女の子一人の父親という共通点の故か、よく奥様の千津子さんや一人娘の香代子さんのことが話題に上った。

また、樫村さんは、搭乗員宿舎に遊びに行きたかったのも、私は気づかず、止めてしまい、気の毒なことをしてしまった。

「角田さん、酒の一本ずつでも持って搭乗員室に遊びに行きませんか」と、誘われたことが再三あった。後で気付いたことだったが、公私の規律の極めて酷しいこの人は、飛行場の猛烈な面しか下士官兵に知られていない。夕食後の、待機の解かれた時間に一人の搭乗員仲間としてみなと話し、笑い合える仲間になりたかったのだ。

しかし、酒の全然飲めない分隊士が一人でぶらりと搭乗員室に現われたのでは、かえってみんなを緊張させてしまう。それで私が一緒に来て欲しかったのだ。だが、品行方正な樫村さんと違って私は毎晩酒は飲む、一、二日おきには慰安所を一回りしてくる。同じ月給でも私の方はあまり余裕がなかった。それに私は飛行場でも夜の出先でも彼らと気兼ねなく話せるし、彼らも私には遠慮なく冗談も言う仲だったので、特別用もなく訪れる必要を感じていなかったのである。

そのためこの誘いにはほとんど乗らなかったが、思えば取り返しのつかない過失であった。数年後、終戦近い頃だったと思うが、何かの話の折りに、樫村さんのことが話題に上り、若い搭乗員から、

「樫村さんはあまり酷しく威張ってばかりいたので、空戦中列機に撃たれたことがあるそうじゃ

あないですか」と聞かれ、驚いたことがあった。当時の五八二空の戦闘機搭乗員はほとんど戦死してしまっていたが、誰かからの口から伝わり、広まったものだろう。上下の交流に妨げを生じて、このような誤解が伝えられたことは申し訳ない次第であった。事実は、次のようなことであった。

昭和十八年一月二日、東部ニューギニアのマクラレンに艦船攻撃の艦爆隊直掩隊がラバウルに帰投した際、私はマラリヤの熱の下がった時だったので指揮所より下り、搭乗員幕舎の前まで迎えに出ていた。そこへ二番機堀光雄二飛曹、三番機明慶幡五郎飛長が駆け寄り、ちょうど幕舎の前で一番機の樫村さんに追い付いた。

樫村さんは、明慶を振り返って、

「お前、俺を撃ったな」

と言った。非番の搭乗員たちはそれを聞くと期せずして「わあッ」と手を叩いて喜んだ。樫村さんも例のごとく顔を赤らめて苦笑いしていたが、この時の空気は決して険悪なものではなかった。明慶はなおさらに赤くなって、弁解せず小さくなっていた。この日、戦場でB24一機を発見しているが、直掩が任務だったため、攻撃はしていなかった。明慶はこの敵を小隊長に知らせようとして二十ミリを発射したらしい。あるいは誤発だったのかも知れない。

明るい雰囲気の中に過ぎたので、私は戦闘詳報に書くに当たって特に聞き直すこともしなかった。それが誤って外へ伝わっていたとは、予想もしなかったことだった。もちろん、それからも樫村さんの三番機は戦死するまで明慶飛長に変わりなかった。

紀元節前後の頃、要務があって飛行機隊が一時ラバウルに復帰したことがあった。その晩、私たちの私室に在ラバウルの先任搭乗員楢原上飛曹が訪ねて来たことがあった。深刻な顔色で、

「分隊士、お願いがあって参りました」

と言う。理由を聞くと、

「先ほど慰安婦が三人、誰に聞いたか五八二空の戦闘機隊が来たことを聞いて慰安所より脱出して私たちの宿舎を探し当てて参りました。話を聞くとこの三人がそれぞれ山本、長野、古本の三下士官を好きになってしまい、彼らのいないラバウルでは客を取らないと五八二空のブイン進出以来ずっとストライキを続けて、監督部隊の先任伍長よりだいぶ罰直を受けたらしく、話では盥《たらい》に水を入れて頭の上に長時間支えさせたり、顔もだいぶ殴られたらしく青くはれている。今日話を聞いて我慢できなくなり逃げ出して来てしまった、と言うのです。大切な郵便貯金通帳（二飛曹の月給が二十一円か二十三円の時、すでに彼女らは数万円の預金を持っていた）だけ持って来たが、これもいらないから使ってくれ、と出され、三人とも困っているのです。私たちも聞いていて可哀相でたまらないので、分隊士何とか彼女たちを助けてもらえないでしょうか。こういうわけでお願いに上がりました」と。

名前は忘れたが、この三人私は見覚えがあった。忘れもしない、マラリヤで動けなかった時、一生懸命徹夜で歩行の手助けをしてくれた少女たちだった。

あまりに意外で急な話に、私は適当な判断もつかないうちに、樫村さんは自分では立ち寄った

こともないのに年の功か、急所をつくのは早かった。

「搭乗員たちは、結婚するとか何とか言って騙して遊びに行っていたのではないだろうな」

「いいえ、絶対そんなことはありません。彼女たちもそんな気はありませんが、一方的に好きになってしまい、三人のいないラバウルで商売するのが辛いので、ブインに支店を作って貰えればついて行く。と言っています」

「監督者は」と、聞くと、どうも、八警の善行章五本つけた先任伍長らしいとのこと、十五年以上務めたわれわれの大先輩である。航空隊でこそ知らぬ者のない樫村さんでも、まして私などでは頭から子供扱いされてしまい、まず交渉の見込みはない。それに具体的な処置だが、最前線のブイン行きは無理だし、一応トラックまで引き揚げて、しばらく休養してもらってはどうか。自分たちに考えられる処置はそれくらいだが、あまり見込みはない。樫村さんは、

「うちの副長八木中佐に頼んで警備隊に頼んでもらうしかないだろうな。引き受けてもらえるかどうか分からないが、俺たち二人とお前が頭を下げて頼んだら何とかしてもらえるかも知れない。しかし、搭乗員の外出は許可されていないから、三人とも脱営の罪は免がれないぞ。そして先任搭乗員も俺たちも監督不充分で懲罰は受けなければならないが、それでも良いか」と言った。

楢原上飛曹は、「分隊士には申し訳ありませんが、本人たちは覚悟しております。私たちの懲罰であの子たちが助けられるなら構いません、お願いします」と言うので、「よし、ではすぐ行こう」と、三人で私室を出て士官宿舎の方へ闇の道を半ばほど歩いた。この時、次席搭乗員が追いかけて来た。

「待って下さい、今説得してようやく帰ってもらったところです。落ち着いたようですから、しばらく様子を見てからにして下さい」とのことで、私たちも引き返した。

十七、八歳の身で思いもかけぬ災難で、このような海の涯までかり出され、天皇陛下のために、をただ一つの心の救いとして暮らさなければならない。この子たちの行末に果たしてどのような運命が待っているのだろうか。あわれさに自分の行末も忘れて暗澹とした気分に包まれた。

そして、まだ一度も足を踏み入れたことのない慰安所の女性のために、話を聞いただけで自分の受罰も覚悟して助けようとした樫村さんの純情に重ねて深い尊敬の念を持った。後日ブインより内地へ転勤の途次、例によって一回りして見たが、慰安婦たちの数は増えていたが、前の子たちは全部トラック基地へ引き揚げたとのことであった。

ガダルカナル撤退後、敵は早くもルッセル島に進出して飛行場を建設していた。

三月六日、戦爆連合の第一次ルッセル島攻撃が下命された。艦爆九機、直掩隊長は野口中尉が一中隊長を兼務して九機を、樫村飛曹長は二中隊長として同じく九機を率いて参加した。ほかに二〇四空より制空隊が出ていた。直掩隊は艦爆と共に急降下前進して攻撃終了後、避退中の攻撃隊を待ち伏せする敵戦闘機の排除に当たった。

飛行場の東北方、高度約五百メートルの海上にグラマンF4F十八機を発見した。樫村飛曹長は単機にこれに突入、得意の宙返りの巴戦に引き込んだが、一対十八ではさすがの神技も力及ばず、次第に高度が低下し、一機撃墜後自らも海面に突入、自爆してしまった。

降爆の際振り離されて一時一番機を見失った列機福森一飛曹、明慶飛長が現場に追い着いた時は、低高度で多数機が激しい巴戦となっており、有効な支援をする機会が無かったと報告された。

その夜、私は司令の私室に呼ばれた。

「今日の空戦で指揮官は二中隊の行動を見ていないので、角田兵曹長、分隊士の名で樫村兵曹長の現認証明書を書いてくれないか」

と、頼まれた。私は初めてのことなので驚いて、

「すでに報告後の戦闘概報の編制表に私の名前は載っておりませんが」と聞き返すと、

「二人の列機が見ていることだから間違いないだろう、書類も気付かれずに通るかも知れないから、君の責任で一応出して見てくれないか」

と、言われる。准士官以上の現認証明書が無ければ戦死の公報は出せないし、未帰還の事実証明書となれば遺族への通報もずっと後れてしまう。司令の恩情には感激したが間違いがあってはと思い、改めて列機の二人を呼んでさらに詳しく状況を確認して報告を纒めた。

原稿を持って隊長兼分隊長の進藤大尉のところへ行くと、予期通りだが温厚な隊長はちょっと考える様に「これは現認証明書で良いのかな」と指摘された。私は司令の意向を伝えると「そうか」と言って黙って認印を押してくれた。

次は副長、ここは隊長の印まであるのでそのまま通過、司令は文句なしで印をもらい、清書して副官部に提出した。

内地に転勤後間もなく横空の羽切松雄飛曹長より、

「樫村君の戦死状況を知っていたら、奥様に知らせてやってくれないか」との手紙を戴いた。まだ公報が出ているかどうか分からなかったが、現認証明書とほとんど同じ内容を手紙で報告した。

この項を書くに当たって、すでに十年近く前になるが正確を期するため、奥様に照会したところ、松山空襲の際二度も焼け出され、子供一人を背負って逃げるのが精一杯で家財と共にすべて焼失してしまいました、とのことだった。

戦後出版された本の中に、偽名ではあるが知る人は樫村さんと分かる変名で、まったく誤った戦闘法による戦死及び戦前の人格を書かれたものがあった。だいたい取材された出所は私なりに想像はつくが、しかし最後の三ヵ月間、同じ部屋に寝起きを共にし、現認証明書を書いた私から見れば、まったくの小説である。福森、明慶共に当時すでに優秀な戦闘員であったし、私なりの考え方もあるが、二人とも戦死されているので批判は控えることとする。

ただあまりにも優秀であったために孤独だった飛曹長の不運に涙しない訳にはいかない。

いま防衛庁戦史室にある五八二空戦闘行動調書による当日の編制は、次の通り残っている。

一中隊一小隊一番機　中尉　野口義一
　　　　　　二番機　二飛曹　山本留蔵
　　　　　　三番機　飛長　伊藤重彦
　　　二小隊一番機　飛曹長　樫村寛一
　　　　　　二番機　二飛曹　福森大三

三番機　飛長　山内芳美
三小隊一番機　一飛曹　榎本政一
二番機　二飛曹　一本津留夫
三番機　飛長　沖繁国男
二中隊一小隊一番機　飛曹長　角田和男
二番機　一飛曹　松永留松
三番機　二飛曹　有村正則
二小隊一番機　一飛曹　西山二三
二番機　飛長　明慶幡五郎
三番機　飛長　石橋元臣
三小隊一番機　一飛曹　八並信孝
二番機　二飛曹　関谷喜芳
三番機　二飛曹　佐々木正吾

私の名前が樫村さんの場所に書き加えられ、樫村さんは第二小隊にされている。しかし、なぜか私の書いた現認証明書は認められず、樫村飛曹長は未帰還とされたのであった。

忘れ得ぬ男たち

◇篠塚兵曹

来た。

昭和十八年一月二十九日、野口義一中尉が、下士官搭乗員数名を連れて二〇二空より転勤して来た。

ラバウルよりただちにブイン基地に進出し、一週間くらいした頃、編成以来の生き残りの山本二飛曹（生存者は少ないので、兄弟のように親しくなっていた）が、

「分隊士、今度来た私の同年兵の篠塚を見たことありますか」と言う。私は人事係分隊士でもある。「もちろん知っているよ」と言うと、

「世の中には随分似た人がいるものですねえ。その篠塚、分隊士そっくりですよ。初め親戚か従弟でもあるかと思ったんですが、あいつは北海道生まれだし、分隊士は千葉県ですから関係ないでしょうが、あいつの考えてることや話すこと、話し振りから腹を出した歩き方まで瓜二つです。赤の他人でこんなに良く似ているなんて、まったく不思議なほどで、みな驚いていますよ。分隊士も気をつけて見て下さい。ただ違うところは分隊士の方がずっと男振りの良いところだけですよ、彼は出っ歯ですから」

と、笑いながらも真剣に言う。言われてみて、私は気づいていなかったので、身の引き締まるほど驚いた。彼の転入を知って、私はさっそく自分の二番機に欲しいと思ったが、野口中尉が、

「彼は腕がよいし、恩賜ですよ。私の列機にわざわざ二〇二空より一緒に連れて来たんですから誰にも渡せませんよ」

と、断わられてしまった。山本二飛曹にも話さなかったし本人も他人には言わなかったようだったが、彼、篠塚兵曹は丙飛二期生、私が筑波航空隊にいた時、手を取っての教え子だった。昭

和十六年当時は、まだ教員一人の受け持ち訓練生は三人だったので、だいたい思うように訓練できたし、彼は特別に適性が良く、優れていた。

練習生の卒業近くなると、経験のために戦闘機出身の教員だけで編隊特殊飛行の同乗がある。私の分隊では戦闘機は先任教員の羽切松雄兵曹と私の二人だけだったので、二人で一、二番機を交代しながら全員を乗せたのだが、馬力の少ない練習機の特殊飛行は難しい。適当な高度まで上がると「手足を離せ」と指示する。ちょっとした手足の重さでも垂直旋回宙返りなど、練習機の編隊操作には危険が伴う。

教員の方も一生懸命である。篠塚の順番の時も例によって「手足を離せーッ」と号令する。「はい」と返事はしたものの座席の中で見えないが、軽く手足を添えているな、と感じていた。案の定、一回宙返りしただけで、勢いの良い声が響いて来た、

「教員、私にもやらせて下さい」と。

数日前、先任教員より「自分の受け持ちの関谷練習生と角田教員のところの篠塚と、どちらが上手だろうか」と話しかけられたことがあったので、良い機会とばかり、危険を承知で一番機にもう一度宙返りを頼みますと信号した。私はわざと手を離して座席の縁を押さえて羽切さんにも見えるようにした。羽切さんはびっくりしたような顔をしたが、頼み通りもう一度繰り返してくれた。

検定飛行は離着陸、編隊、計器飛行、特殊飛行等があるが、特殊飛行の採点は戦闘機出身の羽切さんと私の受け持ちであり、機種の決定の際に戦闘機要員を選ぶ際の発言権も比較的強かった。

これで篠塚は羽切さんの点数も稼げると判断したためだった。

公平にしなければならないのは分かっていても、自分の教え子はやはり特別に可愛いものだ。私は練習生のころ、初歩練習機は先輩三期生の小沢（現田中姓）教員だった、飛行作業の終わった後格納庫に収納して約三十分、油だらけの飛行機のエンジン、機体の拭き掃除をしなければならない。ダブダブの飛行服を着たまま、これは見た目より重労働だった。

小沢教員は当時まだ一番若い級の教員だったが、大抵先輩方に隠れて模型飛行機を持って「練習生こっちに来い」と、格納庫の陰の涼しい所に呼び出し、休ませてくれた。機付の若い整備兵には「大変でも掃除を頼むよ」と優しく話しかけていた。激しい訓練の中の、この十五分の休憩は生き返ったような張り合いがあった。

また、中間練習機になって、操練出の剣持教員の受け持ちに変わった。順調に訓練も進んで、編隊飛行も終わり、最後の特殊飛行の訓練に入る前日、受け持ちの練習生に将来の希望機種を聞かれた。教員の機種は艦攻なので言い難かったが、私は戦闘機だけ、第二志望は無し、と答えた。井上は艦爆、体格の良い背の高い沢田は攻撃機を希望した。

教員は一人言のように「そうだろうな、戦闘機に行きたいだろうな」と呟き、「俺は明日から風邪をひくからな」と、言われた。その時は何の意味か分からなかった。

次の日から教員は目だけ出るような特別大きなマスクをして飛行場に出て来られた。飛行作業は終わるまで腰掛けて見ていた。教員が風邪で飛べない、仕方なく若い小福田分隊士が臨時教員となった。小福田中尉は戦闘機出身である。分隊長は中攻の田中大尉、飛行隊長は戦闘機の和田鉄次郎大尉。こうして私は特殊飛行は小福田分隊士と和田隊長に教えられた。

検定飛行はもちろん和田、小福田教官のほか、先輩の安部教員が当たられた。私は自分で教員になって、練習生を受け持つまで、うかつにも剣持教員が何故予告して風邪になったのか分からなかった。まったくのところ、私に戦闘機向きの操縦を身に付けさせるためだったのである。

篠塚の場合は、私が先輩教員方の温情によって幸運を得たのと違って、本人の適性と努力の賜物であった。私も常に先輩上官の真似をして少しでも近づこうと努力をした積もりである。しかし、自分の発想というものはほとんどない。真似の連続で先輩以上にはなれなかった。しかし、彼はたった一度の編隊宙返りでコツをつかみ、二度目は自分で立派に、安全にやってのけたのである。天才だと思っていた。

それが私に瓜二つ、歩き方まで真似されては、教育の恐ろしさをしみじみと感じた。顔を合わせるとちょっと恥ずかしそうにはにかんで敬礼する。本当に可愛い奴だったが、野口中尉の戦死された次の戦闘で戦死した。戦闘機乗りとして一番機を撃墜されるのは列機の一番の恥だとの私の教えを守ってくれたものと思い、心で泣いて褒めてやった。

直掩の多い五八二空では、列機は自分の判断で離れることが多かったが、篠塚だけは、野口中尉の信頼も知っていたので、絶対に中尉の後は守り通せと教えていたのだった。

◇沖繁飛長

五月初めの夕食後、連絡の用事があって搭乗員宿舎を訪れた。詳しい訳は分からないが沖繁飛長が一人、だいぶ酒に酔っていた。私はそれまで気がつかなかったが、だいぶ酒癖が悪いらしく、目が据わっている。私のいるのも気がつかないらしい。しばらく見ていると、何か不満があるらしくやたらと若い下士官に文句をつけている。古い下士官連中は笑って相手にしないが、ときどき気になる言葉がでる。特に編成以来生き残りの山本二飛曹が一番対象にされているらしい様子が分かった。司令のお気に入りになっているのが面白くないらしい。沖繁自身、色こそ黒いが目の丸い、きりっとした小柄の美男子であり、戦歴もあり、普段は気性のさっぱりした申し分のない戦闘機乗りである。私の三番機としても良く飛んでいた。

四月二十九日の迎撃戦でも私の列機としてP38を追撃途中、エンジンが故障してベララベラ島に不時着し、水偵に救出されて帰って来たばかりだった。十七年十一月にも天候不良のため小隊全機と共にニューアイルランド島に不時着、一週間目くらいに帰って来たことがあった。

他方喧嘩を売られている山本兵曹は、色白の長身女と見違えるほどの美男子でありながら、長野と並んで編成以来の生き残りエースである。確かに司令の覚えも抜群だし、隊内の評判も良かった。そして、司令室に話相手に呼ばれることも多かった。

困ったな、二人だけの喧嘩ならともかく、司令を挟んでの信任の差争い、男のやきもちではうっかり手がつけられない。私自身、司令副長のお気に入りだから笑われぬよう気をつけろと先輩より注意されたことがある。下手な注意は通らない。かえって誤解を招くだろう。話し下手の私では仕方ない。准士官教育の際は強く戒められていたことだが、明日は酔いの覚めたところで一発沖繁をなぐって自覚を促すしかないと考え、用事を終えて私室に帰った。

翌朝さっそく飛行場指揮所に着いたところで、搭乗員整列をかけた。

「沖繁、一歩前へ出ろ。貴様の昨夜の態度は何だ、搭乗員は編隊協同空戦が一番大事だ、ちょっとの心の隙間も命とりになる。文句があるなら正気の時に何で良く話し合わぬか。おれは話は下手で良く説明できぬから気合を入れてやる。良く考えろ」と言い、「足を開けッ」右手に力一杯込めて相手の左頬をなぐった。ついで左手で一発、「アッ」と思ったが、そのまま黙って指揮所へ上がってしまった。

初めてのことなので搭乗員たちはしんとしてしまい、指揮所の野口中尉、鈴木中尉も驚いたように緊張している様子が感じられた。しかし、私は「しまった、しまった」と悔やんでいた。もしあれが逆効果になって沖繁を自棄にしては、と遂に我慢できなくなり、再び下へ降りた。

「沖繁出て来てくれ」と、再び天幕の中で休憩中の彼を呼び出した。まだ足らないのかと思ったのか、搭乗員たちの顔色の変わるのが分かった。彼らにしてみればやはり可愛い一番若い兵隊だ。分隊士に殴られるのはつらかったのだろう。私は出て来た沖繁に、

「さっきも言ったが、俺は話が下手なので昨夜から右手に俺の誠意を込めて一発だけなぐり、反省してもらおうと考えていたのだが、さっきは申し訳ない、勢いで間違って二つなぐってしまった。俺の左手には誠意はこもっていなかった。ただ惰性でなぐってしまったのだ。済まないが一つだけなぐり返してくれ」

言い終わらぬうちに彼の目から涙が溢れた。泣き声で、

「済みません、分隊士、ご心配をかけて私が悪かったのです。これからは決していたしませんから許して下さい」

「俺も悪かった、許してくれ。これからも皆と仲良くしてやってくれよ」と頼み、「ハイ」と頷く彼に、弟のような愛情を感じながら、また指揮所に上った。

様子は見えても話し声ははっきり分からなかった鈴木中尉、野口中尉が今度は「どうしたんですか」と聞いてきた。昨夜の件は隠して、

「ただちょっと不都合なことがあったので一発なぐろうとしたのですが、教員時代の習慣でツイ往復でなぐってしまいましたので、左手の惰性でなぐった分だけ一発返してもらおうと思って頼んだのですが、なぐってくれないので詫びてきたんです」と、答えておいた。驚いたように二人顔を見合わせていた。側で聞いておられた司令からも、幸い何の批判も受けずに済んだ。

◇明慶二飛曹

五月十三日午前、野口中尉の指揮によりルッセル島へ進攻航空撃滅戦を行なった。F4U八機、P38二機、P39一機撃墜の戦果をあげ、味方は、一中隊三小隊三番機の佐々木正吾二飛曹が未帰還となった。

伊藤重彦二飛曹は被弾四、二中隊長竹中飛曹長の三番機明慶幡五郎二飛曹は被弾、火達磨となって自爆した、と報告された。戦果はあがっても二機の未帰還は手放しでは喜べない。戦果は少

なくとも全機無事で帰還できた方が嬉しいものである。

　搭乗員も解散して一時間くらい経って、一機の零戦が帰着した。自爆したはずの明慶機であった。みな大喜びだったが、竹中飛曹長は一人、狐につままれたような顔をしていた。

　私の記憶によれば彼の報告はルッセル島の上空四千メートルで「ガァーン」と一発、凄い命中音があり座席内、目の前も真っ赤になった。火災！　今はこれまでと、教えられた通り操縦桿を一杯に突っ込み、自爆態勢に入った。同時に無意識に眼をつむってしまった。しかし、四千メートルから海面まではなかなか距離がある。数秒のことだったろうが、ずいぶん長く感じられ、まだ着かないかと目を開けて見たところ、何と火は消え海面が眼前に迫っていた。

　約五百メートルで引き起こしてみたところ、左燃料タンクの辺りに日の丸マークほどの大きな穴が開いていた。そのため、わずか数秒でガソリンが燃え尽き、消えたのだった。実に運の良い被弾の仕方であり、中隊長が自爆と思い込んだのも無理はなかった。

　弾痕の大きさから判断して、おそらく高角砲弾の貫通ではないかと見られた。司令も喜びを隠し切れず、笑いながら、

「海面につくまで見届けなければ、自爆じゃないじゃないか」

　と、竹中飛曹長も一言嬉しいお叱りを受けてしまった。この件について山本司令の日記には、ちょっと違った記事がある。本人の司令への報告書である。（戦闘詳報ではない）

〈ガダルカナル敵機遊撃〉（五月十三日）

奇襲を受けし時の状況

海軍二等飛行兵曹明慶幡五郎

一二三〇中隊長と行動を共にし空戦場を離脱、時既に二番機は分離し、二〇四空戦闘機一機が三番機の位置に付き、自分が二番機となり、一番機を中心に左右に運動しつつ特に後方の見張を厳重にせり。一二四五ブラク島三五〇度一五浬上空（高度六千メートル）にさしかゝる時、後方三百メートル（高度差なし）に敵P38戦闘機一機追跡し来るを発見するや、直に中隊長に知らすと共に対勢を挽回する為二番機の位置より一番機上方に急激なる避退操作を行えり。

其の際、敵弾（十三粍）一発は左翼根上面後縁より三十糎の個所（左燃料翼槽）に命中「カン」と衝撃を受けると同時に両翼下方より多量の火焔及び黒煙を発し、消火不能と判断し自爆を決意せり。垂直降下をなし幸い火焔は発火後約五秒位にて黒煙のみとなり天祐と云うか六千メートルより四千メートルまで降下したる頃、黒煙は全然止みたり。機首を引き起し中隊長を捜索すれども遂に見失い、帰路高度二千メートル後方の見張を尚厳にしつゝ中水道を直進燃料欠乏の為「ムンダ」基地に不時着せり。

とある。

また、司令日記五月十三日（木）には、

〈イサベルムンダ方面敵飛行機遊撃作戦〉

○八四○fb×五四、二○四空×二四、二五三空×一一、五八二空×一八ルッセル島北方にて空戦撃墜×三八、未帰還四機、五八二空佐々木正吾二飛曹未帰還、明慶被弾、火災を消し帰還す。〈幡五郎焼〉

ラバウル基地の指揮所で報告を行なう搭乗員。右から明慶幡五郎飛長、大槻進二飛曹、著者（飛曹長）

○七四○野口中尉以下当隊参加員一八名を戦闘指揮所前に整列せしめ訓示した。

本日は名前は遊撃戦だが実際は「ガ」島方面掃払戦である。久し振りの空襲である。隊長、指揮官の訓示を守り、思う存分にやれ。思う存分にやると云う事を間違えてはいけない。単機行動長追は厳につつしめ、成功を祈る。

○八三○、二○四空続いて野口中尉を先頭に全機離陸、一二○○過ぎ一機又一機とぼつぼつ帰って来た。激戦があったなと思った。「増槽をつけて居ます」一部空戦かな？　報告前に野口中尉、竹中飛曹長から状況を聞いた。一八三（明慶）自爆、一四○（佐々木）未帰還。やがて帰還搭乗員一六、二五三×一一、二○四×四（機はバラレ）、指揮所前に整列、野口中尉其他から報告があった。次で当隊員に訓示した。

「明慶、佐々木を失ったのは残念だが」とは口の先迄出て来たが「今言ってはいけない」「士気に影響する」と考えた。「多少の犠牲はあったが（心中多少どころかこんな悲しい事があろうか）一同克く訓示を守って立派な戦果を挙げた、御苦労」鈴木中尉が明慶、佐々木を失って残念だと搭乗員に話していた。明慶自爆の経緯は次のとおりだ。明慶は竹中飛曹長の三番機として終始実によくついて来た。ルッセル島の北方で発動機が悪いらしく速力が少し落ちて居た、自分は接近して共に来たが一寸振り返ると明慶機の二百米後方にP38×一が射撃を始めた、自分は上昇しながら反転援護し様と思ったら、已《すで》に撃たれ黒焔を吐いて錐揉み降下して居る。明慶は自爆した。敵は逸早く遁走した、と、竹中飛曹長が語った、一同はシーンとして聞いて居た。

「おい鈴木中尉、増加食を喰べないか」「いりません私は今日は嬉しくないのです」「明慶の事か、惜しい事をしたな」「人物が立派です。命令されたら駆足態度厳正……」、野口中尉は「俺の照準器や遮風板をショッ中磨いて呉れた」、隊長も「幡五郎焼が食えなくなったなあ」と追憶している。

司令官に幡五郎焼の由緒を説明した。「即《すなわち》メリケン粉、フクラシ粉等で作る菓子で、彼が婦人倶楽部かなんかで見て作ったので仲々うまい。一同之を彼の名にちなみ幡五郎焼と云う」「彼は器用で、時計も直せば硝子の入替も一手に引受けてやる」

佐々木兵曹の方は未帰還だが、明慶の方は自爆確認であり皆がその真価を奨めたたえた。誰かが黒板に赤チョークで「一八三号明慶」の処に自爆と書いていた。

「零戦一機方向南東距離三万こちらに向かって来る」鈴木中尉が眼鏡で見る。「うちの飛行機です、一八三号」「明慶だ明慶は一八三号だ」と、自分が叫んだ。自爆機が帰った。確かに明慶だ、一同明るい気持になる「あまりほめ過ぎた、帰って来たから先の言は取消しだ」と野口中尉が冗談をいった。「幡五郎焼が喰える」と誰かが云った。指揮所で報告を受けた。（一四三〇頃）「小隊長と分離してからの事を報告します、敵の奇襲を受けて『カーン』と音がしたと思うと火焔黒煙を吐いた、早これ迄と自爆を決意し高度四千から二千迄旋回しつつ突っ込んだら火が消えたので引起し、ムンダで燃料を補給し只今帰りました、終り」「ムンダには他に飛行機は居なかったか」「居ませんでした」「戦果は」「ボートシコルスキー一機撃墜」「御苦労」と云って握手した。

（以上司令日記より）

明慶二飛曹は数ヵ月前、樫村飛曹長の列機として二十ミリを誤発した飛長である。のち横須賀航空隊に転じ関谷兵曹共、硫黄島沖航空戦に散った。

◇生方上飛

さて、二空の編成時、千歳空よりの転入者は分隊長以下零戦未経験者ばかりの中にあって、一人一番若い生方直上飛のみ零戦に一時間搭乗F4F一機撃墜の珍しい記録を持っていた。航空記録技量調査表に記載してあり、輪島飛曹長、真柄一飛曹の説明では、マーシャル警備の千歳空搭乗員は何ヵ月かに一週間くらい交代でトラック島に休養に帰っていたが、ちょうど輪島分隊士の組が休番に当たりトラックで折柄日曜の搭乗員の大部分は外出中に、開戦以来初めての艦載機による大空襲を受け、東南方面へ輸送途中の零戦その他ほとんどが地上で全滅に近い打撃を受けたことがあった。その時、休養中の千歳空の生方直上飛が燃え盛る飛行場の中に一機の零戦を見つけ、これを整備員に頼んで起動してもらい、グラマンF４Fの銃撃の中を縫って離陸、完全な劣位より立ち直り地上員凝視の中で見事に一機を撃墜し、敵の避退後着陸したとのことだった。

彼が零戦に乗ったのはこれが初めての一時間だった。零戦を見た時から整備員に脚やフラップの使い方、二十ミリ機銃の使い方等詳しく説明を聞き、研究はしていたとのことだが、慣熟飛行をしたこともなく敵艦載機の乱舞する中に初めての機を操っての殊勲は恐らく世界一にも値するものと思い、古い記憶なので確実な資料が欲しいと思い、千歳空の戦闘記録を調べたが、分からなかった。

中野飛行長、五十嵐飛行隊長に聞いても記憶が無いとのこと、倉兼大尉以下彼を知る人は全部亡くなってしまったが、私の記憶にはあの航空記録に書かれた赤文字は焼き付いている。彼は決して技量優秀とは言えない若者だったが、努力と度胸で勝負したのだろうか。一番の若年兵ということもあってか、無口なおとなしい青年であり、私の固有の三番機だった。

ラバウル進出の近づいた七月末、訓練中着陸の際、狭い横須賀飛行場よりオーバーしてはみ出し、壁を越えて海中に転落し、顔面を負傷して海軍病院に入院、出動に間に合わず後から二十日ほど後れてラバウルへ追いかけて来た。日頃目につかないが、いざという時はすこぶる剛胆になる。私の簡単な日記の十月二十一日の項には、

「五時半ラバウル発進、ガ島攻撃、四機撃墜、本日我小隊敵に囲まれ苦戦、生方三機を撃墜して

その真価を発揮し、重囲を脱す。武勲を祝す」と、記してある。その生方も二十五日には敵飛行場占領の誤報のために二神中尉の列機としてガダルカナル飛行場に着陸直前、火達磨となって散った。果たして反撃の機会が得られたかどうかも分からないが、戦闘記録の不備が惜しくてならない。

ガ島撤退作戦

二月二日、久し振りにガダルカナルに対する本格的な増援輸送が再開されることになった。昨日ラバウルの作戦会議から帰隊された司令の説明によれば、輸送船を失ってしまった海軍は、稼動しうる全駆逐艦を集結して、三次にわたって増強輸送を行なうことになった、と言う。そして第一陣はすでに昨夜ブイン湾を出発していたが、この上空直衛第一直が私に命ぜられた。そして、直衛としては今までで最大兵力の三十六機を預けられた。

副長が心配そうに聞かれた。「二〇四空の松村上飛曹を知っているか」と、「同年兵で温厚な人物なので良く知っております」と答えると、それは良かった、うちだけでは飛行機が足らないので二〇四空から松村上飛曹の率いる十八機を二大隊として併せ指揮するようにとのこと。

当時の一飛行隊は二十四機編制であったので、隊長でさえ三十六機を直接指揮する機会はなかったのに、どうしたことかこの大任を私に命ぜられ、感慨は一入《ひとしお》だった。

司令は、敵襲は必ずあるからとくに警戒を厳重にするように、と訓示されたが、私は何かいつもと違ったものが感じられ、腑に落ちない任務にいささか疑問を感じていた。

哨戒時間は〇九〇〇より一一〇〇まで、ブイン上空でラバウルより来た松村隊と合流して、定時艦隊の上空に達した時、駆逐隊はまだベララベラ島の東方を南下中だった。今までの常識では、この辺りはわが制空権下にあり、敵襲など予想されなかったところである。少なくともニュージョージヤ東方にかかる頃でなければ現われないはずだった。しかも、二大隊長の松村上飛曹は同年兵ではあるが操練出身で戦闘機乗りとしては二年は先輩であり、支那事変以来撃墜経験の豊かな二〇四空切っての実力者だ。なんでこのような編制をされたのか、意図が分からない。司令部はこの時間帯に相当大規模の敵襲を予想してのことと思われるが、その根拠はどこにあるのだろう。果たして、まだブイン基地の制空圏内と思われる地点に米軍は大挙して攻撃をかけて来るのだろうか。

いくら考えても私には疑問が解けなかった。しかし、命令である。何かあるだろうと思い、警戒は厳重にする。高度四千、左旋回でガ島に直角の矩形運動を続ける。輸送船を失ったとはいえ、二十四隻の駆逐艦が二列縦隊で二十四ノットで、長く白銀の航跡を曳いて走る陣容はいかにも頼もしく、帝国海軍いまだ健在なりを思わせるものがあった。

約一時間経った頃、第四旋回点、ちょうど艦隊の北西方を旋回中、反対の東南方に黒点約三十、同高度、上空六千メートルに約二十の黒点を発見した。戦爆連合の敵編隊である。

ほとんど同時に二大隊は爆撃隊に殺到する。艦からも敵襲を知らせる白煙が上がる。私はただちに敵編隊の中間に割って入る。

私の列機が数機、盛んにバンクして機銃を発射して爆撃隊への攻撃を要求してくる。だが、恐らく爆撃隊への攻撃は二大隊だけで充分だろう。しかし、上空のP38が救援に突っ込んで来るにちがいない。

これを途中で阻止し、二大隊の攻撃を助けなければならないと決心した。しかし、発見場所が不利な位置だったため、敵の投弾前の有効な攻撃は少なかったようだ。

二大隊の襲撃と共に、敵機は急降下爆撃に入ったが、すでに零戦の追尾を受けていたので、敵も慎重な照準は困難だと思われた。上空から見る艦隊の一斉回頭は見事だった。投弾と共に左右に各艦一斉に一回転して、約三十機の急降下爆撃をあざやかに回避し、数分後には何事もなかったように元の二列縦陣に復していた。

この間、第二大隊の十八機は、逃げる敵機を追ってたちまち南方視界外に消え去った。上方のP38二十四機は驚いたことに味方機が攻撃を受けているのに、遂に降って来なかった。怨み重なるP38め、今日こそ思う存分の空戦ができる。と、待ち構えていた私は、当てが外れて拍子抜けしたが、一瞬気をとり直し、それならこちらから仕掛けてやろうと決心して、行動に移った。

ところが、敵は空戦場をやり過ごして艦隊の北方一万メートルに回り込み、高度六千で哨戒飛行を始めた。このまま接敵すれば六千メートルで劣位戦を行なわなければならない。あるいは、敵はさらに高度をつり上げるかも知れない。彼我の性能から見て、これ以上高空での戦闘は不利である。いったん視界外に出て、高度を七千に上げ、優位戦に持ち込めば勝算は充分。私の視力からもってすれば四万メートルくらいは敵を補捉しつづけることができるし、一番楽な方法である。

しかし、私には援護しなければならない艦隊がいる。この上空を長く離れることはできない。予想に反して敵は早々とわが制空圏内に進入して来るし、さらに敵戦闘機が内側に回り込んで動かないのも変だ。

こちらをおびき寄せて、上空を空《から》にし、第二波、第三波の攻撃を企図しているのかも知れない。私は上空哨戒を続けながら、上空の敵戦闘機を捕捉撃滅しなければならない。考えたあげく、ヨシ、餌をあたえて釣ろう、肉を斬らせて骨を斬るのだ、と、とっさに決意して、哨戒コースをやや北へ伸ばし、敵編隊が一番南へ近づいた時、斜め下方を反転するように持っていく。

敵は優位に二十四機、こちらは十八機。態勢さえ良ければ突っ込んで来るだろう。しかし、まともに反撃したのでは敵は一撃の後、高速を利用してたちまち逃走してしまうのは、今までの経験で明らかだ。敵の足を止め、二撃、三撃を繰り返させ、巴戦《ともえせん》に持ち込むには餌をあたえる以外方法はない。

私は反撃の時期を列機四機くらいが火を吐いた時だと決心した。残酷なようだが、今回の任務は特別なのだ。まず、一撃で四機くらいを落としたなら、敵も調子に乗り、撃滅戦に出るだろう。その後の反撃に際しても二機くらいは犠牲が出るかも知れない。が、高度四千メートルで巴戦に引き込むことができれば二対一だ、勝算は充分にある。しかし、最初の一撃で犠牲が多過ぎればわが勢力は半数以下となって苦戦はまぬがれない。

私の列機は先ほどの攻撃に際しても逸《はや》りに逸っていたが、私の指揮に随って一機も抜け駆けする者はなかった。私が反撃の合図をするまでは、恐らく自分が火を吐くまで黙ってついて来てくれるだろう。

私の神経は極度に緊張して、ただ一つ、反撃の時期、そして、部下が火達磨となる瞬間を狙ってすれ違う。

二度三度、高度を五百メートル上げてみる。それでも喰いついて来ない。危険だがコースを変えて敵を右後上方に見て、しばらく同行してみる。それでも遂に攻撃して来なかった。

爆撃機を追撃して行った二大隊も帰ってこない。艦隊上空直衛の主任務のある現在、これ以上とるべき策はなく、緊張の時は流れて、交代の時間となった。

ようやくラバウル方面より二十数機の零戦が現われると、敵はたちまち東方遠くへ避退してしまった。

帰途、早くも私は悔恨の念にかられた。飛行場に降り立った搭乗員たちには、ありありと今日の行動について不満が溢れていた。それは、あれだけの敵を目前にして遂に一戦も交えなかったことについての不信なのだ。

私のしょげきった行動報告を聞いた司令は、部下たちの気持も察してか、

「角田分隊士の取った行動は適切であった、それで宜しい。ご苦労であった」

と、慰労してくれた。しかし、私は行動状況の報告はしたが、心の奥の心理状態までは報告し

なかった。あの場合、ほかに適策があったとは思われないが、常に下士官兵の母親役をもって自認していた分隊士ともあろう者が、事もあろうに最初から列機を餌にして敵を釣ろうとしたのだ。どうしてあのような残酷な作戦を考えたのか。敵が突っ込んで来なかったから良かったものの、果たして国のため、天皇のためだけだったろうか。自分では任務の遂行と敵撃滅のほかは一切無心のつもりであったが、少しでも心の片隅に個人の名誉心や、P38に対する特別な敵愾心が潜在意識となっていなかっただろうか。

報告を終わったあとも、しばらく私は顔を上げて部下たちをまともに見ることができなかった。戦さとは酷しきもの、戦わずとも身は切られるように辛かった。長い戦場生活における初めての経験であった。

第三次ガ島撤退作戦

二月四日、第二次輸送船団の直衛があった。防衛庁の戦史では、私が十六機を率いて任務についたことになっているが、これは野口中尉の率いる二十四機の誤りである。敵襲なく、無事任務を果たして帰投している。

二月七日、第三次輸送船直衛のため、鈴木中尉が指揮官第一大隊長として十二機を、私は十二機を率いて第二大隊長として出撃することになった。

鈴木中尉の第一大隊に続いて、一四三〇ブイン上空を発進する。最終直である。離陸後三十分、予定通りベララベラ島近くで鈴木中尉のバンクによって、一、二大隊は交代して、私は前に出る。

かねてから、中尉の希望で空中の指揮は私に任されることになっていた。

艦隊は列島の西側を南下する模様で、すでにガッカイ島の遥か西南方を過ぎていた。第一次より減じて、十八隻の二列縦陣であった。

鈴木中尉は発動機不良のバンクをして、途中よりムンダに向かう。二小隊長の武本上飛曹が前に出て二大隊長となる。

定刻五分前に前直と交代して、上空哨戒につく。例によって左旋回、矩形運動を続ける。約一時間ばかり経って、第四旋回点直前に駆逐艦一隻より白煙が上がる。空襲警報の合図である。すでに敵飛行場至近ではあるし、必ず一撃はうけるものと警戒は厳重にしていた積もりだったが、この時、私はまだ敵を発見していなかった。ただちに艦隊上空に全速力で戻る。しかし、自慢の視力が、艦の見張りに後れをとったとなると、心は乱れて、いつもの心眼が利かない。

敵はどちらより来ているのか、まず九分通りガダル方面とは思われるものの、もしかして後ろへ回り込まれているかも知れない。そうすれば、敵から逃げていることになる。早く、早く、と心はあせる。眼はますます見えなくなる。

前後左右を見回すようになっては、とても一万メートル以上で敵を発見することはできない。思わず、スロットルレバーを絞りたくなる。時間にしては数十秒に過ぎないが、実に長かった。ようやく、やはりガ島方面真正面に敵を発見した。同高度、約三十機。ただちに突撃下令のバンクをする。

二大隊もほとんど同時に右側に展開して、突撃、彼我の距離は約六千メートル。艦隊上空より同距離である。こちらは真正面より突っかける、敵も緩降下接敵より急降下に入る。わずかの後れで有効な捕捉ができない。敵味方一団となっての急降下である。

敵機も落ち着いた照準はできなかったろうが、こちらも有効な射撃はできなかった。突然、敵機は何と思ったか、全機をもって味方の一艦を狙った。恐らく、先ほどの白煙を上げた艦を旗艦と判断したのだろう。それにしても十八隻の中の一隻を三十機をもって狙う戦法は、ちょっと理解に苦しむが、狙われた艦は水柱に覆われてしまった。しかも、どうしたことか、今日の駆逐艦は回避運動を全然してくれなかった。二列縦陣のままである。

水柱の消えた跡には、一隻の駆逐艦が停止していた。半数近くの列機は、避退する敵を追って行く。数分して残された艦はたちまち海面に没し去り、他艦は、再び何事もなかったように白波をけたててガダルに向かっていた。

ああ、何としたことだろう、今まで空戦で列機を失ってきたが、このように二十機以上もの飛行機隊を預かりながら艦まで沈められてしまうとは、申し訳ない。これが、ガ島ではまた苦戦の原因となるかも知れない。今までは、とにかく幸運にも味方は被害を受けても任務は遂行してきたと思っていたのに。大事な艦をここまできて撃沈されるとは、いかにも残念だった。

しかも、去る二日と同じ第四旋回前に敵が近づいていたことも偶然かも知れないが、あるいは、噂のように敵機は優秀な電探を備えて、こちらの哨戒位置を測っているのではないかとの疑問も起こってくる。

せっかく上官の信頼を受けて指揮官を交代していたのに、これが良い方法と思っていたが、増長を戒める天鎚であろうか。再び編隊を整え、哨戒位置に返り、日没で直衛を止め、帰途につく。

先ほどの艦の沈んだ辺りで、幾人かの救助される見込みの人員はいないかと思い、低空でしばらく旋回、捜索したのだが、遂に一人の姿も、木材等の漂流物さえ発見することはできなかった。あまりにも見事な轟沈であった。帰りはムンダ基地に着陸する。一泊の予定であった。二大隊長武本上飛曹が、未帰還となっている。操練出身であり、私より搭乗歴は古い。戦闘意識の旺盛な人であり、技倆からしても艦爆に落とされるような人ではないのに、戦いの運、勝敗は実に時の運である。新婚の奥様は、この報をどのようにして聞かれることであろうか。

鈴木中尉にも何と報告したら良いか、気持は滅入るばかりだった。明るいうちに二十二機でムンダ基地に着陸する。滑走路、誘導路も広く、大きく、完全に整備され、南東方面一の飛行場である。ただ、あまりガ島に近過ぎ、せっかくの飛行場も敵の攻撃が激しく充分に利用することができなかった。

掩体壕近くで整備員に飛行機を預けて降りると、すぐ中尉が近づいて来た。いつもなら、ここで私の記録を中尉に渡し、豪腹な中尉は黙ってそのまま司令の前で読み上げ、報告するのが常であった。しかし、私はこの日は記録を渡すことができなかった。戦果の多い時は良いが、今日は戦果よりも甚大な被害を受けてしまった。武本上飛曹まで失い、この責任を中尉に負ってもらうことはできない。私の戦闘概要を聞いた中尉は、それでも良い、責任は俺が持つから記録を貸してくれ、と言う。

「実は、数日前から猛烈な下痢をしていたのだが、今日休むと、また何時攻撃があるか分からないので、無理をして隠して飛んだのだ。けれど高度を上げて体が冷え込んだら、尻から飛行靴の中まで汚してしまい、何とも気持悪くて仕方ないので、不時着して海岸で洗濯をして、みんなの戦っている間に乾かしていたのだ。こんなことは誰にも言えない。司令に知られたら叱られてしまう。この責任は俺に取らせてくれ」

と、しばらく押し問答をしていたが、そのうちに列機の搭乗員も集まって来るので、「それでは、実情報告もできないでしょうから、指揮官はエンジン不調でムンダに不時着、修理の上合同したことにして下さい。やはりこの被害は私が報告します」

と、断わり通した。

翌八日午前、ブイン基地に鈴木中尉指揮の下に二十三機が帰投した。この時の私の報告は、まったく青菜に塩、そのままに見えたことだろう。上官方にも申し訳なく、指揮所の上に上るのも気が引け、天幕の搭乗員待機所の方へもぐり込んでしまった。

しばらくして階上の司令より呼ばれた。先ほどは例によって失敗の報告にも「ご苦労だった」と一言だけだったが、これは改めてお叱りを受けるな、と覚悟をして、うなだれて上って行くと、あまり憤っているような様子はない。前に近づき、敬礼する私を見て、

「これは軍機に属することだが、今夜で終わりだからもう話しても良いだろう。副長も隊長も一緒に聞いてくれ。実は、今回の輸送作戦はガダルカナルの増援ではなく、撤退作戦なのだ。暗号が敵に解読されていることが分かったので、わざとそのまま偽電を打っていたが、司令以上がラ

バウルに集合を命ぜられた際、命令は受けて来たのだが、誰にも話してはならぬことになっていたので、副長にも知らせてなかったのだ。が、あまりに分隊士が落胆しているようなので知らせておこう。

みなが直衛していた往航は空船で、次の復航は陸軍を満載して来たのだが、これはわざと上空哨戒は行なわず、裸にしておいたのだ。だから分隊士の沈められた艦にも陸軍は一人も乗っておらぬ。陸軍を一人でも沈めては申し訳ないが、海軍の軍人が艦と共に沈むのは本望だ、だから分隊士もあまり気を落とさず元気を出してくれ」と、

あッ、いつもながら、何という司令の心遣いだろうか。私は感激で胸が一杯になり、返事のしようもなかった。それで初めて二日の敵の行動のあり方も理解できるし、跡に一片の痕も残さず消えた駆逐艦と、それに見向きもせず陸軍を迎えるために直進して行った艦隊の海軍魂！　どのように言葉に表わすことができようか。長い間の私の深い感銘と悔恨であった。

昭和六十年になって、駆逐艦あけぼの会の代表世話人・石塚司農夫氏を知り、この時、集中攻撃を受けた艦の調査を依頼したのだが、遂に正確な艦名を知ることはできなかった。

なお、氏よりの知らせで、私が不時着した時救助された天霧会のあることを教えられ、昭和六十一年に初めて四十三年振りに当時の乗員の方にお礼を申し上げる機会をあたえられ、また別の感一入であった。

計器飛行

昭和十八年二月二十日、しばらく振りにブカ基地より作戦が行なわれた。ガ島撤退のためにムンダ方面に敵の圧力がかかってきたためであろうか。ガッカイ島方面への増援が行なわれているようだった。詳しいことは分からないが、船団の上空直衛である。

この日は、朝よりやや断雲の多い空模様だった。一一〇〇、私は十五機を率いてブカ上空を発進直進してガッカイ島上空、荷揚地点の哨戒を続けた。二時間たった。全般的にソロモン群島一帯は天候不良の故か、敵襲はなく、船団は無事。次直と交代して帰途についたが、午前の断雲は次第に積乱雲に発達していた。

正午頃より三、四時にかけて猛烈なスコールになることはしばしばで、その範囲は気候の移り変わりのためか、次第に北上して、ここ一週間ばかりはブーゲンビル島北端に達していた。

ブカ水道以北は、澄み透るような快晴だが、対岸は巨大な黒壁のように屹立した積乱雲に覆われているのが常だった。ちょうど若杉を失った時、ベララベラ以南は雲海に覆われ、ブイン方面はすでに秋晴れのように澄み切ったスコールの後だった天候に似ている。次第に悪化する天候に、やや速力を増してブイン東方を通過した時は、雲高はまだ五百メートルはあった。視界はやや不良となって来たが、ここまで来れば、あと一息だ。降り出す前にブカ水道に抜けられるだろうと判断して、飛行を続ける。

原隊に帰らなければ明日の作戦に差し支えるだろうと思うので、少しの無理はし勝ちになる。山脈の東側に添って飛ぶうちに、雲高は急速に下がってくる。島の中ほどに来た時はすでに二百メートル、だが、ここまで来て引き返すのも残念だと、なおも突っ込むうちに高度は五十メートルとなる。ブカ水道には急げば二十分で抜けられる。

さらに増速して突破を図ったが、遂に間に合わず、約十五分と思われるところで猛烈なスコールに遮られてしまった。渦巻く黒雲はジャングルから噴き上げるかと思われるばかりで、くぐり抜ける隙はない。これでは、明日の出動はできなくても仕方ないと諦めて、ブインに向け、百八十度転回して引き返す。

ブインには、二〇四空が進出しているはずであった。しかし、十分で先刻通った場所はすでに、これも巨大な黒壁を立て回したようなスコールに覆われてしまっていた。さすがにこれはしまった！　と思う。明日の出動に備えて少しでも早く司令のいる基地に帰ろうとしたのだが、欲張り過ぎだったのか。

しかし、ブインを通過する時はまだ雲の高度は五百メートルだった。不時着するほどの天候ではなかったはずだ。自分の判断に誤りがあったとは思わないが、今となっては処置は一つしかない。行くも帰るもできない。

よし、飛行機は捨てて、搭乗員だけでも助けよう、とっさに決心して、左旋回九十度。海岸線に出て岸近くの海上に不時着するしかない。密林上では万に一つの助かる見込みもない。ところが、比較的明るく見えた東海岸も、二、三分で行き止まりとなってしまった。西方はブーゲンビルの山脈、遂に密林上のわずかの空間に四方を閉じ込められてしまったのである。

こまったな。進退窮まった、とは、このことか！　振り返ると列機はいつの間にか戦闘隊形を変えて、ピタリと翼もふれんばかりの密集隊形になり、十五機が一塊となってついてくる。不安そうな、緊張しきった顔に、胸が「ジイーン」と痛むほどに可愛いヤツラと思う。

今まで、困った、困ったと思っていたのが、急にもりもりと闘志が湧いてきた。この可愛い部下たちを、どうしても連れて帰らなくてはならないと決心する。まだ残された道が一つ、計器飛行がある。ここで列機に体を固くされては困る。わざと分かるように歯を出してニッコリ笑って見せる。列機も笑い返してきた。よし、これなら大丈夫だ。

幸い山際に一ヵ所鉛色の空があった。いくらか高度が上げられるだろう。機首をそちらに向けながら、列機に計器飛行で雲の中に入ることを手まねで伝える。列機はただちに了解、左側の二番機を右に移し、右単梯陣とする。

小バンクをして、二小隊長小川兵曹を呼ぶ。以心伝心、二小隊はただちに左単梯陣となって小隊長がピタリと私の左側についてくる。これなら信号が確実に伝わる。再び単縦陣にして雲中に入ることを伝える。機間距離は極力つめるよう指示、二小隊了解。

わずかに残された鉛色の空間を緩旋回しつつ、今度は反対の三小隊長を呼び寄せる。こちらも了解。

次は二中隊だ。ちょっと考える。十五機の単縦陣はちょっと長すぎる。中隊毎にすべきか、だが、二中隊長の楢原上飛曹は、甲飛五期生。筑波空教員をしていた頃の練習生である。腕はよいが、まだ飛行時間が短い。

よし、離すより一緒に連れて行こう。心が決まると上昇旋回しつつ、ゆっくり信号を繰り返す。

一中隊全機右単梯陣にして、二中隊を左側に呼び、笑いかける。落ち着かせるために、わざと動作は緩慢にする。全機了解したところで原形に復し、改めて全機単縦陣とする。

残された摺鉢状の空間はますます狭くなって、螺旋状に急旋回しながらでなければ上昇できなくなった。幸い予想より高度はとれた。八百メートル、若杉飛長を失った時の教訓で、今日の単縦陣は間合いを極端につめて、後続機は前続機の尾翼の下へプロペラが重なるように密着している。

高度に余裕があれば、この方法が一番行動に楽で、後続の操縦者は前機の水平尾翼を二、三メートル前方に見て飛ぶことができる。前続機の渦流に入ることもなくて済む。

マラリヤの発熱を押さえて、十日余り、毎日三十分以上計器飛行でガダルより帰った経験から、雲中の飛行にも自信はあるが、不安が二つある。一つは墨を流したような雲の中の視界である。視界が果たしてどのくらいあるか、未知である。二つは計器飛行に入る前、せめて二、三秒水平直線飛行に直してからにしたい。旋回しながら入って雲の中で変針するのは難しい。列機が錯覚を起こす恐れもある。

しかし、この空間では直線飛行に直すには雲に入る直前垂直旋回を行なうしかない。十五機が果たしてこの隊形の間合いを崩さずついて来られるだろうか。

躊躇する暇はない。刻々と、天候は変化している。思い切って心に号令をかける。垂直旋回、戻セーッ三百六十度。宜候《ヨーソロー》。針、玉、速力、パッと視界が閉ざされる。針、玉、速力。針、玉、速力。呪文のように心に念ずる。

ブーゲンビル島の北部山脈の高さは千三百メートルだ。安全のためレバーはそのままで緩上昇、直線飛行に定針する。黄白色の闇が座席の中まで覆われたが、思いのほか気流は静かで、動揺はほとんど感じられない。

機の安定したところで、視界は果たしてどのくらいかと、静かに右翼を見ると、約三分の二くらいまでぼんやり霞んで見える。日の丸のマーク辺より先は、闇に隠れている。視界四メートルと判断した。よしこれなら前続機の尾翼は見えるはずだ。今日の列機ならついて来られるだろう。あとは定針直前の垂直旋回が果たして乱れずにできたかどうかだ。

後ろを振り返っても、自分の尾翼さえ見えない。確かめる術《すべ》もない。針、玉、速力。針、玉、速力。無心になろうと努めても、孤独な精神は不安に襲われる。

「ああ、若杉、お前が命を捨てて教えてくれた単縦陣の航法だ。悪天候下の編隊行動はこれ以上の隊形はないはずだ。若杉、見ていてくれ、頼むぞ」

私は自分が殺した部下に助けを求めて祈った。列機の中で、誰か一人でも前続機を見失えば、空中接触してそれ以後の後続機は全滅してしまうだろう。

あの日、豪雨の中に若杉は私の脇腹にピッタリ喰いつくようにして飛んでいたっけ。今日の十五機も天候の悪くなるに随って、まるで一機のように私の側に近寄ってきた。私は二度と過ちを繰り返すことはできない。十五機を無事に基地まで連れて帰らなければならない。

しかし、これは私の力の及ぶところではない。部下の技量を信頼するにもあまりにも難し過ぎる。針、玉、速力、と繰り返しながら、一方「若杉頼むぞ」と、祈り続けていた。

予定通り約二十分、いきなり「パッ」と眼のくらむような明るさに頭を上げた。前はブカ島だ。あくまでも緑に、翼下の水道も鮮やかで、わがブカ基地は斜め下方に見える。振り返れば、予期した通り、今跳び出して来た積乱雲はブーゲンビルの岸より垂直に一万メートル以上に屹立して、白銀色に輝いている。

軽く左旋回しつつ数える。一機、二機、三機、元の戦闘隊形に復しつつ、続く列機は十二機。三機足らない！　落ちついて再び数えた。やはり三機足らない。ぎゅうと胸が締めつけられる。雲中で空中接触か、あの垂直旋回が無理だったたか。続けなくて、まだあの摺鉢状の空間にさまよっているのだろうか！

一回、二回、大きく旋回しながら待った。眼下に見えるブカ飛行場。高度は千五百メートル。いつもながら、攻撃から帰ってわが基地の見えるのは、ちょうど若い予科練の頃、半年毎の休暇に故郷の駅に下り立って生まれ育った村の景色を眺める時の感慨に似ている。

一日の戦闘は平時の半年にも匹敵する。今日もまた、無事に帰って来られた、と、つくづく感ぜられる瞬間である。

だが、今日は、この懐かしい飛行場にも着陸することはできない。戦闘なら致し方もないが天候のために再び三機も失ったのでは、どうして司令の前に報告することができるだろう。

恐らく山本司令も、八木副長も、いつものように私を叱られることはないかも知れない。口癖のようになっている「ご苦労だった」と、一言仰せられて済むかも知れない。しかし、いつの頃からか戦死者の出るたびに、司令の眼には一杯、大きな涙がためられるようになっていた。

私は、あの涙を見るのは一番辛かった。今までにも私の判断や指揮の拙いために五八二空は特に多くの戦死者を出している。その上、不注意のために列機を失っては、私は帰れない。

よし、もう一度旋回して待ってみよう。それでも雲の中から出て来なければ、諦めて列機は基地に誘導して着陸させ、全機の着陸を見届けたところで、私は引き返そう。ガダルカナルへ。

今日は空戦がなかったので、燃料はまだ充分ある。計器飛行の一、二時間は平気だ。ガダル水域に行けば、地獄への道連れには事欠かない。

決心がつくといくらか気が楽になった。三周目の終わりに近づいた頃、突然ポカッ、ポカッと三機の零戦が目の前に入道雲の中から跳び出した。「ホッ」とすると共に、思わず「驚かしやがるなあ」と呟やいた。

その夜、私はつくづく若杉の霊に感謝した。若杉は私を怨んではいない。彼はいつまでも列機として私の側にあって私を守っていてくれることを固く信じた。

私の独り善がりだろうか。若杉だけでなく、二空編成以来の搭乗員たち、真柄一飛曹が音頭取りで、

「分隊士頑張れ、分隊士頑張れ」と応援していてくれるような気がした。今でもそう信じている。

最後尾の小隊長・長野喜一二飛曹が、やはり垂直旋回の際前の小隊の間隔がやや乱れたので危

ないと思い、続行を断念しさらに二旋回して主隊との間隔を充分離した上で、計器飛行に入ったのだった。

五小隊長・長野喜一二飛曹は階級は一番下の下士官だが、操練出身で、この日の編制では私に次ぐ飛行時間があり、五八二空一の撃墜歴を持つ搭乗員であった。

松永一飛曹の戦死

三月九日、五八二空主力は、司令山本大佐、新副長五十嵐少佐と共にブインに進出した。引き継ぎを終わった八木中佐は、兼任の航空戦隊副官のまま戦闘機隊の一部と艦爆隊を指揮して、ラバウルに残留していた。

そんな時に、私は戦闘機六機と共にラバウル派遣を命ぜられた。当時、早くも敵はルッセル島に進攻を開始し、すでに飛行場を建設して使用し始めたという偵察報告が入っていた。

五八二空艦爆隊は、陸攻隊と協同して、これの攻撃を繰り返していたのである。

昨年の十七年八月、初めてラバウルに進出した時は、旧式で複葉の九六艦爆まで使っていたが、たちまち全滅してしまった。そして、新しく単葉の九九艦爆に再編成されたのだが、相変わらず被害は大きかった。

このため、新しく高々度より緩降下する高速接敵法が研究され、実施されることになったのである。つまり、進撃高度を今までの三千メートルから六千メートルに上げ、目的地に近づくに随って緩降下全力で接敵、急降下開始点までに三千メートルにしようとするのである。

こうすれば、敵戦闘機を振り離すことができる計画であった。

初めての試みのため、私は呼び返されたのだ。最前線ブインと違い、まだこの頃のラバウルは平和だった。気持もくつろげる。到着の報告を済ませて休憩所に腰を下ろすと、待っていたように長野、山本の両二飛曹が近寄って来た。ところが、どうも日頃の快活さがない。

「分隊士、困ったことができています。先任下士官が飛行機に乗るのが嫌になったと言って、飛行場に出て来ないのです。死ぬのが恐ろしくなって駄目だから、搭乗員もやめさせてくれ、と言って、私たちがいくら頼んでも全然聞いてくれません。副長よりも何回となく説得されたようですが、頑として聞かず、遂に副長もサジを投げ、内地に送還して軍法会議に回されるらしいという話です。軍法会議にかけられれば死刑になるかも知れない。先任下士官がこんな状態では、ほかの搭乗員の士気も上がりません。私たちもどうして良いか分からず、困っていたところです。分隊士、何とか助ける方法はないでしょうか」

との、こもごもの報告に、私は、

「では、今宿舎にいるのか」と聞くと、

「近頃では、仲間の顔を見るのも辛いからといって、先任伍長室にもぐり込んでしまい、搭乗員宿舎にもいないのです」

と言う。だいぶ重症だな、と思ったが、一面無理もないと思う。彼、松永一飛曹は横須賀で二空の戦闘機隊が編成された頃は、小隊の三番機だった。それが半年余りの間につぎつぎ先任者が戦死して、若い搭乗員が補充されるため、そのたびに二番機となり、小隊長となり、今では六機か九機編隊の中隊長として指揮官の重い任務に使用されることもたびたびだった。そして、当時からの生き残りは、私と松永、長野、山本の四人だけになってしまったのだ。

同じ三番機の配置だった長野、山本二飛曹も、今は歴戦の小隊長として、五八二空の主力となっている。よくも今まで生きてこられたと思うほどなのだ。

私には、松永の心境を怒ることも、笑うこともできなかった。しかし、ここは敵前である。戦闘機乗りが搭乗を拒否してどういうことになるか。私も困ったが、一応「宜しい、今夜俺が会って話してみよう」と、二人を返した。いくぶん明るい顔色になって「お願いします」と、重ねて頼んでいった。親身になって心配している、実に可愛い者たちだと思う。

だが、この山本二飛曹は後に北千島の占守基地で、長野二飛曹はフィリッピンのバンバン基地の迎撃戦で、共に戦死してしまった。

二人とも快活な、実に戦闘機乗りらしい若者だった。剛胆で、技倆の点でも二空より五八二空と名を変えてソロモン戦線にある間中、私より撃墜機数の多いのは、この二人だけだった。

さて、日没後宿舎に帰り、従兵に清酒一升を持って来てもらい、これをぶらさげて、ぶらりと先任伍長室に向かった。兵舎といっても、ヤシの葉葺きの小屋だ。一番端の六坪ばかりの小屋が伍長室だ。

先任衛兵伍長の細田上整曹と、ほかに助手の兵長が二、三人、共に軍歴は私より遥かに古い古参兵である。年の功か、よく松永の面倒を見てくれていた。

入口に立った私を見て、彼は「あッ」と声を上げて立ち上がった。ブインにいたはずの私が、予告もなしに現われたので驚いたのだ。

私はつとめて気軽に、「どうした、松永」と声をかけた。わずか一ヵ月足らずの別れだったが、ずいぶん長く会わなかったような気がする。

彼も、瞬間懐かしそうな笑顔を見せたが、たちまちくしゃくしゃとなり、暗い表情で、

「分隊士、勘弁して下さい。私はもう駄目です。誰にいわれても、飛行機には乗りません。酒も呑む気になれません。済みませんが、このまま捨てておいて下さい」

と言う。周囲の人たちから色々忠告を受けていたからだろう、私がまだ何も言わず、酒をやるとも言わないのに、一人で遠慮している。

私は、心の中では何とか円満な方法で彼が搭乗員をやめることができれば良いがと思いながらも、私の力ではとてもできそうにもないと、諦めていた。そして、いくらかでも彼の気持を引き立てようとして笑いながら、

「何だ、どうして飛行機に乗るのが嫌になったんだ」と、話しかけた。彼は素直に、

「死ぬのが恐くなったんです。私は駄目です。飛行機に乗るのもこわくて駄目です」

と言う。私は、わざと大声で笑い飛ばした。

「なあんだ、そんなことか。お前、ヤンキーに落とされるとでも思っているのか。俺だって死ぬのは恐い、嫌だぞ。だけど俺は、アメリカやイギリスの戦闘機乗りには、俺を落とせる奴はいないと信じているからちっともこわくない。俺を見ろ、あれだけ飛行機には蜂の巣のように弾を受

けても、俺の身体にかすり傷一つ付けられる奴はいないじゃないか」

「分隊士は特別ですから駄目です」

「戦争に特別ちゅうことがあるか。まあ、特別なら特別でも良い。お前も特別と同じように行動したら良いじゃあないか。そう簡単にアメちゃんに落とされてたまるか」

その時、彼の暗い表情がたちまち変わって、目が生々として私を見つめた。

「では分隊士、一緒に連れて行ってくれますか」

私は彼の真意を悟るのにちょっととまどったが、涙の出るほど嬉しくなった。いつからか彼も私と同等の中隊長級だと思っていたが、良く考えてみれば飛行時間もまだ四百時間に足らず、階級も一等兵曹だ。私が彼の頃は、まだ三番機配置だったのだ。自信の無いのも無理はない。そして、もうだいぶ前から彼と一緒に攻撃に出かけることもなくなっていた。

「うん、お前が乗る気になれば、司令と副長に頼んで俺の中隊にもらってやるぞ」

「分隊士が連れて行ってくれるんでしたら乗ります」

彼の顔から憂鬱さは消えて、以前の戦闘機乗りらしい明るさを取り戻した。私もほっとして、

「閻魔の関所は俺が蹴破る。地獄の底までついて来い」と、大声一番、実はこれは大先輩、輪島少尉の口癖だったが、少尉の転出後、隊の最古参者となった私が、そのまま頂戴して気合を入れることにしていた言葉だ。輪島少尉ほどの貫禄は出なかったが、彼も苦笑して、

「地獄はいやですが、分隊士と一緒なら行きます」

と言い、立ったまま持っていた一升瓶を見て、

「分隊士、その酒も戴きます」と、チャッカリ言う。これには今度は私の方が苦笑してしまった。抱きしめたいほどかわいい。が、もう大丈夫だと思ったので、

「では、今夜はここでみなと飲んで、明日から飛行場に出て来てくれ」

と、酒を渡し、伍長室の先輩方にもお礼をいって出た。「松永兵曹、よかったな」と、口々に祝福される声を後に聞きながら。

翌日、副長八木中佐に頼んで松永兵曹をもらうことを了解して戴いた。副長は、驚いたように私の顔をしばらく見つめていたが、黙って承知してくれたのだった。ところが、なんとさっそく出撃命令だ。新しい戦法による掩護行動や、攻撃運動について打ち合わせを行ない、ルッセル島の敵飛行場爆撃隊直掩をすることとなった。

直衛戦闘機は十二機、私は指揮官兼一中隊長として、六機で爆撃隊の左前上方に、二中隊六機は右前上方を護衛することとなる。飛行機隊の編制は、通例副長または飛行長が決めるのだが、困った様子の副長が手招きして私を呼んでいる。走り寄ると、心配そうに、

「松永、中隊長をやれるだろうか」

と、編制について相談を受けた。これは初めてのことだが、確かにこれは困ったことだ。今朝松永は私の二小隊長としてもらったばかりである。しかし、ここラバウル戦闘隊では先任下士官である。このままでは彼より後任の下士官を二中隊長に起用しなくてはならない。といって、彼を中隊長とすることは私の手許から離すことになって、昨夜の約束と違う。

副長の意を受けてもう一度本人に聞いてみると、「大丈夫です、二中隊長を引き受けます」と、

張り切っていた。これで編制も決まり予定通り出発した。だが、最初の約束を変えたことが遂に彼との永久の別れになることになってしまった。

目的地上空は雲量七、積乱雲が発生しているところだった。艦爆隊は高度六千メートルで進撃、ルッセル島の西側より大きく南方を迂回しつつ緩降下全力で接敵、三千メートルより急降下爆撃に入る。ところが、ここで思いがけぬミスを生じてしまった。出発前に充分打ち合わせはしたのだったが、緩降下全速力接敵に入ると、重量のある艦爆の速力はほとんど零戦と同じくらいになり、零戦は編隊から浮き上がってしまう。旋回の外側になった二中隊は、だんだん振り離されていく。

私は、空いた右側をカバーするため爆撃隊の真上に出る。この場合、二中隊はすぐ内側に入って、近回りして来なければならないのだが、不慣れな松永はいつまでも指示された右側方を飛び続け、全速力を出しているらしく列機が次第に離れて行く。

危ない、今敵に遭遇すれば爆撃隊の援護に間に合わないばかりでなく、中隊相互の援助も困難だ。私の機も操縦桿を一杯に突っ込んでも高速のため抑え切れないほどだ。

やむを得ず、尾翼変更片（タブ調整）をダウンに取る。これは危険だ、いざという時機首が重くなり、空戦に不利だ。しかし、爆撃隊より離れないためにはやむを得ない。二中隊はますます後れ、数千メートルの距離を開けてしまった。

速力を落として二中隊を待つ。松永、どうした早くついて来い。雲は多く、見張りには不便だし、不安は重なる。

編隊を解いた艦爆隊は、雲の隙間から飛行場目がけて急降下に入る。もうこれ以上離れることはできない、雲の下に敵機がいるかも知れない。爆撃後のばらばらになった爆撃機は敵機に一番狙われやすい目標だ。

二中隊は相変わらず四千五百メートルくらいのところを右側に進んでいる。今はこれまで、と二中隊との連繋を諦めて私も雲間に突っ込む。とたんに翼をかすめて曳光弾が飛ぶ。列機より敵発見の緊急信号だ。振り返った目に映ったのは、右側方に大きくそびえ立つ積乱雲の陰から突然突っ込んで来たF４U十五機の編隊である、高度約五千、これに真正面前下方より突っかけようとしているのは、松永機だ。列機はそれぞれ数百メートル振り離されている。

私の列機も反転して急上昇しているが、すでに三千以下に下がっていたので、恐らく間に合わないだろう。

「あッ、松永がやられる。馬鹿、馬鹿、許せ、松永、お前は戦闘機乗りだ」

一瞬混乱した頭の中を言葉が駆けめぐる。胸もぎゅんと締めつけられ、涙が後から後から流れる。私の任務は直掩隊だ、艦爆が完全に戦場離脱するのを見届けるまでは離れることはできない。敵はF４Uの他にグラマンがまだいるはずである。

パッと視界が明るくなった。雲の下に出たのだ。高度二千メートル、引き起こして前方を見回す。視界さえ良ければ私の視力は三万メートル以内の小型機を発見できる。アメ公の電探より正確だ、と自慢の眼である。爆撃を終了した艦爆は編隊を整えつつ、ジャングルの上を這うようにして一路ラバウル目指して避退しつつある。

全機無事、被害なし。視界内に敵機なし。これを確認し、さっと翼を返して上昇に移る。わずか数秒だが、上空は巴戦の真っ最中である。火達磨となって落ちる一機は味方機か、白煙を吐いて落ちるのは敵。また一機、これは煙も吐かず、垂直に矢のように突っ込む。これも敵機。

全力上昇しつつ私の涙はとめどなく流れる。馬鹿、馬鹿、松永、何で俺の後について来ないのだ。艦爆隊はすでに急降下に入っていたのだから、お前が無理に劣位戦をしかけなくても良かったのだ。見敵必撃の戦闘機魂が、言うことを聞かなかったなら、あわてず編隊を整えて敵に後上方攻撃をやらせて、巴戦に引き込むべきだった。

射距離の長い敵機に前下方からの反航戦で撃ち合ったら、不利なくらいは分かっていたはずだ。恐らくあの態勢ではたちまち、それこそ蜂の巣のようにされてしまったことだろう。

死ぬのが恐い、と言った彼の顔が見える。先ほどのあの突撃振り、列機を振り離したまま、ただ一機で十五機のシコルスキーＦ４Ｕに突っかけて行った彼。戦術もかけ引きも、恐らく生死も念頭になく、見敵必撃、一撃必墜の教訓通り、火の玉のような攻撃精神がうかがえるだけだった。

高度五千、私が駆けつけた時は、すでに戦闘は終わっていた。翼を振って集合を命ずる。ああ、中隊長を失った二中隊の列機たちも、私の後について来た。二機足りない。でも、私はもう泣かなかった。涙の顔を部下に見られてはならない。

平然と、何事もなかったかのように編隊を整えて、帰途についた。

この日、ブイン基地についた私の報告は、しどろもどろだった。列機たちの奮戦によって被害に数倍する戦果はあげていたが、自分で何を言ったかはっきり覚えていない。ただ新任の副長・五十嵐少佐より大喝された。

「奇襲を受けたとは何事だ、攻撃に出た者が敵の奇襲を受けるとは何事だ」

幾度か、がんがん響く叱声。私は一言の弁解もできない。司令の「もうそれくらいで良いだろう」の助け船でようやく終わったが、叱声は何時までも耳に残った。

しかし、私はかえって次第に落ち着きを取り戻してきた。ラバウル一年の間、戦闘についてのお叱りを受けたのはこれが初めてで、かつ最後の一回だった。「地獄の底までついてこい」などと豪語しながら、任務の上とは言いながら、最後の土壇場で彼を見殺しにしてしまった私は、どのようなお叱りを受けても仕方がない。そうして、叱られれば叱られるほど、何か松永も許してくれるような錯覚を感じていた。

ただ疑問は残る。彼の行動だ。何であのように右へ右へと振り離されてしまったのだろう。そして、死ぬのは恐かったはずの彼が、何であのように猪突とも思われる攻撃振りをしたのか。若いとはいっても、すでに半年余りの実戦の経験を持ち、十機近くの撃墜記録もあり、中隊長も初めてではなかったのに。

戦闘詳報、現認証明書、見認証書、功績証明書等、一切の必要書類の提出を終わった数日後、私は初めてあることに気付いて「ギョッ」とした。

あの爆撃隊が左旋回しつつ接敵を始めた時、外側に振り離された松永中隊長は、あの積乱雲の陰の敵機をすでに発見していたのではなかったか、私の方からは雲にかくれて見えないため、爆撃隊と共に高度を下げている間に、敵編隊はわれわれの真上に現われる態勢にあったのではないか。

私は、彼が未熟なため右側遠く振り離されたとばかり思い込んでいたが、それは私の認識不足だったのだ。かれは悠々と四千五百メートルでの巴戦を企図していたのでは間に合わないと判断して、敵の注意を早くそらすため、一刻も早く敵対行動を起こす必要を感じたからに違いない。

そのため不利を承知でＦ４Ｕ十五機の編隊に六機をもって突っ込んでしまったのだ。前下方正面の最も不利な態勢で突撃した松永の気持が、初めて分かった気がした。その彼を見捨てて、私は急降下してしまった。でも、お前も戦闘機乗りだ、そして一隊の直掩隊長だ。俺の苦しかった気持はきっと分かってくれるだろう。

単機で敵F4U15機に立ち向かった松永留松一飛曹

新しい涙が流れた。仇は必ず討ってやるぞ、と固く心に誓った。だが、この決戦以来、硫黄島沖、台湾沖、比島沖、さらに沖縄沖戦と敵機動部隊と数回の合戦を重ねたが、遂に再びボートシコルスキーＦ４Ｕを発見することはできなかった。

そのため、怨みは特に深く、四十余年を経た今もなお、シコルスキーの名を聞いただけで腸《はらわた》の煮えくり返る思いがする。世を上げて平和を謳歌する現在もなお、私の怨みは永遠に消え去ることはない。ボートシコルスキーF4Uに。

苦い思い出

四月十四日、ニューギニア東岸のラビ攻撃、停泊中の艦船攻撃が行なわれた。私は例によって五八二空二大隊長として十二機をもって陸攻隊の右側直掩を勤めていた。十数隻の大型輸送船が印象に深い。左翼は指揮官野口中尉が十二機をもって飛んでいた。

陸攻二十七機は、北方より爆撃針路に入り、一斉に投弾、防御砲火は激しかったが、この時点ではまだ敵機の攻撃は受けていなかった。全艦船が一時水柱のため見えなくなったが、やがて水柱の消えた後には、残念ながら煙を吐いた船は私には見当たらなかった。

爆撃終了後、左旋回で帰途につく頃より、P39、P40、P38等数十機の敵機が追いすがって来た。敵の出現の遅かったためもあって、直掩機は全部が空戦に入り、私もP39を追い、一千メートルばかり高度を下げた。が、深追いは禁物、任務は直掩と思い直し、陸攻の後を追った。この時、直掩機は全部離れてしまったが、帰途についた陸攻に被害は無かったと思う。帰投針路に向かって増速した陸攻に下から追い付くには暇がかかる。だいたい空戦場から離脱できたかと思った時、陸攻隊の後下方千五百メートルほどにP38一機が喰い付いているのを見た。

ぐんぐん上昇している。私も全力を出しているのだが、気が気でない。五百メートルくらいまで近付いた時、P38はすでに陸攻隊の右端のいわゆる鴨番機の後下方百五十メートルにぶら下がり、射撃を始めた。

距離は遠過ぎるが、私も威嚇射撃をする。ようやく射距離に入る直前、敵は右下方に急避退する。私はこれはラビに帰るものと判断して、内回りして追った。しかし、水平速力ではわずかだが、降下、上昇速力では遥かに零戦より早く、見る見る離されてしまう。しかも、ラビに帰ると見せかけ、降下しながら大きく一回りすると、今度は急上昇しつつ再び陸攻を追う。

しまった、だまされたか！　相当内側を回っていたのだが、また五百メートル以上離されてしまった。ぐんぐん近づくP38、再び前の鴨番機にぶら下がり執拗に射撃を続ける。こちらからは遠すぎて有効弾は送れない。目の前で遂に陸攻は火を吐き、自爆態勢に入ってしまった。ようやく近づけば、再び右下方へ逃走する。射距離にはまだ入っていないし、速力差をいやというほど知らされた。

残念ながら、この敵を追っていては味方を守ることはできない。また一回りして追い上げて来るだろう。射撃を攻撃機に代わって自分で受けるしか直掩の方法は無い。私は陸攻の後方二百メートルに位置した。さあ、これで俺を墜とすか俺の目の前に出なければ陸攻隊に弾は送れ

松永兵曹を墜とした米艦上戦闘機Ｆ４Ｕコルセア。著者は仇討ちを心に誓ったが、ついにそのチャンスはめぐってこなかった

ないぞ、と決心した。

しかし、この敵は一機撃墜に満足したのか、三度は近寄って来なかった。

私はこの日の戦闘詳報（原稿）に彼我の行動図のほかに所見として、「P38の水平速力はやや零戦より優り、上昇、降下に於ては相当の差あり。敵に戦意無き場合これを捕捉すること極めて困難なり」と、つけ加えた。

私はX《エックス》作戦の折ラバウルに帰着した際、山本連合艦隊司令長官に対する母艦戦闘機隊長の報告を聞いていて、そのあまりにも現実離れした勇ましい勝報に寒心に耐えなかった。X作戦は、決して私は勝ち戦さだったとは思えなかった。空戦に限っては、あるいはこちらの被害の方が多かったのではないか、とさえ思っていたので、これでは上層部の判断を誤ることにならないかと心配だった。

簡単な所見だが、直掩機が機を滑らしながら弾を吸収していてもいつかは墜とされる。反撃すれば攻撃機が先にやられる。これで零戦の力の限界を知り、早く対策をたててもらいたいという希望を秘めた積もりだった。

ところが、その晩夕食後、さっそく司令部偵察機の操縦員大原猛飛曹長の訪問を受けた。予科練同期生の首席である。彼は、怒りか屈辱感のためか、顔面蒼白となり、唇を振るわせて質問というより詰問に来たのである。私を特准室の入口に呼び出すがはやいか、

「角田、貴様の今日の戦闘報告は何だ。貴様、戦争する気があるのか。今までどこの部隊からも

世界中に零戦に勝る戦闘機があるなど、報告の出た例は無いぞ。貴様が意気地が無いからあんなことを書くのだ。司令部の参謀連中からは散々の悪評だ。貴様のために『二空の戦闘機隊は、敗戦主義者の集まりだ』と決めつけられているんだ。Ｐ38が恐いんなら貴様戦闘機乗りをやめてしまえ。俺は恥ずかしくて司令部に座っておれんじゃあないか」

と、まくし立てた。五年近くも一緒に教育を受けて暮らした仲だが、彼のこんな興奮した顔を見たことが無かった。しかし、私にも言い分はある。

「あれは他人の報告や意見ではない。ブナ上空で二回、今度で三回目だが、俺が自分で追って追いつかなかったんだ。ワシントンは零戦では陥とせないぞ。俺が言わなきゃ、司令部はいつまでも分からんじゃあないか」

さすが、わが期トップ、言うだけ言うと、簡単な私の口下手な抗議にも耳を貸す余裕があった。

「よし、貴様の言いたいことは分かるが、二度とあんなことは書くなよ。今度見たら、貴様は雄飛会（予科練同窓会）より除名するから承知しておれ」

と、まだ不服そうに帰る後ろ姿に、とんだところでお前にも迷惑をかけるな。と、気の毒には思ったが、自分の意見が間違っていたとは思わなかった。

もう一つ苦い想い出は、十八年一月末頃のことである。

五八二空の主力が、二〇四空と交代してブインに進出の決まった頃、ちょうど各前進基地に派遣の多い艦爆隊もラバウルに集結ができた。この機会に、誰の発案だったか、裏山中腹にある士官慰安所で一夜特准室の壮行懇親会が催された。しばらく振りの顔合わせに、特に飛行科の人たちは夜も遅くまで賑やかに飲み続け、和やかな盛会だった。

他科の人たちはほとんど帰った十時過ぎ頃、私も相当酔いが回ったので、ぼつぼつ帰ろうかと思っていたところ、一足先に部屋を出た艦爆偵察の花本少尉がふらふら千鳥足で帰ってきた。彼は、乙飛二期生の先輩であり、私は随分と親切な指導を受け、親しみと尊敬を持っていた人だった。

日頃は、あまり酒は飲まない人だったが、この夜はだいぶ酔っており、

「おい、角田、今から喧嘩の仕方を教えるからついて来い」

と言う。私も相当回っていたし、心服していた先輩のことなので「はい」と軽く、考えもなく立ち上がった。

「お前も、司令部には相当文句があるだろう」

「あります」

「今、向こうの部屋に参謀が二人来て飲み始めたところだ。俺が大佐の方を殴るから、お前、少佐の方をなぐれ。一発なぐったら黙ってすぐ引き上げるのだぞ。長居は無用、間違って捕まっても、決してなぐったとは言うんじゃあないぞ。一口でも飲んでいれば、相手も酔っ払いだ、後で問題にされても最後まで酔っ払っていて、知らぬ存ぜぬで通すのだぞ」

「はい、分かりました」

酒の勢いもあったが、確かに日頃から不満も感じていた。いきなり障子を開けると、十畳余りの部屋の向こう側に二人並んで話している。花本少尉はよろよろと近付いて行く、私もその左に随った。

ちょうど杯を持ち上げた大佐が、不思議そうに手を止めて乾杯の姿勢で見つめていた。近づいた少尉は、物も言わず、一発があんとなぐり、くるりと振り返ると、そのままよたよたと出て行く。あまりのことに大佐はそれでもまだ不思議そうに杯を持ったまま見送っていた。顔色も変えない。

私の酔った頭にも「チラッ」と、これは偉く腹の据わった人物だな、と考えていた。何分の一秒かの差で「何をするか」と、少佐参謀が立ち上がったので、ちょうどタイミングが良く私の右手がガン、と一発見事に命中した。

私もくるりと振り返って離れようとしたが、どっこいこれは予定通りにいかない。少佐はいきなり膳を飛び越えて私に跳びついて来た。しかし、さすがに兵曹長相手になぐり合いをする気はないらしく、いきなり襟章をつかんでむしり取ろうとする。

これは先輩の教えにも無かった、予定外の出来事で、証拠の品を渡しては困る。私は一生懸命取られまいと少佐の手を払いのけようとした。幸い従兵がガッチリと縫い付けておいてくれたので、ちょっと引っ張ったくらいでは兵曹長の階級章は外れなかった。

そのうち、騒ぎを聞き、帰りかけた整備や艦爆搭乗員の連中が五、六人、何だ何だ、どうしたんですか、と割り込んで来た。「こ奴がいきなりなぐりかかって来たんだ」と言う参謀。みな、

いい加減に飲んでいるので、

「まあまあ、何かの間違いでしょう。角田さんは人をなぐるような人じゃあないですよ」と口々に言いながら、引き離し、なだめてくれた。

いつの間にか大佐参謀はいなくなり、少佐だけまだ、「確かにこの飛行兵曹長に間違いない」と、言い張っていた。そのうち、整備の人たちは私より古いので、参謀を知っている人が多く、

「隊長、しばらくです、向こうで飲み直しましょう」

「分隊長、しばらくです」

と、いう者まで出てきて、しぶしぶ腰を据えて二次会となった。

私も仕方なく、端の方に座った。しかし、話を聞いているうちに驚いたことに、少佐参謀はわれわれ戦闘機の大先輩、源田サーカスで予科練の頃一、二度遠くから見たことのあった野村了介少佐と分かり、これは大変な人に手を出してしまった、と思ったが、後の祭り。野村少佐は、みなに杯をさされ、昔話を話しかけられ、だいぶご機嫌になられたが、ときどき私の方をじっと睨み、思い出したように「この兵曹長だな」と繰り返す。

私は、どうにでもなれ、と覚悟を決めて、教えられた様に今でいう黙秘権を行使して飲み続けた。

花本少尉は、二、三日後の二月一日のフロリダ島沖海戦に参加して自爆した。花本先輩が一発御見舞いしたのは、三浦鑑造大佐だということだった。

四月十六日、X、Y作戦を終えてブインに帰る時、それまでは直接命令を受けるのは司令、副長だったので、司令部の人たちが指揮所に見えても気にとめず、名前も知ろうとも思わなかった

が、この日初めて野村参謀が上から見下ろしているのに気がついたのだった。あるいは、この事件が元で、五八二空の戦闘機隊が山本長官の直衛から外される原因になったのかも知れない。

P38と山本長官

昭和十八年四月十八日、私はいつものようにブイン基地の戦闘指揮所の末席に腰かけ、待機していた。〇五二五、櫓上の見張員よりP38一機、高度六千西南方の報告があり、ただちに待機の乗用車にとび乗り、列線に走った。

指揮所裏の搭乗員幕舎より駆け出した者が三、四人車の〝ドア〟にぶら下がる。これは毎朝の行事で、とても追い付けないのは分かっているが、頭の上にいられてはわずらわしいし、いつ爆撃、銃撃を受けないとも限らないので、すでに発動されている飛行機に跳び乗り、一応全速力で追跡した。

しかし、高空を飛行機雲を引いて飛ぶP38は、たちまち視界外に去ってしまった。三十分くらいして着陸、司令に報告を済ませ、指揮所に上がり再び待機している。

〇六二〇、再び見張りよりP38一機、高度六千の大声。再び列線に走りながら、「珍しいな、敵さん、何を考えているのだろう」と、ふと思った。連日定期便は一機、たまには二機編隊のこともあったが、一回に限られていたためである。今回も、前回と同様三十分ばかりで上空より追い払っただけで、たいして気にせず例の通り視界外に見失った旨、報告して、指揮所で休憩していた。

五八二空飛行機隊戦闘行動調書によれば、〇七四五（私は〇七〇〇頃と思う）三度目の見張りよりの声、「敵P38六機〇〇度（南西方）、高度六千こちらに進む」

私はただちに指揮所より駆け降りながら、指示の方向を振り仰いだ。六機のP38は編隊というより相当の開距離で、恐らく全速のため編隊が乱れたと思われる形のまま飛行場上空にさしかかるところだった。待機の乗用車はドアにぶら下がっても五、六人しか乗れない。この時は走った搭乗員もあり、十機近くの列機がついて来た。

しかし、やはり頭上六千メートルに敵を見てから離陸したのでは追いつけない。これは東方に逸してしまい、しばらく飛行場上空を哨戒し、ほかに機影を認めないため、着陸した。例によって報告を終え、椅子にかけた。

この間、司令は、まったく平日と同じで、ただ「ご苦労だった」の一言だけで、特別のご注意を受けることはなかった。ただ、自分としてはブインも、ラエ、ブナ同様の空戦場になるのも近いな、と秘かに覚悟をしたくらいのものだった。

十七年十二月から、十八年一月にかけて、二〇四空がブインにいた頃は、P38、P39の編隊が数回空戦を挑んできたことがあり、そのつど、相当の被害をあたえたため、一月末に五八二空が交代してブインに来てからは、B24の夜間爆撃とP38の早朝の偵察ぐらいだったのだが……。

三十分も休まないころ、一機の零戦が突然海岸寄りから二、三十メートルの高度を飛びながら、滑走路上空でダッダッと全機銃を射ちながら高速で飛んだ。見張りよりの報告もなかったので、驚いて指揮所の前に出て見ていると、左に小回りした機は緊急着陸、見事に指揮所前に停め、搭乗員は二、三十メートル駆け寄って、私たちの方を見上げ、

ラバウルで幕僚と出撃部隊を見送る山本五十六連合艦隊司令長官（右から２人目）。昭和18年４月前半の撮影。右端は宇垣纒参謀長

「長官機が空戦中です、応援頼みます」

と、一言。言葉は丁寧だが血相を変え、形相も物凄く怒鳴りつけると、素早く引き返し、飛び上がって行った。指揮所からの合図で折柄列線に居合わせた搭乗員の四機ばかりが、ただちに後を追ったが、私は、とても間に合わない、空戦時間はそんなに長いものではない、すでに戦さは終わっている、と判断して上がらなかった。

それよりも、朝より異状にP38の出没しているこんな前線に、何で長官機が飛んで来られたのか、不思議に思って、電報綴りのところに近寄った。

毎朝、着電、傍受電、共に一度目を通していたのだが、見落としがあったのか。見落としていたとすれば私の責任は重大である。敵機を見失っても、命令は無くとも、安全のために上空哨戒は続けるべきだった。

しかし、やや不機嫌そうに椅子にかけたままの司令は、

私の意図を察したかのように、

「分隊士、電報はないよ」

と、一言、声をかけてきた。やむを得ず、私は電報綴りを見直すのを止めた。

司令は続いて一人言のように、

「古い暗号書を使ったのじゃあないかな」

と、呟いたのをはっきりと覚えている。

十五分か二十分くらいして、追々戦闘機が着陸してきた。指揮官・森崎中尉の、まったくしょんぼりした姿が気の毒でならなかった。それに引き換え、二小隊長(先ほど危急を知らせに着陸してきた搭乗員である)の喰ってかからんばかりの形相が印象的だった。

私は、この人を先輩の日高初男飛曹長だと記憶していた。最近当時の編制表で、二小隊長は日高義己上飛曹となっているのを知り、この稿を書くのに念のため鹿児島県の日高初男氏に電話で問い合わせた。本人ならばこの場面の記録の適任者は日高さんだと思ったためでもある。

返事は、やはり記録の通り、二小隊長は日高義己上飛曹で、彼はラバウルに残留していました。とのことであった。私は二〇四空の下士官搭乗員には記憶がない。

四十年余り過ぎた今、私の記憶にはこのような間違いがある。司令とのやりとりは覚えているが、その場に居合わせたと思える副長、隊長、鈴木中尉、野口中尉が何をしておられたのか、記憶がない。いつも鈴木、野口中尉も迎撃に上がってくれたのであるが……。長官の不時着場所の確認のために隊長進藤少佐が飛んだのだけは覚えている。

　私は森崎中尉の報告を聞いて、初めて連合艦隊司令長官が幕僚と共に視察のためバラレ飛行場に向かったこと、二〇四空より六機の戦闘機が直衛について来たことを知った。しかし、素直にそのまま納得することはできなかった。

　それは、もし本当にブイン方面を視察するのなら、戦闘機隊のいるブイン基地になぜ着陸しなかったのだろうか。バラレには常駐の飛行機はなく、島全体が海抜三、四メートルで滑走路があるだけ、飛行機の掩体場所も、防空壕もない、極めて危険な場所である。山本司令もX攻撃の前日、四月六日の日記に、「多数の飛行機を擁し、不安の一夜を明かす」と書かれているほどなのだ。それに、どうしてこのようなことが電報で知らされていなかったのか。

　急に不機嫌になった司令も、私はこのことを知らされていなかったからではないかと思った。そして、司令の呟いた古い暗号書……、という言葉と合わせて、長官はバラレでなく、そのままガダルカナルまで飛ばれる積もりではなかったかと想像した。この思いは、私の頭の中に終戦後も長く残っていた。

　戦後も三十年近く経て、五八二空生き残りの人たちによって花吹会と称する戦友会が作られ、ラバウル会と共に年一回の会合が開かれるようになった。そんな席上、当然四月十八日の事件は話題に上り、種々な疑問点が話し合われた。
　一、五八二空に電報の届かなかったのは、事実である。しかし、長官の視察に来られることは分かっていた。それはY作戦終了後の研究会を終え、十七日午後、司令がラバウルより帰られた折、開封時間指定の封書を持ち帰り、庶務主任の守屋清主計中尉が預かって、指定時間に開封して司令に渡された。この書類に詳細な長官の行動日程が記されていた。

二、艦隊司令部がラバウルに進出するに際し、通信科員が不足するので、各部隊から応援の電信員が集められ、五八二空からも数名の下士官が派遣された。その中の一人が長官巡視予定の電報を各部隊に打たされたが、これが一番解読しやすい暗号だったので驚き、間違いではないかと思い、恐る恐る通信参謀にお伺いしたところ、「良いからそのまま打て」ということだった。しかし、われわれが考えても、あれは少なくとも軍極秘くらいにすべきだとの感想があった。

三、艦爆搭乗員の太田少尉は、長官機の着陸した際パンク等の事故でも起こしては大変だからということで、搭乗員を一列横隊に並べ、滑走路の邪魔物を拾って歩かされた。散水までした覚えはない。

四、戦闘機搭乗員、隊長以下四名の生存者中、大沢二飛曹はY作戦は十四日に終結したが、五八二空戦闘機隊は長官巡視の護衛のためラバウルに残されていたが、十六日になって、五八二空の戦闘機は要らないから帰れということで、ブインに帰された、と言う。

しかし、この話の出所は明確ではない。山本司令の日記には、「十六日金曜日、7fb×18武允《ブイン》に帰投せしむ」と書いてあるだけである。

この間、私は長官に関する一切の情報は聞かされていなかった。もちろん五八二空本部に於て、出迎えの準備がされていたことも、滑走路の清掃の件も知らなかった。恐らく、迎撃に上がっている留守中に司令より指示があったものと思われるが、ほかの戦闘機隊員は知っていたのだろうか。今となっては生存者もなく、尋ねる術もない。

どうして私だけが蚊帳の外におかれたのか、司令ご健在のうちに一度お尋ねしたいと思っていたが、機会を得ず過ぎてしまった。

ロッキードP38

四月二十二日、午前中の上空哨戒を兼ねて編隊索敵空戦の模範訓練を行なえ、との指示が出た。私が六機、竹中飛曹長が六機を率い、飛行場上空で東西に別れて反航すること五分。以後、お互いに敵発見までは高度三千メートル、巡航速度とする。発見後の行動は自由、攻撃は一撃までと決められた。他の搭乗員は司令より、「分隊士が模範を示すから、全員見学するように」と、達せられた。この日、天候快晴、視界は極めて良好だった。

予定通り出発した編隊は、飛行場上空三千メートルで、左右に別れる。私は西方に、竹中中隊は東に向かった。五分経過。ちょうど、私は左旋回しつつ東方をじっと見つめた。だいたい方向も決まっているし、同高度なので、発見は割合やさしいと思っていたが、果たして点々と針の先でついたような光が右旋回中である。距離約四万メートル、高度三千二百メートル。申し合わせの三千より二百メートル高い。

竹中さん、チョット狡いな、と思い、こちらもチョットいたずら心を起こし、ただちに敵発見のバンクをして高度を三千七百まで上げる。

左接敵、基本的な編隊空戦が披露できるな、と思ったが、これは油断、失敗だった。ゴマ粒よりも小さく見える相手は、初めは向こうの高度が高いため水平線上に浮いて視認しやすかったが、今度はこちらが高くなり、相手が水平線下に入ってしまい、ともすれば見失い勝ちとなり、目を離すことができなくなってしまった。

訓練中でも敵機の常に出現する戦場である。周囲の見張り警戒をしたい不安にかられるが、今竹中中隊を見失っては、今度はこちらが狡いと言われても弁解できなくなる。

三万、二万と距離が縮まると、今度は背景に陸地が入って来て、ますます視認困難だ。一万メートルから約八千メートルで竹中飛曹長は初めてこちらを発見したらしく、急いでバンクと共に高度を上げ始めた。

こちらは待っていました、とばかり、高度差五百メートルを保つようにすぐ上昇する。さぞ困るだろうと思いのほか、さすがに実戦の中隊長、今度は高度をあきらめて編隊のままこちらの直下へと機首を向けて来る。

私は、最初から左接敵で、敵の右に切り返して型通りの後上方攻撃を加えようと思っていたが、これでは切り返しが難しい。編隊のままでは切り返しの場合、こちらの態勢が乱れる。

訓練だから、なるべくきれいに決めたいものだと思い、機首を右に振り、左接敵を続けるが、相手はなかなか乗ってくれない。

単縦陣に直すしかないか、と迷う。距離四千、もう攻撃法を決めなければならない。しかし、ようやく視認できたので、余裕ができ、不安な周囲の見張りを行なった。右下を見ると、何といつ出されたのか！　飛行場指揮所前に敵発見方向を示す帆布信号が出ている。方向は南西、右後方だ。素早く振り返る。ちょうどP38十数機が高度五千、距離三千から突っ込んで来るところだった。危ない！　ただちに大きくバンクをすると共に、右垂直旋回に入り、同時に燃料コックを主《メイン》に切り換え、増槽タンクを落とす。

P38ライトニング。運動性には劣るものの高速力と重武装を誇り、格闘戦に持ち込まぬかぎり零戦での捕捉は極めて困難であった

　敵方向に機首を向けつつ弾丸装塡をする。列機も鮮やかに反転してくれた。一、二秒で戦闘準備完了。しかし、不利な反航戦になってしまった。

　正面射撃を企図したが、例によって敵に戦意がなく、射距離外に避退、降下時の高速を利用して、そのまま下の竹中隊に一撃突っかけ、たちまち逃走してしまう。反転して追おうとしても、敵も四散してなかなか発見できない。味方機もすっかり編隊を崩されてしまった。ようやく西方へ避退する一機を発見、全速で追う。しかし、例によって上昇しつつ退避する敵の速力は早い。四、五千メートルで発見したのだが、だんだんだんだん距離を離される。

恐らく敵は私の追撃に気付いてはいないだろうと判断したので、こちらは低く陸地を背景にしており、敵の真後ろでもあり、見難いはずだ。全力で逃走する敵も、間もなく巡航にするだろう。そうすれば追いつける、と見込みをつけた。高度六千まで上げた敵は、私に気付いたのか、なかなか速力を落とさない。ますます離れるばかり。振り返ると幸い誰か一機ついて来てくれる。後方の心配がなくなったので、安心して追える。

十分過ぎ、二十分過ぎ、一点の小さな真昼の星のように見えた敵もコロンバンガラ島西方でようやく巡航に戻したらしく、かすかに機影が大きくなり出した。しめた、追い付ける。何しろ飛行場上空で搭乗員、整備員はじめ、満座の中でほとんど奇襲を受け、編隊をかき回されてしまったので、ただで帰ることもできない。

万一見失っても、ガダルカナルまで追えば着陸する時までには追い付けるだろうと覚悟を決めていたが、ムンダ基地の西方海上でやっと追い付くことができた。

急降下等で逃げられては面倒なので、気の毒だが一撃で落ちてもらうことにして、真後ろ三十メートルまで近寄る。それでも何で落とされたか分からなくても可愛想だと思い、右頭上に二、三発外して撃ち、気付いたところで操縦席に撃ち込む。二十ミリ弾数発で真ん中の座席がばらばらに分解した。

危うく突っ込んで破片を避ける。追い付いた列機が破片を散らしながら落ちる敵に、さらに追い打ちをしていた。三番機の蕪木飛長であった。

約一時間全速で良くもついて来てくれた。帰着後聞いたところでは、彼には追い付くまで敵は見えなかったので、分隊士は気が狂ったのではないかと不安に思いついて来た、とのことだった。

彼には初撃墜の戦果となった。零戦の速力、追撃時間、距離から計算して、Ｐ38の最大速力、巡航速力も分かり、零戦によるワシントン上空の観閲式の見込みのないことは再確認したものの、前回で懲りたので、所見の提出はしなかった。

内地帰還

昭和十八年五月二十七日、海軍記念日、飛行場指揮所前で遥拝式を行なった。司令より簡単な訓示があり、司令長官戦死直後だが、われわれ下級者には特別の悲壮感はない。誰か代わりの偉い人が次の長官になるだろう。誰がなっても一度引き揚げたガダルカナルは取り返せない。どんな手を打って戦争に終止符を打つのだろうか、それともずるずる百年戦争に持ち込むのだろうか、など考えていると、司令より呼ばれる。改まった厳粛な面持ちで、

「角田兵曹長は厚木空へ転勤の内命が来ている。今日は今から宿舎に帰って書類の整理をしてくれたまえ。やりかけの書類は誰にでも分かるように整理して、人事関係は竹中兵曹長に良く教えて、間違いのないように。申し継ぎを終わり次第、出発することになるから、それまでは飛行場には出なくて宜しい」

思いがけない転勤である。死ななければ帰れないと言われたラバウル航空隊。誰もが覚悟していたラバウルより無傷のまま内地へ帰れるとは、思わず跳び上がるような嬉しさだ。しかし、次の瞬間、たくさんの搭乗員の目を感じた。ああ、この人たちはいつになったら転勤できるのだろ

う。それに多くの戦死者。喜んではいられない。何と御返事したか覚えていない。

ただちに宿舎に帰り、開隊以来の報告書類の整理にかかる。この頃はだいぶ事務にも慣れて、未整理のものはなかったが、五月一日、現地で任官した竹中さんに申し継がなければならない。二ヵ月准士官教育を受けてさえ、随分初めは苦労したものだ。下士官兵の進級、俸給の資格、善行章、叙勲の申請。考課表、技倆調査表のつけ方、見認証書、現認証明書、事実証明書、戦闘詳報等すべて原稿作成は分隊士の責任である。

昼間竹中さんは飛行場待機である。夜間だけではとても申し継ぎはできない。実は厳格な倉兼分隊長には、提出済みの書類は原稿まで焼却するよう申し渡されていたのだが、後日の参考にと思い、誤魔化して一部多く複写して残しておいたのだ。

竹中さんは甲飛出身で我々より頭の良い人だから、見れば分かるだろう。また何かさかのぼって不明の事のできた時に困らないように、これを一括して申し継ぎ用に渡すことにした。そして、せっかく内地に帰れるようになったのだから、できればこれを一部遺族のためにも持ち帰りたいと思い、昼間写し書きを初めたのだが、一年分の関係書類、とてもいくら急いでも全部は間に合わなかった。あれがあれば今、防衛庁戦史室にある五八二空戦闘行動調書より正確な戦史ができたのに、と残念である。

軍規の厳しい頃のことだったので、この写しを元に現認証明書を送ったのは樫村飛曹長の夫人だけであった。

六月一日、折から勇敢な慰問団の一団が最前戦のブイン地区に来ていたが、その中の漫才の二組がそれぞれ一人ずつ腹痛を起こし、ラバウルに帰ることになった。司令よりこの輸送機で一緒に帰ったら良いだろう、と言われた。支度はできていたので、お受けする。その夜は搭乗員宿舎で盛大な送別会を開いてもらった。

隊長進藤少佐、先任分隊士鈴木、野口両中尉も出席して下さり、十二時近くまで酒に、歌に、別れを惜しんでくれた。有り難く、強く思い出に残る夜だった。音痴の山本兵曹が変な調子で歌ってくれた、そして、恐らくこれが最後の別れだろうから、俺たちも何か歌おう。と鈴木中尉が言い、角田分隊士のためには同期の桜が良いだろう、と野口中尉と二人で合唱してくれたのは、初めて聞く兵学校に咲く「同期の桜」の勇壮な歌だった。

山本栄司令と著者の記念写真

予科練出の兵曹長だが、年は同年、搭乗歴は私の方が古かったので、海兵六十八期の方には特に親しくして戴いた。戦後聞く同期の桜は、歌詞も曲も変わらないのに、何と悲しく聞こえ、涙さえ出るのに、二人の歌は気合の入った勇壮な歌だった。あのような声は二度と聞くことはできない。同年兵の田中上整曹（先任下士官）から皆が待っているから分隊の方へも顔を出してくれ、同年兵会へもと、しきりに呼び出しがかかったが、なかなか搭乗員室に別れの機会が得られず、世話になった整備の人たちに挨拶に行く時間が後れ、申し訳ないことをしてしまった。

酒を飲み過ぎては失敗を繰り返す癖は止まらなかった。二日朝、先任伍長室に細田上整曹を訪ね、昨夜の失礼を詫びる。司令室に最後のご挨拶に上がる。司令はわざわざブドー酒で乾杯し、写真員を呼んで二人で記念写真を撮って戴く。私に椅子をすすめ、ご自分で傍らに立たれる。いくら申し上げても代わってくれない。遂に兵曹長が椅子にかけて、大佐の司令が後ろに立たれた有難い写真を戴くことになった。その後、飛行場指揮所前で輸送機を待つ間、再び搭乗員総員で記念写真を撮る。我然これより一週間足らずで本格的な米軍の反抗がレンドバより始まり、ソロモンに東ニューギニアに連日奮戦。一ヵ月半後の七月十五日には五八二空戦闘機隊は事実上全滅し、解隊され、艦爆だけの航空隊になってしまった。

これが貴重な搭乗員の最後の写真となってしまったのであった（口絵参照）。

戦闘機搭乗員は、いつも指揮所に待機しているので、慰問団が来ても見る機会は一度もなかった。話に聞いたこともなかったが、この日は早くから四人の漫才師が指揮所で待機していた。司令は、この人たちに、

「まだ時間があるから日頃暇のない搭乗員たちに一席やって見せてくれないか」

と、頼まれたところが、この二人の人たちは、それぞれ男女の相手が下痢で仕事にならないという。しかし、一番働く搭乗員が一度も慰問演芸を見ることがないと聞いては、さすがブインま

で来るほどの芸人、名前は聞かなかったが、違う。ペアの男女は五分足らず何か打ち合わせをしていた。内容は分からないが、初めと最後の落ちの相談らしかった。

「初めての相手同士なので、どうなるか分かりませんが、やってみましょう」

と、立ち上がった。約三十分近く、即席の漫才を、初めての組み合わせとは思えぬ呼吸の合った名人芸で演じた。一同久し振りに大笑いだった。私には重ね重ねの嬉しい贈り物だった。

昼近く、迎えの陸攻に乗り、懐しいブイン飛行場、初めて夜間着陸してより数々の思い出を残して、恐らく再び会うことのないだろう戦友に送られて、再び訪れることもないと思われるブイン基地を後にした。

あまり頼りにならない兵曹長でも、気が合ったというのか、司令山本大佐、副長八木中佐には自分でも可愛がってもらったと思う。もっとも、海軍で可愛がってもらったということは、普段は大事にしてもらえるが、いざという時は真っ先に死地に飛び込まされることでもある。六月一、二日の司令の日記を引用させてもらう。

六月一日（火）今日は角田飛曹長の送別会なり、盛大に別離を惜しんでいる。

六月二日（水）朝、角田飛曹長退隊の挨拶に来る。葡萄酒で乾杯、歓談す。長らく御苦労だった。二人で写真を撮る。指揮所に行く。慰問団に一席やって貰う。戦闘機搭乗員一同と写真を撮り、角田飛曹長、慰問団を見送る。松崎局員に山本、長野並に堀込飛長の内地転勤を依頼、角田飛曹長に託す。別れる事は寂しいが、元気で凱旋するのは嬉しい。長野、山本両兵曹が一番淋しそうだった。この二人は一日も早く是非角田飛曹長の様に元気で送ってやり度い。指揮所で野天風呂に入る。八F長官飛行場視察さる。夜活動、榎の健《エノケン》の「風来坊」途中より雨降る。山本が進出以来の三人（角田、長野、山本）で記念に写し度いが、人数が悪い「オイ長野、それからもう一人」こんな気持も知らないで、俺も俺もと這入ったから折角の計画もオジャン、六、七人になってしまった。

（山本司令日記より）

松崎局員は航空本部の人事局員であり、司令よりは内地で八木中佐に会ったら、そちらからも長野、山本を貰いをかけてくれるよう頼むとの伝言を頼まれたのだった。

ラバウルの留守隊には艦爆隊がいた。十三年頃補習学生ですでに鬼中尉と異名を取っていた江間大尉が指揮所に頑張っていた。本当に頑張っているといった、頼もしい隊長振りである。今は分からないが、昔、甲板士官時代は、手の早いこと、腕ッぷしの強いことで有名だった士官である。

あまり近寄らないように気を付けて特准室でゆっくり内地行きの便を待った。幸いトラック島までは飛行艇に便乗できるという。一夜しばらく振りにラバウルの町を歩いてみたが、宿舎と飛行場を往復しただけで、後は空から見ただけのラバウル。ここでは戦死者の無かっただけに、特別の感慨も浮かばなかった。

ただ、留守隊だけになった宿舎付近は、何となく寂しく、夜のため十ヵ月前進出して来た当時の活気は感じられなかった。

次の日、トラック島へ大型飛行艇は超低空を飛ぶ。トラックに上がるのは初めてであった。士官集会所に泊まる。ここまで来れば、もう安心といった感じで、ここにはまだ戦地の気分は無かった。

慣れた便乗者の中には、要領良く宿舎より抜け出す者も多かったが、私は一人旅、道も分からず行き先の厚木航空隊とはどこにあるのか、実施部隊か練習部隊だろうか、など考えつつ話し相手もなく過ごした。

帰りは貨物船に便乗して、横須賀行きと分かる。ちょっと緊張する。征く時は八幡丸の豪華船室で良い船旅だったが、国土内とはいえすでに事情が変わっている。船はいつ、どこで「ドカン」とやられるか分からない。

船長よりも、便乗者は総員見張員となり、潜望鏡、魚雷に注意するよう達せられた。昼間はさすがに気になって甲板に上ったきり、暗くなってからはしかたなく、初めて船室に入った。周囲海ばかりの数日、朝になって、初めて水平線に富士山が見え、やがて伊豆半島が浮かぶ。

遂に日本に帰って来たのだ。明るいうちに港のブイに繋留できたが、なかなか上陸の許可が出ない。そのうち、噂で税関の係員がまだ来ないので検査の終わらないうちは上がれない、と分かり、驚いた。

出る時も、支那事変の時も、そんなものは関係なかった。今度だって最前線のブインから来たのだ。着替えのほかに荷物など何もない。何を検査するというのだろう。

ここまで来れば腹も立たない、暗くなっては行く先を調べるのに面倒だ。結局上陸できたのは九時過ぎとなり、鎮守府へ行っても留守だろうし、今夜は横須賀泊まりと決め、海友社に行く。准士官学生以来一年振りの宿である。南東方面はソロモンにニューギニアに押され押されて、気が気でなかったが、ここは一年前とまったく変わりなかった。

まだまだ内地は平和であった。

第四章　硫黄島・炎の翼

厚木海軍航空隊

六月十日朝、横須賀駅で乗車。大船、藤沢で乗り換え、十一時頃小田急線の西大和に着いた。初めて見る小さな田舎駅であった。駅前広い松林の中に畑が点在するけれども人家が見えない。駅前には駐車場も人家もない。二人ほどいた駅員に、航空隊への道を聞いて歩き出した。どうせ、こんな小さな駅では部外電話は無いだろうと思い、隊には連絡をとらなかった。駅の裏、西側から赤土の新道が造られ、少し出た右側にバラック建の長屋が一列長く並んでいた。さらに行くと、右側に萱葺の屋根の農家が一軒、人影はない。そして一キロ余り歩いて、やっと隊門に着いた。

入って右側に病室、庁舎があった。前は広場になっていて、左前方が兵舎、その先は格納庫、飛行場と続いている。建物も工事中のものが多かった。飛行作業は行なわれているようであった。

当直室で副直将校に着任の挨拶をする、すぐ副長室に案内された。待ち兼ねたような八木中佐が、

「何だ、遅いじゃないか、船は昨日着いたんじゃなかったのか」

と、聞かれる。昨夜の税関員の話をすると、初めて明るい顔になり、

「それはひどかったな、ご苦労だった」と言う。

私も一別以来の報告をし、お礼と山本司令よりの封書と伝言を伝えた。司令室に一緒に案内してくれた。司令・山中龍太郎大佐にも相当売り込んでおいてくれたようだったが、山中司令は、ちょっととりつき難い、厳格そうな方だった。八木副長は、「すぐ休暇を出します」と、報告。司令も「うん」と承知してくれた。

「昼食を済ませたら、すぐ出発しろ。小田急で新宿へ出れば今日中に着けるだろう」と言うので、

「ハイ」と、答えたものの、その時はまだ出る気はなかった。着任した晩の巡検には当直将校について回ること、と准士官学生の時教えられている。その日の締めくくりである巡検は、当直室より出て、各兵舎、倉庫、病室、烹炊所、風呂場、便所の隅々まで点検して歩く。新任者が隊内の生活を覚えるには一番の早道であり、常識である、と教えられていた。

ちょうど昼食時となり、特准室に着任の挨拶に入ると、室長の特務少尉が、

「おお、角田君か、副長が待っていたぞ。休暇が出たろう、奥様が待っているぞ、早く帰ってやれよ」

「当直割はどうなっているんでしょうか、今夜一晩見習いをさせて戴きたいんですが」と伺いを

たてると、霞ヶ浦の練習生時代教員をされていた早崎特務少尉の顔が見えた。ほかの准士官連中も年輩から見て応召の人が多いようだったが、みなから、

「ラバウルから帰って来たんだ、誰に遠慮が要るものか。すぐ出て行ってゆっくりして来いよ。まだ配置も決まっていない、仕事のことは帰って来てからだよ」

と、あまり強くすすめられたので、新任者の心得も忘れて、改めて休暇外出の申告を副長にお願いした。今度は乗用車で駅まで送られた。

国鉄房総線は単線で、列車の数も少なく、最終列車は木更津か鴨川で早く止まってしまう。ちょうど千葉市内の家政女学校に妹が教諭兼舎監として勤めるようになっていたので、泊めてもらうことにした。全寮制の学校で、夜は女護島であるが、舎監の兄ということで、特別に寮の一室に泊めてもらうことができた。

さすがに生きて帰ったことは嬉しく、夜半まで話し込んだ。翌十一日、朝食後出勤して来た先生方にお礼をのべて出発した。家までは四時間近くかかる、隊を出た時はその日のうちに着けるかと思ったので知らせていなかったが、昼休みで幸い一同家にっているところに帰ることができた。

祖父、母、妻、長女の四人の家族である。弟・実は正月に陸軍に出て、いなかった。南方方面というだけで、行先は分からない。兄は相変わらず仏印かマレー方面らしかった。

突然の帰郷で一同しばらく口も利けなかったが、一番嬉しかったのは妻であったろう。慣れない土地の重労働と、また不便な言葉、土地で標準語を使う人はいない。茨城弁が尻上がりの早口

なのに反して、房州弁は間延びのした暢気さである。方言や習慣を覚えるのもひと苦労だろう。折から六月、農家は田植えの仕度に忙しい農繁期である、少しでも手伝わなくてはいけない。こうして、一週間の慰労休暇も農作業で終わってしまった。初めてみる長女が、まだ小さい故か人見知りせず、にこにこしているのが嬉しかった。戦争を忘れて一週間、農家の生活も悪くはないなと思えるのだった。妻は田植えの終わる頃までには、下宿を見つけて呼び寄せることにして、少し早目に帰隊した。

隊では、室長より役割の説明を受ける。まだ建設中で飛行作業も始めたばかりであった。飛行分隊は一個分隊（間もなく二個分隊となった）である。当直番は、搭乗員は飛行作業を優先させるので昼間の当直はなく、そのぶん夜間勤務を増加する。人数がまだ少ないので宜しく頼むとのこと、「特准室の私室は全部ふさがっているので、当分の間、第一分隊長の森田平太郎中尉と同室してもらいたい。貴方も一分隊士だからちょうど良いだろう。今工事中の宿舎ができあがれば私室も揃うのだが、当分仕方ないだろう」と、告げられ緊張した。

森田特務中尉は操練十二期生、私のような戦争による繰り上げ進級組と違い、搭乗歴はすでに二十年近い選り抜きの数少ない実力者である。教えを受けるには、またとない先生だが、何でも知っている大先輩は、また、はなはだ煙たいものでもある。一番骨休みのできる私室が分隊長と「ベッド」を並べていたのでは堅くならざるを得なかった。

しかし、予想に反してなかなか優しい心使いの方であった。飛行作業や午後の座学の時などは、やかましいほど細かく丁寧だが、寝る時以外はほとんど私室に帰らなかった。大抵士官室の方で遅くまで話し込んでいた。

陸軍に入営する著者の弟と家族の記念写真。左から弟・實、妻・くま子と長女・和美、従弟・栗岡俊夫、母・勝、祖父・寅吉、妹・千鶴子

厚木航空隊は、艦隊向けの母艦戦闘機搭乗員の錬成所として築城航空隊があったのと同じように、基地航空隊向けの戦闘機搭乗員錬成所として開隊されたものであった。錬成員は下士官兵は補習生、士官は補習学生と呼ばれた。当初は飛行練習部実用機教程を卒業後、長く練習機教程の教員として勤務をしていた者と、乙種十一、十二、十三期生が多く、四百時間前後の飛行記録を持っており、中には丙二期の小島正義二飛曹のように六百五十時間にも及ぶ人もいたが、そのほとんどは、偵察練習生を乗せての機上作業練習機または射撃標的機の操縦で、零戦の搭乗経験はなく、ただちに前線の中堅幹部として扱うのは無理と思われる人たちの再教育であった。

一度練習航空隊の教員配置にあった者が、補習生として、戦場帰りのあまり級の違わない強者に教えられるのは辛かったろうと思われたが、ほとんど練習生と同じ態度で訓練に励んでいた。三ヵ月の予定で射撃、編隊空戦、夜間飛行等を行なう予定だった。

八月頃入って来た第三期生以後は飛練卒業後直接送られて来るようになり、これに少数の水上機よりの転科者を加え、飛行分隊も二個分隊となり、教育の形が整ってきた。

八月に入ると間もなく、長野、山本の二兵曹がひょっこり五八二空より転勤してきた。懐かしい仲間である。彼らの話によって、わずか二ヵ月の間に五八二空の戦闘機は野口中尉以下多数の搭乗員を失い、ほとんど全滅状態となり、解隊され、少数の生き残りの人たちは所在の二〇一空、二〇四空に編入されたことを知った。

日曜日の一日、南林間の下宿に二人と仲の良い同年兵の倉田兵曹の三人を呼んで、長い戦地勤務の労をねぎらった。苦しいソロモンやニューギニアの基地を転戦して歩いたことも昨日のことのようで、夜十二時近くまで飲んでも、話は尽きなかった。

同じ頃、今度は横浜の副長の家に呼ばれて行った。二空編成以来の戦闘機搭乗員は、この二人と私のたった三人だけになっていたが、司令、副長の温情ある計らいによってラバウル地区より初めて生きて転出できたのである。

九月には飛行学生卒業者が二十名ばかり転入して来た。海兵七十期の中尉連中であった。以前に練習生、補習生時代、駆け足でも何でも一緒にやる張り切った飛行学生と一緒だったことがあるので、これは大変なことになった、と思った。分隊長は特務中尉である。しかし、森田さんは驚く様子もなく、平然と午前の飛行訓練の他、午後には零戦による射撃、空戦、航法等の独特の座学講義を行なっていた。

飛行練習生の時、古い分隊士に酒井航空特務中尉がいた。この人の講義の時は、他の分隊士はもちろん、分隊長までも出席、傍聴していたが、大抵は長い操縦期間の経験談や修養談が主であったが、森田中尉の講義には経験の上に、最新式の知識の自信のほどがうかがわれた。それも一ヵ月足らずで森田中尉は前線へ転出して、代わりに芝田千代之中尉が着任された。森田さんよりは五年は若い、同じ中尉でも、たぶん学生より後任であったかも知れない。しかし、教官として申告の礼は受けなければならない。

「分隊士、どうもやり難いなあ」

と、こぼしていた。

兵学校出身の士官も出入りしていたが、なぜかもう一人の分隊長にも乙飛一期の先輩、安部安次郎中尉が任命されていた。ある日、朝早く電話がかかって来た。片瀬の分隊長の家からだった。

「都合で今朝は一時間ばかり帰隊が遅れるから、予定通り飛行作業は始めていて下さい」

ということであった。この分隊長の言葉は、いつも穏やかで丁寧であった。

さあ大変、日頃の飛行作業中、分隊長が飛んでいる時は、交替して指揮官席について補習学生の申告を受けていたが、最初から号令をかけることはなかったのだ。兵学校出身者の教育のことは考えたこともなかったので、そうした用語の知識を持たなかった。(後に二〇五空時代、同年兵の甲板士官草地武雄少尉が下士官時代に兵学校の教員をしていたというので教えられたのだが、「下士官が生徒に命令することはできないので、号令をかけるには『気を付け』は『気を付ける』、『前へ進め』は

『前へ進む』というようにするのだ」ということだった。聞いてみれば、なるほど、と思える簡単なことだった）

朝八時には補習学生、補習生共に指揮所前に整列する。下士官、教員は右側に並ぶ。私は何時も分隊長のするように正面段上に立った。先任補習生の号令が響く、「敬礼」士官方はどう動いてくれるか分からない。兵曹長の指揮では不満なのは分かる。

みなが睨みつけているように見えたが、私は号令と同時に手を挙げた。ラバウルの指揮所で瑞鶴の飛行隊長になっていた納富大尉が、総飛行隊長として連合艦隊司令長官の山本大将に申告敬礼した際、大尉は右手をちょっと上げただけで、大将が丁寧に答礼しているのに構わず先に手を下ろして「ケロッ」としていた。あの逆を利用するしかない、と思い、士官たちの敬礼の終わるのを待って手を下ろし、気合を入れて「飛行作業、かかれッ」と号令をかけ、私も士官連中を睨みつけて、再びサッと敬礼した。敬礼だか答礼だか分からないうちに、士官連中も手を上げてくれた。

飛行開始の手続きは終わり、後はいつものように椅子に腰かけて、出発、帰着の申告を受け、進行に気を付けていれば良い。ただ一度の経験であったが、上官に号令をかけるのは難しく、嫌なものであった。毎日の分隊長の、「やり難い」というのが身に染みて分かった。

殉職者相次ぐ

訓練に激しさを加えるに随って、殉職者も出るようになった。初めての事故は、編隊空戦を終了して空中集合する際に起こった。指揮所に立って見ていると、後上方より近付いた列機が、速力を落とし切れずに一番機の前下方にのめり出し、速力を落としながら上昇したため、アッ！という間に接触、離れなくなった。二機が並んで飛ぶありさまは、P38の胴体のように見えた。怪我はしなかったか！　なんとか離れられないか！　と見ているうち、数秒後離れたと思うと、一機はそのまま垂直に降下、物凄い唸り声を上げて突っ込んでしまった。残された一機は不規則な降下旋回を始めたと思うと、搭乗員が脱出した。あるいは抛り出されたのか、落下傘の白い布は見えたが、落下傘も補助傘も開かず三千メートルの上空より物凄い速力で落下してしまった。

ただちに救助隊が派遣され、夜までかかって散乱した機体と遺体は収容された。遺体は整備班の格納庫に祭檀を設けて安置され、その晩は搭乗員五、六名交代でお通夜が行なわれた。

私は現認証明書、履歴書等の人事関係書類の整理を終わってから出席したので、十二時前後であった。分隊長は徹夜すると言う。次の日、午後は海軍葬になる予定であった。午前中には遺族も到着するはずである。色々な手続きは主計科庶務で、準備は内務科で甲板士官が進めてくれる。海軍葬の幹事は分隊長であり、遺族には分隊長が会われることになっていた。

翌朝、私は横浜の市営火葬場まで遺体をトラックで護送することになった。ところが、到着して予定の九時になっても現場の係員が働いてくれない。まだ準備ができていないと言う。場内は整理され空室ばかりだが、一人しかいない係員の言うことでは仕方なかった。しかし、午後は手空き総員海軍葬に参加の予定で飛行作業以外は休業となっている。どうしても定刻の一時前には祭場に遺骨を安置しなければならない。

裏の方で庭掃除をしている係員に、昨日からの事故の経過と今日の予定を話したが、いくら説明し、頼んでも馬耳東風である。このままでは重大な失態となってしまう。四十歳くらいの男だが聞こえているのか、聞こえないのか、それとも話が通じないのか、まったく無表情であり、泣きたくなってしまった。

初めから側で心配そうに聞いていた運転兵の兵長の、たぶん応召らしい年輩の人だったが「分隊士チョッと」と物陰に呼ばれた。「分隊士、お金を持っていますか」と、聞かれる。「少しは持っているが」と言うと、「では、五円で良いと思うんですが、チップをやってみてくれませんか」と言う。「えッ」と驚いた。市営火葬場の係員は、いくら下っ端でも公務員ではないのかしら、失礼にならないか、と思ったが、分別ありそうな落ち着いた運転兵の態度に頼るしかなかった。五円紙幣を懐紙に包んで、「渡してみてくれ」と兵長に頼んだところ、効果覿面、それまで不愛想だった男がにこにこしながら出て来て、急いで納棺、火入れをしてくれた。

腹も立たなかった。

それより自分の無知が恥ずかしかった。小学校卒業と共に海軍に入り、一般世間のことは何一つ分からない。国のために猛訓練の犠牲となって殉職した若い搭乗員、事故とはいえ自分では戦死と同様に考えていたのだが、この厳しい戦時下の日本にも自分たちの考えのまったく通用しない別の世界のあることを悲しく知らされたのだった。

開式の三十分前に帰隊することができた。分隊長、芝田中尉も心配しておられたらしく、

「分隊士、良く間に合ってくれたなあ、有難う」

と、お礼を言われた。

悲しい行事の最中にまたもサイレンが鳴った。飛行機遭難救助隊用意の拡声器が響く。午後の訓練は一分隊の安部中尉のところである。

課業中止のなかにあって、飛行班だけは平常通りの訓練を続けていたのである。

式場にいた司令、副長等の幹部の顔も緊張に引き締まって見えた。葬儀場の跡片付けを終わって、部屋に帰る途中の通路で、安部中尉に呼び止められた、

「おい角田、芝田さんには頼んでおいたから、明日もう一度火葬場へ頼むぞ」と。

安部先輩は飛練の時の班長教員であった。


下士官兵搭乗員の転出は、通常は、「〇〇空へ何名」たまに「小隊長として可能な者何名」というように指定されてくる。個人の選定は分隊長の判断によるものだったが、ほとんど分隊士の提出する原稿に訂正を加えることはなかった。が、ただ一人例外があった。あらかじめ分隊長の方より注意されたのだが、親兄弟親戚もないという飛長であった。

本人はさかんに戦地への転出を希望している真面目な少年だったが、分隊長は、

「家庭的に恵まれないこの者をすぐ殺すには忍びない、しばらく様子を見てくれ」

と、止められていたのだったが、幸い間もなく珍しく二、三人、二〇二空への転勤命令があっ

た。二〇二空は戦地でも安定した蘭印方面にあったので、すぐそちらへ向けたのであった。その後の生死は分からない。父は無く、母が生前勤めていたという料理店の主人が身許保証人となっていた。

十一月には副長八木中佐が新編成の三〇一空司令として退隊された。少し前に夫人を亡くされたばかりであった。横浜の家には琇子さん、喜幹さんの小学校へ上がったばかりの幼い姉弟が残されたはずだったが、どのようにされたのか。栄転とはいえ、軍人の家庭生活とは情け容赦もなく、厳しいものであった。

国内の物資の不足は急速に進んでいた。衣類の配給はほとんど無に等しい。子供の衣類はもとより、軍服が痛んでも新調することはできなかった。食糧の配給量も減らされていたが、不思議なことに生まれたばかりの赤子でも一人前の米の配給があったので、わが家では不足はなかった、が十九年の正月を初めて家庭で迎えるのに糯米《もちごめ》の配給はなかった。主計科で軍需部に交渉しても、隊内用にやっと間に合うだけで、家族への配給はできないとのことで、方々探していると、従兵長が横浜の青果市場で糯米の売られているのを見つけて来た、値段は一升五円と高い（統制価格は約五十銭）が、希望者があれば纏めて買って来る、ということで、しばらく話題になったが、特准室には申し込む人はいなかった。

闇米の存在を知らされた初めであった。周囲の同僚の不満の声を聞きながら、農家出身者として実に肩身の狭い思いをしたものだった。

町の医者には、薬も不足がちとかで、幼児を抱えていては必配だったが、これは隊の軍医の御世話になることにした。隊内の病室には母子は珍しかったせいか、しばらく通ううちに、隣りの士官室の方たちの記憶にも止められるようになった。

　昭和十九年二月二十日、厚木航空隊の錬成教育は取り止めとなり、現在員をもって第二〇三海軍航空隊と改称され、外戦部隊として千島方面に進出することになり、原隊を鹿屋基地に指定されていた。支那事変のとき私の所属した第十二航空隊は漢口にあったが、上海にある旗艦出雲《いづも》に乗組を指定された。この程度のことは分かったが、どうして厚木から千島に出る二〇三空の原隊が鹿屋にならなければならないのか？　上層部の考えることはサッパリ分からなかった。

　この時、初めて鴛淵大尉が一分隊長となり、安部中尉は二分隊長となった。飛行長兼飛行隊長は引き続き岡嶋少佐であった。私は安部中尉の分隊士となった。

　二月初めには芝田中尉が支那方面に転出して行った。送別会を開く暇もなかった、

「分隊士、今回はお陰さまでゆっくり安心して休ませてもらいましたよ、これからも一緒にやってもらいたいんだが、私の行くところは中支でも戦地には変わりはないので、一緒にという訳にはいかないから、貴方はゆっくり内地でもう少し休んで下さい。しかし、海軍は広いし、色々な人がいるから、いくら一生懸命働いても上官の気に入らず、認められないなんていうこともあります。また、どうしても合わないというところがあるものです。そんな時は私のところへ手紙を下さいよ、すぐもらいをかけますから。私には力はないが、今度私を呼んでくれた柴田大佐は、

私の言うことなら大抵聞いてくれると思うから、司令に頼んで私の分隊士に来てもらいますから、遠慮なく知らせて下さいよ」

と、丁重なご挨拶を戴いたのだった。

前年の十月、分隊員の二期補習生だった鈴木徳三郎二飛曹が補習教育を終了して、教員配置に代わって間もなく、婚姻願書を提出してきたことがあった。相手は前勤務地の大井航空隊に教員として勤務していた頃からの婚約者であった。双方の両親の同意書もあるし、書類上不備の点は認められず、本人の申告も真面目に思えたので分隊長の許可を得て書類は副長に提出した。

間違いなければ書類は司令に送られ、司令は憲兵隊に依頼して相手方の身上調査を行ない、適当と判断されれば婚姻許可となり、挙式の段取りとなるのである。

ところが、四、五日後、副長より「鈴木兵曹の下宿はどうなっているのか」と、聞かれた、私は「農家に間借りしているようです」と、答えると、分隊長の方を向いて「間借りでも良いだろう、すぐ一緒にさせてやったら良いだろう」と、言われた。分隊長も喜んで、「許可証は何時頃になりましょうか」と聞くと、「手続きは後でも良いよ、今時、式を挙げることもあるまいから、親たちが承知なら下宿に呼んで早く一緒にさせてやれ」との暖かい言葉に私たちも喜んで、これは許可として分隊長より本人に伝えられた。

ところが、三ヵ月ばかり経った一月末に、分隊長と共に山中司令に司令室に呼びつけられた。二人揃って呼ばれるのは例のないことなので、何事かと思い、出頭すると、憲兵の調書が届いたところであった。

「これはどういうことだ。婚姻願いを出しておきながら許可の出ないうちにもう一緒になっているると言うではないか。こんなものを許可することはできない。お前たちはどんな教育をしているのだ。部下の身上がどうなっているのか分からないでいるのか」

と、厳しいお叱りであった。

しかし、恐れいりますと引き下がる訳にはいかない。分隊長より、

「本人の手落ちではございません。八木副長よりすぐ一緒にさせてやれというお言葉がございましたので、私たちが取り計らいました」と言ったが、

「副長が何と言おうと、規則に叛いたことをやらせて良いということはないだろう。認可の責任は司令にあるのだぞ」

八木中佐はすでに転出してしまっている。何と仰せられても返事のしようもない。私は黙って俯いていた。最初は不思議そうにしていた芝田中尉も、青菜に塩であった。しばらく考えていた分隊長は、

「本人たちはすぐ別れさせ、女房はいったん実家へ帰らせます。今後気を付けますので改めてご許可戴けませんでしょうか」

と、お伺いすると、初めて苦々しげに「やむを得んだろう」と。お許し戴いたことがあった。

許可証がなければ入籍の手続きをすることができない。「鈴木教員には僕から話すよ」と言われたが、一度許可して同棲している者に何と言って伝えたのか、分隊長の立場は辛く困難なもので

あった。

再び前線へ

三月四日、分隊長安部安次郎中尉より、マーシャル方面の二五二空へ転勤の内命のあったことを告げられた。橋本飛曹長と同時であった。外戦部隊の二〇三空として編制替えとなったばかりであり、北方方面出撃の心準備はしていたものの、二五二空と聞いては緊張せざるを得なかった。

すでにマーシャルの各基地は敵機動部隊の包囲攻撃を受け、次々と玉砕を続けている時であった。ソロモンにおいても私の退隊直後からレンドバ、ムンダ、コロンバンガラ、ベラベラと激戦が続き、一ヵ月半後には五八二空の戦闘機隊は全滅解隊されてしまっている。ブーゲンビル沖航空戦、ラエ、ブナ沖攻撃戦で艦爆隊も全滅してしまい、十月末にはこれも解隊となった。八月、新しく母艦艦攻隊が編入されたが、これも約三ヵ月、日夜続いた雷爆撃の強襲に、たちまち全滅し、遂に五八二空本隊まで解隊されたころであった。

山本司令、八木副長のご厚情によって、十ヵ月近く、この大事な中をゆっくり家庭の味を経験させてもらえたが、いよいよ文句なしに最後だな、と思う。それよりもまず、どうして包囲されている現地に入れるだろうか、心配になった。方法はいま、副官部で関係方面に問い合わせ中だということであった。

その日は外出して、妻に転勤の近いことを知らせた。行く先は戦地とのみで、さすがに「マーシャル」の二五二空だとは言えなかった。いつでも下宿を引き払えるように準備をしておくように告げたが、この後何日一緒に暮らすことができるか、自分は志願して好きで入った飛行兵だから良いが、もうだいぶ苦しくなってきた世間の暮らしの中で、子供を抱えて妻はどうして行くだろう。しかし、妻は顔色も変えなかった。

翌五日朝、帰隊するとすぐ庶務主任より、

「二五二空の副長舟木少佐が飛行機受け取りのため館山空に来ているそうだから、すぐそちらに行って後の方法は副長と相談するように。今日はすぐ外出して下宿を整理してもらいたい。関係書類は明朝までに揃えておく。先は急いでいるようだから、準備のでき次第転勤発令するから」とのことで、橋本飛曹長と共にトンボ返りをする。行先の館山空は、差し当たり都合が良かった。私の生家はすぐ隣り村である。

橋本飛曹長の生家は福岡県だが、今は家もなく親兄弟もなく、身内といえば奥様だけ。その奥様は館山市の出身であった。家ではすでに引っ越しの準備を始めていた。

こういうことは、妻の方が上手である。二年前に逗子の下宿を引き揚げた時は、私は多忙で外出できなかったが、東京の中学にいた弟が手伝いに来てくれた。その弟も今は陸軍に出て南方に出征している。

どうなるかと心配した荷造りも、午前中に終わり、鉄道便で発送することができた。「ゲシュクミツケタスグコイ」と電報を打っておいただけで、世帯道具がすべて整っていることを別に不思議にも思っていなかったが、自分で引っ越しを手伝ってみて、初めて兵隊の家族は大変だな、と思い、わが妻ながら女は凄いなと再認識したのだった。

隊の方は千島進出前の慌ただしさで、特准室の他は司令、先任将校分隊長に退任の挨拶に上がっただけで、思い出多い厚木海軍航空隊を後にした。

館山海軍航空隊

六日午後、館山航空隊着、当直室に着任の報告に行くと、「二五二空の人たちは飛行場でしょう」と言う。さっそく、そのまま歩いて飛行場に行く。

ここは、水陸両用の基地である。この時は水上機は少なかったが、陸上機は零戦の他、初めて見る雷電、天山艦攻等があり、活気を呈していた。教えられた二五二空の天幕指揮所には、舟木少佐が一人腰かけておられた。着任の挨拶を述べると「ご苦労」とだけ、少し間をおいて、「隊長が向こうにいるから、話は聞いてくれ」と飛行場東端にある五、六機の零戦の列線を示される。

「ハイ」と答えて二人でそちらへ行くと、整備中らしい飛行機の側には、整備員は少ないが、飛行服を着た搭乗員が十名ばかり見えた。中に色の黒い長身の中尉が、飛行場には珍しく一種軍装を着けていた。近づくと、先方から「角田飛曹長ですか」と、声をかけてきた。

「そうです、ただ今着任しました」と答えると、

「待っていました。角田さんの来ることは分かっていましたので、いつみえるかと心待ちしていたのです。二五二空は機材、搭乗員とも消耗が激しく、補充を頼んでも送ってもらえないので、副長が一飛行隊分もらうために、直接談判に来られているのですが、航空本部でもなかなか都合

がつかないらしいのです。今度私が隊長になりましたが、私は一応、戦地勤務はしましたが二〇二空で蘭印方面のため、空戦はもちろん、敵の飛行機も見ずに終わってしまいました。すぐ来る予定の分隊長も延長教育を終わったばかりの未経験者です。飛行機もなかなか集まらず困っているところです。下士官兵搭乗員も練習生を卒業したばかりの者らしいので、これからいくら急いでも、少しは訓練しなければ戦争になりません。この飛行隊は貴方に預けますから、貴方の思うように訓練して、貴方の思うように使って下さい。私は名前だけの隊長で宜しいですから」

突然、初めて会った人より、これほどのことを言われてすぐに返事はできない。黙って立ち往生してしまった。大変なところへ転勤になった、とは覚悟していたが、予想を上回る困難さだ。

この隊長が粟信夫大尉（五月一日付で進級）であった。

厚木航空隊の補習教育でも三ヵ月の計画だったが、早い者は一ヵ月足らず、長くても二ヵ月くらいでみな戦地に転出していった。計画通りの訓練はできなかった。それだけ前線の消耗が激しかったのである。だが、これほどとは思っていなかった。そこへ後方で話を聞いていたらしい搭乗員の一人（後で分かったが若林良茂上飛曹）が近づいて来て、遠慮しがちに、

「分隊士、失礼ですが、分隊士のお兄様か従兄でラバウル方面におられた搭乗員の方はおられませんか」

と、聞いてきた。

「搭乗員の兄弟はいないが、俺はラバウルにいたことはあるよ」と、答えると、真剣な顔で、

「では、十七年の十一月頃、ラエにおられましたか」

「うん、いたよ」

聞くより早く大声で、

「オーイ、弟様じゃない、本人だってよ」

とたんにドカドカとみなに取り巻かれてしまった。嬉しそうに、

「分隊士、しばらくでした。みなラエで御世話になった搭乗員ですよ。ブナ攻撃に連れて行ってもらった搭乗員を覚えていませんか」と言う。

「エッ、お前たちだったのか」

見れば、みな色浅黒く眼光鋭く、逞しい戦闘機乗りの容貌になっている。わずか一年半前、あの頃はみなまだ若々しい少年兵のように見えたのだったが、それにしても随分長い間、良く戦地に生き残っていたものだ、と思い絶句する。

隊長も驚いて、「何だお前たち、分隊士を知っているのか」「はい」と、口々に当時の状況や、別れてからの様子を話し出したので、隊長も、「それは良かった、俺もこれで心強くなったぞ」と、喜んでくれた。

その晩、従兵より「副長室に来るように」と呼ばれた。また何か新しい情報でも知らされるかと期待して伺うと、隊長が同室していた。副長は、

「角田飛曹長は俺を知っていたか」と、聞かれる。

「はい、大村空で飛行隊長をしておられた時お世話になりました」と答えると、

「そうか、大勢な搭乗員なので、俺は忘れてしまっていたが、今、航空記録を見ていたら俺の判

がついてあるので驚いたところだった。これから行くところは大変なところだが、しっかり頼むぞ」

「はい」と答えると、

「副長、良かったですね」と、隊長も副長と顔を見合わせ、お互いににっこり笑い合い、私の方を見る。私もヨーシ、やるぞ、と胸が熱くなり、思わず微笑の仲間に誘い込まれた。

しかし、厚木や横空にはまだたくさんの先輩がみえたのに、どれほど戦線が拡がっているのか、私のような者をこれほど頼りにされては、ちょっと心細くもあり、発奮せざるを得なかった。

翌日、飛行訓練はまだ始まっていなかったが、〇八〇〇、飛行場の指揮所に出ると、思いがけず三〇一航空隊の司令になったはずの八木中佐がいた。副長と何か親しそうに話している。ここにいる雷電は三〇一空のものだったらしい。二人ともニコニコ笑っている。初めて分かった、昨日からの手厚い迎えられ方は、恐らく八木さんが売り込んでくれたものだろう。以前横空よりもらいのかかった時はあっさり断わって、今度は玉砕寸前の二五二空に売り込んでくれたのだ。

信頼して戴けるのは有難いが、偉いところに推薦してくれたものだと思わず苦笑いしてしまった。

思えば、二人は海兵同期生だった。

間もなく副長の強い要望のなか、当時としては珍しく充分に訓練を重ねた甲種予科練の九期生、乙の十五期生、丙の十四期生の優秀な搭乗員をもらうことができたので、一通りの顔合わせ程度の訓練で出撃できるかと思ったが、機材の方はなかなか集まらない。

中島飛行機工場の太田飛行場や、三菱の鈴鹿飛行場等へ泊まり込み、完成を待ってテスト飛行、合格したものより受領して、海軍への引き渡しを受けるのだったが、完備しないままにマーシャルの二五二空基地は司令柳村大佐以下玉砕してしまった。

舟木少佐は再建二五二空の司令に昇格されたものの、この頃より沈黙の日が多く、密かに自らも死期を待ち望んでおられるのではないか、とさえ窺えるようになった。

忙しい毎日だったが、一夜隊長、分隊長と戦地帰りの基幹搭乗員五、六名と共に司令の下宿に招待を受けた。浮世絵より抜け出たような美人の奥様の料理に、夜遅くまで和やかな歓談を続けた。十一時も過ぎて、ぼつぼつお暇《いとま》しなければ、と思っていると、司令より、

「角田飛曹長は家への往復はどうしているか」と聞かれる。ばれては仕方ない、

「当直室の自転車をお借りしています」と答えた。

これは、伝令用の二台の木タイヤの自転車だが、何か用事のできた時なくては困る。叱られるかと思うと、

「それじゃあ大変だろう、これからは司令車を使うようにしたら良いだろう。しかし、朝晩送るのでは運転兵も可哀相だから、俺が外出したあと遅くなるが分隊士を乗せて、そのまま分隊士のところに泊めてくれないか。百姓家なら部屋数はあるだろうから、寝るだけで良い。朝、分隊士と共に少し早目に帰って時間までに俺を迎えに来てくれれば良いよ」と言う。

驚いている私の返事も待たず、「どうだろう隊長、分隊長、俺はそうしてやりたいと思うんだ

が」

司令の御言葉では異議は言えない、みな「是非そうしてやって下さい」と、答えていた。当時、隊に乗用車は二台しかなかった。一台は司令専用車、一台が士官室用である。これが飛行作業時には救急待機車ともなっていたのである。

士官室には、中佐の軍医長はじめ、先任将校等、隊長より古参の士官方も多い。困った、と思ったが、司令は、さっそく今夜から乗って行け、と言われるし、分隊長方にも、「そうしろ、そうしろ」と、すすめられ、自転車では一時間余りかかる夜道をツイ、調子に乗って送られてしまった。

その後も、数回仕事のため遅くなった時、使わせてもらったが、田舎の農道は狭い。夜のことで対向車の心配はなかったが、一度運転を誤って片車輪を水田に落としてしまい、動けなくなった。しかたなく翌朝、近所の人たちの力を借りて持ち上げてもらったので、以後深く反省して司令のご厚意は辞退申し上げることにした。

三月中に、地上勤務員も揃い、部隊としての組織も整った頃、編制替えがあり、われわれは戦闘第三〇二飛行隊として独立した部隊となり、これが二五二航空隊に付属することとなった。

この制度は、詳しい説明はなく、関係した法令書類を見る機会もあたえられなかったので、長く理解できずに終わってしまった。訓練を行なっている分には何らそれまでと変わることはなかった。ただ、飛行隊の定数が二十四機より四十八機に倍増されたので、これに伴って甲十期、乙十六期、特乙一期生を主とした若い搭乗員が転入してきた。これは、まだ訓練を要する級だった。外戦部隊のまま青森県の三沢基地に転進錬成に出ることになり、三月末から四月上旬にかけて転進を完了し、北方守備の二十七航戦に編入された。この間にも整備員の一団は入船中尉の指揮下に、東号作戦用意の号令のもとに館山、厚木等へ先発として発進し、帰隊の終わらないうちに、一隊は相沢少尉に率いられ、北千島の占守島や、北海道美幌基地へ派遣されるような忙しさだった。

三月三十日、午前より東太平洋に出て、射撃訓練を始めた。この年は雪が多いとかで、飛行場も滑走路だけ雪除けしてあるが、他はすべて真っ白で、山も平野もチカチカと目に染みる。東側は快晴であるが、中央山脈より西側は常に厚い雪雲に覆われていた。

指揮所は滑走路の横に排除された雪の山の上に設定した。見晴らしが良いし、搭乗員たちが飛行服のまま腰を下ろしていても全然溶ける様子もなく、寒さは心配していたほどのことはなかった。しかし、四月二日、初めて霧の猛威を見た。

この日も快晴、東海上に出て射撃訓練を行なっていた列機三機を率い、七・七ミリ機銃に三十発の普通弾を込め、千五百メートルの高度を直線飛行する曳的機の吹き流しに対して二千メートルより後上方射撃をするという基本訓練だった。

三十発の弾は通常二回の攻撃で射ち終わる。射撃を終わり、列機曳的機に集合の合図を送っていた時だった、海面にチョロチョロと白い水蒸気のようなものが見えた。この寒いのに何だろう、まさか海水の蒸発するのが見える訳はないし……。おかしい、と注意しているうちに、沖の方から次第に量が多くなる。

シマッタ、話に聞いていた霧の発生である。急ぎ列機を集合させると共に速力を上げ、基地に向かう。ところが、霧の早さには敵わない。チョロチョロ這うような蒸気は先へ先へと進み、振り返れば水平線の辺りから約五十メートルの高さはまったく霧に覆われて、それが三方からわれわれを押し包んでくる。真っ白い陸地のいたるところから煙が上がる。わずか十五分ばかりの間だったが、飛行場上空に帰った時は滑走路も薄霧に覆われて二、三百メートル見通せるだけ、ただ格納庫の屋根と煙突だけが鮮やかに浮き出ていた。

霧の高さは十メートル内外かと思われた。全機着陸を終わって指揮所に行くと、司令、隊長共に心配そうに立っていた。私は気付かずにきてしまったが、もう一小隊出ているという。話しているうちに爆音が聞こえてきた。

地上に下りてみると視界はいよいよ狭くなって二、三十メートルしかない。着陸が難しくなったらしく、やり直す高い爆音がしばらく続いていたが、地上からは機影はまったく見えない。電話器もなく、連絡のとりようがない。

それでも、二機がようやく無事着陸できた

二五二空司令・舟木忠夫中佐

が、後の三機は十分ほどして爆音も聞こえなくなってしまった。隊長も必配そうだが、初めての霧中飛行に私も適当な対策は考えつかなかった。

訓練中のことで燃料も少ない。南へ飛んだところでどこまでこの霧が続いているのか、脱け出るまで燃料が続くだろうか、気が気でない。着陸できないと分かっていても、爆音を待ってみな必配して立ちつくしていた。

一時間近くして、陸軍の八戸飛行場より零戦が二機不時着していると、電話が入った。三沢よりはやや南だが、海岸寄りの飛行場である。良く着陸してくれた、とほっとする。だが、二機はおかしい、三機の間違いではないかと問い合わせてもらったが、間違いなく二機だとのこと。あと一機はどうしているのか！　西方は相変わらず雲に覆われて進入の余地はなかった。

南松島まで行けば晴れているだろうか、燃料は保つだろうか、ただ無事を祈るほかはなかった。遂に夕方近くなって、地元の人より小川原湖の湖上に飛行機が墜落したらしい音が聞こえたと、通報が入った。ただちに整備員を主とし、軍医を伴った救助隊が派遣された。指揮所に待機していた私たちは、がっかりして宿舎に引き揚げた。

大自然を相手に、なす術《すべ》のない自分の非力さが情なかった。夜に入って霧は晴れたが、替わりに雪が降りだした。徹夜の捜索が行なわれ、翌朝には飛行機と共に遺体が収容されてきた。池田幸助上等飛行兵であった。

ご遺族には実に申し訳ないが朝の好天から、あの急激な変化を予測することは難しく、やむを得ない訓練の犠牲であった。しかし、何もできず見殺しにしなければならなかった胸の痛みは、終生消えることはない。

午後一時過ぎ、遺品整理、遺体納棺も終わり、基地隊の雪上車を借りて火葬場のある三本木町まで行くことになった。雪上車はキャタピラの付いた軽トラックである。その荷台に池田上飛の棺を乗せ、シートをかけて、私は外套を着て側に一人護送のため同乗した。

運転兵は道に慣れた基地の兵隊だったが、古間木の町並を出はずれると、路上に人影もなく、通行の跡形もなくなってしまった。一メートルの積雪に綿雪が降りそそぐ。房州生まれの私には随分大雪のように見えた。運転兵は両側の林や林檎畑の木を目当てに道路を目測して、ノロノロ運転しているのだろうが、たびたびはみ出し、車は傾く。そのたびバックして、また道を捜す。五十メートル、百メートルに、何十回となくくり返した。雪がなければ一時間足らずで走れる道程を、人気のない三本木の町に入った時は夜十一時を過ぎていた。

「寒くありませんか。大丈夫ですか」

と、ときどき運転兵は声をかけてくれたが、風もなく、寒さは感じなかった。「助手席へどうぞ」と、誘われても、池田が一人では寂しいだろうと思うと、棺の側は離れられなかった。

昭和19年5月1日、三沢基地にて

街はずれの寺には、住職と汽車で先回りした粟大尉が起きて待っていてくれた。運転兵は休ませて、広い本堂に火鉢を囲んで三人でお通夜をした。

「貴方の思うように訓練して」と言われたら、この始末。「済まない、至らない分隊士を許してくれ」と、胸の中で謝った。情の厚い隊長が終夜一緒に側にいてくれたのは心の救いだった。

五月二日に、花沢太郎一飛曹、三十日には鈴木幹雄二飛曹と、殉職が続く猛訓練。月月火水木金金であった。

五月になっても雪は消えなかったが、農家ではどのようにして作るものか、ところどころ苗代だけは水を張っていた。

硫黄島上空の激戦（一）

六月十六日、急に館山空に移動を命ぜられ、隊長以下可動三十機で進出した。全機進出の命令であるが、未整備のものが約二十機あったためである。

五月下旬よりマリアナ方面の航空戦が活発になりつつあった。しかし、内地では作戦電報や軍機事項はわれわれは見られない。戦況は新聞で知る以外、方法はなかった。

しかし、マリアナには噂に聞こえた大東亜決戦部隊、第一航空艦隊が布陣しているはずであり、連日の勝利のニュースは、そのためであり敵の機動部隊は当分の間近付けなくなっただろうと予想していたので、われわれの移動は、多少の被害を受けた決戦部隊の支援予備のためと思っていた。だが、実は戦後知ったのだが、十五日には硫黄島が敵機動部隊の空襲を受けて、マリアナ方面に進出途中の所在飛行機隊は一日にして潰滅していたのであった。

翌日、翌々日と続いて整備完了次第、五機、六機と三沢より残留者が追いかけて来ていた。館山へ着いてからは食客である。新聞を読むこともできず、戦況はまったく分からなかった。

二十日夜十二時頃、就寝中を分隊長に起こされた。

「明朝、硫黄島へ行くことになった。隊長が私室で呼んでいるから行ってみてくれ」と言われた。サイパン辺りまでは応援に行くしかないか、と思ったくらいである。急ぎ着替えて隊長の私室に伺うと、いつも飛行場の指揮所に置かれている黒板が用意され、すでに編制表が書かれていた。

二五二空飛行隊長・粟信夫大尉

夜中のためか、隊長はだいぶ緊張しているように見られた。

「急に明朝、硫黄島に進出することになったが、編制はこのようにしたいが、どうだろう」

と聞くので、見ると私の名前が載っていない。そのことを質そうとすると、

「まだ三沢に残っている者もあるし、未熟な若い者もいることだから、残員を教育しながら全部纏めて来てもらうために、分隊士には

残ってもらう方が良いと思う。一分隊長は残しておくよ」

と、説明された。

まったく戦況の分からない私は、「かしこまりました」と答えるしかなかった。寂しそうな隊長の表情がちょっと気になったが、

「なあに、二、三日すれば三沢の残留者も揃うことだろうし、そうすればすぐ硫黄島にいるうちに追い付けるだろう」

と、軽く考えていた。後で考えれば、夜中の十二時に呼ばれたことで気付くべきだったが、戦闘を予期していた隊長は、私がほかの分隊士と交代を申し出ることを望んでいたのではなかっただろうか。それとも、ただ別れの挨拶だけだったのか。今となっては知る由もない。

これも戦後知ったことであるが十九日、二十日はマリアナ沖海戦でわが機動部隊も基地航空部隊も全滅してしまった日である。この夜の進出命令が、どのような電文であったか分からないが、まだ隊長にもこの海戦の結果がどのようなものであったか分かっていたとは思えない。ただ、虫の知らせというものだろう。

二十四日、硫黄島は敵機動部隊の攻撃を受け、二五二空も全機、二次にわたる迎撃戦を行ない、撃墜十九機の戦果を挙げながら、未帰還十二機の大被害を受けてしまった。隊長粟大尉、二分隊長舛本大尉、分隊士勝田予備少尉、橋本飛曹長以下である。

硫黄島で戦死した舛本真義大尉（左）と勝田正夫予備少尉

当日の編制は、

第一次

指揮官一中隊一小隊長　粟信夫大尉（未）、前田秋夫上飛曹、名倉誠上飛曹（未）、吉岡恒右門飛長（未）

二小隊　勝田正夫予少尉（未）、宮本一夫上飛曹、戒能守上飛曹（未）、若松千春一飛曹

二中隊一小隊　舛本真義大尉（未）、菅原正夫一飛曹、佐藤忠次飛長（未）、田代澄穂飛長

二小隊　石田乾飛曹長、小山勇上飛曹（未）、井上庄三上飛曹、平塚辰巳飛長

三中隊一小隊　橋本光蔵飛曹長（未）、久木田正秀一飛曹（被弾不時着）、勝又次夫二飛曹、西川作一二飛曹

二小隊　若林良茂上飛曹、辻忠呂久一飛曹、出津正平二飛曹

第二次

指揮官一小隊長　石田乾飛曹長、前田秋夫上飛曹、菅原正夫一飛曹

二小隊　若林良茂上飛曹、辻忠呂久一飛曹（未）、出

津正平二飛曹（被弾不時着）

右の中で、久木田兵曹、出津兵曹の二人は、被弾不時着水していたもので、後刻自力で島に泳ぎ着いていた。夕刻、司令より情況を告げられ、驚くと共に言いようのない口惜しさを覚えた。隊長以下の主力が進出するのになぜ付いて行かなかったのか、われながら判断の甘さに腹が立った。

翌二十五日には、司令の命令によって可動十六機を率いて木村大尉が硫黄島に渡った。三沢から追尾して来た残存機を合わせて、私が最後の十三機を率いて進出したのは三十日であった。天候は快晴だったが、隊の連絡用の一式陸攻が誘導してくれた。機長は予科練一期先輩の児島飛曹長である。この人の航法には定評があり、安心して付いて行けた。零戦では館山、硫黄島間を往復するには燃料が足らないので、慎重を期したのである。

児島飛曹長は、二五二空の連絡機として古くから南洋の島々を誘導連絡に飛び歩きながら、どんな天候の時でも寸分違わずピタリ目標の島に到着され、古参搭乗員たちの絶対の信頼を得ていた。数少ない前期二五二空よりの生き残りであった。

白煙漂う大島を右に見て、三宅、八丈等の伊豆の島々は、絵のように美しかった。小さな青い森の島青島を過ぎると、水平線はどこまでも続く海と空ばかりである。ラバウルを去ってから約一年振りの洋上飛行だが、この一年間の変化は激しかった。敵の航空兵力はどれほど増強されているのか見当もつかない。硫黄島は本土であり、わが庭先に殴り込みをかけられたようなものだ。

ブーゲンビル沖海戦以来、随分多くの敵空母を沈めているはずだが、それを上回る生産力を備えているのだろう。われわれはどこまで行けば良いのだろう。恐らく、この道は再び通ることはないだろうと思った。

二時間して鳥島の上空通過、こんな大洋の中にポツンと落とされた水滴ほどの島を、渡り鳥たちはどうして位置を見極めるのだろう。戦闘機乗りの航法などは一羽の燕にも及ばないのか。さらに一時間、左東方水平線上に小笠原の島々が細長く浮かぶ。そして離陸後四時間余り、ようやく硫黄島に着いた。島の中央台地に、南北に長い滑走路が一本ある。元山飛行場であるが、誘導機は南端摺鉢山に近い小さな三角形の飛行場に着いた。千鳥飛行場であった。

東北隅に木造バラックの指揮所と櫓《やぐら》が組まれ、吹き流しが上がっていた。近寄ると八幡大菩薩と書かれた幟が見える。搭乗員も多く、指揮所上の士官だけでも二、三十名はいるようだ。木村大尉に到着の報告をして、ここで初めて二五二空の他に横空、三〇一空の主力と、マリアナ進出途中の数隊の戦闘機隊、少数の艦攻隊がおり、統合して八幡部隊と称していることを知った。

指揮官には横空司令がおられると聞かされた。飛行隊の直接指揮は横空の飛行隊長である、先任飛行隊長の中島正少佐が執っていた。空地分離の結果、われわれも中島少佐の指揮下に入った訳である。

二十四日の迎撃戦に、隊長以下多数の戦死者を出して、石田飛曹長はすっかり消沈し切っていた。「申し訳ありません」と一言だけで、黙ってうつむいていた。慰めようと思っても、何か声をかければ泣きだすのではないかと、私も黙って見ているしかなかった。

小隊長として参加した若林兵曹が、

「あれはひどい使われ方でした」と、不平を訴えてきた。当日の天候は雲量八～九、雲高二千メートル～四千メートルくらいで、同士打ちを避けるため指揮官より空戦空域を二五二空は雲の下、その他は雲の上と決められた。このため、二五二空は常に雲の上方の敵から奇襲的な攻撃を受け、劣位戦より格闘戦に終始して苦戦に陥ったと言う。あれは、最初から二五二空を犠牲の囮にして戦う計画だったのだろう、と言うのであった。

確かに、雷電、紫電等を含む部隊が一緒では、同士打ちの恐れはあったかも知れないが、もっと他に方法がなかったものか。F6Fに対して編隊の劣位戦では私にも自信がなかった。ほとんどの搭乗員が初陣である。二十四日の場合も戦闘経験者は若林、前田の二兵曹だけで、石田飛曹長も水上戦闘機で何回か戦ってきただけであった。隊長以下初戦に困難な制約を受けてしまったのである。

厚木以来一緒だった橋本飛曹長は、甲種予科練二期、福岡県出身だということだった。何をするにも負けず嫌いで、攻撃精神旺盛な人だった。石田飛曹長と共に水上機よりの転科者だったが、石田飛曹長が水戦だったのに対し、橋本飛曹長は二座水上偵察機からの転科だったため、格闘戦の訓練をあまり積んでいなかった。二千メートル以下の低空で激しい巴戦の末、被弾、落下傘降下したが硫黄島南方海上に沈み、遂に帰って来なかった。

数日して彼の女児が誕生した。

七月六日、補給のためいったん館山に帰還した。私たちが外出するにはどうしても隊門に近い奥様の実家の前を通らなければならない。顔見知りの搭乗員が通りかかると、生まれたばかりの赤ちゃんを抱いて、

「うちの人はまだ帰りませんか、いつ頃帰るのでしょうか」

と、聞かれ、みな返事に窮してしまった。

「とても外出できません。分隊士、何とかなりませんか」と、言う。まだ戦死の公報は出ていないが、報告に行くとすれば硫黄島の敗戦を詳しく説明しなければならないし、生まれたばかりの子供を抱いて、恐らく希望に胸を膨らませているだろう奥様の前に出る勇気は私にはなかった。申し訳ないが、これは司令にお願いした。司令も苦しそうだったが、

「うん、俺が行ってこよう」

厚木以来一緒だった橋本光蔵飛曹長

と、承知してくれた。

たくさんの兵隊の死んでゆく戦争だが、直接その場に当たるとなると、慰める言葉もない。司令の許可も得たのでお悔みは南林間で半年親しく交際のあった妻に頼んでしまった。

硫黄島には、飛行場はあっても宿舎はない。わずかな住民の家だろうかトタン葺きのバラックが東側の谷間のようなところにあり、すし詰めの状態だったが、夜明け前から暗くな

るまで飛行場待機なので、あまり記憶にない。ラバウルやブイン以下の生活であった。

不可解な指揮

六月二十四日の午後は、艦攻隊の薄暮攻撃の直掩隊として横空隊より零戦数機が悪天候の中に出撃させられた。帰途は暗夜となり、生還は期し難い。それよりも指揮官中島少佐より、「直掩隊は帰らなくて宜しい、攻撃隊と一緒に突っ込め」と、命ぜられたことに搭乗員たちは納得し難い感じを持っているようだったが、詳しいことは他隊のことで分からなかった。

七月二日、敵機動部隊近づく、の情報があり、二五二空も十二機が上空哨戒に上がったが、この日は空襲はなかった。三日早朝、空襲警報発令され十三機が二時間上空哨戒についたが、やはり敵を見なかった。警報は初めて実用化されたという電波探信儀からのものだった。正午になって、空襲を受けること必至とのことで、全員指揮所前に集合、中島少佐より迎撃の要領が説明された。

一、指揮所のマストにZ旗を半揚した時エンジン発動、搭乗員は座席に乗込み即時待機とする。全揚した時発進する。

一、発進したならば北硫黄島まで五十メートル以下の低空で飛び、そこで高度をとりつつ集合、引き返す。

一、その頃敵は硫黄島基地に攻撃を開始する頃であるから、これを捕捉撃滅する。

一、二五二空の空戦空域は島の西側高度四千とする。六千には味方の他部隊がいるから、間違わないこと。

だいたい右の四箇条のような意味の説明があった。隊列が解かれると、小隊長たちが、「分隊士、空域に制限を受けては戦闘がし難くてしようがないじゃあないですか」と言ってきた。前回の苦い経験である。それがなくても、敵を先に発見して優位より先制攻撃をかけるのは空戦の原則である。この作戦は誰が考えたのか、分隊長は立案に参画していたのだろうか。疑問はあるが、すでに命令として総員の前で下された以上、異議申し立てをしたところでとても修正してもらえる望みはない。「しかたないだろう」と答えるしかなかった。

私としては、劣位戦はなるべく避けること、射たれた時は飛行機を滑らせて射弾を回避すること、不利な態勢になった者は遠慮は入らぬ、滑らせながら垂直降下して超低空に離脱し、北硫黄島へ飛び、再び高度をとり直して出直すこと、などしか指示できなかった。

射弾回避の方法は、三沢にいる時に問題になったことがあった。基幹員の中に、空戦訓練中あらかじめ若い者に教えておくべきだ、と言う者と、あくまで必勝の信念で戦うべきで、消極的な逃げ方は教えるべきでない、との意見に分かれたことがあった。私は、後者をとった。零戦の欠点は、射線が短いため、反航戦の撃ち合いは不利で、絶対避けるべきことと、この二項目は合戦の直前になってから良く説明しようということに決めていた。

随って、硫黄島での空戦を予期していなかった一次進出者には伝えていなかった。私のラバウルの初期の被弾の経験からも、これは取り返しのつかない私の落ち度であった。

この時木村大尉は、「俺が戦死すると連絡する者がなくなり困るから、俺は地上指揮をとる。空中の指揮は分隊士がとってくれ」と、言われた。もっともなことだった。

司令は館山まで来ておられたが、われわれは実質的に横空に編入されたようなものだし、戦闘三〇二飛行隊には兵学校出の士官は木村大尉しかいなくなっていたのだから、私は「承知しました」と答え、かえってやりやすいと思っていた。

一四〇〇近くなって、指揮所上の電話伝令が、「敵大編隊八十度二百キロ」と、電探よりの報告を伝える叫び声が聞こえた。すぐ発動かと緊張したが、指揮所の旗は動かない。しばらくして「大編隊近づく、二百五十キロ」「二百キロ」。もう上がらなくては間に合わない、気が気でない。初めての電探使用であり、どのくらいの精度か分からないが、三十分くらいの余裕は欲しいと思うのだが、中島少佐の「まだまだ」という声が聞こえる。そして「百五十」の伝令の声に初めて「回せーッ」と叱咤した。

ただちに待機していたトラックに跳び乗り、列線に向かう。われわれの方の列線は目の前だが、横空の方は北方台地の元山飛行場である。距離も計算に入っているのだろうか、整備員に代わって座席に入り、発進準備を完了したが、なかなかZ旗は揚がらない。ジリジリ気持がいらだつ。まだエンジンのかからないのが一、二機あったが、急に整備員たちの様子がザワついてきた。

爆音のために聞こえないが、何か事故でも起きたかと見回すと、木村分隊長が北東の上空を指さしている。見ると高度四千メートルで小型機の編隊約三十機が近づいている。その東方にさらに一群続いているではないか。

手遅れだ！　ただちに車輪止めを外し、滑走路の中央に進み出る。この日の可動は二十八機、一度には離陸できない。列機も続々と出て来る。それでもZ旗は揚がらない。

やむを得ず、静かに滑走して百メートル余り前進して、四機での編隊離陸ができやすいようにする。前方は台地の外れ、千鳥砲台である。まったく余裕がないのでフラップを下ろした。この時、やっとZ旗が全揚された。

スロットル全開、上空を見ると敵は編隊を解き、急降下に入るところだった。腹立たしいほど「近い」と思う。砲台の上をすれすれに飛び、脚、フラップを納めると共に、高度を下げ、島よりも低く北硫黄島へ向け飛ぶ。

一番機の私が島の西側を通る時すでに元山には爆煙が上がっていた。初陣の搭乗員でなくても、離陸前に攻撃を受けては混乱は避けられない。戦闘空域は区分されていたが、集合場所は一個所のため「われ一番機集合せよ」の合図として大きくバンクをしながら飛ぶと、集まって来る機もあるが、近寄ってみて部隊の違うのに気がつき離れて行くものが多い。私の後ろに確実についていたのは二番機の津田上飛曹だけだった。三、四番機は二、三度入れ代わっていた。

遂に二五二空としての編隊を掌握することはできなかったが、戦機を失う恐れがあったので、十機ばかりのまま島の上空を目ざした。天候は快晴だったが空域は広く、あれほど離陸したはずの味方機も見えず、静かであった。

離陸する時すでに敵の先頭は急降下に入っていたのだから、これを捕捉することはできない。敵編隊の数はどのくらいか、攻撃時間はいつまでかかるのか、見当もつかない。警戒しながら上空を通過、島の南方に出る。この時、後方を西進する二、三十機の密集隊形で高度が六千メートル以上ある敵味方不明の編隊を発見、識別するには近寄らなければならない。

敵だった場合を考慮して、高度は七千メートルにしなければならない。指示された空域を逸脱して近寄ってみて味方機ではまったくの無駄骨である。一年間敵を見なかったため、自分の勘もすっかり鈍っていた。

決心のつかないまま、緩く左旋回して、奇襲されるのを避けつつ飛ぶ。今度は高度三千八百メートルほど前方を横切る八機編隊を発見する。編隊といっても開距離二機ずつの単縦陣、空戦を終わったばかりかF6Fの特異な隊形である。ズングリして零戦でないことは分かった。高度からして紫電でもないだろう。

ただちに小バンク、敵発見攻撃の合図である。上空に敵味方不明の編隊がいるので、高度は上げられない。しかし、おあつらえ向きの隊形だ。左後上方より、すりよるように敵一番機に近づき、五十メートルより二十ミリ機銃を発射、尾翼すれすれに敵二番機の前を抜けて大きく滑らせながら、斜め宙返りを行なう。一番機は落ちて行く。

敵列機の攻撃を避けて、やり過ごすためである。味方機と誤認したのか敵の反撃はなかった。

ほとんど垂直に突っ込む一番機の後を追って、二番機も急降下する。その後ろ百メートルに津田機がピッタリついていた。その百メートル後ろには敵の三、四番機がついている。

敵の二小隊も同時に急降下しており、わが列機がそれぞれ後を追った。だが、急降下に入られてはグラマンのエンジンには敵わない。見る見る距離は離されてしまうようだ。大きく宙返りした私はこの一斉の急降下によって取り残されてしまった。列機との集合は諦めて、上空四千メートルに帰っても、味方機にはあわなかった。六千メートルの編隊は、一回りして東に遠ざかりつつある。いつの間にかもう一つの二、三十機の編隊が併行していた。明らかに敵だと分かっても、一人で追撃するのは止めた。

この日の津田幸史郎氏の記録によると（甲種予科練習生九期の記録）、

著者の２番機を務めた津田幸史郎上飛曹

昭和十九年七月三日、迎撃戦、来襲のＦ６Ｆ延約百機を二五二空、横空、三〇一空計延約百十機で迎撃、二五二空は約三十機で発進北硫黄島上空で陣形を整え、硫黄島との中間上空でＦ６Ｆ第一波攻撃隊に突入、先ず角田少尉の一撃で一機撃墜と同時に彼我入り乱れて大混戦となり、その渦中を駆廻って眼前の敵を射ち、狙って来る敵をかわす。約一時間に及ぶ長時間の空戦だった。一番機角田少尉、二番機津田上飛曹、三番機岡部上飛曹、四番機勝又二飛曹、総撃墜三十九機、損失三十一機。二五二空戦死、岡部（甲九）、勝又（丙十四）他数名。津田機被弾六発（主翼四胴二貫通）。夜火薬庫爆発。爆撃により宿舎炎上され海岸で野宿。

戦闘行動調書による編制

一中隊一小隊　木村国雄大尉、筒口金丸上飛曹、成田清栄飛長（未帰還）、平塚辰己飛長
二小隊　若林良成上飛曹、石田博俊上飛曹、赤崎裕一飛曹（未帰還）、若松千春一飛曹（未帰還）
二中隊一小隊　石田乾飛曹長（未帰還）、宮本一夫上飛曹、菅原正夫一飛曹、藤田義光一飛曹
二小隊　前田秋夫上飛曹（未帰還）、森清一飛曹、吉井経弘一飛曹、沢崎光男飛長（未帰還）
三中隊一小隊　角田和男少尉、津田幸史郎上飛曹、岡部任宏上飛曹（未帰還）、西川作一二飛曹（未帰還）
二小隊　桑原正一上飛曹、久木田正秀一飛曹、川越實二飛曹（自爆）、司城三成飛長（被弾不時着）
四中隊一小隊　宮崎勇上飛曹、西村潮上飛曹、勝又次夫二飛曹（未帰還）、田代澄穂飛長

この防衛庁戦史室にある記録がいつ作られたものか知らない。十名もの戦死者を出しながら、列機の最後を一人も見届けることはできなかった。離陸直後、千鳥砲台の裏側海上に自爆したも

のが多かったようだが、その中の一機、川越兵曹は良く反撃して敵F6F一機を撃墜した後、自らも被弾自爆した。これは、地上にいた木村大尉始め、整備員の何人かによって確認された。この時私は、低空を北に飛んでいたため、これらのことは分からなかった。

集合後も津田の他は誰がついて来ているのか分からない。戦闘隊形で少し離れると、顔も確認できなかった。直属の列機である岡部、西川両兵曹の行動も自爆も見届けることはできなかった。

着陸後報告のため整列してみて、あまりにも未帰還者の多いのに驚いた私は、自分には編隊空戦の指揮官はつとまらない、私には、一個小隊くらいが適しているのだ、と痛感させられた。

二五二空ばかりでなく、日本一の横空隊さえいたのに、悠々と引き揚げる密集編隊に対して追い討ちをかける者のいなかったことは、攻める戦さと違って、守る戦闘は苦しく難しいものだということであり、百日の訓練も一戦に如かず、ということを知った。戦争は場数を踏まなければならない。いくら猛訓練をしていても、実戦の勘は鈍る。この初戦に生き残った者の中からは、宮本、津田、菅原、吉井、藤岡等の次期基幹搭乗員が生まれて来たのであった。

石田乾飛曹長は、日頃温厚沈着無口で年に似合わず大人の風格を持った人だったが、先回の空戦に上官全部を失ったことで深く責任を感じているようで、ほとんど口を利かなくなっていた。隊長二番機をつとめた前田秋夫上飛曹と共に最後を見届けた者はないが、相当無理な戦闘を仕かけたのではないかと思われた。二人共帰らなかった。

西川作一二飛曹の趣味の写真は、当時の数少ない搭乗員たちの遺影のほとんどを彼の手により残すことになった。女装の良く似合った成田飛長、若松二飛曹、田代飛長はじめ、みな可愛い十八、九歳の少年たちが帰って来なかった。

筒口上飛曹は被弾のため海上に不時着、隊内切っての気合の入った基幹搭乗員も未帰還かと思っていたところ、夜十時頃になって西海岸に泳ぎ着き、ひょっこり帰って来た。いささか意気消沈していた搭乗員たちの間にも笑い声が聞かれるようになった。

しかし、慌てた者もいた。補給のない孤島では、戦死者が出ると遺品整理と称してわずかな私物は本籍地に遺品として送り返されるが、官給品は大抵それぞれ分配されてしまう。筒口兵曹の分もすでに整理済みで、着替えの服もなかった。夏とはいえ濡れ鼠では寒いが、そこは心得たもので、黙って眠った振りをしていると、暗闇の中をごそごそと這い寄って返して行き、朝までには全部元通り返却されていた。彼は私に、

「分隊士、ここではうっかり戦死もできません。仲間に裸にされてしまいますよ」

と、話しかけた。私はびっくりしたが、配給に預り損なった若い連中は、一緒に大笑いしていた。

七月四日、早朝より空襲警報があり、十七機をもって迎撃に上がった。やはり発進時期が遅れたのか、北硫黄島に向かう途中、すでに右上方に敵編隊が現われた。昨日の敗戦にもかかわらず、若い搭乗員たちの闘志は旺盛で、「集合せよ」のバンクを続けながら、北へ飛んでいても、途中より離れて引き返し、単機で劣位より攻撃をしかけるものがだいぶあった。

予定地点で集合、上昇反転したものは半数に足らなかった。昨日と同じく、他部隊の者も混じっているらしかった。この日も編隊空戦はできなかった。劣位戦から立ち上がったのでは、どうしてもバラバラになって、各個の戦闘になってしまう。それに、生存者が極めて少ない。あまりにも酷い負け戦さで、自慢話をする者もなく、みな自分の行動は話したがらない。私の日記帳にも、間違いがあるかも知れない。第一日と二日の行動に入り混じっているところもあるかも知れない。昭和十九年の日記帳は、実家の雨洩りと開拓地の掘っ立て小屋の生活中消失してしまったので、再度津田上飛曹の日記により、この日の戦いを見てみる。

七月四日、迎撃戦、来襲のＦ６Ｆ延約百六十機を二五二空、横空、三〇一空計延約四十五機で迎撃、昨日と同様混戦となり、幾波にも分れて来る波状来襲の間に燃料弾薬を補給して応戦する。総撃墜二十六機、損失十二。二五二空は三日、四日で撃墜十三機、損失十四機。石田飛曹長以下数名（十四名？）戦死。津田機被弾四発。午後艦砲射撃を受ける。敵巡洋艦八隻、駆逐艦八隻に包囲され、約三時間艦砲射撃を受け、二五二空の零戦全機破壊される。他隊も同じ。

と、激しかった一日の戦闘が書かれている。

戦闘行動調書による編制

一中隊一小隊　木村国男大尉、桑原正一上飛曹、菅原正夫一飛曹、平塚辰己飛長（未帰還）

二小隊　宮崎勇上飛曹、西村潮上飛曹、森清一飛曹、田代澄穂飛長（未帰還）

二中隊一小隊　角田和男少尉、津田幸史郎上飛曹、吉成金八二飛曹、久木田正秀一飛曹（未帰還）

二小隊　若林良成上飛曹、藤田義光一飛曹（未帰還）、藤岡三千彦飛長

三小隊　宮本一夫飛曹、吉井経弘一飛曹

戦闘機隊全滅

千鳥飛行場南端に列線を取り、大急ぎで燃料弾薬を搭載、交代で昼食のにぎり飯を食べる。時間は早いし、二次の空襲はあるものと待機していると、胴体を赤く塗った偵察機らしいのが現われた。島の東側を北から南へ飛ぶ一機は東へ去り、次の一機が東側を北上する。元山飛行場より零戦一機が発進し、これに後上方攻撃を加えた。

一撃、二撃、見事な攻撃法に見えたのだが弾は当たらないらしかった。三撃目は見事な角度で後上方より攻撃、あまり近づいたので追突してしまい、プロペラで相手の尾翼を切断、撃墜した。零戦はただちに元山飛行場に着陸した。

まだ滑走中と思われる頃、飛行場に第一斉射が弾着した。島の北西より近づいて来た敵艦隊が砲撃を開始したのだ。赤色の飛行機は米艦隊の弾着観測機であったらしかった。

敵の母艦群は東にあるらしいのに、巡洋艦、駆逐艦各八隻は北西の水平線上に頭を出してから十五分くらいで飛行場を射撃してきた。次第に近づき単縦陣のまま三千メートルくらいのところを南下する。指揮所のＺ旗は、まだ上がらない。伝令の叫ぶ声が伝わってきた。何と総員飛行場

より離れろとのこと。銃撃の命令が出るかと緊張していたが、退避命令では仕方ない。飛行機を隠す掩体壕も木陰もない、防空壕も指揮所に一個あるだけである。機体はそのままにして、われわれは摺鉢山寄りの道路の両側の潅木林の中に飛び込んだ。

同時に、今いた列線の近くにドドドッと砲弾が炸裂した。灌木の高さは二、三メートル余り、密林ではないので心細いが、好奇心はあり、葉の間から米艦隊の行動を見ていた。

落ち着いて見ていると、パッと閃光が見えると同時に黒い弾丸が高く放物線を画いて頭上より急に落下してくる。重い弾丸があんなにのろのろ飛んでいて、良くあんなに高く飛べるものだな、と変なところで感心した。

斉射は正確に十八秒間隔であった。十六隻の艦から六発ずつ発射されても一斉射百発近い訳だが、それほどは出ていない。間隔の方は十八秒でも、砲は交互に撃っているらしい。飛行機はたちまち全機炎上、破壊されてしまった。

約二時間、飛行場は徹底的に掘り返されてしまった。艦隊が近づくにつれて不安が増してきた。敵が上陸するとすれば東西の砂浜しかないが、こちらには千鳥砲台の高角砲だけしかないのではないか。灌木の中に隠れている搭乗員の武器は拳銃一梃、弾は八発だけ。整備員に至ってはスパナくらいである。刀が欲しいな、と思っても、砲撃中の飛行場を通らなければ宿舎には取りに行けない。腕に覚えはないが、武器が欲しい。

しかし、二時間ほどでだいたい弾丸を打ちつくしたのか、示威行動か偵察の目的だったのか、島近くまで寄りながら、南方水平線上に去って行った。滑走路に帰ってみると、良くも掘り返したとあきれるほどだった。それにも増して不発弾の多いのにはあきれた。一坪に一発くらいの割合で転がっていた。もっと多いところもあったろう。

この中にあって、初弾の爆発した穴に伏せて傷一つ受けなかった豪傑がいた。弾丸補給を指揮して部下の退避を急がせ、最後に列線を離れようとしたが間に合わず、降るような弾丸の中に二時間頑張っていたのだ。随分時間が長かったろうと思われたが、本人は顔色も変えず、「なあに、同じ穴に二度と落ちては来ないよ」と、平然としていた。兵器科分隊士・吉田保整曹長であった。私には大先輩の予科練一期生であったが、視力を害して転科された方だった。

ただちに総員不発弾の処理と、飛行場の穴埋めが指示された。今までどこにいたのか分からなかった設営隊員数百名が現われた。シャベル、モッコ、天秤棒もたくさんある。航空隊員は不発弾を持ち出し、破棄した。搭乗員はシャベルを借りて穴埋めを手伝った。この作業は翌五日夕刻までかかった。

四日夕刻頃、若林兵曹が、

「分隊士、ちょっと見に来て下さい、戦争に驚いて青くなって震えている奴がいるんですよ。気合を入れるのに殴ったんですが、全然利き目がないんです。腰を抜かしたらしいです」と言うので、

「お前たちのアゴは特別利くからなあ、殴り過ぎたんじゃあないのか」

と、行ってみると、なるほど一番若い特乙の飛長が一人、まったく血の気を失ってしゃがみ込んでいた。迎撃には上がらなかった者である。恐怖におびえ切った表情だ。これはちょっとひどいな、とは思ったが、私もラバウルで初めて被弾した時は何となく膝がガクガクしたのだから五十歩、百歩だ。少し考えて、わざと朗らかに、

「よーし、このくらいなら大丈夫だ、今に強くなるよ」

と、肩をたたき、「休ませておいてやれ」と言った。

この人も後日、台湾沖、比島沖空戦を経て二十年に台湾に転進し、神風特別攻撃隊として立派に沖縄に戦死したのである。

硫黄島上空の激戦（二）

六日には、飛行機を失った搭乗員は、それぞれ原隊に復帰することになった。地上員も二五二空だけを残して引き揚げた。敵情はわれわれにはまったく不明のままだ。

迎えの連絡機で館山に帰り、司令に報告する。明るく闊達な分隊長木村大尉の声も沈んでいた。電報によって状況はすでに承知しておられた司令は、「ご苦労だった」と一言だけ。その表情はいっそう重く陰って見えた。私もほぼ戦闘に必要な技倆を備えた搭乗員と飛行機をあたえられながら、わずか二回の空戦で全滅してしまった。何とも申し訳のしようもなかった。

それにしても、私たちが行ってからは島に攻撃機の見えないのが不思議であった。あれほどの波状攻撃を受けながら、下手な迎撃ばかりでは話にならない。分隊長に聞いても、分隊長も分か

らないらしかった。

「攻撃の方は、木更津の陸攻隊がやってくれてるんじゃあないかな」と、あやふやな返事だった。島は爆撃では沈まない。指揮所のお偉方など、全滅しても代わりはいくらでもいる。迎撃よりも、少なくとも半数の戦闘機を爆装して上空に待機させ、帰投する敵機の後を追わせれば母艦の甲板を破壊することくらいはできるだろう。そうしておいて雷撃機を飛ばせればいくらかの見込みはあるが、白昼直衛機もなく陸攻隊が突っ込んでどうなることだろう、と自分の内地ボケにも気付かず腹を立てていた。

戦後三十年ほど過ぎてから知ったのだが、司令舟木中佐は、すでにこの時戦勢非なるを見て戦闘機に爆弾を抱いて必中の体当たり攻撃を行なうべく、先輩岡村基春大佐と共に自分たちをその体当たり攻撃隊の指揮官として任命されるよう、航空本部に具申されておられたという。

十三日、大急ぎでかき集めた零戦十二機をもって木村大尉指揮の下に再び硫黄島に進出する。今度は二五二空だけであった。出発に先立って司令従兵が呼びに来た。敗戦の後だけに、恐る恐る部屋に行くと、司令と三〇一空司令の八木中佐と二人がおられた。

「角田参りました」と申告しても、二人ともちょっと寂しそうに見つめているだけである。二人共直接自分で指揮しなくても、全滅した飛行隊の司令である。そして、直接戦闘を指揮したのは私である。どんなお叱りがあるかと固くなって待っていたが、声が無い。しばらくしてたまらず、

「何か御用でしょうか」と聞くと、初めて、
「いや、別に用はない、もう帰っても良いぞ」
と、舟木司令。二人とも相変わらず寂しそうに言う。その目に怒りの色はなく、慈愛に満ちていた。引き込まれて私も何か別れが辛い気持になったが、用のないのに長居はできない、「帰ります」と、一礼して出て来たが、二人の間にどんな話がかわされていたのか知る術もない。ただ、私はこんな不肖の部下でも顔が見たくて呼んでくれたのか、と無性に嬉しく、涙が出そうになった。

硫黄島まではまた、児島飛曹長に誘導される。交代の整備員も何人か同乗していた。

十四日早朝、〇四〇〇には電探の警報によって上がったが、敵きは発見できなかった。一八四五にはPB2Y大型飛行艇の超低空奇襲を受けた。早くもわれわれの進出を察知しての強行偵察だったのか、電探にも入らず、相手を見てから発進したのでは間に合わない。これは南方に逸してしまった。

数日の間に戦況は変化していた。マリアナ諸島の失陥は説明はなくとも認めざるを得なくなった。

七月二十日、二十一日には、渡島以来初めて輸送船団が入り、終日各小隊で二時間交代の上空警戒を行なった。上層部でも、島の重要性と攻撃の恐れを感じて防備を固める気になったのだろう。それまでは、高角砲隊のほかは陸軍の兵隊らしい者を見ることもできなかった。

上空哨戒は、戦闘機としては初めての対潜哨戒が主となった。鳥島南方の北緯三十度付近より南を硫黄島派遣隊の受け持ちとされ、以北は内地部隊の受け持ちとされた。島の周囲は潜水艦に包囲されているらしく、たまたま浮上しているのを見かけることがあったが、われわれの警戒区域内で船団の攻撃を受けたことはなかった。

二十七日以降は、連日対潜警戒と朝晩、米偵察機を追い払うのに忙しくなった。島内の人員もにわかに賑やかになって、元山飛行場の北方台地に陣地構築が急がれているようだった。

戦闘行動調書によれば、

八月四日敵機迎撃編制

一小隊　角田和男少尉、吉井経弘一飛曹、橋本勇夫飛長

二小隊　筒口金丸上飛曹、森清一飛曹、吉成金八二飛曹

三小隊　若林良茂上飛曹、津田幸史郎上飛曹、村上嘉夫飛長、佐々木義民飛長（未帰還）

四小隊　桑原正一上飛曹、石田博俊上飛曹、藤岡三千彦飛長、諏訪喜代司飛長（未帰還）

となっている。内容の記載はなく、ご遺族にはまことに申し訳ないが、私にはこの日の記憶がない。空戦はなかったことは確かである。たぶん夕刻、敵大編隊近づく、との警報で、雲量多く強風下を東方海面に百キロメートルばかり進出捜索したことがあったので、この日のことではないかと思うが、確実なことは思い出せないのが残念である。

八月六日、快晴、正午頃見張りより二四〇度四千五百メートルに敵浮上潜水艦発見、との報あ

り、分隊長の命により桑原上飛曹と共に六十キロ対潜爆弾二発を持って離陸した。高度五十メートルで進撃、前方予定地点に悠々と東航中の潜水艦を発見、潜水艦の航跡による速力の判定は困難であったが、全速接敵、距離三千メートルより急上昇する。千五百メートルより敵進行方向に軸線を合わせ、急降下。ほとんど無風、照準はピタリと艦首に決まった。照準器と高度計の針をにらむ。千、九百、八百、七百……五百！　左手の投下索を力一杯引く！
「シマッターッ」索は固く、手応えなし。考える余裕はない。ただちに引き起こす。全力急降下した機は百メートル以下まで下がる。左旋回しつつ急上昇、やり直しである。満点の照準であったが、残念だった。艦は潜航を始めた。

二番機が急降下中であった、早く早く、と気が急ぐ。白波が甲板を洗い出した、急速潜航に何秒かかるのだろう。桑原兵曹の降爆は見事だった。一弾は前部右艦側に命中、爆発。一弾は後部砲塔付近に命中、爆煙のために砲塔は見えなくなった。浮上するかと思った敵は、そのまま沈む、二、三十秒後、わずかに艦橋を残すのみとなった時、砲塔付近に誘爆を起こした。水中から上がった閃光と爆煙は、六十キロ爆弾の直撃と同じくらいだった。

私の高度はまだ千メートル足らず、降爆には入れず水平爆撃には照準の方法もなく、たちまち艦影は海中に没した。私がやり直しにかかってから約一分、上空からは潜水艦の位置を知ることはできなくなっていた。

帰投後調査したところでは、投下索の作動に異常はなかった。私の大失敗であった。潜水艦攻撃は初めてだったが、誘爆の状況から判断して撃沈は確実と報告した。

しばらく指揮所に待機していると、航空戦隊司令官と称する人が五、六人の幕僚を連れて現われた。そして、もう一度報告をしてくれと言う。

結局、桑原兵曹には司令官より賞詞の色紙が贈られた。

二十七航空戦隊司令部がこの島にあることは知らなかった。いつ、何のために来たのか、戦闘機一個分隊の十五機しかいないところにどんな仕事があるのだろうか。上層部は何を考えているのか、不思議であった。ただ「本職がこの方面の指揮を執る」と、宣言した市丸利之助少将は近寄り難い威厳があった。その一方、どこかで会ったことがあるような親しみを感じた。たぶん初代予科練習部部長として、いつも写真を見ていたためだろう。中佐時代の写真そのままの姿であった。片足の膝を曲げずに肩をいからせて歩く姿に、義足かな、どうされたのだろうな、と奇異の感を持った。

八月十日、一一二〇、電探の警報により十一機が発進した。連日二、三回の迎撃を行なっていたが、敵影を認めずに終わっていたが、この日初めてB24十八機の爆撃を受けた。

上空四千メートルで哨戒中、一一三五、東南方より近付く敵編隊を同高度に発見、突撃を下令した。高度五千メートルより直上方攻撃を行なう。初めて三号爆弾を使用した。敵の前上方千メートルより切り返して全力背面降下、五百メートルで垂直降下中に投下。敵の下側方五百メートルまで下り、避退に移る。

爆弾には五百メートル相当の時限信管がつけてある、しかし、これは全部失敗だった。私の場合、二発同時に投下したものの、一発は五十メートルばかり前方で爆発、一発は百メートル下方に抜けて爆発した。爆弾は花火のように開いて無数の曳痕焼夷弾となる。前方に開いた爆煙の中に同時に敵編隊が入ったのだが、効果は認められなかった。

列機の弾着も同じようで、直撃するものはなかったが、高角砲の弾幕と違ってしばらく空中に真っ赤な蛸足が残るので、精神的な動揺はあたえたらしく、編隊はすっかり乱れた。

続いて機銃による直上方攻撃に移ったが、全機協同して、ようやく二機に白煙を吐かせたが、火災にはならなかった。四基のエンジンを持つB24にはかすり傷である。

この日の市丸少将の叱咤は胆に応えた。この頃は防空壕も整備されていたので、艦船の直衛よりは幾分気を緩めていたかも知れない、

「特務士官がおりながら、一機も落ちないというのはどういうことだ」

大声ではないが、鋭く睨みつけられ、後の訓示は覚えていない。この次からは、落とせなかったら着陸できないな、と覚悟を決めるしかなかった。

八月十日の編制

一小隊　角田和男少尉、筒口金丸上飛曹、森清一飛曹、藤岡三千彦飛長

二小隊　桑原正一上飛曹、津田幸史郎上飛曹、吉井経弘一飛曹、橋本勇夫飛長

三小隊　若林良茂上飛曹、石田博俊上飛曹、村上嘉夫飛長

八月十四日、一〇〇五電探警報により十一機で発進する。電探の指示方向は南南東。前進して

警戒したため南硫黄島の東側より近づくB24の十八機編隊二群を早目に発見することができた。五百三号爆弾による直上方攻撃も、訓練の型通り慎重にできたものの、今度も効果はなかった。五百メートルの高度差を高度計で判断するのはなかなか難しい。同じ直上方攻撃でも、思い切り近寄って射てる二十ミリ機銃の方が命中率が良かった。

反復攻撃、各自三撃を終わる頃、二機より火災を起こした。一機は紅の炎を引きながら降下途中で分解した。一機は炎を吐きながらも、編隊よりなかなか離れない。投下した爆弾は千鳥飛行場の東百メートルくらいの海上に大水柱を上げた。

ただちに集合のバンクをする、第二群に対するためである。ところが、列機の中には第二群に気付かなかった者がおり、編隊を乱して退避する一群を追い続けるのが四、五機いた。

単縦陣のまま約一万メートル後方の編隊に突撃すると、これは炎を曳いて飛ぶ味方機を見て恐れを感じたのか、針路を変えて左旋回し、南硫黄島寄りを迂回して帰途についてしまった。迎撃空域は南北硫黄島の間と命令されていたので、攻撃は中止した。右前方を行く編隊より、さらに白煙を吐く一機が生じていた。

飛行場では、司令部の一行が見ていた。この日の撃墜一機は吉成飛長の命中弾によるものと認められ、司令官より賞詞の色紙があたえられることになった。また、筒口兵曹の乗機は千五百メートルの全力急降下より引き起こす際、翼面に大きな皺を生じ、捩れて振動も大きく、空中分解寸前であった。この機の修理は不可能と判断され、廃機処分された。これを見て、零戦の強度についていささか不安を持たずにはいられなかった。

八月十四日の編制
一小隊　木村大尉、若林上飛曹、石田上飛曹、藤岡飛長
二小隊　角田少尉、筒口上飛曹、森一飛曹、司城飛長
三小隊　桑原上飛曹、津田上飛曹、吉成二飛曹

八月十五日頃であった、交代要員として秋山巌大尉、津曲正海中尉以下十五名ほどの搭乗員が輸送機で進出してきた。

私たちは島流しで、外部のことはまったく分らなかったが、聞けば内地では第三次の二五二空の編制が進んでいるようであった。

さっそく、毎日の迎撃に上がってもらうことになったが、秋山大尉、津曲中尉共に戦闘は初めてのようであった。警報を受けて発進までののろいこと、艦載機の空襲なら一たまりもなくやられてしまうだろう。われわれが六月に出撃した時も恐らくこんなものだったのだろう。他人のことは笑えない。もちろん戦果はなかった。

司令部は見えなかったので、帰着した秋山大尉の報告は戦闘機隊の指揮官として木村大尉が受けられた。木村大尉は、

「貴様らの態度は何だ、こんなだらしないことで戦争ができるか」

と、散々な酷評を下してしまった。秋山大尉は機関学校出身だが、木村大尉とは同期《コレス》である。聞いていても、これは言い過ぎではないか、と思ったが、間に合わない。これでは下士官兵の前

で、分隊長の立場がなくなる。木村大尉は私が先日司令官にやられた敵《かたき》を取ってくれた積もりかも知れないが、秋山大尉はいかにも不服そうであった。

この頃の一日、待機が非番になったので、警報の合間を見て古い搭乗員四、五人と初めて東海岸の砂浜に遊びに出かけた。誰が見付けたのか基地員の話で海岸近くに温泉の出るところがあると聞いていたので行ってみると、中ほどよりやや海岸寄りに一坪程度の池が掘ってあり、澄んだ水が湛《たた》えられていた。ぬるいが、確かに温泉である。

海面よりはだいぶ高いのだが、やはり塩辛かった。雨水以外水源のない島では、ドラム缶風呂にも滅多に入れない。さっそく裸になり一同で楽しんでいると、舟着き場の方から一人の陸軍らしい服装の人が歩いて来た。兵ではないことが遠くからでも分かった。地形でも見に来たのか、周囲を見回しながら、砂浜の歩き難い中をいかにも陸軍らしく、姿勢正しく、活発な歩き方だった。

注意をしているうちに、近寄ったのを見ると、襟章は陸軍大佐であった。驚いて私たちは裸のまま立ち上がって頭を下げた。脱いである飛行服の故か、厳正な態度に似合わない静かな口調で、

「どうだろう、敵が上がるとすれば、ここしかないだろうなあ」

と、聞かれる。私も「たぶん、ここだろうと思います」と答え、ついで不思議に思っていたことを聞いてみた。それは、砂浜の中段くらいのところに五十メートル間隔にドラム罐を半分ほど埋め、その頭に針金を巻きつけたものが一本張り合まされていた、いくら何でも鉄条網としては

子供騙しにもならないし、砲台の距離測定用としてもおかしなものだったので、「あの鉄条網には電流が通せるんでしょうか」と聞いた。

素人の質問にあきれたのか、大佐は寂しそうに苦笑いした。「そうだったら、まだましなんだがなあ」と言いながら、摺鉢山の方へ歩いて行った。この島を守るために新しく着任された責任ある方だろうが、供も連れず一人で歩く姿を、私たちはひそかに「気の毒だなあ」と、見送った。

島には井戸がない、掘っても出るのは塩水だった。北の台地は硫黄水だろうか、岩石の間からはところどころ熱のため煙が上がっていた。バラックの屋根から流れる雨水を樋で桶に受けたものが、唯一の飲料水だった。

ところが、水溜まりもないのに蝿の多いのには驚かされた。初めて着陸した時、まだ滑走中に早くも座席の中に飛び込んで来て、顔に打ち当たった。ここの蝿は、中国や南方の比ではなかった。食事のたびに飯の上は真っ黒だったが、案外これにはすぐ慣れた。この蝿を餌にするのだろうか、つばめが多かった。ほかに一種類メジロがいた。

摺鉢山は青々と茂っていたが、行ったことはなかった。飛行場の周囲は短い灌木がまばらにあった。その木の枝にはうぐいす色の可愛い小鳥が鈴なりに止まって、朝早くから一日中さえずり続けて、無聊を慰めてくれる。

害敵もないせいか、近づいても逃げない。搭乗員用増加食のキャラメルが二、三箱指揮所の机に置いてあったが（内地ではもう見られなかったが）、それが暑さのために溶けて流れ出したのを、枯れ枝に巻きつけて灌木の横に並んで突き出していると、面白いように止まって獲れた。しかし、誰言うとなく、「止めろ止めろ、可愛想だ」という声で中止された。

人怖じしない小鳥を騙すのは、みな恥ずかしかったのだ。

二五二空の再編成

そんな殺風景な中にも思い出の多い島の生活にも別れる時が来た。一応戦闘の申し継ぎも終わった十九日、午後迎えの輸送機便で館山基地に帰った。辛く、帰り難い。しかも懐かしい基地であった。


この日は洲の崎航空隊の宿舎に泊まる。留守中の改編はだいたい終了したところらしく、二五二空は戦闘三〇二の他、三一五、三一六、三一七の三飛行隊を擁する大航空隊となっていた。三〇一空司令だった八木中佐が副長になっており、舟木司令は転出済みだった。幸い、特准室にも顔見知りの人たちは少なく、敗戦の肩身の狭い思いは少なくて済んだ。従兵室も増員され、知らない人が多い。館空より移転の際に間違ったのか、差し当たり必要な半袖の略服や、白靴等、私室に置いたままの夏物の私物が無くなっているのには困った。受け持ちの従兵は交代してもういないし、他の係に聞いても「分かりません」の返事ばかり。簡単に購入できるものではないし、亡失の始末書を出しても受け付けられるかどうか分からなかった。軍服等は生家に預けておいたので助かった。あるいは、島と同じように遺品整理をされていたのかも知れなかった。

時間があれば返って来る可能性もあったが、次の日、二十日早朝出発しなくてはならなかった。

戦闘三〇二飛行隊は、三一六飛行隊と共に、茂原基地の新司令・藤松達次大佐の指揮下に入ることになっていた。

館山基地には副長・八木勝利中佐の元に戦闘三一五、三一七の両隊があった。三〇二飛行隊ではすでに新飛行隊長・飯塚雅夫大尉の下に人員も整い、訓練を開始しているとのことだった。

珍しく房総線東回りに乗った。故郷の駅、南三原に停車するが、軍機保護法は厳しく、無事帰還したことを家族に知らせることもできなかった。茂原は町も飛行場も初めて見るところである。駅までトラックが迎えに来ていた。

車台の上から、しばしの住居となるだろう周囲を見回す。松林の多い、静かな町。若者のいない故か、町も村も寂れた感じだ。隊門に近づくと、すぐ目に付いたのは向かって右側に建設中の大きな円形の防空壕であった。

いよいよ内地も防備を本格的にしなくてはならなくなったのか。鉄筋コンクリート造りである。徐行する車の上からも働く土方たちの活気が伝わってくるようだった。近づいた時見ると、設営隊にしてはみな若い。褐黄色のシャツの襟に一ツ星の階級章らしいものをつけている。陸軍か、海軍か、服装からは分からないが、働き振りの一生懸命さは清々しかった。

聞いたところ、新しくできた施設兵だとのこと、前線では、飛行場建設は元より、軍隊の行くところには必ず弾薬、糧食の運搬、道路建設などなどにたくさんの軍属設営隊員が部隊と共に働いていた。そして実質的に彼らは非戦闘員でなくなっていたのだから、後ればせながら、一人前の軍人として認められたようで嬉しかった。出身地は、朝鮮か台湾が多いという話だった。

分隊長当直室にちょっと寄っただけでトラックのまま飛行場指揮所に行く。飛行作業中である。いつ頃開隊されたものか、大きな飛行場の真ん中に天幕が四、五張り張られていた。手前の天幕が三〇二、向こうの二張りは三一六飛行隊で、同時に二隊の訓練が行なわれていた。

隊長飯塚大尉は、私の型通りの着任の申告に黙ってうなずいただけである。飛行場が新しいだけでなく、ここでも指揮所の空気は極めて明るく、搭乗員たちの活気に満ちているのがひしひしと伝わって来る。

まだ編成後一ヵ月そこそこなのに、どのような経歴の人たちなのだろうか、若い中、少尉の数が多い。東京都の一角、硫黄島で話にもならない大敗を受けて、重苦しい気分からどうしても脱し切れない私には大きな戸惑いだった。

申告を終わり、隊長の隣りの椅子に腰を下ろした木村大尉は、ご苦労とも言われぬ隊長に、ちょっと戸惑っている様子がほほえましかった。私は、飯塚大尉の無類の無口は、厚木空時代、分隊長の芝田中尉より聞かされていたので、初対面とは思えず親しみを感じた。

飛行作業は午前で終わったので、搭乗員は副直将校にあずけ、昼食時、分隊長に随って大塚武士整曹長と共に司令・藤松大佐に着任の申告に行った。二五二空隊員としては古参のはずなのに、すっかり新着任者のような挨拶回りになってしまった。

士官室、特准室も異動があり、大幅に増員されていたが、特准室には飛行科以外には三沢以来の顔見知りの人たちがまだ多かった。整備長、軍医長の顔は見えなかったが、半数は館山にいるので、転出されたかどうかは分からない。

編制表を見る暇もなく、明日は長官の巡視があるという。巡視といっても、軍容査閲も行なわれると言う。戦時中の軍容査閲とは、どんなことをするのか分からない。ここで、初めて個室をあたえられた。タンス、寝台、事務机等、八畳ほどの部屋に一通り揃っており、新しい従兵が手際良く新品の三種軍装、寝具、身の回り品まで用意してくれた。

夕食後、早目に外出する。小さな町なので床屋が混み合うだろうと心配したのだ。一ヵ月以上も風呂に入らず、髭ぼうぼうである。まず頭から点検用に作り直さなければならない。床屋を捜すのにも二、三度道を尋ねなければならなかった。大塚整曹長と二人、熊のような顔に聞かれた人は驚いたことだろう。

ようやく内地の兵隊らしくなって、これもようやく探し当てた旅館、武田屋の二階の柔らかい布団に横になり、初めて落ち着いた気分になった。これで、また何日か、何十日かは生きていられる。次の合戦には全滅するにしても、国の命と共に少しは長らえる、と、一種の安堵感が湧き、一方わずかの間に亡くなった隊長、同僚分隊士の姿が浮かぶ。みなもどうせ負けるにしても、もう少しこれからの戦さが、どのように推移して、祖国がどのように変わっていくか、見たかったろうに、と思うと、なかなか寝付けなかった。

八月二十一日は小雨が降っていた。第三航空艦隊司令長官・吉良俊一中将の査閲は本部講堂で行なわれた。戦闘三〇二飛行隊、三一六飛行隊の搭乗員だけである、他兵科はどこで行なわれたか知らなかった。わずか半日の間で、人の名前も覚える暇もなく、他人の世話どころか自分の並ぶ順位も分からない。これは、顔見知りの庶務主任・田代主計中尉が一人ずつ名前を呼んで順序を決めてくれた。私は、海兵七十二期の少尉の下、十三期予備学生の少尉の上ということで、間に割り込んだ。

みな不思議そうにじろじろ見ていたが、

「昨日飛行場に来られた分隊士ですか」と聞かれ、

「そうです」と答えると、まだ半信半疑の様子である。

「昨日は、真っ黒で眼つきの凄い大変な人が入って来た、と驚いていたのですが、貴方だったんですか、宜しくお願いします」

と、改めて挨拶され、恐縮してしまった。

中に一人、ガ島で戦死した二神季種中尉に良く似た顔の人がいた。長髪の縮れ工合が瓜二つで、可愛らしい。背丈は季種中尉は長身で貴族のように落ち着いていたが、この人はやや小さく、極めて活発である。私は、

「ラバウルで戦死された、二神中尉と縁故のある方でしょうか」と聞いてみた。

「あれは兄貴だよ」

「そうですか、五八二空で一緒に分隊士を勤めさせて戴きました」と言いながら、当時のことを話さなければ、と思ううちに、

「良いですよ、戦死したことは分かっていますから」

と、明るく話を外されてしまった。顔色一つ変えない。このグループの張り切りは恐らくこの人が中心だな、と思われた。

吉良中将の訓示は覚えていない、通り一遍のことだった。今後二五二空は、三航艦長官の直属になったことは分かった。では今までの航空戦隊はどうなるのか。硫黄島で市丸少将は現在二五二空の派遣隊を指揮しているが、航空艦隊の新編制は、部隊の指揮をますますややこしくしてしまう。

机上で兵隊を将棋の駒のように使うのには便利にはなるだろうが、戦場で実際に戦う者と、机上で計画する者との考え方の差は、緩和役の戦隊司令部が無くなると、いっそう開くばかりではないか。幕僚たちが金モールを着けてぞろぞろわれわれ直立不動の前を通る。司令部というところは暇が多いんだなあと感じる。終わると、どこにでも一人くらいはいるタイプの参謀が、声を大きくして並いる士官の前に立って、

「お前たちの頭はなんだ、そんな頭で戦争ができるか。中尉以下の長髪を禁止する。長髪の者は全員ただちに坊主になれ」

と、怒鳴っていた。頭と戦争と、どんな関係があるのだ、それも中尉以下としたのは何を基準にしているのか。すぐに随う気にはなれなかった。

この若い士官たちは、技倆は別として、やる気満々である。細かいことは言わなくても良いの

ではないか、と思った。

私が飛行練習生だった時、着任したばかりの教官・小福田租中尉は最初の訓示で、「貴様たち、大の男が褌の洗濯などするんじゃない。裏表を返して一週間使ったら棄ててしまえ。顔にクリームくらいつけよ、飛行帽には香水をたっぷり振りかけておけ。搭乗員はいつ死ぬか分からぬ、そんな時、汗臭い匂いや、血生臭い匂いを出すのは恥だ。普段から身嗜《みだしな》みを良くしておけ。航空加俸はそのためにあるんだ。搭乗員は宵越しの金など持つな」

と、言った。

練習生は「わあッ」と喜んだものだ。報国貯金の喧しい頃で、勝田先任教員の苦い顔が傑作だった。さすがに何か注意されたらしく、これは小福田中尉自身によって翌日、「昨日の訓示は全部取り消す」と訂正された。しかし、このことのあってから小福田中尉に対する信望はいよいよ厚くなった。

現場の指揮官と部屋の中の参謀では、このくらいの感覚の差がある。私は参謀は立案だけで、統率の能力には欠けていると思っていた。ところが、これからは直接その参謀の計画に基づく指揮を受けることになる。どういうことになるのか、はなはだ不安になった。

特攻要員募集

次の日、木村大尉より、「うちは二分隊になったからな」と、知らされた。新編入の搭乗員は一分隊として、隊長が分隊長兼任。古い隊員は約半数が残っていたので、纏めて二分隊とされた。

「分隊士も半分ずつ分けると隊長は言われたが、学生出たての中、少尉の分隊士が来たんでは角田君もかえってやり難いと思って、相談なしで断わってしまったからな。駄目かと思ったが、隊長黙って承知してくれたよ。一人では大変だろうが、やってくれよ」

とのこと、下手な戦闘で随分分隊長には迷惑をかけたが、変わらぬ厚意は嬉しかった。

八月末頃、午後、査閲のあった講堂に搭乗員総員集合の号令がかかった。藤松司令より、

「戦局は重大な時期を迎えているが、打ち続く消耗によって航空部隊の攻撃力は著しく低下している。この頽勢を挽回するために、海軍では今までの爆弾よりも爆薬の大きな、必中の新兵器を開発している。しかし、この兵器は、搭乗する者は絶対に生還のできないものである。

一発一艦を轟沈することはできるが、搭乗員も必ず死ななければならない。これは、決死隊ではなく必死隊である。そして、この兵器に搭乗する者は構造上戦闘機乗りが最も適任である。

このたびこの新兵器のテストパイロットとして当隊より准士官以上一名、下士官一名を選出するよう命令が来たのである。この戦《いく》さを勝つためには、この兵器を一日も早く実用化させる以外に道はない。

三〇二飛行隊歴戦の先任搭乗員宮崎勇上飛曹

しかし、これは一分の生存の見込みもない必死のことであるため、諸子の中より希望者を募る。国のために一身を捧げても良いと思う者は、申し出てもらいたい。

今より紙を配るから、各自官等級氏名の上に熱望、望、否のいずれかを記して、明朝までに、下士官兵は先任搭乗員が

纏めて、准士官以上は直接飛行長の元まで提出してもらいたい」

との趣旨の説明があった。青天の霹靂だった。戦況を考えれば確かに他に方法はないかも知れないが、何か割り切れない。しかし、わが分隊の先任搭乗員・宮崎勇上飛曹の反応は凄かった。司令の言葉が終わると同時に、二、三歩前に出て振り返ると、どすの利いた大声で、

「お前たち、総員国のために死んでくれるな」間髪を入れず「ハイッ」と五十余名の搭乗員の声は一人の乱れもなく響き渡った。さすがにラバウル、マーシャル、硫黄島と戦い抜いて来た三〇二飛行隊の先任である。思わずまぶたが熱くなった。私の分隊の搭乗員は、その場で全員熱望として提出してしまった。

三一六飛行隊には特准士官が四名いた、士官宿舎に話しながら帰ったが、司令の話だけでは説明不足で、兵器の内容が詳しくは分からない。話よりして恐らく爆弾に操縦装置をつけて目標に命中させようとするのではないか、くらいの想像はついた。

岩本徹三飛曹長の意見は、はっきりしていた。

「死んでは戦争は負けだ。われわれ戦闘機乗りは、どこまでも戦い抜き、敵を一機でも多く叩き落としていくのが任務じゃないか。一回の命中で死んでたまるか。俺は否だ」

と、言っていた。彼は、私と同年兵ではあるが、支那事変より早くも海軍一の撃墜記録を持っていた。その彼の主張には説得力があった。私は私室に帰ってもしばらく考えていた。テストパイロットというが、操縦試験の後はどうするのだろう。落下傘による脱出か、特別の着陸装置がつけてあるのだろうか。当隊の士官の技倆から見て、若い士官は問題外だし、まさか隊長級を選

ぶ訳はないだろう。どうも初めから白羽の矢は私に立てられているような気がした。着陸着水には自信がある、恐らく技倆調査票にもこれは記載されているかも知れない。

下士官搭乗員は二飛行隊約百人に一人の確率だが、こちらは「否」以外では確率は百パーセントを覚悟しなければならない。しかし、会場での張り切った搭乗員たちを考えると、躊躇はしていられない。夕食前、思い切って「熱望」として提出した。

黙って受取ってくれた飛行長は、飛行練習生卒業後初めて戦闘機乗りとして佐伯航空隊で延長教育を受けた時、教官分隊長であった新郷英城少佐であった。

その夜十一時頃、私室の扉をコツコツと叩く者がいた。「どうぞ」と答え、寝台より立ち上がった。分隊長・木村大尉が入って来た。驚いて、「分隊長ですか、御用があれば呼んで下されば良いのに」と、言うと、

「いや、相談があって来たんだが、分隊士、今日の司令の話をどう思う?」

「士官室ではもっと詳しい話は無かったんでしょうか」

「いや何もない、司令もあれ以上のことは知らないらしい。どうも俺はあれは飽くまで戦闘機乗りのすることじゃないような気がするんだが、恐らく爆弾を操縦するのだろうが、それではせっかく今まで訓練してきた戦闘機乗りとしての技倆も役立たずに終わってしまうように思うんだが、分隊士はどう思うか」

と、聞かれる。岩本飛曹長と同じようなことを言われた。「私もそう思います」と、答えると、

沈痛の面持ちだった分隊長は、幾分生気を浮かべてジッと見つめてきた。

「では分隊士、『否』にしようか」と言う。

しまった、生死を共にしようとする分隊長の気持がピンと響いた。しかし、静かに「もう『熱望』として提出してしまいました」と言うと、今度は驚いたように少々声も荒く「どうして」と詰問してくる。

「私が海軍に入って初めて聞いた上官の訓示は、分隊士の村田吾郎一特務中尉の話でしたが、『海軍では分隊が一つの家のようなものである。今日からは分隊長がみなの父親であり、分隊士は母親である。教班長は兄である。これからは私がお前たちの母親代わりを勤める。分からないこと、困ったことなどあれば、いつでも何でも良い、相談に来てくれ』と言われたことでした。今、私は分隊士となりましたが、今日子供である搭乗員たちは、全員その場で『熱望』で志願してくれました。事の良し悪しは別として、母親役の私はついて行かない訳には参りません」

と、答えた。しばらく考えていた分隊長は、

「そうか、女房は、もう行くことに決めたのか」と、小声でつぶやき、「それにしても相談してくれてからでも良かったろうになあ」そして、ちょっと間をおいて気を取り直したように、

「良いよ、俺も『熱望』にして出すよ」と言われた。父親役には、最後まで子供たちの面倒を見てもらわなくては、と思ったが、若い父親役の分隊長の気持を思うと止めることもできず、「申し訳ありません」と謝るしかなかった。

翌日、確率百パーセントと思っていた人選は、三一六飛行隊の長野一敏飛曹長に決まった。後輩の予科練七期生、水上機より転科したばかりであった。二五二空茂原基地では一番若い飛曹長であり、前日岩本の熱弁も後ろで黙って聞いていたのだが、やはり「熱望」として出していたのだろう。下士官は、私の分隊から津田上飛曹が選ばれた。津田上飛曹は甲種予科練九期の出身、文字通りの眉目秀麗技倆優秀であり、初陣以来、乱戦の中を最後まで離れなかった私の二番機であった。

戦後、当時のことを聞いたところ、

「飛行長室に呼ばれて行くと、小林実少佐と、分隊長の木村大尉が同室していました。小林少佐は飛行隊長ではなく二五二空付でした。席上で小林少佐は、『津田は自分の三番機として欲しいから、ほかの者を』と言うのに、分隊長が『津田が最適任であるから是非』と、口を極めて推薦され、そのように決定しました。何で分隊長があんなに強く推薦したのか分かりません」

と、言っていた。私も初めて聞いたことだった。確かに人物、技倆共に最優秀者だったが、それこそ何で私に相談なしに決めてしまったのか、真相は分からない。しかし、下士官一人を自分のところから出しておけば、一人しかいない分隊士を取られることはない、と考えられたのではないか、と思った。

津田上飛曹は、長野飛曹長と共に百里ガ原航空隊に転勤して行った。後に聞く人間爆弾桜花特別攻撃隊であった。実用は間もなく行なわれた神風特別攻撃隊より遅れてしまったが、十月三十日に長野飛曹長によって初めて実験室内の投下試験に成功した。十一月十三日、神池空に移った七二一空での初投下飛行では、先任の分隊長・刈谷勉大尉が墜落、殉職したが、二十三日、今度は津田上飛曹によって初めて一式陸攻よりの訓練用桜花の投下が成功した。以後、転入して来る桜花隊員の教員として各自一回の桜花による投下飛行訓練の指導に当たっていたが、二十年六月二十六日、教官となっていた長野少尉は、何回目かのテスト飛行中に殉職してしまった。

この頃までに次々出撃して、二度と還らぬ教え子たち、母機も含めて部隊の戦死者は四百八十名に達していた。遂にいたたまれなくなった津田上飛曹は、七月初め、「教員を免じ、桜花搭乗出撃を命ぜられることを願う」と、血書して司令・岡村大佐に願い出た。ところが、二、三日して突然二五二空戦闘三一六飛行隊に転勤を命ぜられ、郡山空に後退させられてしまった。桜花隊員の転出は初めてだった、とのことである。戦後電話で話した時の、

「分隊士、私は死ぬことは恐いとは思わなかったけど、血を取るのに小指を切った時は、痛かったですねえ」

と、話してくれた彼の声は、今もはっきり残っている。

その彼とも、再会の機会もなく、五十四年十二月十三日、胃癌のため亡くなった。

九月のある日曜日の午後、外出して下宿同様にしていた旅館の武田屋に行くと、少し手前の道路上に、分隊の搭乗員が十名ばかり集まっていた。

「分隊士、良いところへ来てくれました。今、先任伍長が二階で殴られそうになっているんですが、どうしたら良いでしょう。助け出す方法はないでしょうか」と言う。

詳しく説明を聞くと、

「自分たちも酒の注文をしたんですが、真ん中の部屋に三人の先客があって、女中たちがこの客の接待につき切りで私たちの方は全然相手にしてくれないのです。腹を立て、村上飛長が庭から草履をこの部屋に投げ込んだところ、怒った連中が、階下の部屋で一人で飲んでいた先任伍長を間違えて連れて行き、『お前がやったのだろう』と、詰問口論の最中です。女中の話では、三人のうちの二人は二五二空の前にいた艦爆隊隊長だということで、みんなピリピリしているようです。

署長は知っていたから間違いないんですが、艦爆の士官がここにいる訳はないし、飛行場には艦爆は一機も見えなかったし、もしかしたら偽物ではないかと思うんですが、分隊士は江間少佐という人を知っていますか。村上の悪いのは分かっていますが、できれば向こうへ渡さずに、先任伍長を返してもらう様に謝ってもらえないでしょうか」

難題である、いくら腹が立ったとはいえ、軍人ともあろう者が民間人の酒席に草履を投げ込むとは、不作法にあきれる。飛行作業訓練に一生懸命で、礼儀訓育をあまり顧みなかったが、まさかこのようなことを起こすとは思いもよらなかった。みな素直な甲乙のつけ難い純真な少年たちであったが、当の村上飛長はすっかりしょんぼりしてしまった。

「とんでもないことをしてくれたな。しかし、みなの見ている前で村上を殴らす訳にもいかないだろう。相手は軍服は着ていないのか」

「三人共ワイシャツだけです」

「じゃあ俺が行ってみよう。もし、偽物で民間人だったら手をついてでも謝って、何とか先任伍長はもらって来よう。しかし、本物の江間少佐だったら、とても俺が謝ったくらいで聞いてもらえる相手じゃないぞ。その時は初めから喧嘩にしてしまえ。本物なら柔道は五段か六段、兵学校一の暴れ者だ、俺の合図でお前たちも手伝ってくれ。長居は不利だ、先任伍長を取り返したらすぐ一斉に引き揚げろ」

と命じた。

無茶の上塗りだが仕方ない。幸い、私服で酒席だ、ラバウルで花本少尉に教わった喧嘩の仕方をチラッと思い出していた。

二階の廊下に搭乗員たちを待機させておいて襖を開けた。中央に幾分酒気の故か誤解されたためか、顔を赤くして興奮気味の先任伍長が立っている。私よりは数年先輩であろう。あるは年柄から見て応召兵かも知れなかった。それを三方より囲んで正面に六尺豊かな江間少佐が立っている。意外にも怒りの色は見えず、静かに先任伍長の言い訳を聞いている様子だ。左に警察署長、右手に深堀大尉が立ちはだかっていた。

これでは駄目だ、と直感した。喧嘩を売ろう。

「先任伍長、何をしてるんだ。帰れ」

わざと相手を無視して手を取って引き戻した。何しろ三方囲まれて態勢が悪い、果たして右手から「貴様は何だ」と怒声がかかった。「俺は海軍少尉だ」これでは怒る。

「何ッ」と腕を上げるのは視野に入っていたが、江間少佐から眼が離せない。この人に一発殴ら

勇猛さで有名だった元
艦爆隊長の江間保少佐

れて立っていられる者は少ない。

昭和十三年、大村空で一緒だった時、この人は艦爆の補習学生で甲板士官だった。鬼中尉の別名のある、軍規に厳しい人だった。急降下爆撃卒業試験の際、投下高度を下げ過ぎ、引き起こしがおくれ、海面すれすれまで下がってしまった。接触自爆かと思われたのを、無理やり引き起こして帰ったが、操縦桿は飴のように曲がってしまっていたという。とにかく大力、勇猛な士官だった。

深堀大尉も五八二空でいっしょにいたことがある。指揮所も士官室も違うので向こうは恐らく記憶にないだろうが、私はブインより退隊の途中、ラバウルの留守隊長をしていた隊長には挨拶をしてきた。この人の艦爆隊を護衛するために私は何人もの部下を失っている。江間さんには「貸し」がある、と心のうちで無礼を弁解した。

来るな、と思っても、眼が離せないうちに、鼻柱にしたたかに一発喰ってしまった。同時に若林、筒口を先頭に搭乗員たちが、「分隊士に何をするか」と一斉に飛びかかっていった。戦闘機乗りは比較的小柄な者が多い。予想通り江間少佐には三、四人かかっても軽くあしらわれていた。署長は手を出さない。私に殴りかかった深堀大尉は、結局大勢に袋叩きに合ってしまった。気の毒であった。

悪いのはこちらなのに。

時間にして十秒か二十秒で階下の別室に引き揚げてしまっ

た。数日、呼び出しを待ったが、音沙汰なく、隊内に艦爆の人たちの姿も見えなかった。酒席のことでもあり、本気で兵隊を相手にする気もなかったのだろう。

戦後、五八二空戦友会に江間隊長が奥様同道出席された折、この時のお詫びを申し上げたところ、

「喧嘩は良くやったからなあ、どこで誰とやったか、とても覚え切れんよ」と笑っておられた。

江間隊長の名は高いが、母艦乗りとしてのハワイ空襲以来の戦歴は私は詳しくは知らない。しかし、五八二空ではいつも先頭を切って飛び、ガダルカナル攻撃では後席の偵察員・佐伯繁嘉飛曹長は被弾のため機上戦死するほどの戦いをしている。

比島沖海戦では機体に被弾ののちクラーク飛行場に不時着したが、着陸とともに機体は座席のすぐ後ろより前後二つに折れてしまったという。

急降下爆撃隊長として数多の弾幕を突破して生き抜いたこの人は、毎年一回の戦友会においても当時を知る隊員たちの誇りであり、尊敬の的となっていたが、昭和六十二年十一月七日、亡くなられた。

深堀直治大尉は、九九艦爆特攻の第一陣、神風特別攻撃隊純忠隊長として、十九年十月二十八日、レイテ湾に突入、全軍に布告された。海兵六十九期、敷島隊の関大尉より一期古く、数少ない兵学校出身熟練搭乗員中の特攻隊員であった。

謹慎百日

九月二十日頃、午後の課業半ば、急に館山基地への出張を命ぜられた。宮本、伊藤、藤岡兵曹等七名を引率、鉄道便である。明日、館山より輸送機で鈴鹿航空隊に行き、三菱工場の飛行機を受領して来る予定とのことだった。

夕方館山駅に着くと、すでに町中は基地よりの外出員で溢れていた。館山は舟木部隊編成の地であり、搭乗員たちにも懐しい町である。ここで車中で誘惑を感じていたことを実行に移すことにした。

どうせ次の合戦には恐らく全員戦死することになるだろう。隊に入ってしまっては自由が利かない。慣れないところでは食事にしても寝るにも気使いが大変である。町には食堂もない時代だが、聞けばみな「前の下宿に行けば食事も宿泊も心配ありません」と言うので、思い切って解散を命じた。翌朝の集合場所は館空隊門前、時刻は基地外出員と同時刻とする。任務には差し支えないはずだ、と一人合点したのである。

軍人の転勤出張に道草は許されない。軍規違反は充分承知していたのだが、七月、硫黄島に再度出る時、家族にはマリアナ方面に行く、と告げていたが、帰ってからは知らせることができないでいた。軍事郵便に機密事項を書くことはできない、封書も開封のまま分隊長の点検を受けなければならない。木村大尉は、「分隊士が奥さんに出す手紙なら、俺は開けないよ。封をして来てくれ」と、言われていたが、勤務上のことは一切書かない習慣になっていた。

家族はまだ激戦の続いているマリアナのどこかにいると思い心配していることだろう。何とか今茂原に来ていることだけでも知らせたい。その思いが、地元の駅を通過したことで再燃したのだ。

下り列車を待って、実家に着いたのは八時頃であった。突然の移動には慣れているものの、祖父も母も、さすがに喜んでくれた。ただ、妻と娘の姿の見えないのが寂しかった。茨城の実家で陸軍に出ていた甥の清男君は、八月五日に戦死の公報があり、明日仮葬儀を行なうとの通知があり、昨日出かけたばかりのところだった。母には、

「葉書が着く内は安全なところにいるが、便りが無くなったら最も激戦の行なわれているところにいると思ってくれ。死ぬ時は新聞に名前の載るような死に方をするから、次の航空戦が始まったら新聞を良く見てもらいたい」

と、告げた。ちょっと大袈裟かな、とも思ったが、何となくそんな感じがしていた。子供三人を戦地に出している母は、特別に驚く風も見えなかった。明日は勤労奉仕の割り当てがあり、館山航空隊に行くとのことだった。すでに春頃より、ときどき村役場より部落毎に割り当てがあった。

この頃になると館山航空隊、洲崎航空隊の防空壕、掩体壕造りの土木工事のほか、敵上陸に備えて房総半島の山岳地帯に砲台陣地などの構築が急がれており、村内にも陸軍部隊が駐屯していた。この支援のため、十日に一日の奉仕作業も青壮年のいない村では、老人婦人の仕事であり、わが家では当然妻の仕事だったが、たまたま不在だったので、この日は母が代わって出るとのこ

とであった。

昭和十六年夏、季節外れに筑波空では司令の移動があった。新司令・野元為輝大佐は大本営参謀から健康を害したので、比較的閑職の教育航空隊に回されて来たとの評があったが、着任するや翌日より教育訓練の飛行作業を中止して、隊員全員をもって一週間、飛行場の周囲に掩体壕を造り、飛行機の避難訓練、防空、消火訓練等を行なわれた。

当時、私はまだ開戦を本気に考えもせず、ここまで空襲を受ける演習をする司令に、随分変わった人だな、と思ったものだったが、今度は艦砲射撃を受けても、反撃する大砲が一門もない硫黄島を見て来ては、今頃山上に砲台を築いて、本当に据え付ける大砲があるのだろうか、と怪しんだ。半年の間に、随分故郷の様子も変わってきた。

翌朝は一番列車で館山駅着、迎えの士官バスに便乗して入隊した。母たちは隊より迎えのトラックが間もなく来ると言う。すでに当直室前に私の搭乗員たちは並んで待っていた。副直将校に到着の報告をしたところ、

「ちょっと待って下さい、当直将校が探しておりましたから」

と、言う。出て来た当直将校は、

「今までどこにいたんだ。出発時間になっても来んので心配して捜していたんだぞ」と言う。

ばれては仕方がない、

「外出しておりました」

「兵隊もか、誰の許可を得て外出したんだ」

「私の一存で外泊させました」

「何、貴様」

ぐわんぐわんと往復の鉄拳、直立の姿勢だったのでよろけて軍帽は飛んでしまった。姿勢を直そうとすると、頭を鷲づかみにしてぐらぐらこづき回された。

「この頭は何だ、少尉くらいで髪を伸ばすなど贅沢千万」

思わず「むかっ」とした。

軍規違反が表沙汰になっては懲罰を受けるのも仕方ないが、部下搭乗員の前でこの態《ざま》では、今までの訓練も水の泡、もう私の言うことは聞いてもらえないだろう。それにも増して母たちを乗せたトラックが今にも到着しやしないか、気が気ではない。

当直将校はまだ何か言っていたが、耳に入らなかった。母や隣組の人たちの前でまた殴られるか！　善悪の判断はなくなり、先ほどの自分の姿が頭に浮かぶ。直立不動で殴られるのか、頭を振り回されるのか。

かッと頭が熱くなり、目の前が暗くなる。軍刀がある、軍刀がある、脈絡のある考えではない。腰の軍刀を抜いて、逆賊として一生を終わる。他人事のように頭の中が一杯になる。

当直将校の「副長が待っている、来い」という言葉でわれに返った。大尉は後ろ向きになり庁舎の中に入って行く。あッ、ここには副長がおられたんだ。初めて気付いて驚いた。

近頃の自分はどうかしている。軍規の問題よりも、一刻も早くお会いしなければならない人だった。こんな格好は見せたくないが、どうにもならない。二ヵ月余り前、舟木司令のおられた部屋には、副長八木中佐がいた。

「角田を連れて来ました、昨夜は無断外出していたそうです」

「何、外出、貴様いつから兵隊を外出させられるようになったんだ」

返事のしようもない。当直将校は、

「不届きなので制裁を加えておきました」

「殴ったのか、いくつ殴った？」

「二発殴りました」

私を睨みつけていた副長の眼から大粒の涙が見る見るこぼれ、略服の白ズボンの服の上にポタポタと落ちた。

「なぜ外出させたんだ」

「昨夕館山駅に着きましたが、もう外出員が出ておりましたので、これから入隊しては夕食や寝具の用意等大変だろうと思って独断で自由外泊をさせました」

「隊には入っていなかったのか」

「ハイ」

「それじゃあ外出じゃないじゃないか。貴様も最短時間に直行しなくちゃならないくらい知らないはずはないだろう。夜でも何でも入隊しなくちゃならん。こちらでは仕度をしてな、いつ来るかと待っていたんだぞ。貴様がそんな風だから、分隊長まで威張り出すんだ。貴様の分隊長教育はなっとらんじゃないか、横須賀の分隊長会議の席上で、貴様の分隊長は、『俺の分隊は日本一の戦闘機分隊だ』と自慢したそうだが、何で貴様のところが日本一なんだ。もっと強いところがいくつもある。貴様の教育がなっとらんから分隊長まで慢心するようになるんだ」

急に話が外れた。ここにも二個飛行隊あるのにどうしてわざわざ茂原の方から私が呼ばれたのか分からなかったが、これを注意するために呼ばれたのだったかと胸を突かれた。

副長の言葉はしどろもどろに震えるように続く。

「明慶も関谷も墜とされちゃったんだぞ。可愛くて、可愛くてたまらん奴がみんな死んでしまうんじゃないか」

カッと見開いた眼からまたしても大粒の涙が落ちて、白いズボンを濡らして行く。

私は体を硬くして微動もできない。驚いたように聞いていた当直将校は、

「下士官兵はこのままにして、指揮官はこちらの者を使い、本人はただちに原隊に返したいと思います」

「ウン」うなずく副長、やむを得ない処置とは思いながら、随分ズケズケ言う士官だな、と思っていると、なおも、「本人の処分の方はいかがしましょう」と、しつこい。

副長は「謹慎百日」と言い、当直将校は「謹慎百日、お前はすぐ茂原に帰れ。車は出さない、このまま駅まで歩いて行け」とくり返した。

「ハイ、承知しました」と、一礼して部屋を出たが、当直将校の「制裁を加えました」の一言がなお沸々として心の中に煮えくり返っていた。予科練以来、殴られるのは初めてであった。練習

生時代殴られるのは教育の方針であり、誤りを直すためであると思い、気にもしなかったが、制裁は私的であり、兵学校でいう修正とも違う。部下の前で私的制裁を受けるくらいなら正式に軍法会議にかけてもらった方がよほど気が楽だ。

しかし、副長の涙を見ては、一言の反論もできなかった。軍人勅諭にも『上官の命は朕が命と心得よ』とある。当直将校の命は陛下の命と心得なければならぬ。出がけに当直番兵に名前を聞くと瀬藤満寿三大尉、戦闘三一五飛行隊長とのことであった。

隊門を出るところで母たち部落の婦人連中を満載したトラックとすれ違った。目ざとく見つけた幼馴染みたちが、手を振り、呼びかけるのを見ながら、笑顔もできなかった。約三十分の誤差が有難かった。

ちょっとした気の緩みから、生きていることを妻に知らせたいばかりに重大な過ちを犯し、心は重く、また腰の軍刀が馬鹿に重く感じられた。

正午前帰隊、飛行訓練所の指揮所に行くと、瀬藤大尉が飛行機で先回りして隊長の横に腰かけている。「勝手にしやがれ」と思う。分かっているなら報告もしやすい。

「今朝館山空に到着しましたところ、副長より私の出張は取り止め、謹慎百日を申し渡され、ただ今帰着いたしました」

と届けたが、隊長は、いつもと変わらず黙ってうなずいただけだった。午後になって木村大尉より、

「分隊士、心配するなよ。昨夜はなあ、到着が遅いので、何時に出発したか、とか途中で事故は

なかったか、とか二回も電話の問い合わせがあったんだよ」

と教えてくれた。

四、五日経った小雨の降る日、士官宿舎の通路で、飛行長・新郷少佐とばったり会ってしまった。

「貴様が馬鹿なことをするから見ろ、こんな天気に飛び出して、どこへ行ったか分からなくなってしまったじゃないか。俺はそんなことを教えた覚えはないぞ。俺が分隊長になって初めて受け持った教え子は、もう貴様と杉尾の二人だけしか残っておらんのに、しっかりしてくれなくちゃ困るぞ」

と、温情溢れる言葉を戴いてしまった。そして、同期の戦闘機乗り十四名のうち、今はもう二名しか生きていないことを知った。

飛行機受領に行った搭乗員たちはこの日こちらの天候を確かめずに鈴鹿を飛び出し、ばらばらになってしまい、心配させたあげく夕方になって、厚木のほか、陸軍の立川や、所沢などに不時着していることが判明した。

瀬藤少佐は、捷号作戦の発動以来数回フィリピン目指して出発しながら、その都度飛行機不調のため引き返していたが、十二月四日、部下十数機を率いて台湾近くまで飛んだが、遂に発動機が停止して海上に不時着、戦死されてしまった。開戦時には台南空分隊長として、比島空襲にも参加された古強者で、自ら調子の悪い飛行機に乗ると言う立派な指揮官であった。

撃墜王・西沢、岩本飛曹長

九月末の一夜、二〇三空の西沢飛曹長の訪問を受けた。謹慎中ではあり、気が付かなかったが、北海道美幌より飛んで来て、夕方着陸したとのことだった。

「みんな外出しているんだが、飛行長が貴方のいることを聞いて会いたがっているので一緒に来てくれないか。今艦爆の江間さんたちと宴会を始めたところだ」という。

飛行長は海兵六十三期の岡嶋清熊少佐、戦闘三〇三飛行隊長を兼ねていた。岡嶋少佐には厚木空で世話になっていた。江間少佐とは同期である。先日の無礼を詫びるには良い機会だと思ったが、あいにく外出はできない。西沢飛曹長には江間さんとは喧嘩したばかりだったし、百日の謹慎が始まったばかりだから、と事情を話して断わった。

次の日の夜、私の部屋に特准仲間が遊びに来てくれた。突然のことで私室には飲食の用意は何もなかったが、二〇三空の西沢広義飛曹長のほかに、長田延義飛曹長、尾関行治飛曹長、三一六飛行隊の岩本徹三飛曹長、斎藤三朗飛曹長の五名だった。

話は同期同年の戦友たちの消息から、必然的に最も激しかったラバウル航空戦になった。もっとも、これは岩本、西沢の空戦談で、他の者は聞き役だった。

岩本は、

「敵の攻めて来る時は退いて、敵の退き際に追い討ちをかけて落とすんだ。つまり、ラバウル上空で待機して、空戦の渦から離脱して帰ろうとする奴を一撃必墜するんだ。すでに里心のついた敵は反撃の意志がなくて、逃げようとするからね、楽に落とせるよ。一回の空戦で五機までは落としたことがあるな」

と言う。

西沢は、

「岩本さん、それはずるいよ、私らが一生懸命ぐるぐる回りながらやっているのを見物してるなんて。途中で帰る奴なんかは、被弾した奴か、臆病風に吹かれた奴でしょう、それは個人撃墜じゃなくて協同撃墜じゃないですか」

と口をはさむ。

「でも、俺が落とさなくちゃ、奴ら基地まで帰っちゃうだろう。しかし、いつもそうばかりもしていられないよ。敵の数が多過ぎて、どうしても勝目のない時なんかは、目をつむって真正面から敵の編隊の真ん中に機銃は射ちっ放しにして、操縦桿をぐりぐり回しながら突っ込んで、向こう側に突き抜けて離脱してしまう時もあるよ。

トロキナの敵飛行場に単機黎明攻撃をかけたことがあるけれど、これは最初別の飛曹長に強行偵察攻撃の命令があったんだが、そいつができない、と言って断わったんだ。意気地のないのもはなはだしい。特准の名折れじゃないか。代わりに俺がやったんだが、最初から低空をトロキナまで飛んでね、飛行場の手前で急上昇して、滑走路にズラリと並んだ列線にダダーッと一撃、切り返してもう一撃、そのまま低空を突っ走って帰って来たけれど、二撃で二十機は炎上したと思うんだがなー。帰ってみると、現地の陸軍から『敵飛行場は火の海になっている』という電報が入っていたな。

また、トラック島で大型機の迎撃をした時は、三号爆弾で八機編隊のB24のうち六機を粉砕したことがある。支那事変以来まあ、合計八十機は撃墜しているな、地上銃撃で飛行機だけの撃破は数に入れてないぜ」

日本海軍のトップエース、岩本徹三(左)と西沢広義両飛曹長

と言う。

西沢は、

「それじゃあ私の方が多いよ、私は百二十機は落としたよ。百機撃墜した時、ラバウルの草鹿長官から個人感状と軍刀をもらっているよ」

こう言いながら、西沢は左横にいた私の横腹を突っつく。何かと思って見ると、握り拳に小指だけ伸ばしてにやにやする。私には何だか分からない。

「角《ツノ》さん、見えませんか、少しはあるでしょう」

そう言われてもまだ分からなかった。みな一瞬きょとんとして見ていたが、

「爪の垢《あか》ですよ」ときた。

こうまではっきり言われては、苦笑するしかなかった。何と言われても百二十機撃墜の現実には抗議の余地がない。

「私はね、敵の真正面から取り組みますよ、しかし列機は必ずつけておきます。後ろが不安では弾は撃ってられませんからね。万一離れた時は帰ってから殴ってでも必ず離れないように教育するんです。それが列機のためでもあるんですよ。私はまだ直属の上官、列機は一人も落とされていませんよ。角さんはどうですか」

聞かれても返事はできない、私の列機はラバウルでも硫黄島でもほとんど戦死してしまったのだ。

西沢飛曹長は鴛淵大尉と共にラバウルより厚木空に帰って来たので、しばらく一緒にいた。無口で物静かな男だと思っていたのだが、この晩は良くしゃべった。岩本という最大のライバルがいたためもあったのだろう。そして、

「角さん、部下を可愛がり過ぎちゃ駄目ですよ。猫がついちゃ駄目ですよ。軍規は厳正にしなくちゃ、戦争には強くなれませんよ。私がラバウルから帰る時提出した軍紀論を読んでもらいたかったんですが、今持って来ませんでした。折があったら送りますから読んでみて下さいよ」

と、私の痛いところをつかれた。隊長も分隊長も言われなかった私の欠点である。ラバウルの宿舎で花本少尉から、

「俺だから言うんだぞ、他の者は陰で笑っていても、知らん振りをしているぞ」

と言われたことが、有難く思い出された。

西沢は乙飛七期生である。予科練で一年は一緒に過ごしているのだが、当時の記憶はない。同窓と思えばこその忠告、と有難く承った。技倆ばかりでなく、軍人としてとてもこの人には及ば

ない、と思う。

しかし、私は私なりの方法でやるしかない、と思った。

第五章　レイテ・修羅の翼

混乱の台湾沖航空戦

昭和十九年十月十一日、九十九里浜沖で後上方の基礎射撃訓練を終え、基地に帰ると、指揮所前に△印の帆布信号が出ていた。「全機降着せよ」である。

何事か、と思い、急ぎ着陸する。十一時頃であった。

飯塚隊長より、

「出動命令があった、ただちに身の回りを整理、官品は空戦に必要なもの以外は返納。私物は実家に送り返すように。昼食後、午後一時集合」と指令が出された。

さあ忙しい、外戦部隊であるから準備はできているものの、困った。かねて用意しておいた遺品箱に、私物を手際良く始末して、一番上には母と妻にあてた遺書を載せた。妻の方には髪の毛一握りを同封してある。半月ほど前、瀬藤大尉に坊主にされた時の髪の毛が役立った。

ふと気付いて遺書の表に、戦死公報があってから開封するように書き足した。時間が足らない。

うっかりして、宿泊先の旅館に私服二着ばかりと宿泊代が未払いのままになっていた。従兵に頼むのは恥だな、と迷っているところへ、甲板士官の竹本兵曹長が顔を出してくれた。「いよいよ出動ですね、何か手伝うことはありませんか」と言う。地獄に仏とはこのことだ。竹本さんは私より古参の人だが、日頃から何かと親しくしてもらっていた。さっそく旅館の支払いを頼み、洗濯物を受け取って来てから、遺品箱を妻の元へ送り届けてくれるように頼んだ。この際遠慮はしていられない。お陰で心置きなく出発することができた。

予定の一時に指揮所前に集合整列する。戦闘三〇二飛行隊全機、隊長以下四十八機の出撃である。ここで初めて、南西方面に全海軍の航空機が集結すること、われわれは鹿児島県の第二国分飛行場に進出することなどを知らされた。これが捷二号作戦準備であったことなどは戦後まで知らなかった。同じ茂原基地の戦闘三一六飛行隊も同様、全機出撃の模様であった。

第一大隊は、隊長直率で一分隊員で編成された。一番機は兵学校出の中、少尉、二、三番機の一部は予備少尉、四番機が下士官兵搭乗員であった。

第二大隊は、二分隊長・木村大尉以下の二分隊。木村大尉が第二大隊長兼三中隊長、私は四中隊長として十二機を率いる。各小隊長、列機共に硫黄島帰りの下士官兵ばかりで心強かった。

定刻に出発する。基地上空で四十八機の大編隊を整え、南九州に向かう。後に三一六飛行隊の四十八機が続いた。発進時には三千メートルくらいにあった断雲が、相模湾上まで行くと、前方伊豆半島以西は見渡す限り、畳を敷きつめたような雲海になった。雲の下へ入ろうとして高度を下げれば、雲は山にかかり、石廊崎の南海上は雨である。

隊長判断のためか、二、三回大きく海上を旋回する。各部隊に同様の進出命令が出たものと見え、続々と編隊が集まって来る。ちょっと考えられないことだが、南九州に敵機動部隊が近づいて来たのかな、と思った。

相模湾上空は、蜂の巣をつついたようになった。まだ、こんなに日本に飛行機があったのか、と思うほどである。この日初めて見た銀河、彗星の新鋭機に、一式、九六式陸攻の編隊、天山、九七式艦攻などがいる。驚いたことに複葉の八九式艦攻の三機編隊や、九九式艦爆の大編隊も混じっている。さらに九六式、九四式の艦爆が単機か、三機編隊くらいで飛んでいる。戦闘機では、紫電の編隊もいる。零戦の編隊も二百機以上はいたろう。旧式の飛行機は、恐らく練習部隊の教材を持ち出したものだろう。何の説明もなかったが、これは大変な戦争が始まるんだな、と思う。

突然、この飛行機群が乱れだした。故障で引き返すもの、編隊距離が保てないのか、静かな旋回にもかかわらず、振り離されて右往左往する機が多くなった。第一大隊も、旋回を続けるうちに、中隊、小隊単位に離れてしまい、その小隊の隊形も乱れ、木村大尉も遂に隊長の小隊を見失ってしまったようである。

再び高度を上げ三千五百とする。あきらめて引き返す機が多くなったが、木村大尉は針路を予定通り国分に向けて雲上すれすれに飛ぶ。この時、四十八機の編隊で纏まって引き返すものが一隊あった。これは、訓練ができているように見えた。わが大隊の右側に二十四機の一隊、左側に十二機の一隊がついて来た。他はほとんど小隊か、単機に、ばらばらになってしまった。

こんなところに一撃喰ったら終わりだな。いずれにしても、これは大変な戦争をやらなければならなくなったな、と思った。

硫黄島航空戦の比ではない。戦闘機の雲上飛行は危険である、まず引き返すのが常識の天候である。大型機でも先に進むものは見えなかったが、大尉の豪気は充分知っていたので、止めても無駄と思い、付いて行く。

燃料からみて、引き返す最後の決断は大阪付近と思う。そこまで行って、雲行きに変化がなければ引き返すしかない。しかも、茂原基地が今のままの天候が続いていてくれればである。雲上に、わずかに富士の峯が見えていた。それが右後方に去り、静岡付近と思われる辺りで、遂に後方に付いていた二編隊が引き返した。ああ良かった、とほっとする。どこの隊か分からなかったが、万一の時は少ない方が良い。

雲上では風向風速が分からない。しかし、敷きつめた雲の状況から、恐らく無風と判断して大丈夫だろう。木村大尉の針路も修正なしに真っすぐ国分に向かっていた。前後左右、雲の他は何も見えなくなる。上空は燦々と輝く太陽と、抜けるような青空。

これは駄目だ、と覚悟を決め、航空図の線上に改めて時間を計算した。国分上空まで行って帰るには燃料も不安だし、夜になる。左に変針、九州南方海上に出て、二十三機を単縦陣にして計器飛行で雲の下に出た上で、陸上に引き返すしかない。二十三機の単縦陣は大変だが、ラバウルで突っ切った真っ黒な積乱雲より視界は良いだろうし、内地の雨は、雲が海上につくことはあるまい。しかし、われこそ日本一の戦闘機隊と自慢したという分隊長に、引き返してくれとは頼めない。あまり腹の太い人に付いて行くのも大変だ。

大阪の南紀淡海峡上空に来ても引き返す様子はなく、針路、気速とも動かない。四国南岸を通り、九州に近づいても雲に変化はない。どこまで続くのか、私が指揮官ならとてもこのような危険な飛行はできない。大尉の豪胆につくづく感心した。

飛行四時間、左前方の雲の面に小さな乱れを見た。日向灘の上空であった。潮の流れか、水陸境界のためか、気流が乱れるわずかの隙間に、「チラッ」と白い砂浜が見えた。

「ワッ」と生き返った気がする。ただちに増速して前に出てバンクをする。「我誘導ス、続ケ」である。

左旋回して先ほどの雲の切れたところを探す、わずかながら編隊のまま通過できる隙間を見て急降下した。雲高は二百メートルだが、下は煙霧があり、視界は悪い。高度五十メートルにして大隊長と交代する。

第二国分飛行場がいつできたのか、私は知らなかった。大分空、築城空で戦闘機乗りになった分隊長は九州には詳しく、真っすぐ基地上空に到着し、全機無事着陸できた。何も知らない若い連中は平気だったが、小隊長連中はさすがにみな顔色が青くなっていた。そして、

「分隊士、こちらの天候は分かっていたのですか」と詰問してきた。

「分かるはずないじゃあないか、俺だって整列してから、初めて行き先を聞いたんだから」

「危なかったんじゃあないですか」と、若林、桑原、筒口などの面々が言う。

「そうだなあ、少し危ないが、隙間がなければ南方洋上で単縦陣にして計器飛行で雲の下へ出る積もりだったよ。ラバウルで十五機で、積乱雲の中を三十分飛んだことがあるから、二十三機はちょっと多いが、向こうより雲中の視界も良いから、うちの連中なら大丈夫だと思っていたよ」と、考えていたことを話したが、まだ少々不服そうだった。分隊長がそこへ来て、

「どうしたんだみんな、深刻な顔して、何かあったのか」と聞かれた。年長の若林兵曹がさっそく、

「行き先の天候も分からず雲上飛行するのは危険じゃあないですか」と切り出した。「うん、そうか?」と、けろっとしていた分隊長も、一瞬顔色を変えた。

「そう言われてみれば大変だったなあ。でも俺は何も心配しなかったよ。後ろを見れば分隊士の中隊がちゃんと付いているし、何かあれば知らせてくれると思っていたから、安心していたよ。お前たちそんなに心配していたのか。おい分隊士、危ないと思ったら止めてくれよ」と言われ、驚くと共に涙の出るほど嬉しく、また、責任の重さを改めて感じた。

「俺は名前だけの隊長で良いよ」と言った粟大尉の言葉を、分隊長もまだ覚えているのだろうか、と思い出したのである。

基地本部に、到着の報告と茂原の司令宛の電報を打ちに行った分隊長が帰ってきて、

「戦闘機で到着したのはうちの隊だけだそうだ。陸攻と艦攻が数機、計器飛行で鹿屋についているだけだそうだ」と、嬉しそうだった。

この日は、私の二十六回目の誕生日だったが、夜はどうして過ごしたか、覚えがない。

次の日は命令なく、待機のまま過ごす。天候は相変わらず煙霧だ。見ると、飛行場に異様な一団がいた。学生服、着物、袴姿に靴、下駄ばきの入り混じった少年たちが、グライダーの練習をしていた。人力ゴム引きの初級用である。初め、これは近くの見学者か中学生に経験のためやらせているのか、と思ったが、見ていると、みな真剣で気合の入っているのが分かるので、不思議に思い、近くにいた基地の整備員に聞いたところ、

「予科練ですよ、ここは予科練の航空隊ですよ」と言う。それじゃ「あの服装は」と聞くと、「服や靴が間に合わないので、揃うまで入隊した時のままの着物でやっているのです」と、当たり前のことのように言う。

いよいよ大変なことになっているんだな、と思った。外戦部隊にいては、あまり変化に気付かなかったが、物資の欠乏は民間だけでない。いつからこれほどになっていたのだろうか。国分に予科練があると聞いたのも初めてであった。

戦闘三〇二飛行隊分隊長・木村国男大尉

戦況はさっぱり分からなかった。十三日になって分隊長より、敵機動部隊が台湾、沖縄に来襲しているらしい、明朝これを攻撃に行くから、さらに身の回り品を整理して、空戦の邪魔になるものは全部送り返すようにとの指示があった。着替えは最小限の下着類にして、他は軍刀と共に実家へ返送するように基地の先任伍長室に頼むことにした。

ところが、荷物を纏めて預けに行った搭乗員たちが、少々落胆の様子で帰って来た。

「分隊士、あの荷物はとても送り返してもらえませんね。倉庫の中は名札の付いた荷物で一杯ですよ。とても整理している様子はありません」と言う。軍刀は惜しいな、と思ったが、座席に置いては空戦の際、操縦の邪魔になるので諦めるしかなかった。果たして、ここから依頼した荷物は何一つ実家には届いていなかった。

十四日早朝、国分を発進して伊江島基地に進出する。分隊長にも戦況は分からないようだった。ただ、移動命令が伝えられただけである。十一時頃、全機無事着陸する。飯塚隊長以下何機かがすでに進出していた。ここで燃料を補給、弁当も食べ終わって、飛行機の翼の下に待機していると、指揮所に連絡に行った分隊長がしょんぼりして帰って来た。

「分隊士困ったよ、これから陸攻の直掩で出るらしいんだが、編制を一、二分隊一緒にしてしまうと言うんだよ。一、二番機に向こうの分隊士連中を使うと言うんだ。これじゃあ戦争はできない、せめて二分隊だけでも戦力としてこのまま残してくれるよう頼んだんだが、今までは大抵俺の言うことは聞いてくれたんだが、隊長も今度ばかりはどうしても駄目なんだ。どうしようか」と言う。二分隊には分隊士は一人で良い、と断わってきてくれた分隊長である。私も同感だったので、

「行ってみましょうか」と言うと、「そうしてくれるか」ということになり、二人で指揮所に行った。

指揮所といっても滑走路の南端に二、三個の椅子と黒板があるだけで天幕もない。隊長は黒板の横に腰かけて私たちの近寄るのをじっと見つめていた。話の通り一、二番機は士官であり三、四番機に下士官兵である。

ちょっと目を通したが、私は一小隊、隊長の二番機であり、分隊長は二中隊長、列機には士官が二人もついている。勢い込んで行った私も、はた、と足を止めてしまった。最初に頭に浮かんだのは、厚木空で分隊長・芝田中尉が、「ラバウルにいた頃、二五三空の飯塚大尉が、うちにも角田兵曹長のような分隊士が一人欲しいなあと言っていたよ」と言われたことである。困る、一度に両方へ義理は立てられない。それに隊長の列機になるのが嫌で発言するように誤解されてはなお困る。

分隊長もすぐ気がついた様子で、小声で「俺はいいよ、隊長を頼むよ」と一言、二人は黙って列線に引き返した。相変わらず隊長は無言のままだが、心なしか寂しそうに見えた。分隊長はさらにしょんぼり影を落としていた。

錬成教育半ばの、この部隊を率いて出なければならない指揮官方の心中は、察するに余りあった。

防衛庁の資料では、この日の二五二空の編制は、

指揮官　小林実少佐

一大隊

一中隊

一小隊　小林実少佐、比古田宏進中尉、黒谷康夫二飛曹
二小隊　津曲正海中尉、若津三二上飛曹、赤松貞雄二飛曹
三小隊　徳永喜邦中尉、岩波欣昭中尉、梶村隆弘二飛曹
二中隊
一小隊　秋山厳大尉、安保寿夫中尉、藤波文市上飛曹、岡本一義飛長
二小隊　松田二郎少尉、北条博道上飛曹、多田健二飛曹、水原茂木飛長
三小隊　粕谷仁司中尉、安斉文治一飛曹、細道直衛飛長、田中清元飛長
三大隊
一中隊
一小隊　飯塚雅夫大尉、角田和男少尉、村上嘉夫二飛曹、福田武雄二飛曹
二小隊　畑井照久中尉、田辺光男中尉、宮本一夫上飛曹、及川与平飛長
二中隊
一小隊　木村国男大尉、本下直輝中尉、黒田二郎中尉、古市勝美飛長
二小隊　国分道明中尉、安藤満中尉、杉村賢治飛長、林田雅由飛長、宮崎甲飛長
三小隊　岩本徹三飛曹長、市川静夫二飛曹、西田康秀二飛曹、山口正年飛長

となっている。しかし、この日隊長と共に遅れて来た私の分隊の先任下士官・宮崎兵曹の他、桑原、若林、筒口兵曹等の小隊長級の名前が一人も記されていないのは、どうしたことだろうか。

午後三時三十分、伊江島基地発進の令が下る。新編制で九州方面より飛来した陸攻の編隊を上

空に見て発進、この直掩である。しかし、これがどこの部隊で、何機であるか、友隊がどのくらいいるのか、われわれには知らされなかった。もちろん敵がどこにどのくらいいるのかも分からない。

沖縄南方海面を索敵攻撃、帰投基地は台湾の台南航空隊と指示されただけであった。恐らくこれ以上のことは命令する隊長も分からなかったのだと思う。

久し振りに晴れ上がっていた天候も、次第に煙霧が濃くなり、高度三千メートルで飛ぶと海面も薄く霞んで、水平線もはっきり見えない。沖縄本島からも離陸する部隊があり、われわれの編隊の前にも、後にも、相当数の大部隊が飛んでいたが、どのような任務の部隊か、はなはだ心許なかった。

宮古島の東側を南下する、ここの飛行場からも砂埃りが激しい。良く見ると離陸よりも着陸する飛行機が多いようだ。煙霧のため機種は分からないが不時着らしい。こんなに調子の悪い飛行機があっては心配だ。私も実は着陸したかった。離陸直後から編隊を組むためにエンジンの増減をすると、ちょっと爆音がおかしくなる。これでは空戦により、激しい運動と馬力の増減を極限まで使った場合、どうなるか心配だった。

しかし、宮古基地に着陸する飛行機の多いのを見ては、一機でも多く飛ばなければならない。また二番機に使ってくれた隊長より離れる訳にもゆかない。茂原より飛んで来た飛行機だ、まさかいきなり止まることもないだろうとは思ったが、「今日は敵に会いたくないな」と思ったことも事実である。これまでの戦闘では思いもよらないことであった。

宮古を過ぎて間もなく、霧はますます濃くなり、味方機も陸攻の一部が二百メートル前下方に霞み、見えるのは自分の中隊くらいになってしまった。

一大隊も木村大尉の中隊も分離したのか、靄に隠れているのか、視界が狭くて分からない。これではとても肉眼で敵艦隊を発見することは難しい。攻撃隊は敵の位置が分かっているのか、触接機の報告を受けているのか、疑問であった。

霧の中を二時間余り飛ぶと、台湾近くなってようやく晴れてきた。視界内にいるのは、数機の一式陸攻と飯塚中隊だけであった。沖縄を出た時の大編隊はどこでどのような戦争をしたのか、どこへ帰っているのか、サッパリ分からない。最も、ここまで来れば敵に遭遇することもないだろうと思ったので、隊長にエンジン不調の合図をして了解を得、編隊より離れた。

スロットルレバーを固定したまま単機となって飛行した。夕刻、台東上空を通過する。ここにも飛行場があり、どこから現われたのか着陸する機が二、三見えた。しかし、戦闘機部隊である台南空まで行かなければ整備員がいないだろうと思う。秋の日はつるべ落としという。三千メートルの上空はなおさらで、台湾山脈の南端を越える頃はすっかり夜になってしまった。

初めての土地で暗闇では、地理も分からない。街は灯火管制のためか灯も見えない。味方識別のため、高度を五百メートル以下に下げると右前方に明かりと着陸誘導灯を点けた飛行場が見えた。近づくとさらに北方に一ヵ所見えた。手前が高雄基地、北方に見えるのが台南基地と見当をつけ、台南空と思われる飛行場に着陸した。

懐中電灯の誘導に随って滑走路を南端に走っていると、両側にいつの間に来たのか多数の大型機がいるようである。滑走路の西南側に十機ばかりの零戦があった。降りてみると、整備員は忙しそうに立ち去ってしまい、とても発動機の点検どころではなかった。ほどなくライトを消したままの乗用車が来た。迎えの車かと思っていると、怒鳴るような大声が聞こえた。

「〇〇参謀の〇〇大佐である。当基地の指揮は俺が取る」

闇と、いまだそこ、ここに聞こえる爆音の中で名前は聞き損なってしまった。

「敵は敗走中である。明朝、銀河全機をもって追撃をかける。零戦はこれの直掩を行なう。銀河は行続距離一杯まで索敵攻撃を行なう。零戦の航続距離は短いが、爆撃終了までは絶対に直衛の位置を離れてはならない。任務達成後燃料不足ならば帰って来なくとも宜しい」

爆撃を受けて頭が狂ったのか、と思った。あの煙霧の中で攻撃に成功した部隊があったのだろうか。暗くて相手が見えないためもあるだろうが、随分と興奮したような大声だった。

隊長、分隊長の居場所は分からなかったが、幸い顔見知りの中尉がいて、各自の申告を受け、搭乗割を作ってくれた。

私が所属、階級、氏名を記した編制表を届けようとしたところ、「名前は要らぬ、零戦が何機出るかだけ分かれば宜しい」との返事だった。参謀が帰ってから、中尉も面白くなかったらしく、「分隊士、どうもここは台南じゃあなくて高雄らしいよ。このまま明日飛んだら、われわれは全部行方不明になってしまうぞ。明朝離陸したら、すぐ台南へ飛ぼうと思うんだがどうだろう」と言われた。

私もこんな馬鹿な命令は受けたことがないし、エンジンも心配だったので、「それが良いでしょう」と答えた。その夜はどこへ泊まったか記憶にない。

翌十五日早朝、銀河に続いて離陸、一度編隊を組んだ後、別れて台南に向かった。この銀河隊には他に直衛はついていなかったので、裸のまま送るのは後味悪かったが、付いて行けばこちらが帰れなくなるのは明らかなので、やむを得なかった。防衛庁の戦史では、敵は一〇〇度二百三十浬に在り、と記されているが、われわれにはそのようなことは聞かされず、索敵攻撃に向かう銀河について行け、と言うだけであった。

台南基地では攻撃隊の出発直前で、全機発動されていた。指揮所のすぐ前に飯塚隊長の飛行機があった、すぐ駆け寄り、翼に跳び乗って、「昨日は気化器の調子が悪かったので編隊から離れましたが、間違って高雄に着いてしまいました」と報告、「二番機を代わりましょうか」と聞いたが、無口な隊長は、この時も黙って首を振っただけであった。

こちらも隊長以下六機、銀河の直掩だったが、帰って来たのは畑井中尉、宮本上飛曹の二機だけであった。

十月十五日昼頃、敵大型機の編隊が近づくという情報があり、空襲警報が発令された。在地機は全機ただちに発進した。発進時すでに南方上空八千から一万メートルに見えていた。この高さは零戦では上るだけで十分はかかる。

前上方へ出るために北へ向かって全力上昇する。編隊を組む暇はない。高度六千に達した頃、台南基地の格納庫宿舎に投弾を終えた敵編隊は、飛行機雲を引きながら、悠々と頭上を追い越して行く。このままでは距離を離されるばかりなので、上昇を止め、水平直線飛行で前に出ようとしたが間に合わなかった。

今まであったB24より遥かに大きくスマートな機体を持ち、零戦よりも速くて高高度を飛ぶ。八千メートル以上では零戦の機能は著しく低下し、空戦には不適である。台中の西方海上に出た二十機の敵編隊は、たちまち視界外に見失ってしまった。初めて見たボーイングB29であった。この機種に関する情報はまったく知らされていなかったので、精神的打撃は大きく、夢を見ているようだった。

とても追いつけないと判断して引き返した。台南基地の幹部も初めて見る顔ぶれであったが、さっそくお叱りである。

「追いつけないからと、途中で帰って来るとは何事だ。成都まで行けば敵は着陸する、それまでなぜ追撃しないのか」と。

どうも内地から来たばかりのためか、言うことがいちいちずれて聞こえる。成都まで全速で飛んで帰って来られるのだろうか。いや、行く途中で燃料は無くなるか、エンジンは焼き付いてしまうだろう。気魄としてはうなずけても、現実に指揮する人の言葉としてはおかしい。冷静さは失われている。

ここで、昨日、霧の中で木村中隊は上空よりF6F約二十機の奇襲を受け、分隊長は三番機黒田中尉と共に戦死されたことを聞いた。私がついていてもどうしようもなかっただろうが、長い間頼りにされていながら、最後の場に立ち合えなかったことは残念だった。

この日のただ一つの戦果、F6F一機撃墜は、木村中隊の二小隊長・国分道明中尉によるものであった。中尉は敵の奇襲をかわすと共に、うまく縦の巴戦に引き込むことに成功し、宙返りの格闘戦を続けるうち、次第に敵を追いつめプロペラで敵の尾翼を切断、撃墜したという。初陣にしてこの剛胆、空戦技倆も極めて優秀な人であることを知ったが、この時は撃っても弾が当たらないので体当たりしたのかと思っていた。

翌十六日も残敵掃蕩ということで、高雄空より出撃する銀河や天山艦攻等の混成部隊の直掩をすることになった。三一五飛行隊の秋山大尉の指揮下に、私は三小隊長として参加した。この日の飛行機も不調だった。爆音が気に入らない。この頃の機材は再生品を使っているとかで、不調なものが多かった。

茂原で訓練中、一ヵ月以内に飛行中にプロペラの脱落してしまったものが二機あり、館山でも二機出たということだった。それに中島や三菱より受領する海軍側の最後のテストパイロットが、飛行時間二百時間前後の搭乗員が当たるようになっていたため、不良箇所に気づかずに受け取って来てしまうものが多いのであった。

エンジンに不安があっては空戦はできない、引き返そうかな、と思案していると、編隊から離れてフラフラ飛んでいる一機がいた。東海上に出て間もなくである。他の小隊に近づいては離れる、まだ自分の小隊長が見つからないのかと見ていると、私のところへも近づいて来た。何か手真似をしているので三番機も左に移して近寄らせてみると、昨日勇しく格闘戦の話をしていた国分中尉である。手信号で「増槽の燃料が上がらない」と言う。「了解、引き返しなさい」と片手を上げ後へ振る。

しかし、私の信号は分からないのか、前方を指して行くと言う。彼の手信号は私にははっきり分かるのだが、どうして私の信号は通じないのだろうか。重ねて「後へ引き返しなさい」と繰り返し手信号をしたが、中尉は勢い良く増槽を落としてしまった。そして私の小隊からも離れて単機のまま前進を続ける。

「ああーッ」と力の抜けるような思いだった。昨日の体当たりと違い、燃料がなければ帰ることはできない。今日も索敵攻撃である。触接機がいる訳でもなし、必ず会敵するとは限らない。

一昨日から追撃追撃と地上指揮官は言うけれど、敵機動部隊の姿を見たと言う者には会っていない。惜しい人を失うなあと思った。参謀ばかりでなく、若い搭乗士官もどうしてこう急に死に急ぐのだろう、と疑問に思うと共に、私には真似はできない、迷わず引き返そう、と決めた。

昭和十四年、初めて戦争に参加してよりエンジン不調で引き返したのは初めてであった。台南に帰り二五二空の小林少佐にエンジン不調の報告と共に、未帰還になるであろう国分中尉のことも報告しておいた。少林少佐も顔を曇らせて、「あまり逸《はや》り過ぎないよう注意はしているんだがなあ」と、呟いていた。この頃の若い士官は、酒席で豪語するばかりでなく、本当に一人で国を背負って立つような気の、命知らずの人たちが揃っていた。

防衛庁の資料によるこの日の編制は、

指揮官　秋山巌大尉

一小隊　秋山巌大尉、比古田宏進中尉、福田武雄二飛曹、赤松貞夫二飛曹

二小隊　津曲正海中尉、斉藤三朗飛曹長、梶村隆夫飛長

三小隊　国分道明中尉、岩本徹三飛曹長、古市勝美飛長

四小隊　徳永喜邦中尉、松田二郎飛曹長、市川静夫二飛曹

となっていて、引き返した私の名前はない。

戦後、零戦搭乗員会で出席者名簿に国分道明氏の名前を見て驚き尋ねた。私の記憶にある国分中尉より小柄で、顔を見ても思い出せない。海上自衛隊に入り海将補になっておられた。「二五二空におられた国分さんでしょうか」と聞くと、「そうです」と言う。「増槽を落としたまま飛んで行かれて、どうして帰られたんですか」と聞くと、「私は台湾から攻撃には出ていませんよ。体当たりでプロペラを曲げてしまったので、台東に不時着して、迎えの飛行機が来ないのでフィリピンに進出するのも遅れてしまったくらいですよ」と言う。そして、「それはたぶん徳永の間違いでしょう。彼なら私より背は高くがっちりしていましたから」とのことであった。

徳永中尉は四小隊長であった。共に飛行隊が違うので、名前まではっきり覚えていなかったの

だが、前日指揮所でF6Fの奇襲を受けてから尾翼に喰いつくまでの格闘戦を、自分のことのように真に迫って詳しく話していたので、この人が国分中尉だな、と思い込んでしまったのだ。

この日、二時間後に敵F6F約五十機の迎撃を受けて空戦となり、徳永中尉と赤松飛長の二人が未帰還となった。国分中尉は三一六飛行隊の先任分隊士であり、伊江島を出る時は木村大尉の二小隊長であった。三小隊長は同じ三一六飛行隊の岩本徹三飛曹長であった。国分氏は、「出発前にね、岩本飛曹長より『初陣で弾を打ってはならない、私がまず敵を落として見せるから、離れずついて来て見ていれば良い。最初から敵を落とそうなどと考えては一人前になれない、もし着陸してから調べてみて弾が出ているようなら私は貴方を軽蔑しますよ』と注意されていたので、何のことかと良く分からなかったが、飛曹長に軽蔑されてはかなわんと思いながらグルグル回っている間に、一撃てば当たりそうなところまで来たので、仕方ないから弾は出さずに尾翼をけずってやったのですよ。プロペラが曲がって振動が大きいので台東に不時着していました。当の岩本さんは、一小隊に敵が降って来ると同時にサッと避退して、どこへ行ったか分からなくなってしまいましたが、後で申し訳なかったと泣いていましたよ」

とのことだった。

岩本飛曹長の士官教育の自信のほどはさすがと感じたが、いかに海軍一、二の撃墜数を誇る歴戦の豪傑でも、あの靄の中では手の施しようがなかったのだろう。

十七日は攻撃なし、敵は南方に敗走したということで、指揮所待機となった。故障機が多いため搭乗員は交代で待機することとなり、この日私は非番だった。

正午過ぎ、空襲警報が出る。当直の搭乗員はただちに発進した。列線で出発を手伝い、非番の搭乗員が指揮所に戻ると、ちょうど見張員が望楼から下りて防空壕に跳び込んだところだった。続いて入ろうとしたが中は一杯だ。頑丈なコンクリート製の大きな防空壕だ、中から鉄扉を閉めようとするのを押さえて無理に飛び込もうとすると、中から基地指揮官の怒声が飛んだ。

「入るな、ここの者で一杯だ。お前たちは逃げろ。格納庫、宿舎の建物は狙われるから飛行場の向こう側へ逃げろ」

同時に扉は閉められてしまった。飛行機に乗り損なった非番の搭乗員十名余りが残されてしまった。見張員に発見されたB29の編隊はすでに南の空にキラキラ光っている。仕方ない、滑走路を横切って飛行場の西側へ直角に夢中で走った。近寄る編隊を見上げながら、胸が破裂しそうに苦しい。ふと四年前の成都大平寺飛行場銃撃の場面が思い出された。

その時は攻撃側にいた私の目には、広い飛行場の真ん中に数百人の人が集まっているのが見えた。地上には飛行機の影も見えないので、この群集に銃撃を浴びせた。四方に蜘蛛の子を散らすように走る人影、水面に石を投げた時の波紋のように次第に大きくなる丸い人の輪。しかし、馳けても馳けても飛行場は広い。憐れにも気の毒なほど、飛行場は広かった。今、その成都から来た敵機のために、今度は私が広い台南航空隊の飛行場を走っているのだ。負け戦さとは哀れである。

Ｂ29は大きく、遠くから見えるので、直上に来るまでには十分以上かかった。ようやく飛行場の端、低い雑草地にたどり着いた時、「ザァーッ」とスコールのような爆弾の雨が降って来た。予想通り格納庫、宿舎をボロボロにして飛び去った。

飛行機の無い搭乗員には用はないので、今度はゆっくり歩いて帰った。それにしても面白くない。防空壕は基地員の入るだけの設計になっているのかも知れないが、よそ者だからといって追い出されたのでは、これから先、固有の飛行場を持たない飛行隊員はどこへ隠れたら良いのだろう。完備した飛行機を一機ずついつも用意してくれるのなら文句は言わないが。

この頃になって、戦闘飛行隊の整備員も追尾して来た。毎日故障機、被弾機の修理に一生懸命だった。今度は慎重に、試験飛行は古参搭乗員だけで行なった。隊長、分隊長を失ってしまった私たち戦闘三〇二飛行隊は、三一六飛行隊長・春田大尉の指揮を受けるようになっていた。

決戦のレイテへ

二十日頃、フィリッピンに敵が上がったらしい、整備できたものだけ持ってクラークに進出する、と命令が出た。午後、一式陸攻に誘導され春田大尉指揮の下に、約十五機をもって出発した。宮崎、若林、桑原、宮本、吉井兵曹など硫黄島帰りの二分隊員の多いのは心強かった。

高度三千、上空は快晴だが下層の雲量は六、七程度、白雲が浮かぶバシー海峡を初めて飛んだ。開戦当時、台南空や三空の先輩たちの飛んだ道であり感慨深いところである。今回は進出だけで燃料の心配はないので気は楽だった。

私は比島の空を見るのは初めてであり、飛行場の位置は説明にも聞いたことはない。開戦当時マニラ、クラーク、ダバオ等新聞で見た程度である。夕刻、クラーク飛行場群の中のマバラカット西飛行場に着いた。航空図には、付近一帯を大きく囲んでクラーク航空要塞と書いてある。いくつの飛行場があるのか、その名前などは記入されていない。

春田大尉の前歴は、岩本飛曹長とラバウルにいたことは聞いていたが、比島の地理にも詳しかった。北より、バンバンの北と南の飛行場、マバラカットの東と西、クラークの北、中、南、アンヘレスの北と南、そしてマルコット、海軍使用の基地だけでも十個所を数えることを教えられた。

誘導の陸攻機に便乗して来たわずかの整備員によって、飛行機は滑走路東側の竹薮やマンゴーの大木の下に隠された。整備された引込線や通路は見当たらない。砂糖黍畑を展圧して急造された滑走路一本の飛行場だが、ソロモンのジャングルを切り拓いて造られた飛行場とは違って、広々としている。飛行場の北西側は断崖になっており、崖下には透き通るようなバンバン河が流れていた。滑走路の南端に天幕が一つ見える。二〇一空の戦闘指揮所とのことであった。連絡は届いていたとみえ、迎えのトラックが来て、宿舎に案内された。

二〇一空か北比空のものか分からないわれわれは、薄暗い小道の道端の一軒の民家に案内された。鬱蒼とした大木の緑に、上空は覆われており、周囲はほとんど竹薮だ。家の柱は、太い丸竹が蔓のようなもので縛ってあり、屋根は椰子の葉が簡単に乗せてある。床は二メートルくらいの高さ、南洋特有の高床式だが割竹が敷き並べてあった。

周囲は、腰高にこれもバナナか椰子の葉で、割合頑丈に組み立ててある。現地人の住宅を徴収したものだろうが、ここでは飛行場の整備に忙しく、宿舎の設備まではまだ手が回らないようだった。

床上を四、五人の士官用に、床下の地上に莚らしきものを敷いて、下士官兵の寝所が造られた。春田大尉は連絡に行ったままどこかの基地宿舎に泊まったようだった。

誰の手配か、食事の仕度だけは早手回しにできており、通常通りの食器に兵食が配られた。食事も終わって、薄暗くなった頃、先任搭乗員の宮崎兵曹が、

「分隊士ちょっと」と、私を呼んだ。

「先ほど、裏の竹薮の中へ陸軍が百名ばかり入って来て、炊事を始めましたので、聞けば移動行軍の途中で、今夜はここで夜営するのだそうです。炊事の方は、飯合一個を十名で分けて食うんだそうですよ。それくらいしか持っていないそうなので、少しこちらに余っていたのを、二、三人分くらいしか無かったのですがやりましたところ、小隊長がわざわざお礼に来ました。あまり気の毒で見ていられません。分隊士、もう十名ばかり夕食の請求をしてくれませんか。航空隊の方には米はあるらしいし、今は混雑しているから、主計科では到着機数は分からないようですから、士官の請求書があればもらえると思います」

到着早々でもあり、こんなことはほかの士官には話せないのだろう。宮崎、若林兵曹共に年は同じだが、海兵団出だけあって、こういう苦労には素早く反応する。

良く気がついてくれたと感謝して、自分の印鑑を渡した。比島における海軍の食糧事情については、着いたばかりでまったく知らなかった。この陸軍の人たちはどこへ行くのか、翌朝早く出発して行った。

翌日は飛行場待機、滑走路の中央付近東側に天幕を一張り、そこに机を一個置いて、二五二空の指揮所とした。

一、二日の間に整備の後れていたものも数機ずつ進出しており、そのたびに戦闘三〇二飛行隊の整備員もほとんど揃い、列線での整備状況も活発になっていた。宿舎は相変わらずで、いつ床の竹が折れるか、踏み外すか、下にも搭乗員がいることだし、寝返りするにも静かに気を付けなければならなかった。

十月二十三日、初めて攻撃命令が出た。指揮所にはいつ来ておられたのか、飛行長・新郷英城少佐と、先任将校の小林実少佐の顔が見えた。館山を出撃した秋山大尉、津曲中尉のところも合同していたので、この時は二五二空四個飛行隊を合わせて、稼動機は二十五機であった。

しかし、小林少佐を指揮官として飛び出したものの、三十分で東方海上の厚い雨雲に遮られ、全機引き返した。飛行時間一時間である。天気予報の出せないのは仕方ないが、早朝発進の天候偵察機の数も不足しているのか、と考えた。天候も敵状も良く分からないままに、索敵攻撃を繰り返しては無駄が多いのではないか。

この日、搭乗員たちから初めて神風特別攻撃隊の噂を聞いた。二〇一空では零戦に二百五十キロ爆弾を積んだまま敵空母に体当たり攻撃をすることを始めたそうである。攻撃機の不足と命中率の増加を狙ってのことであるという。

今日の出撃の際、二〇一空の戦闘機隊が先に離陸したのだが、中に二、三人、飛行帽を被らず、日の丸の鉢巻を締めている者があり、どうしたことだろうと不思議に思っていた。顔にまともに風圧を受けるし、被弾して油が洩れたり、火災を起こしたら、助かる見込みはない。緊急の迎撃機ならばともかく、準備を整えて出発するはずの攻撃に無帽とはおかしいと思っていたが、彼らが特攻隊員だということだった。

胸が締めつけられるようだった。遂に新兵器も間に合わず、来るべき時が来てしまったか、と思うばかりであった。

二十四日も早朝出撃命令が出る。この日もマニラ東方ラモン湾にあるという敵機動部隊の攻撃だった。クラーク上空で集合、艦爆隊の直掩に当たるということで、昨日と同じく、小林少佐を指揮官として二十六機が出発した。今日も雲量は多い。指揮官の二小隊長としてついていたが、艦爆と合同、東方に定針、高度を上げるに随って爆音が気になりだした。発火系統には異状なし、燃料系統の調整に何か狂いがあるのだろう。飛行には差し支えないものの、この飛行機で空戦は心細い。自分の飛行機は自分で試飛行をしておかないと不安である。

この頃は出撃のたびに使用機が変わる。誰が乗って来たのか、ここまで来たのだから大丈夫な訳ではあるが、思い切って二度目の引き返しを行なった。

整備員に燃料系統の点検を頼んで指揮所に帰った。この程度の故障は飛行機受領の際徹底的に会社側の工員に直して貰い、部品の交換をして貰っておかないと、後で整備員も苦労することになる。

この日、クラーク基地群を離陸したものは約二百機だったが、進撃している内に、あたえられた針路、あるいは目標が違うのか、次第に離れ離れになって、私が引き返した頃は、視界内には高度三千メートルくらいに二、三十機の艦爆の編隊、その後上方三千五百メートルにわが直掩隊、さらに右上方四千メートルくらいに一隊の零戦隊（恐らく制空任務の隊か）が見えるだけであった。

午後になって帰還した二番機桑原兵曹の話によれば、私が引き返してから間もなく雲上よりグラマンF6Fの直上方奇襲を受け、「アッ」という間に指揮官機は火達磨となり、自分も射弾を回避するのに精一杯で、一小隊の援護をする暇もなかった。とのことだった。

この日の編制

指揮官小林実少佐

一中隊

一小隊　小林実少佐（未）、斉藤三朗飛曹長（不時着、二機撃墜）、大石芳男上飛曹（被弾、一機撃墜）、森清一飛曹（未）

二小隊　角田和男少尉（エンジン不調、引き返す）、桑原正一上飛曹、若津三一上飛曹（被弾）

二中隊

一小隊　秋山巌大尉（未）、吉富清中尉（未）、和田猛上飛曹（未）、黒谷康夫飛長
二小隊　大富敏雄中尉（未）、安保寿夫中尉、田中清元飛長（未）
三中隊
一小隊　春田虎二郎大尉、安藤満中尉（一機撃墜）、宮本一夫上飛曹（一機撃墜）、中村一夫上飛曹（未）
二小隊　津曲正海中尉（エンジン不調、ニコルス基地不時着）、松田二郎飛曹長（被弾、一機撃墜）、坂口堅三上飛曹（未）、市川静夫二飛曹（未）
三小隊　畑井照久中尉、宮崎勇上飛曹、若林良茂上飛曹、藤瀬文市上飛曹（未）

呆然として涙も出なかった。戦果撃墜七機、未帰還者は十二名である。艦爆とは分離してしまった。未帰還者の中の斉藤飛曹長は、被弾のためラモン湾岸に不時着したが、風防は敵弾のため開かなくなっているところを現地民に包囲された。やむを得ず拳銃で撃ち破り脱出したところ、幸いにも包囲していた現地民が友好的で、親切に最寄りの陸軍の駐屯地まで案内してくれたという。彼は、次々と陸軍部隊に送られて、約一週間後、ヒョッコリとマバラカットの指揮所に現われ、武運の強さに、少なくなった搭乗員たちを久し振りに喜ばせたものであった。

二十五日、今朝は連合艦隊主力がレイテ湾に突入する総攻撃の予定日であった。どこから出て来たのか、どこを通ったのか、艦隊の行動は分からない。とにかく、大和、武蔵の四十六サンチ砲でレイテ湾の輸送船団を全部沈め、さらに上陸軍に艦砲射撃を加えて全滅させる予定だという。

このため戦艦はタクロバンの海岸に乗し上げ、要塞となって全弾撃ち尽くすまで戦う、と飛行長より状況説明があった。

やっと海軍も本腰になってきたか、ガ島砲撃のような小出し小出しのしみったれた使い方でなく、連合艦隊司令長官が自ら旗艦大和で先頭となって殴り込めば良いのだ。戦争の勝敗はどうなるか分からないが、今度だけは成功するだろう。

しかし、後はどうする気なのか、戦艦の使い方が遅過ぎるのではないか、偉い人たちは何を考えているのだろう。もっとも、われわれが心配してもどうにもならない。その上、決戦兵力となっている航空隊は、特に戦闘機は敵艦載機の前に手も足も出ない状況である。他人のことは言えない。重慶空軍を追い回した零戦のように、グラマンを追い回せる飛行機が早くできることを祈るばかりであった。

この総攻撃に呼応して敵機動部隊攻撃に参加できた二五二空戦闘機は、十二機となっていた。

この日の編制

指揮官春田大尉

一小隊　春田大尉、安藤中尉、宮本上飛曹、中川飛長

二小隊　北川中尉、宮崎上飛曹、若林上飛曹、福田二飛曹

三小隊　角田少尉、桑原上飛曹、出津二飛曹、梶村二飛曹

この中の七名が私の分隊員であった。〇七〇〇、この日も二〇一空の戦闘機隊がわれわれの列

線の前を横切って先発した。いつものように無帽鉢巻姿の何人かが混じっていた。これに続いて離陸する。この日も艦爆隊の直掩であった。参加機数は百機足らず、固定脚の九九式艦爆がほとんどだったが、ほかに新鋭の銀河や彗星等の混成部隊で、速力差のためか編隊がなかなか纏まらない。

右シブヤン海、ビサヤン海、左太平洋方面には積乱雲が発達していたが、レイテ沖を目ざして飛ぶ。航路上、ルソン島の半島部は快晴だった。

一〇〇〇近く、サマール島を斜めに横切って海上に出て間もなく、高度四千メートルほぼ同高度、正面に三、四十機の敵編隊が現われた。われわれは艦爆の後上方にいたのだが、前上方にも前衛か制空隊か他の零戦隊がいたので、空戦になるか、と見ていたが、何事もなく直進した。

零戦隊も右四千メートルに敵を見てすれ違った。お互いに目標を求めての爆撃行である。海上は薄い煙霧だが視界が悪くなった。

しばらく行くと、右約二十度正面に物凄い弾幕が見える。相当な広範囲である。距離は二、三万メートルか。高度四千メートル辺りには爆煙のため白雲の層ができて、そこから猛烈なスコールか滝のように煙が垂れ下がっている。今まで見たこともない激しい対空射撃であった。下に艦隊のいることは確かだが、遠く、煙霧のため肉眼では確認できなかった。

攻撃隊は針路を左に振って、これを避けたようだった。偵察員の望遠鏡では味方であることが確認できたのだろう。日本海軍の防御砲火も大したものになったものだと感心し、安心した。しかし、攻撃隊は遂に予定コース上に敵を発見することはできなかった。付近の雲量は増し、何よりも煙霧のため海面の見通しが悪くなっていたための不運であった。

二十七日午後遅く、ラモン湾に巡洋艦四、輸送船二十が現われ上陸中との情報があり、春田大尉、宮崎、若林兵曹と共に偵察に飛ぶ。海岸線を高度五百メートルで飛んだ。視界は極めて良好だったが、艦艇、飛行機等、何ら異状を認めることはできないまま薄暮に帰着した。情報の出所は知らされなかったが、あまりにも明確な報告のため、翌朝も早くより古参搭乗員六機によって捜索したが、異状はなかった。見張所の誤認による報告だったのだろうが、負け戦さとなると、困ったことが重なるものである。

二十九日はタクロバン、ドラッグ飛行場の銃爆撃のため、春田大尉指揮の下、十二機がマバラカットを飛び立った。しかし、故障機が多く夕刻レガスピー基地に不時着した。詳細の記憶はないが、攻撃は行なっていない。この夜、私は初めてレガスピーの基地に泊まることとなった。

神風特別攻撃隊葉桜隊

十月三十日、私は初めて二〇一空の人たちを知ることになった。

二十九日、私はラモン湾方面に索敵攻撃に出て、夕刻レガスピーに着陸した。三一六飛行隊の春田大尉他二機も相ついで着陸してきた。春田大尉の案で夜明け前レガスピーを発進、途中タクロバン飛行場の黎明攻撃をしてから、セブ基地に行ってみようということになり、出発したものの、少し時間が早過ぎ、まだ地上は真っ暗で飛行場の様子がまったく分からない。春田大尉はこの方面にいたことがあるらしく、比島の基地は詳しかったので、暗い滑走路に突っ込んで行った。このため、地上より一斉に防御砲火と探照灯が照らされてきたものの、飛行場は相変わらず暗く機影は見つけられず、やむを得ず陣地に一撃しただけでセブに向かい、着陸した。

朝食後、しばらく休憩していると、十時頃、私たちは基地指揮官の中島少佐に呼ばれ、出撃の命を受けた。それは、

「ただ今偵察機より情報が入り、レイテ沖に敵機動部隊を発見した。ただちに特攻隊を出さなければならないが、搭乗員に若い者が多く、航法に自信が持てないので春田隊の誘導直掩を命ずる。任務を果たした場合は帰投して宜しい。だが、戦死した場合は特攻隊員と同様の待遇をする」

とのことで、突然の特攻隊指名である。さすがにいささか驚き、緊張した。そして、飛行長より初めて特攻隊の攻撃法の説明を受けた。

「まず、二〇一空制空隊二機、新井康平上飛曹、大川善雄一飛曹は先発、敵上空直衛機を艦隊上空からなるべく遠くへ誘出し、空戦場に引き付ける。

特攻爆装隊一小隊は、三分遅れて基地を発進、この隙に体当たり攻撃を敢行する。

一番機山下憲行一飛曹、二番機広田幸宜一飛曹、三番機櫻森文雄飛長

直掩　一番機春田虎二郎大尉、二番機角田和男少尉

さらに三分遅れて、特攻二小隊が出発。

一番機崎田清一飛曹、二番機山沢貞勝一飛曹、三番機鈴木鐘一飛長

直掩　一番機畑井照久中尉、二番機藤岡三千彦二飛曹

直衛機は敵機の攻撃を受けても反撃は一切してはならぬ、爆装隊の盾となって弾丸を受け、爆装隊に対する敵機の攻撃を阻止すること。戦果を確認したならば帰投して宜しい。制空隊も一個小隊の突入を確認したなら、離脱帰投して宜い。もし、離脱困難の場合は最後まで空戦を続行すること」

と、いうのであった。

マバラカットでは、出撃のたびに無帽白鉢巻姿の特攻隊員が混じっているのを見たが、こうして自分たちと一緒に出発するのは初めてである。隊員は朝日隊、大和隊だが、すでに両隊の何人かは突入に成功し、全軍に布告されているので、もし、これが成功すれば新しく別の隊名を命名するとのことだった。（実際には山下兵曹のように敷島隊以来の生き残りもいた）

昼食には少し早かったが、配られた弁当の缶詰を、機上では面倒だから食って行こうという者があり、さっそく整備員に手伝ってもらって缶を開いところ、この缶詰の稲荷寿司のまずいこと、ぼそぼそで味も何もあったものではない。

私はそっと若い隊員たちを見回した。ところが、彼らは実に旨そうにまるで遠足に行った小学生のように嬉々として立ち喰いしている。しかし、約半数の者はサイダーだけ飲んで、あとは、「おい、俺はとても喉を通らないぞ」と見送りの整備員にいたずらっぽく渡していた。

この時、私の顔色はどうだったろう。特務少尉ともあろう者がこの期に及んで弁当も喰い残したとあっては恥だと考え、傍らに転がっていた丸太に腰を下ろして、サイダーを飲みながら形だけは悠々と全部平らげた。まったく砂を嚙む想いとはこのことだろう。あの半数の若者たちには

昭和19年10月30日、レイテ沖の米機動部隊に突入、戦死した神風特別攻撃隊葉桜隊隊員たち。上段左から制空隊の新井康平上飛曹、大川善雄上飛曹、爆装隊の山下憲行一飛曹、広田幸宜一飛曹。下段左から爆装隊の櫻森文雄飛長、崎田清一飛曹、山沢貞勝一飛曹、鈴木鐘一飛長

遠く及ばない、と感じた。

準備完了して予定通り発進する。針路約百度、高度三千メートル、視界は極めて良好だった。爆装機の右上方百メートルの位置につく。レイテ島を過ぎて間もなく、春田大尉はエンジン不調の合図をして引き返す。いよいよ責任の重大さを感じたが、敵の直衛機に会えば、一機でも二機いても死ぬことは変わりはないと覚悟を極める。

一四三〇頃、スルアン島の東方百五十浬で真正面に敵機動部隊を発見した。中型空母一、小型空母二が、右側を戦艦に、左側と前後を数隻の駆逐艦に囲まれた輪型陣である。針路南、速力十八ノットと見た。

距離約三万メートルとなって、突撃を下令する。爆装機は編隊を解き、全力接敵を開始した。幸い上空に直衛機はいない。私の視力はこの天候なら三万メートル以上で敵機を発見できる。

隊員の表情は分からなかったが、全力で突入する気魄はまったく差異は認められない。なぜか防御砲火もなかった。訓練した型通りの降爆に入る。角度も良く敵進行方向に合わせて六十度。

中型空母に向かった一番機は、その前甲板に見事命中、大きな爆炎が上がった。二番機は戦艦の中央煙突の後ろ十メートルばかりに突入。この頃になってようやく防御砲火が猛烈となり、一番機の開けた穴を狙った三番機は、千五百メートルくらいまで突っ込んだ時、突然火を吐いた。やられたか、と瞬間胸が締め付けられたが、完全に大きな火の玉となりながら、確実に急降下を続け、一条の尾を引きながら空母甲板の中央に命中し、黒煙の中にさらに大きく爆発の火炎を上げた。

実に人間技とは思えない凄い気力である。緒戦時、被弾して着陸した操縦者がすでに何分か前に死んでいたはずだった、というような話を聞いたことがあり（これは、私の同期生、中瀬正幸一飛曹だったことを戦後知った）、これはだいぶ誇張された話だと思っていたが、この時、私は初めて真実に精神力の物凄さを見せつけられた。

米空母の乗員はどんなに感じただろう。私は南方に避退、高度四千メートルで太陽を背にして経過を見る。

約二分後、炎上中の空母にさらに一機、小型空母にそれぞれ一機、二小隊と思われる爆煙を確認した。しかし、惜しいことに誘爆の様子もなく撃沈するに至らなかった。戦艦の黒煙はすでに消火されており、無風の海上に三本の黒煙が高く立ち昇っているのを見届け、帰途についた。

帰投後聞いたところによれば、二小隊は針路を北方に外れたが、南方に黒煙の上がるのを見て

葉桜隊爆装零戦の突入を受け炎上する米空母フランクリン。甚大な被害を受け修理のため本国に回航された。軽空母ベローウッドからの撮影だが、この直後、同艦にも１機が突入している

変針、敵を見て突入したという。その際、敵艦隊の東北方に空戦中の十数機を認めたそうである。これで、計画通り制空隊の作戦は成功したのだが、制空隊の二人は遂に帰投しなかった。

この合計八名の戦果は、ただちに艦隊司令部に報告され、改めて神風特別攻撃隊葉桜隊と命名されたのである。

その夜、山の中腹の士官宿舎では飛行長の音頭とりで天皇陛下万歳が三唱され、ビールの乾杯が行なわれ、賑やかに話がはずんだ。しかし、私は下座の片隅で何か一同にとけ込めない心のわだかまりを持っていた。昼間の、あの光景がいまだ眼の底に焼き付いていて、笑う気にはなれなかった。

二小隊の直掩を勤めた畑井中尉（十一期予備学生）も同じ思いらしく、

「角さん、どうも今夜はここでは眠れそうもないですねえ」と、話しかけてきた。この士官室には春田大尉のほか、搭乗員は見当たらず、飛行長のほかは見知らぬ人たちばかりだし、私も同感だったので、

「兵舎に行って搭乗員室に泊まりましょうや」と誘い、そっと二人で抜け出した。

暗闇の坂道を山裾の搭乗室に向かう。搭乗員室とは名ばかりで、道端の椰子の葉で葺いた掘っ建て小屋、土間に板を並べただけのものである。その入口に近づいた時、突然、右手の暗闇から飛び出して来た者に大手を広げて止められた。

「ここは士官の来るところではありません」と押し返してくる。

私はその声に聞き覚えがあって「むっ」とした、それは二〇三空の倉田上飛曹であった。厚木の教員時代、同じ分隊におり、同じラバウル帰りの長野、山本の同年兵である。三人組で私の下宿へ押しかけて来ては、妻の酌で飲んでいった奴である。

「何だ、倉田じゃないか、どうしたんだ」

私の声に彼も気がついた。

「あッ分隊士ですか、分隊士なら良いんですが、士官がみえたら止めるように頼まれ、番をしていたものですから」と、変なことをいう。

不審に思ってわけを聞いてみると、

「搭乗員宿舎の中を士官に見せたくないのです。特に飛行長には見られたくないので、交代で立番をしているのです。飛行長がみえた時は中の者にすぐ知らせるのです。しかし、分隊士なら宜

しいですから見て下さい」

そう言われてドアを開けた。そこは電灯もなく、缶詰の空缶に廃油を灯したのが三、四個置かれていた。薄暗い部屋の正面にポツンと十人ばかりが飛行服のままあぐらをかいている。そして、無表情のままじろっとこちらを見つめた眼がぎらぎらと異様に輝き、ふと鬼気迫る、といった感じを覚えた。

左隅には十数人が一団となって、ひそひそ話している。ああ、ここも私たちの寝床ではない、と直感して扉を閉めた。

「これはどうしているのだ」倉田兵曹に聞いた。彼の説明では、

「正面にあぐらをかいているのは特攻隊員で、隅にかたまっているのは普通の搭乗員です」と言う。私は口早に質問した。

「どうしたんだ、今日俺たちと一緒に行った搭乗員たちは、みな明るく、喜び勇んでいたように見えたんだがなあ」

「そうなんです。ですが、彼らも昨夜はやはりこうしていました。眼をつむるのが恐いんだそうです。色々と雑念が出て来て、それで本当に眠くなるまであぁして起きているのです。毎晩十二時頃には寝ますので、一般搭乗員も遠慮して彼らが寝るまでは、ああしてみな起きて待っているのです。しかし、こんな姿は士官には見せたくない、特に飛行長には、絶対にみんな喜んで死んで行く、と信じていてもらいたいのです。だから、朝起きて飛行場に行く時は、みんな明るく朗らかになりますよ。今日の特攻隊員と少しも変わらなくなりますよ」

私は驚いた。今日のあの悠々たる態度、喜々とした笑顔、あれが作られたものであったとすれば、彼らはいかなる名優にも劣らない。しかし、また、昼の顔も夜の顔もどちらも本心であったかも知れない。何でこのようにまでして飛行長に義理立てするのか、立てつづけの私の追及に、倉田は、

「それは、特攻隊編成の際、隊長の人選が長官の想い通りに行かず、新任で新妻のある関大尉を選出したことで長官の怒りに触れ、他の飛行隊長は全部搭乗配置を取り上げられたという噂があるのです。それで、二〇一空の下士官兵は、自分たちだけでも喜んで死んでやらなければ、間に立たされた司令や副長が可愛想だと思っているらしいのです」とのことであった。

割り切れない気持を残して、私たちはまたトボトボと坂道を明るい士官室へと引き返して行った。

高砂空挺部隊捜索

翌三十一日早朝、飛行場指揮所に出ると、ただちに飛行長に呼ばれる。

「昨夜、陸軍の空挺部隊が一個中隊ほどドラッグの飛行場に強行着陸したはずである（指揮官に陸軍大尉一名、ほかは全部台湾の高砂族により編成された斬り込み隊で、薫《かおる》空挺隊という）が、成功したかどうか、その後の連絡が一回も入っていない。無事着陸しているか、飛行場外に不時着しているか、確認して陸戦に協力せよ。使用した機は陸軍の重爆と、大型グライダーである」とのこと。

ただちに六十キロ爆弾を抱いて飛び上がったものの、これは大変な仕事だと思った。編制は昨日と同じで、飛行隊長春田大尉も、あまり戦闘経験は多くない。ブナやガダルカナルの戦闘でも経験したように、ジャングルの中の敵味方は境界線がなかなか判別できない。敵に占領されたばかりの飛行場に逆着陸したのでは、元からの守備隊と敵兵と空挺隊が、三つ巴になって戦っているだろう。

〇五三〇セブ上空発進、約三十分余りでドラッグ上空に到着する。一応三千メートルで警戒、一回りして敵機のいないのを見定めて、高度を下げる。二百メートルくらいで捜索に入ったが、ドラッグの飛行場はレイテ島東側斜面に南北に小さな滑走路一本だけで、周囲は密林に覆われている。航空図には東西に走る細い道路もあるが、機上からは見えない。飛行場には敵機はもちろん、昨夜着陸したはずの重爆機やグライダー等の姿もなく、着陸後焼却した形跡や、戦闘のあった様子もない。

暗夜のため、間違って付近の山林に降りたか、と思い、しばらく周囲を回ってみたが、遂に残骸も発見できなかった。

捜索中、滑走路の南端付近より機関砲射撃を受けた。大部隊ではないが、ほかに見えるものもないので、春田大尉は高度を上げ、七百メートルくらいから急降下爆撃に入った。私も後に続いたが、密林のため陣地は分からない。発射煙の上がった辺りを狙って爆撃した。二小隊も同様、爆撃終了後、誰の弾が何に命中したか分からないが黒煙が一個所大きく立ち昇った。火災の周囲に二十ミリ機銃を打ち込んだが、あまり反応はなかった。

約三十分で捜索を打ち切り、セブ基地に帰投する。春田大尉より「ドラッグ飛行場内および付近に敵味方とも飛行機を認めず、滑走路南端敵陣地一個所炎上」の報告がされた。以後、この高砂空挺隊の消息を聞くことはできなかった。

セブの日々

十一月一日午後、敵大編隊セブに近づくとの電探報告により、中島飛行長は全機空中退避および後方基地への分散を命ぜられる。私はすばやく近くの一機に飛び乗って、ネグロス島のバコロド基地に初めて退避着陸した。

いかに特攻隊とはいえ、零戦が退避とはやりきれない気持だった。訳を知らないここの陸軍の兵隊さんは、親切にすぐ燃料を補給してくれた。約一時間ばかり休んで、僚機五、六機と共にセブに帰った。この間、セブに来襲したのは、恐らくモロタイ島より来たものと思われるB24約五十機で、ちょうど二五二空の零戦四機が、津曲中尉の指揮下に大石芳男、宮本一夫、吉井経弘の三上飛曹がレガスピーより進出して来て遭遇してしまった。四機はセブ基地上空でただちに攻撃に入り、二機撃破の戦果を揚げたとのことだった。

夜、レイテ湾碇泊中の敵艦船に対して、陸軍航空部隊の特攻攻撃があった。その偵察機より、タクロバン飛行場沖に空母碇泊中との電報が入ったとのこと、飛行長も、「空母の碇泊はおかしいが、輸送船が入っているかも知れない」と、さっそく待機中の桜花隊に特攻命令を出した。

爆装機三機（桜花隊は二五二空より選抜された特攻隊だと記憶しているが、二五二空には四個飛行隊あるので、他飛行隊の人たちの名前は記憶がない）、直掩には、一番機春田大尉、二番機私、三番機に昨日来着した宮本上飛曹、四番機に同じく吉井上飛曹が飛んだ。

○六○○セブを発進、一路タクロバンに直行したものの、湾内に空母はいなかった。この頃よりドラッグ沖には七隻の戦艦が碇泊しているようになった。これに対しては、魚雷を持った陸軍の重爆や、海軍の陸攻が幾度か夜間特攻をかけたらしかったが、遂に一隻も減らすことはできなかった。

私はタクロバン飛行場の桟橋の東側に浮かぶ、海抜二、三メートルの細長い島を空母と見間違えたのではないかと思った。（昭和五十二年、レイテの浜辺に立って見た時、夜間なら陸軍でなくても初めて見た者は空母と間違えても仕方がないな、と改めて当時を思い返した）

○八○○近く、セブに帰着した。午後になって、再び敵機動部隊発見の電報が入り、再び桜花隊が出撃、今度は春田隊長の二番機に私、三番機に大石上飛曹が付いた。レイテ湾外は海上の視界も良好で、高度三千、見逃がすはずはないと思われた。特に大石上飛曹は二五二空に来るまで、開戦以来艦隊勤務のベテラン搭乗員だったのに、遂に何も発見することはできなかった。しかし、無事爆装機を連れて帰投できるのは、戦況の推移とは別に心安まる思いがしたものであった。

十一月三日は明治節だが、最前線では遥拝式をしている暇もない。午前は津曲中尉の指揮で宮本、吉井兵曹がレイテ島西北のオルモック湾に逆上陸中の陸軍輸送船団の上空直衛に行く。午後交代して私が再び宮本、吉井兵曹と、一日に進級したばかりの藤岡二飛曹を連れて出発した。

一四三〇より一六三〇までの二時間、荷揚げ中の船団上空哨戒をする。占領されたタクロバン、ドラッグ飛行場とも十数分のところにあるのに、遂に敵襲は一度もなかった。まだ航空兵力の整備があまり進んでいないのか、ソロモンの戦さから見るとだいぶ緩やかである。これは、敵が被害を少なくし、充分の勝算ある準備をする余裕ができて、じわじわ攻めて来る戦法に変更したのか、または敵の指揮官の戦術思想の違いによるものか分からなかった。

夕方、哨戒時間も無事終了し、激励のつもりで高度を下げ船団からオルモックの上空を低空で飛んでみた。オルモックの街は、車や人影も多く、ガダルのタサファロングの逆上陸から見れば、まだまだ充分の余力があるように見え、頼もしかった。

海岸に沿って南バイバイ辺りに至る広い道路、上空から見ると、コンクリート舗装道路かと思えるような立派な道路上を数十台の戦車が南下中だった。それが、草色の迷彩色に塗られてはっきり見える。これは大変だ。もし敵の艦爆にでも狙われたら一たまりもないだろう。昼間の移動は危険だ、早くジャングルにでも隠れていなければ、迷彩色がかえって邪魔になる。あまり実戦経験のない部隊かな、と思い心配した。

この頃、セブ基地がB25数機の奇襲を受けたことがあった。見張員の発見した時はすでに飛行場の北端で、応戦の暇もなく低空から滑走路一面に落下傘爆弾をばらまかれてしまった。あまり低空過ぎたためか、爆発したものはわずかで、純白の花の咲いたように美しく覆われた滑走路を見て、果たしてこれが不発弾なのか、時限爆弾なのか、見当がつかない。近寄ることもできない。

これでは特攻機の発進にも差し支える。不安の中に見守っていたが、この時の飛行長の決断の早かったこと、きんきん透る鋭い声が響いた。

「整備特攻隊を募集する。爆弾の信管を抜いて場外に捨てさせる。もし作業中爆発して戦死した場合は、特攻隊員と同じ待遇をされるよう、長官に責任をもって具申する。整備分隊長はすみやかに希望者を募るように」

「オーイ、集まれ」という分隊長の声に応じて、指揮所近くにいた二、三十名が馳け寄って来た。説明を聞くと等しく一斉に手を挙げて、全員が志願した。

ああ、搭乗員ばかりでなく、レイテを眼の前に控えて、ここの基地員は全員張り切っていた。指示に随って兵器員は素早く片端から信管を外し、整備員はこれを滑走路の外へ担ぎ出す。数十分のうちに、一面の不発弾はきれいに処理されてしまった。幸いに事故は皆無だった。実に迅速果敢な行動で、特攻機を送り出すこの基地は、整備員も搭乗員と少しも変わらない特攻精神を持っていると感じた。

十一月四日、この日はタクロバン飛行場攻撃の命令が出た。私の下に宮本、吉井、藤岡の三兵曹、昨日と同じメンバーである。

〇七〇〇セブ基地発進、進撃高度三千メートル、警戒しつつ飛行場に近づく。上空に敵機なく、千五百メートルまで下げて地上目標を捜す。三十日の黎明攻撃の時は弾道弾痕が見えるので、随分激しく打ち上げられたように思ったが、大した防御砲火ではない。

陣地はやはり滑走路の南端に集中している。飛行場内南にB24二機が滑走路に添って止まって見え、東側にはP38四機、こちらも飛び上がる気配はないので、まず、抱いている六十キロ爆弾を陣地に叩きつける。ここはドラッグと違い、建物もはっきり見えるので、攻撃は楽だった。列機も続き降下のまま列線の銃撃に入る。

B24とP38にそれぞれ一撃を加えたが、遂に一機も炎上しなかった。陣地からは二ヵ所より火を発し、黒煙が上がった。少ないと言っても、地上の機関砲と撃ち合っては不利なので切り上げ、列機を集合させて低空のまま引き揚げた。

オルモックの味方陸軍の上を過ぎてから高度を上げ、三千メートルで帰投針路につく。カモテス島にかかる頃、前方に銀粉のような大群が横切り、北上するのを認める。敵機だ。大変なものを見つけてしまった、見なければともかく、見てしまった以上、「見敵必撃、一撃必墜」は戦闘機乗りのモットーである。

距離三万で敵B24約五十機、高度四千、その上六千メートルにP38約三十機。増速しながら、どうしようかと考える。敵はセブに向かうらしく、左旋回に入る。南側に出て追いながら振り返って見ると、みなニッコリ喜んでいる。先日宮本、吉井兵曹の突っ込んだのもこの編隊だったろう。

藤岡の攻撃力もすでに際立っているし、不安はない。が、上のP38が邪魔になる。それにしても八十機の編隊は見事である。Y作戦の時、二百機近い攻撃隊の最先頭に立ってモレスビー上空を飛んだ時は実に爽快だったが、今度は四機で八十機の中に突っ込まなければならない。今までの経験では、アメリカの戦闘機は隊内同士の電話連絡は優秀らしいが、爆撃隊と護衛隊の連絡はあまり良くないようだったので、Ｐ38は避けて、当時行なわれていた上方攻撃は止め、旧式の前上方攻撃をすることにした。

敵が変針を完了、南下しつつ爆撃針路に入るのに合わせて、単縦陣として接敵を開始する。敵の目標は、今日はセブでなく対岸のマクタン島基地である。ここには、あまり飛行機はないらしく設備も少ないようなので、少し気が楽になる。

爆撃前、敵の左端機を狙って思い切り近づく、いつものことだが、基地防衛の時は必墜を期して末端機を狙い、艦隊直衛などの時は、一番機を狙うことにしていた。

第一撃の効果不明のまま、五百メートル直下に突っ込み、再び前方に出る。列機も同じ機を狙う。振り返って見ると、相手は黒煙を噴いて少し遅れ出している。ちょうどマクタン飛行場上空で二撃目に入った。

次の末端機を狙う、これも手応えを感じて切り返す。マクタン飛行場は、一瞬のうちに爆煙と土ぼこりのためにしばらく見えなくなった。これだけの爆弾量を見るのは初めてであった。

私は二十ミリ弾を打ちつくしたし、敵の爆撃も終わったので、列機に集合のバンクをする。二機のＢ24は黒煙と燃料を噴き、遅れはじめ、高度も徐々に下がっている。果たして予想通り上空のＰ38は気がつかなかったのか、Ｂ24の防御力を信じてか、かかってこなかった。

十時近く着陸する。タクロバンの地上機は燃やせなかったが、基地上空で直掩機の目を盗んで二機撃墜確実、一機不確実との戦果に、ようやく面目を保つことができた。

この日午後、春田大尉は単機でマバラカットに帰られた。二五二空ただ一人の隊長となっていたので、長くマバラカットを留守にできないのは分かっていても、何か取り残されたような心細さを感じた。

五日午後、若くても発言力のある兵学校出の隊長がいなくなって、寂しく思っていたところ、二五二空の搭乗員は飛行機を置いて輸送機で帰れ、との命令が出て、久し振りに飛行長のいるマバラカットの本部に帰った。

会いたかった春田隊長は、この日の午前の迎撃戦で戦死されたとのことであった。

神風特別攻撃隊梅花隊、聖武隊

十一月六日、セブ基地よりマバラカット基地の二〇一空へ零戦四機の空輸を命ぜられ、昨日の輸送機でマバラカット発、早朝セブに着く。茂原で別れた西沢飛曹長は十月二十六日、輸送機で移動中に撃墜されたという。戦闘機に乗っていれば、決して落とされることはなかったろう。この遭難を聞いたばかりなので、輸送機は心細かった。ただちにセブ発、高度三千で飛行する。

マニラ湾を通過する頃、遮風板に油が洩れかかり、爆音もやや不調となったのに気がついた。そして、わずか二、三分の内、たちまち遮風板を真っ黒にし、エンジンも被弾した時のような振動が激しくなり、白煙を吐き出した。こんな故障は経験もなく原因も分からない。クラーク飛行場群へ十数分のところだが、あきらめてマニラのニコラス飛行場に不時着を決心して引き返した。

間もなく振動はさらに大きくなり、回転も低下し、水平飛行も困難となり、誘導コースを回る暇もないまま、海岸より着陸コースに入ったところでプロペラも焼き付いてしまった。しかし、好運にもそのまま滑空して定着マーク内にピッタリと着陸することができた。後の列機の邪魔にならないように、斜めに滑走して左側一杯に寄って停止すると、すぐに整備員が馳け寄って来て調べてくれた。シリンダーの一個が裂けていた。よくも火災を起こさなかったものと、驚くほどだった。恐らく、材質不良によるものと思われたが、この頃の機材には信頼しかねるものがあった。

列機が着陸して揃うのを待ち、迎えの車に乗り指揮所へ報告に行く。車を降りるが早いか雷が落ちてきた。

「馬鹿者、何で滑走路の真ん中に飛行機を止める。ここは内地とは違うぞ、すぐ掩体壕に入れなくちゃ駄目じゃないか。ぼやぼやするな」と大声で怒鳴りつけられた。床の高いバラック建ての指揮所だが、相当に大きい。階下まで近づき見上げると、驚いたことに中将、少将、大佐級のお偉い方々がぞろぞろざわざわしている。誰が基地指揮官なのか見当もつかない。

困ったな、と思っていると、さっきの大佐の雷が進み出て来て、「俺が報告を受けよう」と言う。誰か知らないが参謀肩章のないところを見ると、ここの司令なのかも知れない。あまり戦争慣れはしていないな、と思う。掩体壕まで操縦して行けるものかどうか、着陸を見ていればプロペラの回り具合で分かりそうなものだ。ちょっと情けない気がした。

一応型通りの報告をすませ、その後の処置をお伺いして待機することになった。階下に待つほずである。

どもなく、厚木空で補習学生だった菅野直大尉が降りて来た。今は確か二〇一空の飛行隊長のは

「分隊士、さっきはどうも、気を悪くしないでくれ。いきなり頭の上から白煙をもうもうと噴きながら着陸してきたので、すわ空戦、空襲か、と司令部は防空壕へ飛び込むやら、見張りを怒鳴りつけるやら、大騒ぎで気が立っていたのだよ。悪かったな」と、大佐の代わりに慰めてくれた。だが、後がうまくない。

「飛行機は当基地に置いて、陸路マバラカットまで帰るように。ただし、当地で今編成中の特攻隊に一名欠員ができたので、この中から一名選抜して特攻隊員として残すように」

と、言うのである。これには私も驚いた。列機には誰も特攻を恐れる者はないと思うが、不時着した先で私の判断で決めることはできないと考え、

「私の一存で決めることはできません。マバラカット許に飛行長新郷少佐がおられますから許可を取って戴きたい」

と、申し入れた。菅野大尉は「それもそうだな」と階上に上ったが、しばらくして現われ、

「分隊士、駄目だなあ。飛行隊の指揮系統は所在基地の先任者がとることになっているんだ。ここに着陸した者は自動的にここの指揮官の指揮下に入ることになる。それで作戦に関しては二五二空もマバラカットの飛行長も関係なくなる訳なんだ。

マニラの先任指揮官は一航艦長官の大西中将であり、ニコラス基地の指揮は直接長官がとられる。

著者の梅花隊と同時に命名された聖武隊(右側５名)。左から爆装隊の岩井辰巳上飛曹、小原俊弘上飛曹、吉原久太郎二飛曹。直掩隊の本沢敬巳上飛曹、中山孝士二飛曹。台上は二航艦長官・福留繁中将

これは長官直接の命令だ、角田少尉は戦闘機隊の指揮官としてその隊から特攻隊員一名を選出し、司令部に差し出すべし。残りの三名は十一時のトラック便でクラークまで送る。時間がないから人選を急ぐように」とのことである。

所属系統、指揮系統とよく分からないが、こうなってはやむを得ない。どうしても決めなければならないなら自分でやるしかない。そこで先任の宮本上飛曹に、帰隊の上この状況を飛行長に報告するよう頼み、列機の搭乗員に別れを告げた。

正午過ぎになって待っていたように特攻隊の命名式が行なわれるということで、艦隊司令部に案内された。民家を徴用したのだろう、芝生の庭が特にきれいだった。ここで尾辻中尉以下の先着者に紹介されたが、あれよあれよという間の出来事で、覚悟はしていたものの、頭の中は「があん」となって、ひたすら緊張するばかりである。

私たちは神風特別攻撃隊梅花隊と命名され、同

時に命名された聖武隊と共に尾辻中尉の指揮下に入った。私はその中の直掩、戦果確認機四機の隊長ということになった。

正面にずらりと並んだ将官参謀方の数は、われわれ十一名の隊員を遥かに超えている。すでに頭でっかちの海軍の末期的症状がはっきり現われていた。

南西方面艦隊司令長官・大西瀧治郎中将と、大川内伝七中将、第二航空艦隊司令長官・福留繁中将、第一航空艦隊司令長官・大西瀧治郎中将と、交々立って訓示される。だが、その言葉に何か喰い違ったものがあるように感じられる。爆装七人、直掩四人のために、三人の長官の後ろには数えきれないほどの参謀肩章が重なり合っている。こんなことで日本が勝てると思っているのだろうか。

簡単ながら目に染みるような白布に覆われた長い机を前にして、別れの清酒が配られ、大西長官は右端の尾辻中尉より閲兵式のように順次その前に立ち、みなの顔を見て回られた。そして、私の前では特に私の右手を両手でしっかり握り、喰い入るように鋭く見つめて、

「頼んだぞ」と言われた。

この大西中将の一言が鉄鎚のように頭に響いた。私の心を見通してしまったような鋭い眼光に、不平、不満、疑問も消し飛んでしまい、いよいよ俺も最後だな、と思った。この後ただちに三十分待機となり、これがずっと続いた。

日没後には、宿舎のマニラホテルに帰り、日出と共に、司令部の庭先の野天椅子で索敵機の情報を待つ。今か、今か、と一分一秒の時の流れが息苦しい。しかし、みな落ち着いているように

見える。無口ではあるが悩んでいるような顔は一つもない。実に澄み切った心境が現われている。またしても、私はこの人たちには遠く及ばない、と感ぜずにはいられなかった。

司令部の掌経理長は、ときどき宿舎の様子を見に来て色々面倒を見てくれた。

「何か欲しいものはないか、食べたいものはないか」など親切な言葉に、誰かが遠慮しながら、

「内地を出てから俸給をもらっていないので、夕食後散歩に出ても小遣いがなくて困っています。俸給を戴けないでしょうか」と言いだした。

掌経理長もこれには困った様子だったが、さっそく司令部に問い合わせてくれたところ、

「所轄部隊から履歴書、給与証明書等の身上関係書類が来ていないので、俸給は支給できないが、司令部から一日一人当たりビール一本、煙草（光）二箱を支給する。これは特に長官の心づかいです。光は市内で二十円で売れる（定価の百倍）から、二個を小遣いにしてもらいたい」

と、初めて闇取り引きというものを教わった。この時、隊長の尾辻中尉は財布を私に渡し、

「角田少尉は、特務士官だそうですね。初め予備士官かと思って、少々不服だったのですが聞いて安心しました。どうか必ず生きて帰って下さい。もし、無事内地に帰られたなら、この財布の中の印鑑を生家に送り届けて、私の最後の模様を親たちに話してやって下さい。中の二百円は搭乗員たちを適当に遊ばせてやって下さい」

と、静かに言う。

飛行学生を卒業したばかりだというのに、部下思いの立派な隊長ぶりだった。

ここにはわれわれの他にもう一隊の特攻隊が待機していたが、宿舎も異なり、名前も分からなかった。この隊長は予備中尉だということで、この人は司令部の入口の部屋で毎日何か書き綴っていた。朝から晩まで文字通り寸暇を惜しむように、いつ見ても鉛筆を忙しそうに走らせていた。誰のために、何を書き遺そうとしているのか。ああッ、あの人が何か書き終わるまで、敵機動部隊が現われなければ良いが、と陰ながら祈った。私は、

「尾辻中尉も、何か書き残されませんか」と聞いたところ、

「いや私はよいのです。兵学校に入った時から戦死の覚悟はしておりますから、今さら別に言い残すこともありません」と、これはまた実に淡々としたものだった。

決死の型にも色々あると感新たなものがあった。

戦場の女たち

酒好きだが煙草はのまない私は、搭乗員たちと配給の煙草とビールを交換して一人飲むのが常だった。その日も一同、夕食もそこそこに散歩に出かけた。私は広いホテルの部屋に一人ポツンと残って飲んでいた。三十分余りもした頃、ドヤドヤと四、五人の搭乗員が帰って来た。ドアを開けてまだ私がいたので驚き、困った様子で入口に立ち止まっている。何かあったのか、とよく見ると廊下の薄暗いところに若い女性が一人立っている。これは困った、特攻隊員が街の女を宿舎に連れ込んだとあっては、上官として見逃がす訳にはいかない。何と言って止めさせれば良いものか、と見つめたまま立ち往生してしまった。

彼らもまごついた様子だったが、その中の先任者らしい者の話を聞くと、「街へ出る途中の暗いところでこの婦人に呼び止められ、子供を連れているのが珍しく事情を聞きましたところ、片言の日本語で『子供に一週間ばかり何も食べさせていない、夫は比島陸軍中尉でマッカーサー司令部と共に蘭印に行っているが、音信不通で生活に困り、今夜初めて街角に立った』と言うのです。あまり可哀相だから、夕飯の残りでもやろうと思って連れて来たのです。よろしいでしょうか」と言う。

おどおどしながら入って来た母子を見れば、母は二十五、六歳の白系混血の美人、子供は四、五歳の可愛らしい男の子、服装も清潔だ。私はふと故郷の妻子を思い出した。私にも女の子だがちょうどこの年頃の子供がいる。この戦争は遠からず日本本土に敵を迎えることになるだろう。その時、わが妻子はどうなるのだろう！　私は黙ってうなずいた。

喜んだ搭乗員たちは、まだ流し場にあった残飯でにぎり飯をつくって持って来た。夢中でかぶりつく子供、涙をためて見守る母、それを囲んでにこにこ楽しそうな搭乗員たち。彼女が仮に敵のスパイであったとしても、私はやむを得ない、これでよいのだ、と一抹の不安を打ち消して寝室へもどった。

十日、朝から小雨が降った。正午になっても止まず、今日は索敵機がまだ出ないので、待機を解く、との指令があった。休業と分かるとたちまち搭乗員たちは消えてしまった。隊長も一人で出かけたようだが、ビールの配給はまだだし、退屈なので掌経理長に教えられた慰安所の辺りでも散歩して、ひやかして来ようかと出かけてみた。

慰安所は木造二階建てのバラックで、ラバウル辺りよりやや上等の建物だった。台湾出身の慰安婦が十五、六人いるという。雨も小止みなのでブラブラ歩いて行くと、その建物の裏口に出た。そこには隊長が立っており、私の足音に振り返って静かに、静かに、と言う。そして手真似で言われるまま板壁の向こうを見ると、正面帳場の座敷を開け放して五、六人の搭乗員と、同数の慰安婦たちがトランプ遊びの真っ最中だ。

慰安婦は十八、九歳か、揃いの純白の服で美人揃いだ。茶褐色の飛行服もちょうど同年代、わあわあ大騒ぎしながら遊びに興じている。その姿に、一幅の名画を見るような神々しさを感じた。

私が「隊長も一緒になったら良いでしょう」と言うと、彼は静かに頭を振って、

「私が行くと搭乗員が遠慮しますから」と言う。彼らとあまり年の違わぬその顔を見て、私は胸がつまった。まだ二十一か二だろうというのに、特攻隊の隊長として徹し切って無我無心の慈母観音と言ったような表情だった。

しばらくして、隊長と私は小雨の中を黙ったまま宿舎に帰った。

戦後、昭和四十七年の秋の彼岸に、東京世田谷の特攻観音の除幕式が行なわれた。戦友に誘われ参拝したが、私はこの観音様よりも尾辻中尉の方がずっと観音様らしい顔をしていたな、と悲しく思い出した。

出撃

この日の午後、急にレイテ湾東方に敵機動部隊発見の報を得て、マニラ湾岸道路より発進した。予定コースを索敵したが敵を発見できず、さらに足を百浬近く延ばす。増槽を持った私の方が燃料を心配するほどだったが、日没となってようやく反転、帰途についた。

セブに着陸したのは午後九時頃だったと思う。満月であったが夕方から雲量十となり、暗夜と変わらない夜間飛行となった。

コースは、ちょうどドラッグ沖を通過する。爆装機の燃料が心配なので回り道はできない。下に米戦艦群のいることは分かっていたが、誘導機の私が航空灯を消しては編隊飛行はできなくなる。航空灯をつけたまま弾幕の中を高度三千、増速して高度二千まで落とし、突破する。爆発音と共に機体は揺れ、目前にはチカチカ花火のように高角砲が炸裂する。それでも航空灯をつけていたためか、探照灯の照射を受けなかった。おかげで助かった。

神風特攻隊梅花隊、聖武隊の隊長・尾辻是清中尉

二回目の出撃は、十一月十一日、午前だった。司令部始め多数の報道班員等に見送られてマニラ湾岸道路から発進した。離陸後気付いたが、エンジンの調子が悪い。地上運転では異状なかったのだが、スイッチを切り換えA・C《エアコントロール》レバーを動かしてみる、だが良くならない。燃料混合比がやや薄過ぎると判断した。薄く白煙を噴くが水平飛行には差し支えない。ここで引き返し、修理とか予備機に取り換えていたのでは間に

合わないので、レガスビーで燃料補給の際に直してもらおうと思い、そのまま進撃した。これが一生の悔いを残すことになろうとは、その時は思いも及ばず、ただ一刻も早く敵機動部隊を捕捉することばかりが念頭にあった。

十二時頃レガスビー着、ただちに整備員に調整を頼む。ガソリン補給の間、搭乗員は最後の弁当を開いた。その時、基地の整備兵曹長がやって来て遠慮しがちに、「気化器の調整法が分からないから見に来てもらいたい」と言う。これには困った。今まで随分零戦の試験飛行も行なってきたが、搭乗員は原因さえ確かめれば、後の調整は整備員がやってくれる。私は、「燃料をちょっと濃くすれば治ると思うんだが」と腰を上げずにいると、整曹長は、「申し訳ないんですが、当基地にはマーク持ちの整備員は私一人しかいないんです。ところが私も計器が専門で発動機は触ったことがないんです。ここは陸攻基地で、陸攻には搭乗整備員がいるため、基地には無章の兵隊しかいないのです」と言う。驚きの連続だ。飛行隊は電報一つであらゆる基地を飛び回る。まさか戦闘機の整備のできない基地があるとは思っていなかった。

航空隊の編制が変えられて、基地航空隊と飛行隊が分離されたが、名目だけで完全な作戦配備ができていないのだ。誰の責任か、腹が立つ。しかし、最大の怠慢は私自身なのかも知れない。今まであまりに優秀な専属の整備員にめぐまれて、私はただ不良個所を指摘するだけで、それがどうして調整されているか、最後まで見届けていなかったのだ。

「今、エンジンカバーを外して待っていますから、ここの目盛りをいくつ増やせとか、減らせとか、直接指示してもらえれば有難いんですが」と言われても自信はない。

昭和十五年八月、初めて漢口で零戦の講習を受けた時、一度確かに詳しく説明を聞いた覚えがあるが、とにかく一応燃料は薄いのだから調整目盛りを（＋）へ若干回してもらう。三十分ばかりの休憩で、出発は急がなければならない。

私は大急ぎで試飛行に飛び上がった。隊長始め、エンジンを発動して待機している。危惧していたように、果たして調子は良くならない。噴出する白煙は以前よりかえって多くなったようだ。飛べないこともないが、なるべく隠密に接敵しなければならない誘導機が、こんな白煙を吐いてはたちまち敵に発見される。

ただちに着陸して、隣りに待機していた二番機に駆けより、「おい、交代してくれ。お前残ってくれ」と、声をかけた。上官の頼みだ、すぐ交代してくれるかと思っていたのに、彼は静かに、「三番機とかわって下さい」と言って、そのまま落ち着いて試運転を続けている。私は、それもそうだ、私がいない時は彼が直掩隊長になっていたはずだ。経歴からみても敵と遭遇した場合、彼がいた方が力になるだろう、と思い、次の三番機に駆けより、

「おい、俺の飛行機は駄目だ。お前交代して残ってくれ。この飛行機を俺に貸せ」と言った。しかし、先ほどから私の行動を見ていた彼も平然と、

「四番機と交代して下さい」と、同じように答え、当然のように運転を続けている。この時初めて私は気が付いた。こいつら普通のことでは飛行機から下りないな、と。そこで、今度はゆっくりと四番機に近付いた。今までの二人はマニラで初めて会った連中で、名前も良く覚えていない。だが四番機の聖武隊中山二飛曹は、私が厚木航空隊の教員時代に教えた練習生である。彼ならば

私の言うことを聞いてくれるだろうと、

「おい、お前は残れ。俺が飛んで行くから」と、高飛車に有無をいわせぬつもりだったが、私の様子を見ていた中山は、「私が行きます。分隊士が残って下さい」と、またも同じことを言う。それで私は声を荒げて、

「俺が行かなくて誰が誘導するんだ、下りろ」と叱りつけ、落下傘バンドに手をかけ引き摺り下ろそうとした。すると、何と、彼は操縦桿に両手でしがみつき、

「教員、私がやります、私にやらせて下さい」

と、悲鳴に近い声をあげた。「あッ」と私は手を緩めてしまった。久し振りに聞く「教員」と呼ぶ練習生の声。命名式の時、私は彼に気付いていたが他の搭乗員に差別感をあたえてはならないと思い、黙っていた。彼も言葉をかけては来なかったが、私が教員であり、特務士官であることを隊長に知らせたのも彼であった。教え子は何年経っても可愛いものである。

彼の悲鳴のような声に手を緩めた私は、遂に彼を引き摺り下ろすことができなかった。そこで、若いが指揮官である隊長に頼むしかない。

「隊長、搭乗員は私の言うことを聞いてくれません。隊長命令で誰か交代するものを指名して下さい」こうした私の申し出に、尾辻中尉は相変わらず物静かな表情のまま、ちょっと思案していたが、

「私たちは、K部隊より選ばれて、死所は一つと誓い合って来た者同志です。今ここで誰彼に残れと言うことは私にもできません、分隊士が残って下さい。分隊士は他部隊からの手伝いですか

ら、誘導機はなくても私が何とかしますから。そして飛行機が直ったら原隊に帰って下さい。長い間ご苦労さまでした」

征く者が残る者にご苦労様でしたとは！　物静かな中に不動の決意が窺われ、私はもう何とも言うことができなかった。全身の力も抜けるような感じで、首を垂れて隊長機より離れた。

飛び立つ僚機を見送りながら、早くも私には自分の不甲斐なさを後悔する気持がわき上がっていた。それは一生続くことだろう。なぜあの時、無理にでも中山兵曹を引き摺り降ろさなかったのか……。

十二月末頃、「この日、梅花隊、聖武隊は敵に会わず、セブに帰投し、翌十二日再び出撃したが、発進後間もなくレイテ島の手前に待ち伏せていた優勢な敵戦闘機群に遭遇して、全滅した」ということを聞かされた。

当時の梅花隊編制

爆装隊長　一番機尾辻是清中尉、二番機高井威衛上飛曹、三番機岡村恒三郎一飛曹、四番機坂田貢一飛曹

直掩　一番機角田和男少尉、二番機和田八男上飛曹

聖武隊編制

爆装　一番機岩井辰巳上飛曹、二番機小原俊弘上飛曹、三番機吉原久太郎二飛曹

直掩　三番機本沢敬巳上飛曹、四番機中山孝士二飛曹

特攻部隊二〇一空へ転勤

十一日午後、不調のままの飛行機に乗ってマバラカットに帰った。ここなら二〇一空の本部もあり、自分の所属する二五二空の整備員もいるので整備に一番確実だと思い、また、尾辻中尉に原隊に帰れ、と言われたことも意識にあったためだと思う。

その時、梅花隊がセブにまた不時着するとは考えてもみなかった。二〇一空の玉井司令に飛行機を返して、二五二空指揮所に帰った時、そこには士官搭乗員は畑井中尉だけで、下士官が十数名。これが戦闘三〇二および三一六飛行隊の総員であった。

十五日、二五二空も遂に解隊することになった。新郷飛行長より、「搭乗員の半数を特攻隊員として二〇一空へ転勤させ、残りの半教は原隊に復帰する。人選は分隊士二人で相談して決めるように」との命令があった。

私は知らされなかったが、この日は二〇一空付属の各飛行隊は内地部隊に編制替えになり、搭乗員は引き揚げて、新しくわれわれ戦闘三〇二、三一六飛行隊が特攻部隊として二〇一空配属になった日であった。飛行長もこの中から半数を連れて帰ることは、大変な努力を要したことと思えた。

一度正式に特攻隊命名式も受けたことだし、当然私が残ることになった。そして、自然に三〇二飛行隊の一分隊士、畑井中尉のところの搭乗員が大部分帰り、二分隊士である私のところと士官全員を失った三一六飛行隊の者が大部分残ることになった。二五二空はこのほかに副長八木中佐の下にアンヘレスに三一五、三一七飛行隊がいたはずであるが、私には情報がなかった。

即日二〇一空指揮所に移った。こうして私は正式に二〇一空へ転入したのであった。何しろ荷物はなく、体一つの転勤だから簡単である。若林、桑原兵曹以下の十名近くを連れて、午後玉井司令、中島飛行長に転入の挨拶をして、特攻待機となった。

その夜初めて竹籔の中の鶏小屋のような民家からマバラカット町内のいくらか上等な鶏小屋に移った。二メートルくらいの高さの竹棒の床は同じだが、周囲が囲われており、竹も新しいだけ清潔な感じがした。やはり民家を接収したものだろう。コンクリート二階建ての本部宿舎の右斜め前方近くにあった。慣れぬ士官室は面倒なので、ここの搭乗員宿舎で世話になることにした。夕食後、二〇三空の長田少尉の訪問を受けた、誰に聞いたのか良く尋ねて来てくれたものと、有難く思った。厚木空時代一緒に過ごした同年兵である。彼の話によると、

「二〇三空も、西沢、尾関飛曹長始め、井上、長野兵曹等歴戦の勇士をほとんど失い、現在搭乗員は長田少尉以下十名ばかりになってしまった。そして、飛行長（二〇三空には、副長、飛行長がいなかったので、先任将校を飛行長と呼んでいた）岡嶋少佐は特攻に反対で、全員引き連れて再編成のため内地に帰ると言っており、先ほどまで士官室で、全搭乗員総特攻を唱える二〇一空の中島飛行長と、『特攻は邪道である、内地に帰り再編成の上、正々堂々と決戦をすべきである。俺の目の玉の黒い内は二〇三空からは一機の特攻も出させぬ』と頑張る岡嶋飛行長が、お互いに軍刀の柄に手をかけて激論をしたが、玉井司令の仲裁でようやく二〇三空は全員明朝、輸送機便で内地へ引き揚げることになったのだ。そして、『それについて、再編成のために是非角田少尉が欲

しい、一緒に内地へ帰ってもらいたい。航空本部へは飛行長が一身に換えても責任を持つから』と言っている」

とのことだった。しかし、私は下士官兵を置いて一人帰ることはできない、海軍では分隊長は下士官兵の父であり、分隊士は母である、と教育され、私も口に出して言ってきた手前もあり、二五二空残留ただ一人の士官となった今、どうしてここを離れることができるだろう。断わり続ける私も、十一時過ぎまで熱心に説いてくれる少尉の好意に根負けして、

「それほど言ってくれるなら、二五二空十名ばかりの全員をもらって戴けないか。古い者はラバウル以来、若い者でも硫黄島沖以来の航空戦を経験しており、制空戦に使える者たちばかりだから」と言った。

聞いた長田少尉は喜んで帰ったが、すぐ引き返してきて、

「駄目だ、輸送機の席がない。分隊士一人割り込むだけで勢一杯だ。それに自分の搭乗員を連れて帰るだけでも容易ではなかったので、他部隊の兵隊まではとても面倒見切れない。分隊士一人だけなら必ず責任を持つからそうしてくれ」と言う。話は分かる。しかし、特攻を拒否した場合の大西中将の激怒はすでに噂に聞いていることだ。飛行長に迷惑をかけることはできないので、私はやはり残ることにした。

長田少尉は、「では仕方ない、だがこれが別れになるだろうから、一目飛行長に会って挨拶をしてくれないか。まだ起きて待っておられるはずだから」と、実に有難い言葉であった。親友は持つべきものと感謝したが、会って、もし飛行長から直接「頼む」と言われては私も断わり切れ

なくなると思ったので、「悪いけど宜しく伝えてもらいたい」と、これも断わった。

この時まで、熱心に誘ってくれる長田少尉の話を不安そうに見守っていた搭乗員たちに長田少尉の鋭い一喝がとんだ、

「貴様たち、何で分隊士に帰るように頼まないんだ。分隊士には奥様も子供もいるんだぞ。その分隊士がお前たちと別れられなくて頑張っているのが分からんのか」

はっとしたように、口々に「私たちはいいですから分隊士、帰って下さい」と言う。長田少尉は私の腹の底まで見透していたのだ。私は岡嶋少佐の情もあったと思うが、大方は私を殺したくないための彼の推薦だろうと見当を付けていた。

こうして私の特攻を熱心に止めるよう説いてくれた長田延義少尉も、後日沖縄沖に戦死してしまった。

このころの二〇一空指揮所は、各部隊よりの転入者で非常に活気を呈していた。ぼんやり考えるともなく立っていた私の前に、突然見慣れない士官が来てニコニコしながら敬礼した。

「分隊士、しばらくでした」

腕のマークは大尉である。私は驚いて敬礼しながら考えた、厚木で受け持った士官ではない、もう少し若い。あの人たちはもう隊長級だし、どこで会った人だろう。不審に思い、「どなたでしたでしょうか」と聞くと、

「ブインでお世話になった候補生ですよ。要務士の候補生です。分隊士が転勤して間もなく、私

も飛行学生になって来たんですよ」

ああ、あまり進級が早いので分からなかったが、確かにそう言われて思い出した。人事分隊士として戦闘関係報告書と、人事関係書類を一人で受け持ち、多忙を極めたラバウル時代の十八年に、初めて要務士制度ができ、戦闘関係は口頭で報告するだけで済むようになった。その後は手際よく兵学校出の士官が書き上げてくれたので、大変助かったものだ。お世話になったのはこちらの方だ。絵に書いた桃太郎のように丸い紅顔の美青年で、いかにも嬉しそうな顔だった。

私が「もう分隊長ですね」と階級章を見ながら言うと、「いや、隊長ですよ」と胸をそらして、いたずらっぽく笑う。出世したのを知った者に見てもらって、楽しくてたまらない、といった様子。子供のような純粋さに、私は胸が熱くなった。

しかし、隊長は隊長でも、これは飛行隊長ではない。ここへ来る以上、いずれ何とか命名された特攻隊長だ、と気が付いたが聞く言葉も出ずにいると、

「今来たばかりですが、すぐセブに行かなくてはなりません。もう搭乗員が整列して待っておりますから、これで失礼します」と敬礼される。

「ご無事に」とは言えない特攻隊である。小さく「お元気で」と送ると、くるりと振り返って足早に去って行った。そのジャケットの背中には大きく竹田大尉と書いてあった。

シュンとして見送る私の後ろで、突然ワッハハハッと、これはまたこの場に似合わない豪傑笑い。振り返ると津曲大尉である。

「分隊士、いくら角田分隊士でもここまで来ては七十三歳までは生きられないでしょう」と言う。

私はびっくりした。この人とは硫黄島で交代のため一週間ばかり一緒にいたことがあるが、いつ誰に聞いたのだろう。ラバウル以来、酒を飲んでは口癖のように、

「米英の戦闘機に俺を落とせる奴はいないぞ、俺は七十三歳まで生きると横須賀の大道易者が保証したんだ。この分ではあいつの易は本当に当たるらしいぞ」と、よく言ったものだが、この頃は次第にこの自信は薄らいでいた。

しかし、シャクなので、

「いや、まだ分かりませんよ」と言うと、また豪傑笑いで、

「いや分隊士にはかなわんねえ、母艦にぶつかっても生きてるんではねえ」と言うので、私も笑ってしまった。いろいろな人が出たり入ったりするところだった。

中島飛行長は歌が好きだった。特攻出撃の暇をみては、素人演芸会を催す。音痴の私にこれは苦手だった。各転入部隊毎に分かれて代表を出すのだが、いかにも楽しそうに飛び入りする芸達者もいたが、私の連れていた二五二空出身は、何しろ私を筆頭に搭乗員たちは揃って歌の得意な者がいなかった。しかたなく乙飛出身の吉井上飛曹がいつも代表になり、毎回同じ潜水艦の歌、……可愛い魚雷と一緒に積んだ、青いバナナも……とやっていた。この演芸会は、報道班員らも一緒になり、聞くだけなら結構楽しい

二〇一空で特攻隊員となった若林良茂上飛曹

ものだった。この歌を歌った吉井兵曹も、先輩若林上飛曹の直掩で私の留守中に出撃し、二人共遂に帰らなかった。

最後の親孝行

セブ基地では飛行長中島中佐が大和隊を編成してから、連日特攻機の出撃が繰り返されたが、天候不良や敵の位置不明で引き返すことも多かった。そのような中にあって、突入の機会があったと思われるのに爆弾を落として帰る者があり、飛行長より質《ただ》されたところ、この一飛曹は、

「今死ねば二階級特進しても兵曹長ですが、十一月一日に進級して上飛曹になってから死ねば少尉になれます。士官と准士官では本人ばかりでなく遺族への待遇も大きく違います。いま私にできる親孝行はこれだけなのです。これから先、いくら親孝行をしたいと思っても、もうできないからです」

と、総員志願している中で悪びれもせず信念を主張したのである。特攻推進には積極的役割の立場にあって、常に楠公精神の徹底を訓示して、突入をせずに帰った搭乗員を厳しく叱る飛行長も、これには何とも叱りようがなかった。それよりもこの沈着な孝心と勇気による発言は、飛行長の部下と遺族を思う心を強く動かしたのではなかったろうか。

昭和二十年正月、マバラカットの士官室で、

「特別攻撃隊員は、成功すれば士官は今まで通り二階級特進されるが、下士官は上飛曹、一飛曹、二飛曹共に少尉に特進され、兵は兵曹長に一率特進されることになった。これは第一回の敷島隊

まで逆上って適用されることになった」

と、力強く発表された飛行長の顔には、いつもの緊張の中に幾分の和やかさを見たのであった。

この特進制度の改正がいかなる法律によってなされたものか知らないが、上飛兵より飛曹長に、二飛曹より少尉に、四階級、五階級を跳び越えて追任された神風特別攻撃隊員の栄誉はこのセブに於ける下士官の進言と、これに感動された中島中佐の赤心が司令長官、海軍首脳部全体を動かしたのではないかと思った。

この下士官が二木弘一飛曹であったことを知ったのは、昭和五十八年になって、二木兵曹の同期生であった小沢孝公氏より教えられてからであった。一部終戦の混乱により未発表のまま放置された不運な金剛隊員、大義隊員もあるが、大方の下士官は、その墓碑に正八位勲六等功三（または四）級海軍少尉の肩書きが刻み込まれている。

二木兵曹は、その言葉の通り十一月一日の進級で上飛曹になった後の十八日、第八聖武隊として、小原俊弘上飛曹、吉原久太郎二飛曹と共に、レイテ、タクロバン沖の大型輸送船に突入、命中炎上が確認されたのであった。

親孝行のため進級を待って突入した二木弘上飛曹

昭和六十三年二月、元飛行長中島正氏に電話して、この件を確認したところによると、
「司令部に対して下士官全員を少尉に、兵全員を准士官に特

別進級するように申し立てをした覚えはないが、直掩機も戦死した場合、爆装機と同様特攻隊員として認めてもらえるよう進言した覚えはある。

何しろ昔のことで記憶は薄いので許してもらいたい。ただ、長官は戦死者の遺族のことには随分心配しておられたようだったが」

との返事であった。

特攻の真意

十一月下旬、零戦四機をダバオに派遣することになった。下士官兵三名はすぐ決まったが、指揮官の小隊長が決まらない。飛行学生を卒業したばかりの中、少尉が五、六人見えたが、誰もダバオまでは航法に自信がないと辞退していた。厳格な飛行長もこれには困っているようだった。無理もない、彼らの飛行時間を知っていては、叱る訳にもいかない。立ち上がって見回していたが、後ろの方で搭乗員たちと腰を下ろしていた私に気付いた。

「おッ、特務士官がいた」

と言い、手招きする。駆け寄ると「お前なら行けるだろう」と言う。当たり前だ。私は慕ってくれる二五二空からの隊員の最後を見届けたいと思ったが、すでにここへ来れば同じ二〇一空隊員になってしまったので、仕方ない。

「航空図さえ戴ければどこへでも」と答えた。

「よし、では行ってくれ。ダバオには一航艦の小田原参謀長が作戦指導に行っておられるはずだから、指揮を受けるように。ダバオに行ったことはあるか」

「ありません。ダバオには飛行場がたくさんあると聞いていますが、戦闘機隊はどこでしょうか」と聞くと、

「同じような飛行場があるから、ここで説明するより現地へ行ってみて、一番大きい飛行場に下りてから、六十一航戦司令部のある飛行場と聞けば分かる」と言う。特務士官ともあろうものが
「私の行くところはどこでしょうか」では、様にならないが、教えてくれなければ初めての土地で分からない。

ちょうどそこへ、初めて見る大尉が難しい顔をして前に立った。

「飛行長、いくら何でも桟橋にぶつかるのは残念です。空船でも良いですから、せめて輸送船に目標を変更して下さい」と、頼んでいる。

傍で聞いていると、この人の隊は、今日薄暮、タクロバンの桟橋に体当たりを命ぜられたらしかった。

間髪を入れず中島飛行長の怒声が飛んだ、

「文句を言うんじゃあない、特攻の目的は戦果にあるんじゃあない、死ぬことにあるんだ」

にらみつけられた大尉は、しおしおと帰って行った。気の毒だなあ、部下に対して何と説明するのだろうか。飛行長の言葉も、この時は理解できなかった。今日は馬鹿に気嫌が悪いんだな、と思っていた。確かにタクロバンの桟橋が完備してからは敵輸送船も特攻を避けるのに慣れて、昼間は沖合をゆっくり近付き、夜間に横着けして素早く荷上げをして、夜明けまでには外海に去

って行く。機動部隊ばかりでなく、輸送船さえなかなか捕捉し難くなっていた。栈橋を破壊すれば、確かに輸送船の捕捉はやさしくなるかも知れないが、当たる当人はいかにも残念だろう。特攻でなくて、普通爆撃でできないものか、と思う。しかし、ダバオまでも移動できない士官が多いようでは、司令、飛行長の頭がおかしくなってもやむ得ないか、とも思った。私は弁当をもらって午前中に出発したので、この隊のその後のことは分からない。

私の列機とは、初めて会った辻口一飛曹、鈴村二飛曹、もう一人飛長がいた。私は中島飛行長に頼まれた封書を持って、快晴の空を高度三千でダバオへ直進する。ネグロス島上空にかかる頃、四番機の飛長が合図もせず急に左旋回するとセブ基地の方向へ飛び去った。後日連絡があり、機上でマラリヤの発熱のため、初めてのダバオより慣れたセブの方が着陸に安全と考え、不時着したとのことであった。随分チャッカリした搭乗員もいるものだ、と感心した。

教えられた通り、恥ずかしいが一番大きな飛行場に着陸する。人影もない。基地南方の指揮所らしい建物の方へ滑走して行き、エンジンをかけたまま数人の兵隊を見つけて聞くと、ここは陸軍の飛行場だという。海軍の六十一航戦司令部といっても、陸軍の兵隊さんが知っている訳はない。

困ったなと思っている間もなく、一台の乗用車が走り込んで来た。大尉が一人乗っていた。下りるが早いか、

「駄目じゃないか、飛行場を間違えるようじゃ。すぐ飛び上がって西隣りの飛行場へ行け」と、

軽蔑の眼差しである。予期していたものの、人格を無視されたようで面白くなかった。

飛び上がればすぐ左は隣りの飛行場である。ここの飛行場で思いがけなかったことは、すでに指揮所には将官旗を立てた車が止まっており、見覚えのある上野少将、小田原大佐、それに厚木の整備長・誉田中佐が参謀肩章を吊っておられるのには驚いた。

この人は海軍の主流ではない、まして恐らく海軍大学も出てないだろう。高等商船出身であるが六十一航戦では先任参謀でもあった。到着の報告と共に飛行長中島中佐より託された参謀長宛ての封書を届けた。

先ほどの大尉もすぐ車で見えた。二〇三空の添山大尉（兵七十期）とのこと。レイテ海戦の帰途不時着してのち、ここに回されたという。司令部と搭乗員の連絡係をしておられた。他には人もいないので、搭乗員と共に指揮所内に入って休んでいると、誉田参謀が話しかけてきた。

「角田君、しばらくだなあ、奥様やお子様も丈夫かな」

「はい、お陰様で丈夫だと思います」

そして、ちょっと考える風で、

「それで、君、本当にぶつかる積もりかい」と変なことを言う。実は出発の際、飛行長からは今回も誘導直掩だと聞かされていたので、ちょっとおかしいと思ったが、

「ご命令があれば、いつでもやります」と、答えた。傍らで聞いていた小田原参謀長が、

「先任参謀はこの人を知っているのかね」

と尋ねられた。誉田参謀は、たぶん強調するためわざと親しく話しかけられたのだと思う。

「これは、ラバウルの撃墜王で、山本栄司令や八木副長の秘蔵っ子ですよ」

と、過分の進言をしてくれた。

「ふうん、それがまた何で特攻隊に……」

後は一人言のように、

「玉井君にも困ったものだな、これが最後じゃないんだから、人選は慎重にするように良く話しておいたんだがなあ」と呟いた。

ふと、自分なりに考えた。司令部の人たちの方がまだ人情味があるんだなあ。しかし、やはり末端の状況は理解し難いのだな、現場の司令、飛行長は毎日出発させる特攻機は帰らない、搭乗員、機材は足らなくなる。敵は多い、志願して来た者は妻帯者であろうと一人息子であろうと、そんなことは考慮している余地はないのではないか。それでも、生命のぎりぎりの線で聞く、心暖まる一言であった。

誉田参謀が、先ほど参謀長に届けた書類を見ながら、

「角田君、この手紙の内容は知ってるんだろうな」

「いいえ、知りません」

「そうか、これには、最初は君が誘導直掩で列機を突っ込ませ、成功した後は君は単独で突っ込ませてくれと書いてあるが、聞かなかったのかな」

「聞きませんでしたが、それではやります」

と、答えたものの、また、何か二〇一空幹部に対しては騙されたような不快感を持った。司令

には百里原、筑波航空隊で、また飛行長には十二空時代から仕えており、ラバウルではお二人共部隊は違っても飛行機隊は一緒に戦った仲なので、良く知ってはいる積もりだったのに……と思った。

その夜、ガランとして何もない大きな兵舎の床の真ん中にアンペラを敷いて、特攻隊の歓迎会が開かれた。送ってくれる方は、司令官上野少将、参謀長小田原大佐、先任参謀誉田中佐、飛行隊長添山大尉である。向かい合って、私、辻口兵曹、鈴村兵曹、の三人が座った。魚肉の缶詰のご馳走に、白湯である。

しばらく雑談していると、基地の甲板士官だという年輩の特務少尉が、一升瓶を持って現われた。

「隊内全部調べましたが、やっとこれだけ見つけました。椰子酒ですが我慢して下さい」

瓶には七分目ほどの酒が入っていた。参謀長は、

「これがダバオにある酒の全部だ。少しだが君たちで飲んでくれ」と、私たちに酌をしてくれた。私が司令官、参謀に注ごうとすると、

「いや、俺たちは良いから」と、注がせてくれない。司令官はこの時もこの後も、到着以来一言も口を利かれなかった。椰子酒はまだほとんどアルコールの香りもしなかったが、有難く全部頂いてしまった。

参謀長より、「みなは、特攻の趣旨は良く聞かされているだろうな」と聞かれる。私はマニラ

での訓辞を思い出し、「聞きましたが、良く分かりませんでした」と答えた。どちらが多いか。一機一艦を倒せば勝てる、と言っても、レイテ湾内の敵艦船と味方の飛行機と、どちらが多い残るのは艦であることは一目瞭然である。せめて私が兵学校出の大尉くらいだったら、あの時、「特攻の拒否はしませんが、黙って私の胴体内に乗って下さい。レイテ湾上を一回りして来ますから。それから特攻を続行するかどうか決めても遅くないでしょう」と、長官に進言したいところだった。が、特務少尉では誤解を招くばかり、と我慢した。

しばらく考えていた参謀長は、

「そうか、それではもう一度分かりやすく私から話そう」と、言葉を選ぶように静かに話しだした。

「皆も知っているかも知れないが、大西長官はここへ来る前は軍需省の要職におられ、日本の戦力については誰よりも一番良く知っておられる。各部長よりの報告は全部聞かれ、大臣へは必要なことだけを報告しているので、実情は大臣よりも各局長よりも一番詳しく分かっている訳である。その長官が、『もう戦争は続けるべきではない』とおっしゃる。『一日も早く講和を結ばなければならぬ。マリアナを失った今日、敵はすでにサイパン、成都にいつでも内地を爆撃して帰れる大型爆撃機を配している。残念ながら、現在の日本の戦力ではこれを阻止することができない。それに、もう重油、ガソリンが、あと半年分しか残っていない。

軍需工場の地下建設を進めているが、実は飛行機を作る材料のアルミニウムもあと半年分しかないのだ。工場はできても、材料がなくては生産は停止しなければならぬ。燃料も、せっかく造った大型空母信濃を油槽船に改造してスマトラより運ぶ計画を立てているが、とても間に合わぬ。半年後には、かりに敵が関東平野に上陸してきても、工場も飛行機も戦車も軍艦も動けなくなる。そうなってからでは遅い。動ける今のうちに講和しなければ大変なことになる。しかし、ガダルカナル以来、押され通しで、まだ一度も敵の反抗を喰い止めたことがない。このまま講和したのでは、いかにも情けない。一度で良いから敵をこのレイテから追い落とし、それを機会に講和に入りたい。

敵を追い落とすことができれば、七分三分の講和ができるだろう。七、三とは敵に七分味方に三分である。具体的には満州事変の昔に返ることである。勝ってこの条件なのだ。残念ながら日本はここまで追いつめられているのだ。

万一敵を本土に迎えるようなことになった場合、アメリカは敵に回して恐ろしい国である。歴史に見るインデアンやハワイ民族のように、指揮系統は寸断され、闘魂のある者は次々各個撃破され、残る者は女子供と、意気地の無い男だけとなり、日本民族の再興の機会は永久に失われてしまうだろう。このためにも特攻を行なってでもフィリッピンを最後の戦場にしなければならない。

このことは、大西一人の判断で考えだしたことではない。東京を出発するに際し、海軍大臣と高松宮様に状況を説明申し上げ、私の真意に対し内諾を得たものと考えている。

宮様と大臣とが賛成された以上、これは海軍の総意とみて宜しいだろう。ただし、今、東京で講和のことなど口に出そうものなら、たちまち憲兵に捕まり、あるいは国賊として暗殺されてしまうだろう。死ぬことは恐れぬが、戦争の後始末は早くつけなければならぬ。宮様といえども講和の進言などされたことが分かったなら、命の保証はできかねない状態なのである。もし、そのようなことになれば陸海軍の抗争を起こし、強敵を前にして内乱ともなりかねない。

極めて難しい問題であるが、これは天皇陛下御自ら決められるべきことなのである。宮様や大臣や総長の進言によるものであってはならぬ』とおっしゃるのだ。

では、果たしてこの特攻によって、レイテより敵を追い落とすことができるであろうか。これはまだ長官は誰にも言わない。同僚の福留長官にも、一航艦の幕僚にも話していない。しかし、『特攻を出すには、参謀長に反対されては、いかに私でもこれはできない。他の幕僚の反対は押さえることができるが、私の参謀長だけは私の真意を理解して賛成してもらいたい。他言は絶対に無用である』

として、私にだけ話されたことであるが、私は長官ほど意志が強くない。自分の教え子が（参謀長は少佐飛行隊長の頃、一時私たち飛行練習生の教官だったことがあり、私の筑波空教員の頃は連合練習航空隊先任参謀で、戦闘機操縦員に計器飛行の指導に当たられた。当時、大西少将は司令官だった）妻子まで捨てて特攻をかけてくれようとしているのに、黙り続けることはできない。長官の真意を話そう。長官は、特攻によるレイテ防衛について、

『これは、九分九厘成功の見込みはない、これが成功すると思うほど大西は馬鹿ではない。では何故見込みのないのにこのような強行をするのか、ここに信じてよいことが二つある。

一つは万世一系仁慈をもって国を統治され給う天皇陛下は、このことを聞かれたならば、必ず

戦争を止めろ、と仰せられるであろうこと。

二つはその結果が仮に、いかなる形の講和になろうとも、日本民族が将《まさ》に亡びんとする時に当たって、身をもってこれを防いだ若者たちがいた、という事実と、これをお聞きになって陛下御自らの御仁心によって戦さを止めさせられたという歴史の残る限り、五百年後、千年後の世に、必ずや日本民族は再興するであろう、ということである。

陛下が御自らのご意志によって戦争を止めろと仰せられたならば、いかなる陸軍でも、青年将校でも、随わざるを得まい。日本民族を救う道がほかにあるであろうか。戦況は明日にでも講和をしたいところまで来ているのである。

しかし、このことが万一外に洩れて、将兵の士気に影響をあたえてはならぬ。さらに敵に知れてはなお大事である。講和の時期を逃がしてしまう。敵に対しては飽くまで最後の一兵まで戦う気魄を見せておらねばならぬ。敵を欺くには、まず味方よりせよ、という諺がある。

ひそかに特攻の真意を語り残した大西瀧治郎中将

大西は、後世史家のいかなる批判を受けようとも、鬼となって前線に戦う。講和のこと、陛下の大御心を動かし奉ることは、宮様と大臣とで工作されるであろう。天皇陛下が御自らのご意志によって戦争を止めろと仰せられた時、私はそれまで上、陛下を欺き奉り、下、将兵を偽り続けた罪を謝し、日本民族の将来を信じて必ず特攻隊員たちの後を追うであろう。

もし、参謀長にほかに国を救う道があるならば、俺は参謀長の言うことを聞こう、なければ俺に賛成してもらいたい』と仰っしゃった。私に策はないので同意した。これが私の聞いた長官の真意である。長官は、『私は生きて国の再建に勤める気はない。講和後、建て直しのできる人はたくさんいるが、この難局を乗り切れる者は私だけである』と、繰り返し、『大和、武蔵は敵に渡しても決して恥ずかしい艦ではない。宮様は戦争を終結させるためには皇室のことは考えないで宜しいと仰せられた』とまで言われたのだ」

聞いていて、私はこれは私たちだけでなく、何か分からないが、一言も口を利かぬ上野少将に対する長官の伝言ではないかと思い、また、日頃豪気闊達な参謀長の嚙んで含めるような穏やかな話し振りに、

「ああ、この人も長官の後を追う気だな」と直感していた。

南国とはいえ、ダバオの夜は冷たく更けていた。

続く特攻待機

ダバオからは数回出撃したが、天候不良や予定地点に敵を認めないで空しく帰投を繰り返した。

ぼつぼつ二人の爆装搭乗員とも慣れるに従って、特に鈴村二飛曹の豪胆さには感心させられた。

ある時、比較的予定地点がレイテ湾に近いにもかかわらず敵を発見できないことがあった。す

でにタクロバン桟橋に着いているのではないかと思い、針路を変更して湾内に侵入したところ、碇泊中の戦艦群より猛射撃を受けた。彼はすっと前に出て来て、手信号により戦艦を指さして「突っ込みます」と言う。これには私は驚いた。彼の抱いているのは六十キロ爆弾二発、戦艦ではへこみもしないだろう。私は首を振って反対を向いた。

まだペアを組んで日が浅いので意志の疎通が完全でない。顔色一つ見間違っても突っ込んでいくだろう。こんなところで惜しい男に死なれてはならない。わざと知らぬ振りをし、内心ひやひやしながら通過したことがあった。

またある時、出撃に際し司令官の来られるのを待っていると、先着した先任参謀から、

「ただ今の心境はどうか」

と尋ねられた。私はひやッとした。

どんな豪胆な者でも毎日の待機中、常に神様でいられるものではない。二ヵ月近く色々な隊員と暮らして彼らの表裏を見てきた私は、これは残酷な質問だなと思った。しかし、鈴村は間髪を入れずはっきりと、

「はい、スーッとしています」

と答えた。簡単明瞭、これ以上の説明はいらないだろう。傍らの辻口に「お前はどうか」と聞くと、これも「ハイッ、同じです」と答える。ああ良かった、と私は胸をなでおろした。

ある夕方、要務士の大尉が連絡にみえて、

「角田の小隊全機で明日黎明、モロタイ島の敵飛行場を強行偵察して来い」と言う。「夜中に発

進してちょうど夜明けに先方へ到着、電探を避けて初めから高度は五十メートルくらいで行き、敵B24、P38等の機数、配備の状況を調べて来い」という命令伝達だった。これには私は不服だった、命令かも知れないが、この地には添山大尉以下十数名の戦闘機乗りがいる。私より先輩の沢田特務少尉もおられた。この人たちは飛行機も仕事もなく、毎日宿舎で花札かトランプ遊びでごろごろしていた。私ははっきり断わった。

「特攻隊員を特攻以外の戦さで殺したくありません。この任務は他の人に代わってもらって下さい」

大尉の顔色はサッと変わった。それでもはっきり言わず、口の中で「搭乗員が命令に随わないのか」とか何かぶつぶつ言いながら帰って行き、何と報告したのか、これは沢田少尉が一機で偵察してくることに決まった。

司令部から何か言われるかと待っていたが、これは不問に終わってしまった。

十二月も半ば頃になると、索敵攻撃の命令もあまり出なくなった。ダバオにいては戦況の推移は見当もつかないが、参謀長が帰任されたのかも知れなかった。その頃、司令官か、参謀の好意か、天候の良い静かな一日、待機を解かれた。どんな風の吹き回しか、添山大尉がトラックに乗って山の邦人の疎開地の方へ遊びに行ってみようと言われた。他の搭乗員もいるのに、私たちだけ乗せてトラックは走る。

初め両側は砂糖黍畑がある。手入れをする人も見えないのに良く管理されて青々と伸びていた。これを過ぎて少し上り坂となり、両側に樹木が多くなりだすと、狭い、車が走るのが一杯の道路の両側ところどころに、直径一メートル、深さ一メートルくらいの穴が掘ってある。五十メートル間隔くらいだったろうか。何だろう、行軍の途中空襲にでも会った時飛び込めるように用意してあるのかと思い、運転手に聞くと、

「これは蛸壺といって、陸軍や陸戦隊の兵隊が小型爆弾を持って隠れていて、敵の戦車が近づいたらそれを抱いて戦車の下にもぐり込み、自爆するためです」と言う。生木や草で隠してあるが、大変な数だった。搭乗員だけではない、これは中島飛行長の言うようにいよいよ全軍総特攻だ、と感じた。

細い山道をどのくらい走ったろうか、止まったところはジャングルの中のちょっとした広場で、内地の田舎の小学校の分校のようなところだった。校庭の真ん中では水牛二頭ずつに丸太の左右を引かせて、ぐるぐる回す、大きな木臼が回り、砂糖黍を絞っている。端の方の木陰では、この絞り汁を大釜で煮つめて、茶褐色の粗糖を作っていた。

久し振りに見る軍人以外の日本人、校舎か作業所か、建物の前では二、三十人の子供たちに三十歳くらいの男の先生一人と、三、四人の美しい二十歳前後の若い婦人が体操遊戯を教えていた。

ここで昼食とできたての砂糖を腹一杯ご馳走になった。兵舎の食事では腹の空くようになっており、山芋や、やもり、とかげまで追いかけるありさまで、ダバオは邦人の多かった割に一番早く食糧不足を告げていた。

腹一杯になると、鈴村兵曹が、どこで聞いて来たか、

「ここにいる女性たちが、『私たちはみな開戦直後米比軍に捕まり、暴行を受けてしまいました。

今さらまともな結婚はできません。そんな体で良かったら兵隊さんの自由にしてもらって構いません』とのこと、宜しいでしょう」と言う。

前もって連絡はついていたものか、添山大尉は向こうの木陰で外向きで知らん振りである。勇敢なる鈴村兵曹は、ここでもすでに突撃しそうである。しかし、真昼の太陽は頭の上だ。木陰で子供たちと無心に踊る婦人をどうして連れ出すのだろう。それに延々と続く道端の蛸壺を見て来たばかりである。遠からずこの学校地帯も玉砕を覚悟しなければなるまい、いやすでに覚悟していればこその話だったかも知れない。

私はここでも頭を横に振ってしまった。しかし、これは間違いだったかも知れない。今でも、まだ私には、玉砕を前にした乙女心の機微など分かりようがないのだから。

ダバオ引き揚げ

十二月二十七日、「機体は現地に残し、搭乗員はマバラカットの本隊に帰れ」との命令を受けた。ダバオ西部のデゴス飛行場に、夜間二機の陸攻が迎えに来てくれた。私たち戦闘機隊は一番機に、どこにいたのか大尉を長とする艦爆隊の搭乗員が二番機に乗り込んだ。搭乗前、重量一杯だから荷物は全部棄てるよう指示された。われわれは着た物以外何もない。上り口には機長らしい少尉（たぶん私よりだいぶ古い特務少尉と思われたが）が小雨の中を腕組みして睨んでいた。

二番機では、闇にまぎれて落下傘バッグ一杯の荷物を持ち込んでいる。若い下士官操縦員が泣きそうな声で、「駄目です、駄目です、荷物は捨てて下さい」と、すがりついていたが、遂に全部持ち込んでしまったようだった。

離陸に際し、一番機は椰子林すれすれに飛び上がったが、続く二番機は離陸できず、そのまま椰子林に突入、爆発してしまった。雲高二百メートル、一番機は燃える列機の上を一回りして北西に向けて、雲中を計器飛行に入る。先ほど添山大尉でさえ小さくなっていた、腕組みをした機長の姿を見ていたので、夜の雲の中でもこちらは安心して眠りながら行けるが、この大切な時に二十名近くの搭乗員が、少しばかりの手荷物のことで何ということか！　気の毒やら腹立たしいやら、情けない気持で胸一杯になった。

夜が白む頃、ミンドロ島の西を遥かに迂回して飛んでいた機長より、便乗者も見張りをするようにと指示される。ダバオでは、何も知らず東方海面ばかり捜索していたのに、敵はすでにミンドロ島を占領して、飛行場が使用されている、と聞き、唖然とした。東には敵などいなかったのだ。

忠勇隊で戦艦に突入した
艦爆隊員・茂木利夫少尉

夜が明けてクラークに着陸、他部隊の搭乗員と別れ、マバラカットに帰った。

昭和五十年、二〇一空会の第一回比島尉霊旅行に参加した際、一人、輸送部隊の一〇〇一空の旗を持って参加した同年兵がいたので、この話をしたところ、「あれは俺だよ、一〇〇一空に特務少尉は俺一人しかいなかったよ」と言う。「いや、あの少尉、俺より二年くらいは古く見えたんだがなあ」

と言うと、「おい、俺は操練出だぞ、お前より二つは歳は多いよ」と笑っていた。大竹典夫九志会会長であった。命の恩人である。

二十七日早朝、マバラカットに着いた時、飛行機はなく搭乗員も少なく、指揮所は寂しかった。翌日よりクラークの司令部で待機することになったが、待機といっても戦闘機はないので、他の攻撃機の見送りである。ここで同期の浜田少尉に会った、彼は私を見るより早く、

「角《つの》、貴様、神風刀をもらっているな！　顔を見れば分かる。そんなもの返して来い。貴様一人で行けないなら俺が話してやる。司令や飛行長では駄目だ、直接司令官のところへ行って返して来るのだ」と、たて続けに怒鳴る。浜田徳夫は大分の産、予科練では特に親友だった。同郷出身の代議士・浜田国松の心酔者でもあった。二、三年の頃、日曜毎に気の合った七、八人で午前は道場で柔道、剣道に汗をかき、午後より外出し、追浜より鎌倉までハイキングをした。鎌倉宮の岩屋前では、しばし若き親王を忍んで瞑目することが多かった。私は、

「これは講和のための最後の手段なのだ。俺の部下は全部志願しているから、彼らと別れることはできない」と言うと、彼は、

「われわれは、勝つと信ずればこそ今まで一生懸命戦ってきたんだ。予科練に入って以来、必勝の信念を叩き込まれてきたが、今、特攻以外に勝つ手はないという。負けると分かったなら潔く降伏すべきだ。そうして開戦責任者は全部腹を切って責任をとるべきだ。特攻が有利な講和のための最後の手段というが、こんなことをしていれば講和の時期は延びるばかりで、犠牲はますま

す多くなる。貴様のような馬鹿がいるから搭乗員も志願するようになるのだ」と、顔を赤くして言う。激論の末、喧嘩別れとなってしまった。

他言無用の小田原参謀長の話をすれば彼も分かってくれようと思ったが、側に聞く人もいるし、黙るより他なかった。この浜田も、後日私が沖縄沖に大義隊の直掩を勧めていた同じ日に、同じ沖縄沖で戦死してしまった。

傍らで黙って聞いていた二人の艦爆搭乗員、乙六期の茂木少尉が、

「どうなることかと思って聞いていましたが、角さん、良く断わってくれましたねえ。私も今ここに彗星二機がありますが、一機を特攻に、一機は参謀長が特攻関係書類を持って台湾へ脱出することになっています。特攻一機を出せと言われれば、下士官兵に相談するまでもありません、私が操縦して、後ろには分隊長に乗ってもらうことにしましたよ」（この分隊長は偵察員ではなく、兵学校出の若い操縦士官だということであった）と言い、もう一人の操練出身の菅野飛曹長はすまなそうに、「茂木さんがやってくれますので、私は参謀長を乗せて台湾までは命をつないでもらいました」と言う。

私はこの時ちょっと不思議に感じた。ダバオで会った時、確かに小田原参謀長は口には出さなかったが、長官のあとを追う積もりだな、と感じていたのに、台湾へ脱出とは変だな、と思った。あるいは二航艦参謀長の間違いだったかもしれない。

茂木少尉は、予科練五、六、七期の一万メートルマラソン大会で一着という運動神経の頑張り屋だった。そして特攻の飛行服のポケットに、白秋だか藤村だかの詩集を入れている文学青年、

そして開戦以来、まだ急降下爆撃で一発も弾を外したことはないという名人でもあった。記録には十月二十七日特攻戦死と記録されているが、私が会ったのは十二月二十八日であった。

暮れ近くなって、元山空で編成されたという金剛隊が転入して来て、マバラカットの指揮所は、にわかに活気を帯びた。大部分が十三期予備学生で、少数の下士官はその教員だった人たちだそうである。

この中に変わった予備士官が一人いた。体の大きな勢いのよい男だったが、夕食後士官室で恒例の飛行長の精神講話を聞いて来ると必ず暴れ出し、従兵たちに当たり散らす。

「これが酒を飲まずにいられるか、何が楠公精神だ、親たちは死ねと言って俺を大学まで出してくれたんじゃないんだ、ビールでも酒でも持って来い」

四、五人の同僚に止められては止めるが、私たちは、「それほど嫌なら何も志願しなければ良いだろうに、特攻は志願制なんだから。従兵をいじめて何になる。搭乗員は誰でも死ぬのは早いか遅いかの違いだけだ、自分が特攻隊だからといって八ツ当たりするのはお門違いだ。しかし、気の毒な人だな」と話し合った。

だが、この人も翌二十年一月、リンガエン湾の敵輸送船団に突入すべく飛び立つ時は、何ら思い残すこともないような態度で、特攻隊の歌を歌いながら大きな肩をゆすりつつ、自分の飛行機の方へ歩いて行った。

微塵も思い残すことはないように。

この時初めて聞いた、「祖国の行方如何ならむ」の特攻歌と、あの後ろ姿も一生忘れることのできないものである。

非情の特攻命令

一月七日、八日頃だったと思うが、飛行機を失った搭乗員は台湾に引き揚げることになった。山籠《ごも》りの準備に忙しい基地隊員と別れの挨拶をかわす暇もなくバンバンの一航艦司令部近くに集合して、一週間分の糧食と乗用車一台、トラック数台をもらい、陸路ツゲガラオまで行くように命ぜられた。車が足りないので順次ピストン輸送することになり、私たち二〇一空は徒歩行軍を始めた。だが、先発したトラックは遂に一台も引き返して来ない。

次の日から、日中は空襲のため歩けず、夜間行軍のみで進み、たまたま通りかかる陸軍の空車に便乗したりしながら十八日間の行軍を終わり、一月二十五日、ようやくツゲガラオに到着したのであった。

転進行軍については、出発前歩行困難なマラリヤ、下痢患者等は、山中に残るように指示されていたが、歩き始めて三、四日すると一人歩きできず両脇から抱えられながら行軍している者が目についた。どこの部隊か分からなかったが、一週間くらい経た頃、山岳地帯に入る直前だったからサンホセの辺りかも知れない。

大休止で追い付いた時は、まったく動けなくなり、どこで見つけたか戸板に乗せられていた。だが、私たち行軍に不慣れな搭乗員は六、七人で自分で歩くのさえ困難な中を、戸板をかついで行くのは不可能である。見かねて側へ行ってみると、着替えの服もないらしく、血便の付いたままのズボン、汚れたままの上衣である。ひどく蠅がたかっている。

聞けばこのグループの長は、酒井正俊予備少尉、K部隊という。おかしいなと思った。K部隊といえば機動部隊からの搭乗員である。予備少尉が長ではおかしい。元山より来た人たちは中尉でも列機を持たない人が多いのにと思った。仕方ないので自分の着替えのYシャツと越中褌を持って行き、身体をよく拭いて着替えさせた。お粥ならまだ飲み込む元気があったので、この日近くに休憩していた各部隊に号令をかけた。「患者の同年兵、同期生集まれ」と。

居合わせた斉藤飛曹長、岡部飛曹長がすぐ気がついて止めてくれた。

「角さん、やめなさいよ、みな疲れて気が荒んでいて危ないから、話したって分かりませんよ」と。しかし、私はさらに大声で集合を命じた。しぶしぶ十五、六名の搭乗員が集まって来たので、

「今ここに動けなくなっているのはお前たちの同年兵、同期生だ。下痢を隠して行軍に入ったのは悪いが、彼にも親も兄弟もあるだろう。酒井少尉のところだけでは人数が少ない。お前たち今日から直属の上官の許可をもらって酒井少尉のところへ入り、交代で患者の息のある限り戸板をかつげ。これが昔から助け合う同期生、同年兵の戦闘機乗りの伝統だ。ただちにかかれ」

と、令したが、各指揮官からの許可はとれなかったらしく、一人も手伝いに帰って来なかった。私は少尉なので、それ以上の強要はできない。仕方なく自分の部下を交代で手伝いに出した。しかし、これはその日夕方より夜十時頃まで終わった。ちょうど陸軍の駐屯地に一時休憩した際、軍医がおられると聞き、後衛指揮官は患者の診察を頼んだ、すると、「このままでは治療の見込

かった。


みはない」と言われ、「いっそ早く楽にしてやっては」と言われた。

酒井少尉は昼の着替えをする時から口も利かず、手も出さず、ただ部下たちのすることを無関心に見ているだけだった。私はこういうことに慣れぬので手の打ちようがないのだと考えていたが、この時も病人を前にして、顔色も変えず平然としていた。足手まといにはなるが、赤痢は薬さえあればそう簡単には死なない。エチャゲまででも優先的に便乗車が見付かれば助かるかも知れないと思ったが、いつ空車が通るか分からないし、結局他部隊でもあり、黙って離れるしかなかった。


遺族にはどのような公報が届いているのだろうか、名前も覚えていない。

酒井少尉は二五二空で館山より出撃していたことを戦後知った。面識はなかったが、K部隊などと言われなければもう少し強く病人の面倒も見てやれたのにと残念であった。

この間、食料はなくなり、行く先々の陸軍部隊にお願いして一宿一飯の恩義に預りながら、病気により一名、ゲリラと交戦の際拳銃の誤発により一名の犠牲者を出したが、この難行軍を成功させたのは、分隊長永仮大尉を中心とする兵学校七十一、二期の二十二、三歳の若い士官たちであった。航空図一枚と磁石を持ったのは後衛指揮官の永仮大尉だけで、ある時はバラバラに便乗して行けるところまで行き、ある時は一ヵ所に集結して野営した。だが、常に良く連絡がつき、全体を掌握しているのには驚嘆した。私は地図もなく上空を飛んだこともない土地なので、二五二空以来の搭乗員を連れてなるべく永仮大尉より離れないように気をつけていたので、ツゲガラオへ着いたのも最後の部隊になってしまった。

二十五日ツゲガラオに着き、疲れ果てた体で指揮所前に整列して到着の報告をするや、休む暇もなく、

「零戦が整備されているので、ただちに特攻隊員、士官一名、下士官兵三名を選出するように」

との命令があった。

永仮大尉もさすがにこれには驚いたらしく、しばらく休憩の時間をあたえてもらいたい、もしくは所在の搭乗員中より選出してもらえないか、と意見具申したところ、

「休憩の暇はない、また当基地には特攻隊員はいない」ということである。見れば十数名の飛行服姿が見えるのだが、彼らは志願する気はないらしく、どこの所属かわれわれの到着を待っていたようであった。

四名は特攻に出すが、残りの者は今夜台湾からの迎えの陸攻機で送る、と言う。これには、はなはだ割り切れないものを感じた。だが、命令となれば誰かがやらなければならない。

いったい誰がそんな命令を出したのかと、指揮所の上を見回した時、二五二空の副長八木中佐(この時はすでに二二一空の司令になっていた)が、後ろの方で手招きをしている。思えば二空編成以来、この人の下で幾度全滅を繰り返したことだろう。今、私の下に二五二空の生き残りは十名足らずしかいない。

私は駆けよったが、報告する言葉もなく、黙って敬礼した。副長も黙って涙ぐんでいる。そこに、先輩予科練一期の安部安次郎大尉が寄って来た。これも思いがけなかった。副長は安部大尉の持って来てくれた椅子を指揮所の一番後ろの端に置いて、「ここにかけておれ」と、ささやく

ように一言いって離れて行ってしまった。

私はポツンと一人取り残されてどうすればよいか、とまたいろいろ考えた。最初永仮大尉より命令の伝達を受けた時、すぐ思い出したのはクラークでの茂木少尉の言葉であり、次に台湾沖航空戦に出撃前、一夜私の私室に折良く来合わせた人たち、岩本徹三、斉藤三朗、長田延義の同年兵、西沢広義、尾関行治などの飛曹長たち、このエースたちが夜遅くまで戦闘の体験を話し合ったが、最後に別れる時の岩本の言葉が思い出された。

「われわれには伊達《だて》に特務の二字がついてるんじゃない、日露戦争の杉野兵曹長の昔より、兵学校出の士官にもできない、下士官にもできないことをするのがわれわれ特准なんだ。頑張ろうぜ」の一言である。

ここは、命令でも下士官兵を出すべきではない。四機とあれば一番機は分隊長に、二、三番は兵学校出の中尉に、四番機は私のやるところだ。それにしても、この意見を採用してもらえるかどうか、下命した責任者は誰なのか。ラバウル以来の八木中佐を見ると命が惜しくなくなる。中佐の前では角田らしく、信頼を裏切りたくない。しばらくして安部大尉が近寄って来て、「決まったようだ、もう帰ってもよいだろう」と、ささやいた。ああ、やはり副長も先輩も同じ考えだったのだ。私は気持の整理のつかないまま階段を下りて列の中に入った。

今十三期予備学生の住野中尉が志願したところだった。「どうせ台湾まで行っても、早いか遅いかの差でしょう、私がやります。みんなは一休みして後から来て下さい」と。

住野中尉は行軍の途中でもあまり目につかない大人しい人だった。そして、「私には列機がいませんので、どなたか譲って下さい」と言う。

この人も金剛隊で、飛行学生を出たばかりの中尉同士で編隊を組んで来たので、固有の列機搭乗員がなかった。兵学校出の中尉は大抵それぞれ命名された特攻隊長で、死所を誓った下士官兵がついている。それが重荷となってこの場合、名乗り出る足を引っ張ったのかも知れない。

私が意見具申をためらったのも、案が採用されず私だけ採用になった場合は、二五二空の下士官三人を連れて行かねばならなくなる、せっかくここまで来た以上、一時にしても台湾に返してやりたい、と思ったのだ。

列機は各士官の合議によって決められた。三人目がなかなか決まらなかった。誰も自分の部下は出したくない。住野中尉は「もう一人、もう一人誰か私に列機を下さい」と頼んで回っている。たまらなくなった私は、最も信頼できる鈴村兵曹を推薦してしまった。ダバオから帰って以来も、辻口兵曹と共に私の下に二五二空からの下士官たちと一緒に行動していたのである。住野中尉は飛び上がるように喜んでくれたが、私はすぐ苦い悔恨を感じていた。

鈴村兵曹は、行軍の休憩時、食物も不自由な時なのに、酒好きの私を知って飛行服の下のシャツを脱いで裸となり、現地人と一升ほどの椰子酒を交換して持って来てくれたことがあった。(その思いは忘れえず、四十年以上過ぎた今もその時の器の椰子の実を大事にして持っている。身代わりに他人を指名した謝罪の意味も含めてである)

ガラオ基地へ到着したものであった。

入船中尉ほか一隊の消息は不明、全滅と思われる。厚生省の資料にも十四、十五戦区帰還者は他にも見当たらない。大塚少尉の隊員も臨時編制の陸戦隊で、個有の戦闘三〇二飛行隊の隊員ではなかったそうである。たとえば先任下士官の斉東琳司上整曹は、ニコラス基地の整備員でマニラ防衛軍の指揮下にあったが、マバラカットの本隊との連絡が全然とれないので、一月末に連絡係として部下二名と共に派遣されたものの、すでに途中ところどころに米兵がおり、ようやく潜り抜けてマバラカット部隊の十五戦区に到着したが、ここでも上部との連絡はとれず、孤立状態だったのでマニラへの帰還は断念して大塚少尉の指揮下に入ったものであった。

斉東上整曹は北海道出身の同年兵であり、大塚少尉は大分県出身の熱血漢である。

第六章　敗戦・折れた翼

台湾での部隊建て直し

翌二十六日午前、トラック便で台南空に送られた。飛行服の者、三種軍装の者、帽子もそれぞれ雑多であり、無帽の者もいた。行軍中は別に気もつかなかったが、着いてみるとまったくの敗残兵姿である。だが、胸の中は久し振りに爽やかだった。

比島で戦死した人たちには申し訳ないが、飛行機はなくなったし、これでしばらく特攻待機はなく、安心して眠れるかと思ったのである。

しかし、台南空到着と共に驚いたことに、当直室前に整列到着の届けをすると、何と、中から出て来たのは玉井司令と中島飛行長である。中島中佐は一月六日、マバラカットより最後の特攻機を出す朝、

「天皇陛下は、海軍大臣より敷島隊成功の報告をお聞き召されて、『かくまでやらねばならぬということは、まことに遺憾であるが、しかし、よくやった』と仰せられた。よくやったとは仰せ

られたが、特攻を止めろとは仰せられなかった。陛下の大御心を安んじ奉ることができないのだから、飛行機のある限り最後の一機まで特攻は続けなければならぬ。飛行機がなくなったら、最後の一兵まで斬って斬って斬りまくるのだ」と、顔面蒼白、狂気のごとく軍刀を振り上げて訓示された。これは、大西中将の言われる、陛下が御自らの意志で戦さを止めろと仰せられるまで特攻は続けなければならない、という話と合っていた。少なくとも二〇一空の幹部は意志統一ができていると思われた。

この日、リンガエン湾内の艦船攻撃に出た第十九金剛隊の爆装機の中で、直掩機と共に爆弾を落として一二三〇頃帰還した一機があった。爆弾は見事に輸送船に命中したが、指揮所に報告に帰るや否や、司令、飛行長より大叱責を受けた。

「特攻に出た者が何で爆弾を落としたか」と。

マバラカット西飛行場の南側に小さな岩山があり、これをくり抜いて頑丈な防空壕が造られていた。数十メートル奥は作戦室（と言っても、司令と飛行長の居室）と電信室があるという。われわれ下級士官は入ることもできず、空襲の折は入口近くに退避した程度だった。

かの下士官は、マーシャル航空戦以来のベテラン後藤喜一上飛曹である。この防空壕の奥に連れ込まれ、薄暗い電灯の元でどのような訓示を受け、つるし上げられたか。エチャゲより発進した第二十一金剛隊が攻撃できずマバラカットに着陸したため、この飛行機を使って再び一六五五に特攻が出された。この中に延々四時間にわたるお説教の末、防空壕より出された彼の姿があった。

戦闘三一六飛行隊で、いつもニコニコした明るい少年だったが、さすがにこの時ばかりは暗い影がさして見えた。まさに特攻とは戦果に非ず、死ぬことにあり、であった。

その司令、飛行長も搭乗員の引き揚げ後は、基地員を指揮してクラーク西方の山岳地帯に慣れない陸戦に苦労されているかと同情していたのだった。それが、真新しい三種軍装にきりっと身を固めて玄関から現われたので、一同呆然としていると、たちまち大声叱咤である、

「その服装態度は何事だ、それでも特攻隊員か。軍人が長髪にするなどもってのほかである。すぐ丸坊主にせよ。特攻隊員は軍人の鑑でなければならぬ」

などなど、またしても長々と楠公精神のお説教であった。内地を警急呼集で飛び出して四ヵ月、大抵髪も髯も伸び放題。垢で色も黒くなる。一足早く飛行機で二十日近くも前から脱出して、内地より物資の豊富な台湾で暮らしていた者とは一緒にならない。しかも、われわれは知らなかったが、一航艦司令部もとっくに引き揚げて来ており、すでに現地の零戦および搭乗員をかき集め、早く比島より引き揚げて来た者をもって特攻新高隊が編成され、比島方面の艦船特攻を行なっているという。

翌日、交代で特攻待機となった。初日は一機だけだったが、毎日整備される毎に増して、十日目には十機内外の待機ができるようになった。

台湾に帰ってからは、特攻隊員の志願募集は行なわれなくなった。二〇一空以外の者でも台湾

を経由する搭乗員で戦闘機乗りは、一応、玉井浅一大佐の下に編入されていた。恐らく他機種の搭乗員も似たようなものだったろう。

これでは休む暇もないか、と思われた。実際、精神的には特攻待機は続いていたが、沖縄戦の始まるまでは、訓練と迎撃のみで、われわれの出撃は行なわれなかった。

二月五日、新しく第二〇五海軍航空隊が編成された。司令一人、副長兼飛行長一人、軍医長一人、主計長兼副官一人、庶務主任一人、主計兵一人、甲板士官一人、掌暗号長一人、要務士等の予備士官十数名という珍しく小人数の航空隊である。

これに戦闘三〇二、三一五、三一七の三飛行隊が付属した。隊長一人、分隊長一人であり、私たち新竹に派遣された三一七飛行隊には、隊長も分隊長もなく、海兵七十二期の藤田中尉が先任分隊士であった。もちろん当時辞令もなく、戦後知ったことである。私の履歴書も航空記録も、「十九年十月二十二日台湾より比島方面へ出発、二十年二月五日台湾に於て戦闘三一七飛行隊に編入」とあり十月十一日茂原を発進してからは空白のままである。

記録の不備は、多数の行方不明者を出すことになった空地分離の結果である。これは、人命無視の最たる制度であった。

この頃は、内地よりの機材補充の見通しが立たないためか、一部搭乗員を内地へ転勤させることになった。寄せ集めの部隊で、名前も良く分からないのか、選出は士官連中に相談がかけられた。

しかし、二十名の張り切った中尉の中で、松田二郎（甲一期）氏と私の二人だけの特務少尉では、なかなか発言も認められず、ようやくラバウル、マーシャル、硫黄島以来、功績の長い桑原正一上飛曹と硫黄島以来目立って勇敢な藤岡三千彦二飛曹、ほか二、三名を帰してもらうことができた。

ところが、せっかく特攻隊より抜けさせることができたのに、その後の内地の迎撃戦はさらに酷しく、全員戦死してしまった。

飛行長中島中佐も内地に転勤することになった。二〇五空本部は台中に置かれていたので、一夜市内の水交荘で送別会が開かれた。

中佐については色々の思い出がある。昭和十五年春、中支漢口の十二空でのこと、私は転入して間もなく同期生で同郷の半沢行雄兵曹が朝礼や朝の体操を時々サボッて待機室に隠れているのに気付いて注意したことがあった。彼は、

「今朝は中島分隊長が出ているだろう、俺は分隊長の前に出られないんだ。分隊長が転勤して来て、初めて報告の用事があって士官室に入ったところ、『見苦しい、下がれ、俺の目につくところへ二度と顔を出さないようにしろ』と、叱られたんだ。それで朝礼にも分隊長のいない時は出るが、分隊長が出た時は隠れているのだ」

と、涙ぐんで話したことがあった。ずいぶん残酷なことを言う人だな、誰が好き好んでこんな顔になるものか、と思った。半沢は戦闘機補習生の卒業試験の一つ、急降下爆撃の際、空中火災

を起こしてしまい、飛行眼鏡の中だけ残して顔全体両手まで赤黒く焼けただれ、二目と見られぬ姿になっていたのである。

また、面白くない想い出もあるが、これが会うのは最後と思われたので、怒られるのは覚悟で酒の始まる前に上座にいる飛行長の前に座った。

「飛行長、覚えておられるでしょうか、私に参謀長への手紙を持たせてダバオに派遣された時のことを。あの時、飛行長は私に直掩だけだ、と言われましたが、手紙の中には列機の突入を見届けた後は、単機で爆装体当たりをさせるように書いてあったそうですが、どうして最初からそのようにおっしゃって下さいませんでしたか。特務士官は爆装を逃げると思われたのでしたら心外です。志願して来た以上、覚悟はできています。ここぞと思われる場所に使ってもらって結構ですが、司令なり、飛行長なりに直接命令を受けて出発したいと思います。あのようなことはしてもらいたくありません」

と申し上げて、じっと目を見つめた。たとえ殴られても、特務士官全体の名誉にも関することだ、と思っていた。

たぶん思い出してくれたのだろう。何も答えなかったが、にっこり笑って司令と顔を見合わせていた。その時の眼の美しかったこと。

ああ、この人の魅力はこれだな、この疑うことをまったく知らない、生まれたばかりの赤子のような眼に見つめられると、もう黙っていても充分解ってもらえたような気になる。本当に不思議な眼である。この眼が葉桜隊や、あの頃の若い人たちを笑って死なせたのではないかと思った。あの漢口でのことはあまりにも天真爛漫で、思ったことを隠すことのできない若き日の一度の誤りであったと思いたい。

ガダルカナル第一回の攻撃より、モレスビーに、ラビに、常に編隊の先頭を飛んでいた勇姿は忘れていなかったので、私も黙って前を辞した。

特攻第一大義隊

四月一日、接近した敵機動部隊に対して特攻攻撃が決行された。攻撃は、会敵予想海面を六区に分け、石垣、新竹、台南の三ヵ所から各二隊が出撃し、それぞれ受け持ち海面に向かった。私たち二隊は、新竹より一三〇〇に発進、敵の電探を避けるために離陸直後より高度五十メートル以下で台湾の北方に向かった。ここで、私の第一小隊は石垣島南方より沖縄南方へ、第二小隊は石垣島と宮古島の間に向かった。

この時は、石垣基地より出撃した清水武中尉直掩の第二小隊が会敵した。このうち直掩の若松兵曹はエンジン不調で分離したため、戦場へは直掩二機、爆装機三機が突入、直掩二番機の三原二飛曹のみ戦果確認の後帰還し、酒井正俊中尉以下三機の命中を報じた。

三原二飛曹は丙種十六期生、つまり特攻用速成教育を受けた組で、零戦の飛行時間も五十時間余りで、敵艦隊を見るのも、空戦も初めてであったと思われるのに、立派であった。

戦後のアメリカの記録では命中はないということだが、私の体験から言うと米英の戦史は、わが国の防衛庁戦史と同じくらい相当に脚色されている。私は三原兵曹の報告を信じたい。

この日突入した酒井正俊予備中尉は、レイテから台湾に引き揚げてくる時同行していたが、台湾に引き揚げて台南空に仮入隊すると、われわれは例によって外出止めの身となったが、彼のみは次の日の夕方から毎日外泊していた。名目は歯科治療である。航空隊には歯科医はなく、海軍病院か市内の病院に依託治療されるのが通例だった。夕方、台南空の外出員と共に出て、治療の後外泊、朝一緒に帰って来るのである。

間もなく本部が台中基地に移っても彼の行動は変わりなかったが、ある日、蛇《じゃ》の道は蛇《へび》と言うが、どうも彼の歯科治療は疑わしく、毎晩の泊まり先は遊廓街に一軒だけある内地人を抱えているところであることがわかった。

随分経済的に余裕のある個人主義的遊び方の人だと思った。しかし、これも一つの決死の型、恐らく討ち入りを前にした赤穂浪士、大石良雄の心境であったのかも知れない。

◇石垣島発〇六四五

第一大義隊出撃編制

第一小隊　会敵せず

直掩隊　小隊長　中尉　細川　孜

二番機　二飛曹　伊藤　彊

三番機　上飛曹　横山恭平

爆装隊　小隊長　中尉　今野惣助
　　　　二番機　二飛曹　中谷喜一
　　　　三番機　二飛曹　折原定夫
第二小隊　会敵突入
直掩隊　小隊長　中尉　清水　武　戦死
　　　　二番機　二飛曹　三原康宜　生還
　　　　三番機　二飛曹　若松光義（エンジン不調、引き返す）
爆装隊　小隊長　中尉　酒井正俊　戦死
　　　　二番機　二飛曹　松岡清治　戦死
　　　　三番機　二飛曹　太田静輝　戦死

◇新竹発一三〇〇
第一小隊　会敵せず
直掩隊　小隊長　少尉　角田和男
　　　　二番機　二飛曹　鈴村善一
爆装隊　彗星艦爆
第二小隊　会敵せず
直掩隊　小隊長　上飛曹　小林友一
　　　　二番機　二飛曹　高塚儀男

爆装隊　彗星艦爆

◇台南発一四四〇

第一小隊　会敵せず

直掩隊　小隊長　中尉　河合一雄

二番機　一飛曹　辻口静夫

爆装隊　銀河陸爆

第二小隊　会敵せず

直掩隊　小隊長　上飛曹　河合芳彦

二番機　二飛曹　及川與平

爆装隊　銀河陸爆

生還を許さず

四月十六日、台湾東方海面に空母四隻を基幹とする機動部隊が現われた。例によってイギリス機動部隊である。これには大義隊が連続して突入したが、五百キロ爆弾を抱ていても、遂に終戦まで一隻も沈めることができなかった。

〇五三五、石垣島より斎藤飛曹長、中島上飛曹、川崎上飛曹のベテラン揃いが、なぜか直掩もなしに全機爆装で索敵攻撃に出された。一番機の斎藤飛曹長は、エンジン発火系統不良で、宜蘭に引き返し不時着した。列機は予定コースを索敵、会敵せず帰投した。私はその場には居合わせなかったが、その夜二人になった時聞くところによると、待機中の下士官兵搭乗員の前で、玉井司令より手痛く面罵されたと言う。

「特攻に出たものが少しくらいのエンジン不良でなぜ帰って来るか、エンジンの止まるまでなぜ飛ばないか」と、臆病者、卑怯者呼ばわりされたと聞いた。

「下士官兵の前でここまで怒鳴られては、男として生きていることはできません。次の出撃には必ず死んでみせます。会敵できなくても燃料のある限り飛び続け、エンジンの止まったところで自爆します。絶対に帰投針路にはつきません。ただ、この期に臨んで心残りは、内地を離れる直前に結婚したばかりの妻のことです。こういうことになると分かっていたらもう少し優しくしてやるのだったのですが、松山基地まで面会に来ており、会おうと思えば会えたのに、訓練に忙しく、たまの外出には歓送迎会の宴会続きで、碌《ろく》に相手になってやれずに別れて来てしまって、本当に済まなかったと思っています。角さん、もし生きて帰られたら、この気持と事情を良く話して、私が最後まで済まなかったと言っていたと、伝えて下さい」

直掩機なしで出撃した斎藤信雄飛曹長

と言う。私が、いくら「犬死には止めろ」と止めても聞かない。仕方なく、絶対他言は禁じられていたが、大西中将の特攻を始められた真意、小田原参謀長の話をして、もう間もなく講和の時は迫っているのだ、しばらく我慢しろ、と説得を続けたが、じっと私の話を聞いていた彼は、暗い重苦しい感じの顔色がだんだん明るくなって、「良いことを聞かせてくれました。では、角さん、特攻は命中しなくても、戦果はあげなくても良いんですね。死ねば成功ですね」と言いだした。私は「しまった」と思ったが、もう遅い。彼は、「私はやはり行きます。ぶつからなくても特攻の目的は達成できる訳ですから」と。

早くも翌十七日、再び爆装機のみで二番機に横山恭平上飛曹、三番機に森万也一飛曹を連れて宜蘭基地を出撃させられた。

列機二人は予定索敵コースを経て敵を見ず帰還したものの、斎藤飛曹長は遂に帰投しなかった。茨城県岩瀬町出身の熱血漢であった。私が彼と会ったのは十九年十一月、二〇一空へ転任した直後だった。彼も機動部隊から降りたばかりで、すでに数少なくなっていた操練出身の古参であり、二〇五空では甲飛出身の松田少尉よりも操縦歴は古かった。

若い中少尉の多いマバラカットの士官次室の片隅で、二人で毎晩小さなマニラビールを傾けたものだった。

日頃温厚な彼が、なんで司令の怒りにふれたのか、戦果確認機もなしで二回も続けて飛ばされたのは、私の知る限りでは彼だけである。

復員の翌年、彼の墓前に若い未亡人の案内で詣でたが、遂にその時、私には真相を告げる勇気は出なかった。

特攻第十七大義隊

五月四日早朝、頭がまだぐらぐらしていた。昨夜初めて近くの礁渓温泉の旅館に休養の同行を許され、例によって夜半過ぎ二時頃まで飲み過ぎ、騒いでいたためである。下士官当時から二日酔いするまで止めない癖を知っている司令は、外にはなかなか出してくれなかった。比島より引き揚げ、台中でだいたい勢揃いのできた頃、一度明治温泉で休養が許可されたことがあった。他の下士官兵搭乗員は時々交代で内地人の家に招待されたり、温泉休養があったが、大抵私はそのような時は留守番当直将校を申し付けられていた。

しかし、宿舎における飲酒には制限はない。自費で自由であり、物資不足の比島と違い、特攻隊員として特別優遇はされていた。昨夜は私も珍しく宴会に参加させられたので、これはしばらく敵機動部隊の近寄る気配がないのだろう、と勝手に解釈していたが、指揮所に出ると、案に相違してすでに攻撃命令が届いていた。

さっそく玉井司令によって編制表が書かれる。宜蘭より三隊、石垣島より二隊、それぞれ扇形索敵コースが沖縄南東海面に張られている。

合成酒で頭の重いのはなかなか直らない。困ったな、と思っていると、心配していた通り一番先に私の名前が書かれた。一小隊の直掩である。思わず、

「わあ、司令、最近人が悪くなったなあ」と声がでる。昨夜同じ旅館に泊まっていて、私が寝ず

に騒いでいたのは百も承知のはずなのに、と思う。爆装は谷本中尉、近藤二飛曹、常井上飛曹、鉢村二飛曹である。河合中尉は二小隊、昨夜一緒に遅くまで騒いでいた佐藤博上飛曹は三小隊長爆装であった。

同県人である十三期予備学生の林誠中尉が心配そうに「分隊士、大丈夫ですか」と、声をかけてくれた。嬉しかった。続いて海兵七十二期の藤田昇中尉が心配そうに小声で、「分隊士、あまりきついようだったら、私が代わりましょうか」と言ってくれた。

三一七飛行隊の先任分隊士であり、実は昨夜庭先で佐藤兵曹と二人で怒鳴り歩いていて、藤田さんから二、三度注意され、最後は、「安眠防害もはなはだしい、いくら分隊士でも止めないと殴るぞ」と、叱りつけられていたのに、その藤田さんが特攻出撃を代わりましょうか、と言ってくれたのには驚くと共に大きな感動を覚えた。終生忘れ得ない恩人の一人である。

まさか、酒を夜通し飲んでいて、休むことはできないので、「大丈夫、できます。有難うございます」と、お礼を言った。

〇九三〇、司令の説明を受ける。私の隊は三本の索敵線の中央だ。石垣島からは、さらに北側に二本の索敵線が出されるとのことだった。これだけ細かに配線されれば、どれか一本は当たるなと直感がした。

〇九五〇、宜蘭基地上空を発進する。高度十メートルで予定針路につく。谷本中尉以下四機が左後方に続く。零戦が空戦の王座を失ってから、すでに二年近くなり、特攻専用機になりさがるのは仕方ないとしても、誰が考え出して命令されたことか、情けないことにこの日特攻機の翼上面には日の丸のマークが見えなかった。

翼は、濃緑色に塗りつぶされていた。

超低空接敵、目標の千メートル手前より急上昇、高度五百メートルより急降下、体当たりを敢行しようとする戦法であった。ニューギニアのドブヅル飛行場の赤十字マークの例の弾薬置場を山本司令は爆撃させなかったことが思い出される。搭乗員はみな明るい、遊び好きな青少年である。祖国の急を救わんとの一念に燃えている純真さは誰にも劣らない。それなのに、乗って初めて気付いたこの一点の疾《やま》しさは、最後まで消えないことだろう。超低空を翼下面と胴体の標識だけにして飛べば、確かに発見される恐れは相当少なくなるだろう。

しかし、爆装機は気付かなかったのか、海上に出てしばらくするとイタズラを始めた。高度があれば編隊宙返りでもしたい気持だろうが、最初は谷本機が下り過ぎてプロペラ渦流のため海面に白く航跡を残した。これを見付けた列機はさっそく編隊を離れてそれぞれ交互に海面すれすれに飛ぶ。数百メートルにわたって三条の白い航跡がつく。

私は驚くと共に最後の腕の見せどころがこのようなことしかない爆装機の辛さが身に沁みた。頭の重苦しさもすっかり消え、冴えてきた。気の毒だがバンクして止めさせる。どこに敵が待ち伏せしているか分からない。戦闘機乗りは座席に座った時から戦場である。

一時間余りして、周囲に靄がかかり、視界がやや不良になった時、左前上方高度五百メートル、距離五千メートルくらいに中型飛行艇一機が同行するのを発見した。落とすか、どうするか、ちょっと迷ったが、折からの靄と、先ほど気になった日の丸のないことが幸いして恐らく敵は気付かないだろうと判断して、そのまま進む。

これは、敵機動部隊の対潜警戒機と思われた。敵は近い、われわれの索敵線がぶつかる率が高いな、と緊張し、覚悟を決めた。

靄は間もなく晴れてきた。一一二〇、果たして左四十五度の水平線上にポツポツとマッチ棒の頭ほどの点を認める。キューと胸がひきしまる。超低空では距離の判定が難しい、爆装機はまだ誰も気づかない。機動部隊だ。

変針誘導するか、どうしようか、一瞬迷ったが、そのまま直進する。まだ予定変針点までは百浬ある。今誘導すれば彼らの生命は終わりをつげるのだ。敵の地点を航空図に記入し、帰途に誘導しようと思う。わずか一時間余りでも、今はこれほど貴重な時間はない。少しでも突撃の時期を延ばしてやりたいと思った。

四、五個の点はやや大きく盛り上がって、左水平線上を後方へ消えて行った。白い断雲が流れ始める。高度千メートルくらい、約十分後、今度は左十五度前方に再び点々が現われた。敵は二群いたのだ。しかも、今度は近い。誘導しなくてもぶつかるな、と、やや責任の軽くなったような気がした。

改めて爆装機を振り返ってみたが、まだ誰も気づいていないようだ。日はようやく直上に輝き、コースはちょうどあつらえ向きである。このまま進んで敵の南へ進出、太陽を背にして低空突撃すれば奇襲成功疑いなしと見た。

やがて敵艦隊が左四十五度付近になり、主力空母四隻、護衛の駆逐艦七隻の輪型陣、針路東とはっきり分かった頃、谷本機が遂に敵を発見、と同時に突撃開始のバンクをしてしまった。距離はまだ三万メートル、ちょっと早いな、もう少し南へ回り込んだ方が良いと思い、誘導を続けようとしたが、敵を見た爆装機はもう私の言うことは聞いてくれない。全力をあげて突撃を開始してしまった。しかも、高度を上げ出した。慣れない敵は近く見えるものだが、危ない、危ない。せっかくここまで低空で接近しながら、ここで高度を上げては、電探にも見張りにも発見され、艦砲の一斉射撃を食ってしまう。

気が気でないが、もうどうすることもできない。高度千二百メートル、断雲すれすれに飛び、谷本機の後につく。

列機もそれぞれ目標を決めたらしく、どんどん横に離れて行く。雲量三くらいに見えた断雲も、すれすれに飛んでは七、八くらいに感じられ、味方機の視認の邪魔にもなる。この時直衛機十数機を発見する。高度三、四千メートル、艦隊の北側である。まだ敵に発見されていない。大型空母二、中型空母二、相互の間隔は二、三千メートルの開距離である。

谷本機は、一気に右前方の大型空母に突っ込む。まだ防御砲火は認められなかった。見事に飛行甲板の中央に自爆、五百キロ爆弾の爆炎はたちまち大火災となって船体を覆った。三十秒後、二番機が後方の中型空母に命中、私も高度を下げ超低空で東方敵前方に避退しつつ三、四番機を追う。

開距離のため、列機の直掩は不可能であった。約二分後、左後方の大型空母に三番機らしき突入があり、大爆発する。一瞬、四番機を見失ってしまったが、一分後、再び三番機の命中した爆煙の中に大爆発を認めた。恐らく四番機の命中によるものと判断した。

一度東方視界外に出て、高度を上げ、戦果の確認に近づいたが、空母三隻は炎上中、艦隊は停止中だった。中型空母は黒煙に覆われ、大型二隻の甲板上では誘爆を起こしていた。特に二機命中した左後方艦の誘爆の閃光は多かった。ただ、誘爆が底より吹き上げる火炎でなく、恐らく甲板上の飛行機か爆弾と思われ、停止していたものの、詳細は不明であった。

無電を打ち、宜蘭基地、新竹の司令部を呼びつづけたが、応答はない。特に司令部の掌通信長は予科練入隊時の教班長だった岡部中尉である。「教班長、私の電報受けて下さい」と、祈るように打ち続けたのだが、当時の無線機の整備状態では遂にどこにも通じなかった。

このままでは他の攻撃隊を呼ぶ術はなく、敵は三群もあることだし（一群は、後で聞くところによると、石垣島を砲撃した帰りの戦艦部隊と思われた）、早く帰投して報告、第二次の攻撃を計画した方が有利と思い、涙を飲んで一生忘れることのできない戦場を後にしたのである。

振り返れば三条の黒煙は無風の空に高く千メートル近く立ち昇っていた。今度は予備機を揃え、全機爆装にして高度三千から突っ込もうと頭をカッカとさせて全速で帰投、急ぎ迎えの車に乗り換えて市内の小学校にある指揮所にかけつけた。

車より降りるか降りないかの一瞬、

「何しに帰って来たかッ」雷のような怒声、満面朱を注いで椅子より立ち上がった物凄い形相の司令に睨みつけられた。とたんに私は頭から冷水を浴びたように冷ややかに覚めてしまった。

斎藤飛曹長もこの勢いでやられたのだな。途中から引き返したのだったら、およそ次の文句の見当はつく。私はわざとゆっくり歩き出しながら、むらむらと反抗心が湧き、自分から追撃の意見具申は取り止めだ、と決心した。あれだけの黒煙が上がりながら、左右の索敵線の二隊は応援に来なかった。気付かないのだ。私の視力と経験がなければ、恐らくあの艦隊を再び捕捉することは無理だろう、と予想はできたが、報告だけに止め、自ら爆装志願はしなかった。

果たして二群の機動部隊は逸してしまった。しかも、追撃に出た爆装機細川中尉、佐野二飛曹、直掩の大石飛曹長は未帰還となり、爆装の橋爪二飛曹（後特攻戦死）一機のみ、数機の敵の攻撃より離脱して帰還した。中型空母一隻は無傷だったのである。

司令の考えも同じらしく、爆弾の効果を高めるため進撃高度は三千メートルと指定されたが、待ち構えた敵の哨戒網に引っかかってしまったのである。

昭和20年５月４日、第十七大義隊の爆装零戦が飛行甲板に命中、炎上する英空母フォーミダブル。同空母は大破、速力が低下した

苦い想い出である。この日の出撃機は後にすべて第十七大義隊と命名された。

この頃になると、搭乗員も長い特攻待機の緊張にも慣れて落ち着き、本来の戦闘機乗りの朗らかさを取り戻していた。これら隊員たちに反して、司令の心の揺れは大きく、感情の起伏は激しくなるばかりであった。

敵艦上に残された遺品

四月中旬、黒瀬順斉中尉が着任した。この人はセブ基地に派遣されていたために引き揚げが遅れ、仏印、上海等を経由して、すでに沖縄戦の始まった頃、宜蘭基地に着いたのであった。痩身温和で、一見坊ちゃん風な士官だったが、台中基地から台北回りで陸路宜蘭まで来る途中、恐らく栄養失調のためでもあったか、しばしば腹痛を起こし一婦人の親身の看護を受け親しくなったという。

長い外地生活から帰国すると、見るもの聞くもの何でも日本の美しさが身に沁みて感ぜられる。特に婦人の美しさは特別で、道ですれ違う人々全部が絶世の美人に見えるから不思議である。彼も食糧不足の激戦地から当時内地よりも物資の豊富な台湾に引き揚げ、内地生まれの女性を見て親切にされて感激するのも無理はない。

彼はその婦人を同行し、宜蘭の旅館に泊めていた。一夜、宜蘭宿舎にいた士官搭乗員六、七人が着任の挨拶も兼ねて招待され、私も出席した。私は黒瀬中尉とはこの時が初対面だった。

「こんな時期、こんなところで何にもできませんが、今夜は私たち二人の結婚披露宴の積もりです。どうかゆっくりして下さい」と、酒肴を整えての突然の挨拶に、祝儀の用意もしておらず、一同恐縮しながらご馳走になってしまった。

「私が突っ込んで戦争が終わったら、富山の実家に訪ねて行くように遺言は渡してあります。父が良いように取り計らってくれるでしょう」

と明るく、いまだ世間を知らない少年らしい純情さが哀れであった。

帰途、甲飛出身の松田少尉が、

「角さん、彼女、素人に見えましたか」と聞いてきた。

私は、

「良いじゃあないですか、あの娘も一生懸命素人っぽく見せようと大人しく振る舞っているし、本人がそう信じ込んでいるのだから。あと何日かの命、祝ってやりましょうよ」と答えた。

黒瀬中尉は、五月九日、第十八大義隊爆装隊長として宮古島南方海面でイギリス機動部隊の空母に突入し、散華した。黒瀬中尉は英空母上に零戦の破片を残し、先の第一大義隊の酒井中尉は同じく曲がった二十ミリ機銃と婦人の写真を残していた。今、その二つの遺品は数奇な運命をたどって、黒瀬中尉機の破片は生家に、酒井中尉の機銃は、ハワイ、カムエラ博物館に納められているという。

中練特攻龍虎隊

中練特攻龍虎隊は、元は二〇五空の零戦搭乗員だったが、たびたびの故障や不時着で破損機が多く、内地よりの機材の補充も乏しく、やむを得ず訓練中止となって高雄空に保存されていた九三式中間練習機をもって体当たりをすることにしたもので、二百五十キロ爆弾を抱いて沖縄碇泊中の敵艦船に夜間特攻をかけることが計画され、約二十名ほどの者が転勤することになった。

その時の人選は、私の記憶では、

一、不時着による機体破損回数の多い者

二、出撃時なんらかの理由で途中引き返した回数の多い者

が選ばれた。

しかし、こういう人は何人もいないので、

三、零戦での飛行時間が少ない者

よりを基準として選考され、結局若い甲飛十一、十二期、特乙一、二期の短縮教育を受けた人たちが回されることになった。乙、丙種は十六期まで、それ以後の若い卒業者は二〇五空にはいなかった。

五月十七日、この人たちは虎尾空に転勤となり、中練に逆戻りし、龍虎隊と命名され、六月下旬、宜蘭、石垣島経由で宮古島基地に進出した。

その第一陣が宜蘭に着いた時の司令の訓示はひどかった。訓示というよりも、ほとんど叱責に近かった。

正に、臆病者、卑怯者扱いの訓示である。機材不足のため、練習機まで使わなければならぬ状

況、本来なら司令より、このような状況に立ち到ったことを搭乗員に謝り、慰労の言葉があっても良いのに、と思っていた。しかも、その夜は例を破って士官全員で搭乗員宿舎の巡検を行なわせられた。全員就寝を確認させるためである。

私は、聞くにも見るにも耐えかねて、その夜、巡検後一人残って「龍虎隊員総員起こし」の号令をかけた。

「今夜がお前たちの眠る最後の夜となるだろう。静かに故郷の肉親を思い、眠れる者は宜しい。眠れぬ者はいないか。最後の夜だ、酒が飲みたい、女が欲しい、外出したいと思う者はいないか」

しばらく無言の時が流れた、一人が、

「遊びに出たいのですが、虎尾を出る時が最後と思い、金は全部使ってしまいましたので」と、言う。

「よし、金の心配はするな、今から俺が送別会を開いてやる。希望者は起きて仕度をするように」と告げ、点呼の結果約半数の七人が脱出することになった。月末近く、私も資金に乏しかったので、急いで副官宿舎に行き、主計長に事情を説明して月給二ヵ月分の前借りを申し入れた。

初めあっけにとられて聞いていた有田主計大尉も、あの若い人たちの純情に、司令に代わって応えるために、打てば響くように応じてくれた。私も特攻隊の一員である身、果たして返済期間まで生きていられるかどうかも分からないのに、にっこり笑って、

「角田さん、その時は私も同罪ですね」と、言ってくれた。この主計長の心意気も嬉しかった。宜蘭に一軒しかない料理食堂で、こうしてささやかな宴会を催した。あの時の永田兵曹の挨拶も忘れることのできない感激であった。

「私たちはどこへ行っても臆病者扱いで、叱られてばかりきましたが、今夜初めて私たち兵隊の大先輩である分隊士から、一人前の軍人として認めて戴いて本当に有難うございました。私たちは、確かに不時着したりしましたが、決して臆病でしたのではありません。しかし、もう誰に疑われても、何と言われても、決して怨みません。分隊士一人が私たちの気持を解って、信用して下さっただけで充分で、嬉しく思います。明日は必ず成功してみせます。見ていて下さい」と。

及川兵曹がすぐ後に続いて、

「そうだ、必ずやろうな、みんな」と、一座を見回した。一同口々に「そうだ、分隊士のためにも必ず命中してみせます」と、固い決心のほどが見られた。この人たちは、確認機もなく夜の沖縄に突っ込んでしまった。

私のしたことは果たして正しかったのだろうか、長い間気にかかっていた。

戦後三十年近く経て、宮古島基地指揮官の岡本晴年中佐は特攻作戦にはあまり積極的でなく、言を左右にして中佐の在任中は中練特攻は出されなかったと聞いた。したがって、龍虎隊の生存者も多いらしく、戦記に残る戦死者の数は少ない。

しかし、感情の起伏の激しい司令も、初めからそのような性質だった訳ではないと思う。私が初めて司令に会ったのは、昭和十四年の暮、百里空の教員として転任した時である。当時飛行隊長で、一見して、謹厳近寄り難い感じだったが、しばらくすると、実に温厚で懇切丁寧な指導ぶりで、側にいるだけでほのぼのとした暖かさを感ずる人格者だった。

二回目は十六年夏頃、筑波空で教員をしていた時、副長として転入して来られた。私の軍隊生活で一番荒んでいた時である。毎日のように酒に夜を更し、朝礼にも出ずに、宿酔いのためハンモックにもぐり込んでいることが多かった。

ある朝、総員起こし後の体操時間に、突然兵舎に現われた副長が、ハンモックを覗き込み「どうした」と、声をかけられた。これには私も驚いたが、とっさに「頭が痛いです」と答えた。実際頭は飲み過ぎで、ずきずきしていた。酒の臭いもしたと思うが、「風邪じゃあないかな、体に気を付けて無理するなよ。軍医に見てもらえ」と、特長のあるゆっくりしたアクセントで静かに言い、立ち去った。

私はホッとした。そんなことが二度三度あり、「また角田か、気をつけなくちゃいかんぞお」と、慈父のような眼差しで見つめて過ぎ去った。

三回目はラバウルで、私が二空の分隊士をしていた時、一ヵ月遅れて六空の副長として進出して来た。隊は違っても、協同作戦に参加することが多かった。そして、特攻を志願して二〇一空に転入して行った時が四度目の出合いだった。

いつの場合も、私個人としては厚遇されていたと思うが、特攻隊指揮官としての司令には不満を感じていた。

そんな司令に、昔の面影を見出したのは終戦となり、新社の収容所に移ってからであった。農耕の傍ら、全員を集めて、橋本左内の伝記を講義されていた時の、穏やかな姿、ああ、ようやく昔の司令に戻られたなと感じたのであった。

終戦

二十年八月十四日午後、宜蘭飛行場の西方山際に新しくできた待機所に、搭乗員総員集合がかけられた。各基地に進出中の者も呼び返されていた。新竹にある二十九航戦司令部より、大佐参謀が出張して来ており、大本営より「魁《さきがけ》作戦」の発令されたことを告げられた。すなわち、一億総特攻の魁として、在台湾の飛行機隊に全機突入を命ぜられたのである。

今までの特攻は、各基地の指揮官より命令を受けていたのだが、この時は司令部より半紙に印刷された書類が各自に配られ、細かい計画が示された。目標は沖縄碇泊中の輸送船団、戦艦群および機動部隊であった。編制は爆装機八機に直掩戦果確認機一機をつけてあり、二〇五空残存の約六十機全機であった。

那覇沖に密集する艦船群の航空写真により、各隊の目標が割り当てられ、私の中隊は戦艦が指示された。大義隊命名以来初めて固有編制の村上中尉、鈴村二飛曹、藤井二飛曹の直掩をすることになった。他の五名はすでに欠員となっていたので、新しく補充された。

この編制表は、あらかじめ司令より提出してあったのかも知れないが、参謀の口から直接色々な注意を受けていると、司令、飛行長もおられるのに、おかしなことをされるな、と思った。碇泊中の艦船となれば、見落とす恐れはないので、百パーセント突入可能である。

直掩機は帰投できたなら、翌日は全機爆装となり突入することになった。ただ、戦艦への体当たりは無謀である。煙突より入る以外に道はないが、碇泊中とはいえ、今の搭乗員の技倆では難しいと思ったが、仕方がない。すでに戦勢がここまで来ては、講和はできない。どのようなことになるか、国の行方は心配だが、飛行機のあるうちは、政治家は手を上げられないのだろう。遂に行くところまで行き着いてしまったのだ。今さら目標変更を願い出ても、採用される見込みもなし、「特攻の目的は死ぬことにある」と諦めた。

搭乗員たちはいつもと同じように静かに聞いていた。翌十五日午前、玉井司令より出発の命令があり、全機五百キロ爆弾を装備して、試運転も終わり離陸態勢の整ったところ、指揮所より「出撃待テ」の指示が来た。「エンジンを止めて、その場に待機せよ」である。

この日は快晴、殊に暑かった。飛行服にジャケットを着けていると、炎天下、翼の下にじっとしていても汗が流れた。

随分長く感じられたが、午後になって、即時待機は解かれ、この日は早目に宿舎待機となった。なぜ中止になったのか、別に疑問も持たなかった。一日命が延ばされたのである。

市内の宿舎に帰った私たちは、まだ明るい夕食前の一刻を、古い蓄音器に流行歌をかけて、残されたわずかの時間を楽しんでいた。すると、勝手口から四、五人の陸軍士官に怒鳴りこまれた。初めは分からなかったが、「敵の蓄音機なんかかけやがって、馬鹿野郎が」と、言うのは確かに聞こえた。「何ッ」と、永仮大尉が跳び出して追いかけた。しばらくして帰って来た大尉は、

浮かぬ顔で、

「おい、陸軍の奴ら『無条件降伏したのに、謹慎もしないで騒いでいるのはけしからん』と言うんだが、本当だろうか。奴らもこんなことをまったく出鱈目を言っているとも思えないんだが」と、不審そうであった。一同にわかには信じられなかったものの、一応レコードは止めておこうということになった。

なぜか司令、飛行長も不在であったし、明日は沖縄へ突っ込むことになるだろうとは、誰もが覚悟していた。暗くなってから帰った司令も「よく分からない」と言っていた。

数日して飛行隊は台中に集結することになった。魁作戦はいつの間にか中止され、「どうも、負けたのは本当らしい。しかし、本土は降伏しても、台湾は降伏しない。独立して、もし攻撃して来る者があれば戦う、台湾軍は守り通す自信がある」と言っていた司令も、はっきり敗戦を認めたのは、しばらくして集結した飛行機のプロペラを全部外された時であった。

これが玉井司令の命令によって行なわれたか、整備を受け持っていた台湾航空隊の司令官藤松大佐の命令で行なわれたか知らない。

この頃は新聞も読めるようになっていたし、やはり無条件降伏だったか、と思うだけで、半ば放心状態であった。それまで一個小隊交代で行なわれていた上空哨戒も取り止めとなり、飛行場へ出る必要もなくなった。

一週間ほど経った頃、台湾占領の中国軍が行方不明なので捜索隊を出すように、とのことで、外されたプロペラを付け直して、数隊の捜索隊が台湾海峡に飛ばされた。

中国海軍は予定より一週間近く遅れているが、まだ基隆に入港せず、連絡がないとのことであった。荒天でもないのに不思議なことと思いながら捜索に出たが、零戦で飛べば台湾海峡は狭い、間もなく見つかった。満艦飾の数十隻の艦隊である。大きさは沿岸漁業の地曳網船くらいが、どこに温存されていたのか、驚くばかり戦国時代の海賊船のような赤青色彩鮮やかな艦隊が、これも戦国時代さながらにそれぞれ数十条の大旗飾を押し立てていた。

平和な頃、伊勢湾で連合艦隊の端艇競技が行なわれたことがあったが、各艦の艦載水雷艇や内火艇が応援のために華やかに飾り立てて参加していたが、これほど華やかではなかった。動力は何か、まさか帆だけではあるまいが、ほとんど目測では速力は分からない。

コースは基隆に向かっていたので、二、三日したら入港できるのではないかと判断した。これが私の零戦に乗った最後であったが、敗軍の兵が、占領軍の誘導に飛んだことは微笑ましく、急に中国軍に親しみを感じた。

すべての指令は、すでに台北に進駐していた米軍将校より出されたということであった。

台中郊外の大雅の仮宿舎にしばらくいて、いよいよ進駐軍が来るということで、山裾の新社基地に住所を移され、ここで農耕作業に入り、永住の準備にかかった。滑走路一本を持つ特攻秘匿基地であり、空襲は受けたことがなかった。

正確には捕虜収容所だったろうが、中国側の監視はなく、付近住民の感情は変わりなく、親日的であった。

十二月になっても、台中の町を軍刀を吊り拳銃を持った三種軍装で歩き、台湾の自警団や中国側の巡羅兵らしき者とすれ違っても咎められることはなかった。

武装解除された零戦は、中国側に引き渡されたとのことで、操縦を中国側士官に教えるため、鈴木實飛行長以下、真鍋正人大尉や松田二郎中尉、石原泉飛曹長らの古参搭乗員が数名、高雄基地に約一ヵ月派遣された。

私は残留であったが、敗戦の惨めさよりも、むしろ、また飛行機に乗れる派遣隊の人たちを羨ましく思った。

差し当たりの食糧に不足はないようだったが、付近の整理された畑を借り受け、主として甘藷苗の作付けに努めた。地元民は、手も貸してくれたし、農耕の指導も親切にしてくれた。終戦後の四ヵ月余りは故郷のことは心配になりながらも、毎日の死との対決から解放され、私の七十年の生涯で一番暢気な生活であったかも知れなかった。

復員

何年待つかも知れなかった復員船は、意外に早く来ることになって、十二月下旬、新社の基地を引き払うことになり、初めて武装解除を受けた。

飛行機を持たない搭乗員の武装は軍刀と拳銃だけである。それに豊田大将より贈られた神風刀と称する白鞘の短刀があったが、これも武装の中に入るというので、土中に埋めた。

一番惜しかったのは、九年間の航空記録だったが、これは纏めて要務士の手によって焼却されてしまった。特攻隊員は優先的に帰す方針とのことで、私たちは台湾引き揚げの第一船であった。丸腰に、落下傘バックに配給された毛布二枚と着替えの衣類少々を詰め込んで、汽車で基隆に向かった。基隆では桟橋近くの倉庫の二階に泊められた。十二月の夜、コンクリートの床に寝るのは寒かったが、帰心のついた身には苦痛ではなかった。小雨の中を街中に土産物を買いに出かけた。物価は安定していた。内地にはないと聞く砂糖など、持てるだけ買い込んだ。

中国兵の番兵は黙って出入りを見ていたが、洋傘をさして小銃を立てている服装に驚いた。背には陸軍が行軍に使う背嚢のようなものを、宿舎の番兵まで背負っている。街中を散歩している兵たちも一様に背嚢に洋傘を挿している。雨の中の団体行軍にはどうするのだろう、と心配になった。

兵の顔はみな若く、引き締まって、態度は厳正であった。この人たちに新兵器があたえられたなら、強くなるだろうと、密かに恐れを感じた。

十二月二十七日、迎えの小型海防艦に便乗する。他部隊の人たちもいるので、何百人乗せられたものか分からなかったが、上、中甲板共に寿司詰めの立ったままの状態で、寝ることも腰を下ろすこともできなかった。

艦橋には数人の米兵が見えた。沖へ出るに随って北西風が強く、波も高くなった。艦も揺れる。ときどき海面に向かって機銃や自動小銃を発射する。魚を打つのか、それともわれわれに対する威嚇のつもりかも知れなかった。

二十八日午後遅く鹿児島港に入港したが、この日は検査の都合かさらに艦内に一泊させられた。二十九日朝、上陸。ここでは米軍による持ち物の検査とＤＤＴによる全身消毒があった。すでに乗船前に一度検査を受けているためか、ここの検査は簡単に済んだ。焼け残った市外の小学校に収容されることになり、トラックに乗せられる。かつての繁華街、天文館通りもまったく瓦礫の山であり、予想を遥かに上回る被爆の惨状は、市内が一望の下に見渡せるほどになっていた。

小学校には地元婦人会の人たちが接待に出ていてくれた。熱いお茶が美味しかった。この人たちの家はどうなっているのだろう。自分の生活を犠牲としてまでも敗れた復員軍人のために熱いお茶と温かい言葉をかけてくれる人情が、とても有難かった。

この日のうちに、復員手続きを終え、われわれは簡単な履歴書を提出するだけだったが、部下を持たない二〇五空の主計長と庶務主任の二人は目の回る忙しさだった。この市内の状況を見ては、これから先の生活の再建は難しい、生きて再びこの地を訪れることはできないだろうと予想して、尾辻中尉より預かっていた印鑑は、中尉の同期生であり、同じ鹿児島県人である永仮良行大尉に、折を見て枕崎市のご遺族に届けて戴くように依頼した。

三十日早朝の列車に乗り込んだ。二食分の握り飯と米、乾パンの配給を受けた。どこの駅でも今は食糧になるものは売っていないとのことだった。しかし、汽車の中で自炊はできない、困ったことにならなければ良いが、いささか不安だった。

座席は普通列車の後部に、数両の軍用列車が連結されていたので、全員座ることができて楽だった。わずか一年余りの留守だったのに、汽車までが随分ガタガタに痛んでいた。廃墟のような駅が多いのに乗客の多いのが不思議に思えた。広島駅で停車すると、ここでは香川克己兵曹が下車する。市内の出身である。家族はどうなっているのか、汽車の窓から見渡す限りここも廃墟であった。わずかに光明を覚えたのは、原爆の跡は百年は草木も生えぬ、と聞いていた土地に、瓦礫を片付けた跡ところどころに蒔かれた麦の芽の青さが目に沁みたことであった。生きてさえいれば、何とか暮らせるのか、と思った。しかし、一人この中に降りる香川兵曹の顔は寂しそうであった。四国に帰る玉井司令が降りると急に寂しくなり、いよいよこれで本当に二〇五空も解散したのだ、との実感がわいた。

東京駅に着いたのは三十一日の午後であった。十数名になっていた復員臨時列車は、ここまでで、後はそれぞれ故郷への列車を探すことになった。

東京の街は広い。台湾の新聞では随分やられたように書かれていたが、鹿児島や広島からみれば残っている建物も多く、復興も早いのではないかと思われた。

総武線に乗り換えると、千葉県に帰るのは石井惇一飛曹と二人になってしまった。藤田昇大尉や林誠大尉とはどこで別れたか覚えていない。私は千葉県の先端である。この日の汽車はもう間に合わないので、どこかで一泊するしかなかった。石井兵曹は間に合ったのだが、

「ここまで来ればもう帰ったのも同じですから、一緒に泊まりましょう」

と、別れを惜しんでくれた。車上から比較的被害の少なかったように見える市川市の駅で降り、

駅前の小さな旅館に投宿した。夕食は里芋と大根の煮物にお茶だけだった。それも復員者と見ての宿の好意で、普通の泊まり客には食事は出せないとのことだった。

明日は生家に帰れる、と思ったので、鹿児島よりもらって来た白米一升は、全部預けて明朝の仕度にしてもらった。内地の畳の上に手足を伸ばせるのは十五ヵ月振り、感無量であった。

翌日は昭和二十一年元日である。石井兵曹に深く感謝しながら千葉駅で別れた。汽車は相変わらず超満員であったが、館山近くではさすがに席も空いてきた。正午近く、故郷の駅、南三原に着いた。

旗の波と万歳の声に送られて横須賀海軍航空隊、予科練習部に入隊してより十二年目であった。降りる人も少ない小駅だが、珍しく元日だと言うのに真っ白な二種軍装（夏服）の士官が一人、トランクを提げて降りた。私の三種軍装と違ってスマートである。誰だろう、歩を緩めて歩き、追い付いて来たのを見ると、偶然にも予科練時代大変世話になった砲術教官宮崎特務少尉だった。

この時肩章は少佐になっていた。満員列車で身動きも自由にならず、気がつかなかったが、同じ列車に乗り合わせていたのだ。どこか南方方面に防空隊長として高角砲隊の指揮官をしていたとのこと、同じ村内でも帰る方向が違うので、すぐ別れなければならない。

「家族を実家に疎開させていたのでな、こちらへ帰って来たが、いつまでも兄貴の世話になっている訳にもいかない。こちらにいる内に、一度遊びに来いよ」

と言われ、別れたが、その後しばらく続いた放心状態で、遂に再び会う機会を失ってしまった。

わが家に帰る

家には妻子はいなかった。農閑期でもあり、茨城の実家に泊まりに行っていた。祖父と母が元気に迎えてくれた。兄弟三人共、一年以上音信不通だが、

「一番危ないと思っていたお前が帰って来てくれたので良かった」と、喜んでくれた。二人共わずか一年半の間に随分年取ったようで、兄政雄も弟実もまったく連絡がなく、たぶん南方らしいが、どうなっていることかと、私の帰還を手放しで喜んでばかりはいられない。苦労と心配の毎日だった。

妻にはその日のうちに電報を打って復員を知らせたが、汽車の切符も自由に買うことのできない時代、とんで来るのにも日数がかかった。

宮崎教官同様、私も妻子を抱えていつまでもいられる家ではないが、兄弟たちの帰るまでは年寄り二人を置いて出ることもできず、しばらくは家業の農業を手伝い、暮らしながら職を探すことにした。

職業軍人として公職追放令が施行されると、一般の民間会社でも採用を嫌うようであった。そんな職探しの途中、妻の実家のある常盤線の友部駅に降りたことがあった。真夏の暑い日、偶然この駅のホームで二〇五空の甲板士官だった同年兵の草地武夫少尉に会った。海兵団出身だが成績優秀で二〇五空へ来る前は兵学校の教員をしており、二〇五空にいた真鍋大尉や藤田大尉も運

用術を習っていたという。

茨城県内の久慈郡水府村の出身であった。一別以来の話のうちに職探しに歩いていることを告げると、

「自分は今茨城県の緊急開拓食糧増産隊というのに入っている。この年四月にできたばかりの一期生で、ここで一年農作業を習いながら人手不足の農家を援け、食糧増産に働いておれば一年後には新しい開拓地が一町五反払い下げてもらえ、自作農になることができる。どこへ行っても追放で就職は無理なので百姓になろうよ。土地さえ確保しておけば、また羽を伸ばすこともできるよ」

と、彼も農家の次男坊ですでに子供も三人いた。似たような境遇だった。

「一生奉公できると、大船に乗った積もりでいた海軍でさえ潰れて慌てちゃうんだから、今度就職する時は、いつ会社が潰れても安心して帰れるところを造っておいてから出直そうよ。今十一月一日入隊予定の三期生の募集が行なわれている。各県にあるとは思うけど、茨城県は開拓できる平地林が多いから、奥さんの実家に寄留して茨城県民になれば、応募資格はできるよ。俺は今一支隊長として教官室でも発言力があるから推薦しておくよ。一緒にやらないか、就職はそれからでも遅くないだろう」

と言われる。熱心な言葉に心を動かした。確かに食糧増産は急務であった。腹が減っては戦さはできない。

突然のように、甘藷二本と塩湯を飲んでリンガエン湾に突っ込んで行った戦友が思い出された。

帰宅して妻に相談すると農家育ちの妻は喜んで、

「働く土地があるならやりましょう。今まではお父さん一人で働いてくれたから、今度は私が働いて、開墾でも何でもしてお父さん一人くらい養ってみせますよ」

と、心強い返事が返って来た。

こうして現在地に入植することになったのである。先人も見離していた富士火山灰の酸性土壌との二十年近い苦闘が続き、曲がりなりにも人の住家らしきものに入ることができたのは、世の中も経済成長期に入った昭和三十九年暮れのことであった。

付章　特攻断章

放置された特攻戦死者

昭和二十一年春、まだ敗戦のショックより立ち直れなかったが、一日も早く戦死者の遺族に最後の様子を伝えなくてはいけないと思い、まず、妻の生家の近くにおられる斎藤信雄飛曹長の未亡人を訪ねた。飛曹長は操縦練習生四十一期、昭和十年の志願兵であり、特攻隊にあっては私に次ぐ最古参であった。既述のように、その時私は真相を伝える勇気が遂に出なかったが、若い未亡人が新しい人生を目ざしている姿に、飛曹長も喜んでくれるものと思った。

以来、時間の許す限りご遺族を訪ねて、故人をおまいりさせていただく慰霊の旅が始まった。昭和五十年からは二〇一空会の比島戦跡慰霊団がフィリッピン各地をまわることになり、私も参加するようになった。

しかし、正確な名簿があるわけでなく、全軍布告された特攻隊員でさえ遺族の不明な方も少なくなかった。

昭和五十二年七月二十四日、この日は末娘妙子の勤務先も休日のため、車を運転させ出津正平兵曹の生家を探した。この人の名前も戦史資料の中にはなかなか見つけられなかった一人である。戦闘三〇三飛行隊、二五二空以来直接の分隊員であった。フィリッピン最後のリンガエン湾特攻で突入しており、第十八金剛隊員として連合艦隊布告第八十五号に輝いている。

ようやく見つけた本籍は茨城県鹿島郡大野村であった。霞ヶ浦の向こう側、直距離にすればわずかだが、陸の孤島と呼ばれるほど交通の便の悪いところである。地図を頼りに行く先を捜してもなかなか分からない。人口密度の少ない大きな村である。

名前を聞いても知る人はいない。同じ大字志崎に入っても分からなかったが、大きく出津商店と看板のある電気店があったので、ここならば縁故があるかも知れないと思い、「特攻隊で戦死された人の遺族を探しているのですが」と尋ねたが、

「この近所には、そんな人のいる話は聞いたことがありませんが、出津姓ならば縁故はないが前の岡の上に出津という農家があったはずだから、そちらで聞いて見てくれませんか」と言う。

人家も疎《まば》らで、隣家も遠いし、市内と違って番地の標示もない。ようやく尋ね尋ねして教えられた出津家に到着した時は正午を少し回っていた。昼休み中の主人に、

「こちらは昔、神風特別攻撃隊で戦死された出津正平さんのお宅でしょうか」と尋ねると、きょとん、としている。

「失礼ですが、出津源一様という方をご存じないでしょうか」と再び尋ねると、不思議そうに、

「源一は私ですが、何の用でしょうか」と言うので、

「私は特別攻撃隊で戦死されました正平さんの戦友ですが、このたびフィリッピンの現地に慰霊祭に行くことになりましたので、その前に一度ご遺族にお会いしてお墓参りさせて戴きたいと思って参りました」

と言ったが、まだ腑に落ちない様子で、

「人違いではないでしょうか。正平は確かに私の弟ですが、特攻隊員だということは聞いたことがありません。確かに飛行機乗りにはなっていましたが、どこでどうなったのか、音信不通のまで、戦死の公報もなく、十年近く経っても帰って来ないので、どこかで死んでしまったのだろうと思い、死亡認定をしてお墓も立てましたが……」

と、なかなか信用してもらえなかった。私は二〇一空戦記を贈呈して当時の事情を良く説明した。この戦記にも実は出津上飛曹の名前は載っていない。これは編集者が戦闘三〇二飛行隊が十九年十一月十五日以降二〇一空の指揮下に入ったことを知らなかったためか、資料を見落としたためであろう。防衛庁資料でも戦闘三〇二飛行隊はそのまま告示されている。

戦記の方は戦友会の調査であるからやむを得ないとしても、武功抜群として全軍に布告された者が戦死の公報もなかったとは、どのような手落ちだったのだろうか。

わずかに昭和四十一年十二月二十八日に時の内閣総理大臣

第十八金剛隊で突入した出津正平一飛曹

・佐藤栄作より勲七等が追贈されているのみである。当時の例に従えば、正八位勲六等功四級海軍少尉の墓碑が刻まれて然るべきものなのである。

帽を振り、出津兵曹の必死行を見送った上官としては、いたたまれない思いである。私は、当時このことを、厚生省の担当課長に訴えたが、

「今さら、そのようなことを申し立てても、遺族を迷わすだけだから止めてもらいたい」

との一言で、一顧もされず一蹴されてしまった。

同様のことは、昭和二十年四月三日、沖縄周辺に突入した第三大義隊深沢敏夫兵曹の場合にもある。連合艦隊布告第一六七号に輝やくこの人は、私の直掩四番機であったが、やはり今なお叙位叙勲の御沙汰は皆無である。

さらに第十八大義隊として未帰還となった北海道札幌市の小川武男兵曹に至っては、初め誤って広島県の同姓の小川浩作兵曹の元に特攻戦死の公報が届き、葬儀も終わっていたところ、当人が無事復員して来たので取り消してもらったそうである。しかし、実際に特攻で戦死した小川武男兵曹のところには、その後何の連絡もなく、まったく放置されたままとなり、二〇五空会慰霊祭に際して案内状を出したところ、義兄小川林三氏より、

「今頃になって戦死していたとは、どういうことなのだ。貴方が責任を取ってくれるとでも言うのか」

と、詰問されてしまった。しかし、私にはどうすることもできないのであった。

大西長官の特攻の真意を思う

大西長官が特攻を始めた真意について語られたダバオの夜の小田原参謀長の話には、私は深い感銘を覚えた。長官、参謀長の決心は心に沁みて、それまで抱いていた特攻作戦への疑問は消え、確かに現況では他に道のないことは明瞭に知ることができた。しかし、必ずしも長官の計画通りに進むとは考えられなかった。長官自身、特攻作戦に九分九厘成功の見込みはないと言われているのだ。では、一分でも見込みがあったのだろうか。私の一番尊敬した飯田房太大尉は、開戦の日、「この戦争は、万に一つの勝ち目もない」と言ってハワイに自爆されている。

小田原大佐の言葉によれば、長官自身も下からの報告は全部聞き、上への報告は必要なことのみをされていたから、日本の国力は自分が一番良く知っている、ということであったが、艦隊長官と天皇陛下の間は遠い。間に連合艦隊、軍令部、軍事参議官、元帥府などなどがある。果たして長官の赤心がそのまま陛下まで届くであろうか。

「敵を欺くにはまず味方よりせよ」とも言われている。大西長官は陛下が御自らの決断をもって戦争を止めろと仰せられるまでは、最後の一兵まで特攻を続けさせる決心だと思われた。

その後の戦争の推移は、聞いた通りの進み方をしていた。ただ一つ、陛下はなかなか戦争を止めろとは仰せられなかったことを除けば……。

明日にも講和をしたい、と思いながら鬼となって最後の一兵までと抗戦を主張し続けた大西長官、「大臣や総長の進言ではならぬ、これは陛下御自ら決せられるべきことである」と言った長官。その通り最後の御前会議には賛否同数となり、鈴木首相は陛下に決裁を仰がれたという。偶然か、それとも、そこまで長官の政治力は及んでいたのか。

「人の死なんとする時、その言う事や良し」と言う。

「フィリッピンで戦争を止めさせられたなら、その結果が仮にいかなる形の講和になろうとも、五百年、千年の後に日本民族は必ず再興するであろう」と予言された大西中将、しかし、あまりにもその時期は遅く、犠牲は大きかった。

私は戦後、この大西長官の特攻の真意が、なぜかまったく伝えられていないことに疑問を感じた。私が確かに聞いた小田原参謀長の話は幻であったのだろうか。当時のことを知る人も、もうほとんどいない。私は今やただ一人、大西長官の真意を知っているはずと思われる上野敬三中将に確かめたいと思ったが、御体が弱っているとのことなので、奥様に手紙を差し上げることにした。

〈上野中将夫人への手紙〉

謹啓　初めてお便り申し上げる失礼お許し下さい。

私は海軍時代、ご主人が霞ヵ浦航空隊司令であられた時の飛行練習生、蒼龍艦長をされておられました時は戦闘機搭乗員でした。そしてダバオで六十一航戦司令官をされている時は特攻金剛隊員としてしばらく御世話になりました。

今年正月、元一航艦副官の門司親徳様より奥様の著書、司令官の八十八歳のお祝いを記念した貴重な想い出の記、ご家族様方の心温まる記事を拝見させて載きました。深い感銘と共に想い出しますのは、蒼龍時代南支作戦に出る私たちに、懇々と戦場のご注意を至れり尽くせりの訓示として載きました。ダバオよりは数回敵輸送船を求めて二機の体当たり機を連れて飛び立ちました。何時も指揮所には見えましたが、すべて小田原一航艦参謀長にお任せで、一度も出発の命令をあたえて下さいませんでした。黙って見送って下さいましたが、私は下級者の判断で、これは空地分離の編制替えで、飛行機隊の指揮権が長官の元に一括されたために、不満をお持ちかと下司の推察をしておった次第でした。奥様の本を拝読して初めて、司令官は特攻に反対だったことを知りました。特攻に関してはご意見を述べられない御気持も分かりました。

実は、昨年秋箱根で二〇一空会の懇親会が行なわれました。昼間は靖国神社に桜の献木をしてご遺族と共に慰霊祭を行ない、一夜の箱根泊まりとなった次第です。その席で、大和三四郎様にお会いして、司令官がすぐ隣りにご健在の由を伺いました。それで私は、一特務士官の立場として、特攻の真相は色々差し支えはあるにしても、後世に再び誤りを犯させないためにも、真相として残すべきではないかと思いまして、二〇一空誌編集の際にも、その他機会ある毎に十一月下旬、ダバオの兵舎で小田原様より聞きました大西中将の特攻を命ぜられた本心を記憶するまま書き留めて提出しているのですが、現在は猪口先任参謀、中島飛行長共著による「神風特別攻撃隊」という本が正史として認められております。しかし、当時比島であれほど繰り返された楠公精神については一言も触れられておりません。

私の主張は架空のものか、間違いとして相手にされない状況です。司令官は、あの時も一言も発言されませんでしたが、記憶にございませんでしょうか。内容は大和様のところにお送り致しまして健康の良い折りにお聞きして戴くようお願いしてあります。

事の是非はともかくとして、あのようなお話があったかどうかだけでもお伺いしたいのですが、当時の方は大抵亡く、先任参謀の誉田様は詳しく覚えておられないとのことです。

他言は絶対無用と言われた大西様の言葉のように、このまま歴史の中に埋没させる方が宜しいのでしょうか。

私は、終戦まで特攻の直掩を勤めて生き残ったのも、この特攻の真の目的を世に出すために生かされたように思っております。初めてお便り申し上げますのに、はなはだ失礼とは存じますが、折を見まして奥様より大和様にお話し下さって、私の記憶に間違いがあればご訂正を戴くなり、お叱りを戴くなりして戴ければ実に幸いでございます。

比島へは、特攻のご遺族と共に二回慰霊に参りました。外地に記念碑を建てるな、といわれます司令官の気持も良く分かりました。三度指揮下に入れて戴いたことで失礼ながら私の方では、昔は近寄れませんでしたが心の中では親しい父親のように想っておりました。家庭の事情で直接お伺いできず、御手紙を差し上げます失礼重ねて厚くお詫び申し上げます。

奥様の著書を読ませて戴いて、尚懐かしく温顔を想い出し、失礼も顧みずお願い申し上げます。今年の梅雨随分寒さも続きます。どうか充分にご注意下さいまして一層のご健康をお祈り申し上げます。閣下へのお取りなしのほど、重ねてお願い申し上げます。

敬具

角田和男

七月七日

上野カズホ様

〈折り返し戴いた返信〉

今年も不順な日々、まだ当地には夏が来ておりません。天候に左右されるような老齢になりました。何かと取りまぎれ、気には致しながら失礼致しておりました。大きな経験をなされ何度か死線を越して来られた方のああしたお手紙には深い感銘を覚えました。運命とでも申しませようか主人も死におくれまして、すでに九十年を越えました。もうすべてを若い方々、あとにつづく方々におまかせしているのでしょう。黙して語らずの状態におります。

どうぞご推察下さいましてご期待にそうような御返事ができませんこともお詫びします。お友達によって残された尊い御生命、どうぞお大事にして下さいませ。

かしこ

上野カズホ

七月二十六日

角田和男様御前

上野中将は、沈黙を守ったまま、昭和六十二年九月、他界された。

これで当時を記憶している方たちは、遂に亡くなってしまったのであった。

初版あとがき

すでに十年以上前になりますが、東京都世田谷区観音寺に於ける神風特別攻撃隊慰霊祭の席上で、初めて、今は亡き毎日新聞社元編集局長の新名丈夫氏の知遇を得ました。その後、幾度かの戦友会でお会いする内に、

「角田君、自分の戦記を書いてみなさいよ、貴方の見てきたこと、聞いたこと、自分でしてきたことを、そのまま綴れば、それで本になりますよ。評論家ではないのだから、良いとか悪いとか考えたことは書かなくてよろしい、それは読者の判断に任せれば良いのです。その時は、いつでも相談に乗りますよ」と勧められたことがありました。しかし、私には他人に話すほどの戦歴もなく、第一、文才に乏しいことは私自身が良く自覚していました。

その後五十八年秋、今度は、今日の話題社の戸高一成氏から「ぜひ記録を残して欲しい」と勧められ、拓殖大学の秦郁彦先生からも強く推薦された、とのことでした。ちょうど数日前、五八二空艦爆隊の山門亦枝兵曹遺品の日の丸の国旗が、オーストラリアより返還され、靖国神社でそ

の返還式が行なわれました。これは、戦史研究家である秦先生のご尽力によるものでありましたが、その席上、私が防衛庁戦史室でコピーして戴いた二空戦闘行動調書、司令山本栄大佐の戦時日誌、私の日記帳の三冊を並べ、ご遺族に当時の状況を説明申し上げたのを見られたためかと思いました。

しかし、私は非才を理由に一応お断わりしました。しかし、期限も内容にも一切注文はつけない、暇をみて、いつでも書ける時に書いて欲しいとの、再三の誠意あるお言葉に、私は柄にもなく心を動かされ、私自身は悔いなき戦さをし、充分のご奉公をしてきたとはいえませんが、もし、一途に国を思い、精一杯戦って散って逝った多くの戦友の誠意を、幾分なりとも後世の人たちに伝えることができるならば、と、不肖をも省みず承諾してしまったのです。

案の定、仕事は捗りませんでした。農家に定年はないので働ける間は分相応に働かなければなりません。さらに、持病の高血圧、心不全に悩まされ、思いのほかの日時を空費してしまいました。

この間、戸高氏は「健康が第一です。あせらずいつでも良いですから書きやすいところから少しずつ書いて下さい」と、たびたび激励の言葉を戴き、幾度か投げかけた筆を取りなおし、六年を経た今日、ようやく稿を終えたのです。こうして書いた私の文章を、ここまで纒めて下さいましたことに、深くお礼申し上げます。

この記事を書くに当たっては、生前、「もし戦記を書く時には何かの参考に使ってくれ」と、貴重な戦時日誌を貸与して下さいました故山本栄大佐のご厚情にも、深く感謝申し上げます。また、防衛庁戦史室から、二空、五八二空、二五二空、二〇一空、二〇五空各戦闘行動調書および第一航空艦隊特攻隊関係綴、第一航空艦隊戦闘概要、神風特別攻撃隊などを参考にさせて戴きました。

非才不手際のため、こと志《こころざし》と違い、狭い視野の中の見聞に止まり、独断的判断のために表現を誤り、読者に対しまして、かえって英霊の印象に誤解をあたえることがなかったかと心配しております。

戦後四十三年を経て、わが国は世界の経済大国といわれるまでに発展して参りましたが、大戦による病痕は、軍人と民間人とを問わず、いまだ消え去ることはありません。

古人は兵の上なるものは、戦わずして勝つことだと教えられましたが、しかし、人はどうして勝利を競って争うのでしょう。全人類が仲良く暮らすことはできないものなのでしょうか。

かつて、憂国の青年たちは、

権門上に驕れども　国を憂うる誠なく
財閥富を誇れども　社稷を思う心なし

と、その胸中を歌いました。

国民総中流意識の時代は過ぎて、貧富の差は次第に大きく開きつつあり、田園は今、荒れなんとしています。誤った歴史を再び繰り返してはならないのです。先人の誤った轍を踏んではならないと思います。

昭和六十三年　中秋

角田和男

再刊にあたって

敗戦の翌昭和二十一年十一月一日、私は茨城県緊急開拓食糧増産隊三期生として採用され、内原町の旧満蒙開拓青少年義勇軍訓練所の日輪兵舎に入った。県職員より開墾鍬、鋸、斧、万能、平鍬、鎌などの名称、使い方、手入れ法など、開拓農業の基礎より教えられた。

何しろ意欲はあるものの十八歳から四十六歳までの、一般引揚者、開拓引揚者、戦災者、復員者、農家の二、三男など三十余名の集団で、宮本秀雄隊長先生以下、教える方も大変だったことと思う。それも一年間の修業予定が、二ヵ月で中止解散することになった。何しろこの時期、毎朝国旗を揚げ、宮城に向かって彌栄《イヤサカ》を叫び拝礼、山や畑に行くには「荷《ニナ》エー鍬《クワ》」の号令で、鉄砲のように開墾鍬を担ぎ、四列縦隊で行進する姿は、進駐軍の目障りになるはずだった。

政府や県の側では、まったくまだ構想の域で、茨城県は平地林が多いからという段階だったが、私たちは鍬、斧一梃ずつ、鋸は共同で二梃、天幕二張りと若干の付属物の支給を受けて、神立地区の仮兵舎跡に移された。食糧は配給のほかに、先輩一、二期生の作っておいてくれた甘藷、大根などがあり助かった。

私は三期生の代表に選ばれ、二、三人先発されていた県開拓課の職員の指示に随って、さっそく登記所通いを始め、付近の上大津村、下大津村、美並村、志士庫村、七会村の地図を複写させてもらい、村役場で地番、地籍、所有者を調べると共に副代表と現地雑木林を見て回った。最後は全員合意の上、他の開拓団体との競合を考慮して、現在地を希望して県職員の同意を得た。しかし、この山林は全部民有地なので地主の許可を得なければならない。今度は毎日、飯盒、水筒をぶら下げて地主への陳情の日が続いた。

「貴方の山は政府で買い上げ、私たちの入植地として払い下げられる予定（実際にはまだ予定も立っていなかった）になりましたが、私たちには今いるところがありません。窮状をお察し下さいまして、国の手続きはいつになるか分かりませんが、予定地を事前に解放して私たちに開墾させて下さいませんか」

無茶な話とは自分でも分かっているから、何度追い返されても、子供たちには石を投げかけられても、腹は立たなかった。

しばらくして、たぶん増産隊先生方の配慮によるものと思われたが、県知事の紹介状を持って回ることができるようになり、口下手な私の話も聞いてくれる人が現われた。美並村の中田康之助氏だった。困る時はお互いだからと、二回目に訪問した時に二反歩の櫟山に天幕を張り、開墾することを認めていただいた。さっそく井戸を掘り幕舎を二張り立てて三十余人の永住の地と定め、一同協同開墾を始めた。私は引き続き地主回りを続けた。

一週間ほどして中田氏の本家の中田穎助《えいすけ》氏が地続きの櫟山五反歩余りを開放してくれて、「この雪の中に幕舎生活は大変だろう」と言って別の近くの杉山の間伐材を無償で提供してくれた。だいたい各自七坪くらいの掘っ立て小屋のできる量の丸太で大助かりだった。

三番目は同じ美並村の川島運平氏で、この方は初対面なのに快く一町歩余りの雑木林を開放してくれ、座敷に通され一人前のお客同様に扱われた。

「開拓者も大変だろうから立ち木のまま開放しよう。立ち木は炭木や薪として根株も同様に売れるから、作物のできるまでの生活の足しにしなさい」と、帰る時は甘藷を南京袋に一杯いただいた。

「これは茨城一号といって味は良くないが、一番の多収穫品種である。今は質より量が大切だから、私もこれを作っている。今までは土地が一番安定した財産だったが、これからは株の世の中になる。私は数百町歩の田畑は自作分を残して全部強制買い上げになったが、代金で全部日航株を買ったよ（昭和二十二年当時、日航の株価は零に近かった）。今飛行機はなくなったが、必ず近いうちに復興する」と言われ、私の三種軍装に気が付かれたのか、「俺の息子は陸軍の軍医だが、まだ復員していない。公報も無いから生きてはいるだろうが」と、ちょっと寂しそうだった。

私はこの人の名前を知っていた。予科練習生一年の時、同班に美並村出身の廣瀬満男がおり、休憩時間の一時、仲間同士で時事問題に熱中したことがあった。私は九州出身の仲間とさかんに財閥解体、土地解放、地主制・華族制廃止など口を揃えていたが、廣瀬は一人、

「地主といっても一概にはいえないぞ、俺の村には年数百俵の小作米の上がる人がいるが、この

人は塾を開いて中学校に行けない村の子弟の教育に、また道場も開いて剣道も教えている。村の青年たちが軍隊に入る時は必ず軍服一着をお祝いとして贈っている。俺ももらって来ている。村でも小作人にも尊敬されている。地主だからといって一様に攻撃するのは間違っている」と、強く反駁していた。ほかに同調者は出なかったので、廣瀬のところの川島さんという名は強く印象に残っていた。この人が川島運平さんであり、私の今住んでいるところが地元の人たちのいう川島山だった。

中田穎助氏も地主兼自作農であり、たびたび土浦辺りまで牛車を曳いて行くことがあったが、必ず牛の前を歩く。「牛だって空荷の時くらい楽をしたいだろう」と、空荷の時でも決して荷台に乗ることのなかった人だった。「働かなくては駄目だよ。怠けていては、せっかく解放しても、また私のところへ返って来ることになるよ」と言っておられた。

四人目は高浜町（現石岡市）の須田米穀店、この人は開拓の情報をすでに知っておられ、一回会っただけで一町歩余りの杉山（戦時中の供出で裸地になっていた）を開放してくれた。私が恐る恐る「政府の買い上げは反当たり八十円（時価三万円）で、私たちはこれを百円で払い下げてもらえる予定なのですが」と言うと、驚く様子もなく「私が買った時もあの山はそのくらいの相場でしたよ」と、笑っていた。食糧不足の頃なのに大丼に一杯の「ウドン」をご馳走になった。

これで三十余人の生活の基盤はできたので、他の十数人の地主への陳情は中止し、挨拶だけで後は政府の買収事業を待つことにした。私たちは神立第五帰農組合と名付けられ、農家としての生活を始めた。

開拓地では酪農を夢見たこともあった（左、昭和37年）。右は戦中戦後、苦楽をともにした著者が「わが愛する修羅の妻」と呼ぶ妻・くま子。平成13年10月５日には三十三回忌を迎えた

昭和二十五年より、かつての特攻隊列機だった名古屋の鈴村善一上飛曹より、二〇五空会の開催の通知、写真や情報が届くようになり、在京の予科練同期生からも雄飛会の情報が届くようになった。しかし、私は慣れぬ開墾も半ばで、土浦市にある県南事務所の組合長会議にも破衣破帽の作業服姿のままかけつけるありさまで、とても戦友会どころではなかった。

会議の席上には阿見開拓の菊地朝三元少将（第二航空艦隊参謀長）、海軍でも珍しかった第一次上海事変以来三個の金《きん》鵄《し》勲章を胸元に輝かしていた加藤敬次郎元少佐が石岡開拓組合長として出席しておられ、懐かしさと共に、少々恥ずかしさを覚えた。

終戦直後、飛行場に入植した人たちや、満蒙開拓義勇軍出身で二度目となる開拓者は、手際良く仕事が進んでいるようだった。空曹長時代に可愛がってくれた加藤さんは、この時も気易く話しかけてくれた。

昭和三十年、いまだ楽とはいえなかったが、母が同居するようになり、一応開墾の終わった畑はさらに霞ヶ浦より揚水

して陸田とする計画が実現しつつあったので、七坪の丸太の掘っ立て小屋から、同じ七坪ながら大工さんに建ててもらった畳も障子もある家に移ることができた。

昭和三十九年、県庁に勤務しておられた松田政雄氏（現海原会会長乙十二期）、阿見の自衛隊にお勤めの小泉正勝氏（乙二十期）、今は亡き河田久米男氏（乙二十期）の来訪を受け、茨城県雄飛会結成への勧誘を受け、仲間に入れてもらった。それより種々の戦友会のあることを知り、縁があって世話になったことのある会には次々と加入させて戴いた。二〇五空会、五期雄飛会、茨城雄飛会、全国予科練雄飛会、海原会、東郷会、二〇一空会、ラバウル会、五八二空会、ソロモン会、零戦搭乗員会、特空会、海空会、海交会、草むす屍会、あけぼの会、天霧会、硫黄島協会、硫黄島戦没者遺族会、特攻隊戦没者慰霊平和祈念協会、世田谷山特攻観音、芝安蓮社神風忌、海空九志会、二五二空会、地元の海友会などであり、健康の許す限り出席に努めてきた。

昭和四十九年には鈴村善一氏より、「宮崎県の同期生（丙種予科練十六期）櫻森飛長のお墓参りに行きたいが、それには最後の体当たりを直接見届けた分隊士に説明してもらうのが一番良いと思うので、遺族の前には話し難いでしょうが、当時の状況は私からも良く話しますから是非同行して下さい」との誠意のこもった話。「それに費用は大変でしょうが全部私が持つと言っては失礼ですから、名古屋駅まで自費で来て下さい。後は旅費、宿泊等帰宅するまで一切私にお任せ下さい。責任をもってお届けしますから」と、私の生活状況を見抜いての丁重な要請に、私は恥も外聞もなく飛び付いた。

一度は行かなければならない九州、機会あるごとに調べてはあるご遺族の住所、しかし、妻を

第11回花吹会（海軍五八二空会）。旗の中央に元艦爆隊長・江間保氏、右に夫人の千賀さん、江間氏から左へ元副長・五十嵐周正氏、山本栄司令夫人・芳子さん、樫村寛一飛曹長夫人・千鶴子さんと娘の香代子さん。２列目中央は篠塚賢一二飛曹の妹・川北文子さん。最後列右から３人目は元一航艦副官・門司親徳氏。２列目右端が著者（昭和60年３月23日、靖国神社）

亡くし、十余年寝たきりだった母を見送ったばかりの私には、無理かなと迷っていた時でもあった。九州へ行くのなら、鹿児島の小原一飛曹、枕崎の尾辻中尉、水俣の崎田一飛曹、熊本の山下一飛曹、広島の谷本中尉のところにも寄りたいがとお伺いを立てると、快く了承してくれた。

鈴村さんも初めは櫻森さんのところだけと思っていたらしく、名古屋駅には息子さんが車で待っていて、二人を名古屋空港へ案内してくれ、名古屋から都城まで特攻機以外は二度と乗るまいと思っていた飛行機便になってしまった。帰りはそれぞれご遺族を訪ねる四泊五日の汽車の旅となり、こうして私の遺族を訪ねる旅は、無銭旅行から始まった。

櫻森さんのご両親、小原兵曹の義姉さんと弟さん方、崎田兵曹の義兄姉と実姉さん、山下兵曹のお母さん、谷本中尉のお母さんとの初めての対面……。それぞれが劇的な偶然と多くの人の好意の

海軍二五二空戦闘三〇二飛行隊慰霊祭。前列中央に粟信夫隊長の兄・武男氏、左が著者、次が橋本光蔵飛曹長夫人・マサさん、右から３人目が舟木忠夫司令夫人・義恵さん、右端は司令の子息・忠之氏（平成元年８月19日、靖国神社）

海軍二〇五空会五十年祭。前列左端に元第一航空艦隊副官・門司親徳氏、右から２番目が著者（平成７年２月５日、靖国神社）

重なりによってできたものであり、英霊の加護を深く感じさせられた。

百姓の片手間であった遺族捜しも、この後は計画を立て農閑期は防衛庁戦史室、厚生省援護課へと通い続けた。それでも、ほぼ自分の関係者全員の消息を知ることができたのは、昭和も終わりに近い六十年頃になってからだった。

援護課の開門と同時に入り、昼食もとらず退庁時間ぎりぎりまで、全海軍の戦死者名簿を繰り返し繰り返し捜し続けるうちに顔見知りになった係官が、「貴方には負けました。これは最近できたコンピューターです。係の公用以外には誰にも触らせないことになっていますが、貴方の熱心さに負けて回してみましょう。これに入っていなければ遺族はおりませんよ」と、丸い大型の機械を「ガラガラ」と回してくれた。だが一人も出なかった。私の地元調査でも、家屋もあり住民登録もあるのに家族全員行方不明か、一家死に絶え親族不明の人たちである。

この間、ご遺族訪問と共に二〇一空、二〇五空関係は各会の世話人方の案内により、五八二空、二五二空関係は自分で代表世話人を買って出て企画し、故人最後の戦跡へ縁《ゆかり》のご遺族を案内、お供して現地慰霊祭を行なってきた。フィリッピン国ではマニラ、モンテンルパ、カリガヤ霊園、マバラカット、セブ、レイテ湾岸。パプア・ニューギニア国ではラビ、ブナ、ポートモレスビー、ラバウル、ブカ、ソハナ、ブイン。ソロモン諸島国ではムンダ、ルッセル島、ガダルカナル島のタサファロング、イル河畔、アウステン山上で。台湾では、新竹、台中、宜蘭で。国内では沖縄本島、石垣島、硫黄島である。

ご遺族にとっては大空に華と散ったわが子、夫、父は確かな名誉と誇りであると共に、終生消えることのない悲哀と悔恨であり、それぞれに辛い人生を重ねておられることを痛く痛く感じさせられた。靖国神社にも現地にも行けなかった方々は、もっともっと泣きたいことだろうと思う。

比島までは観光客も多く、現地の人たちも思いのほか丁寧に扱ってくれる。これからの若い人たち、昔のことは知らなくても良い、もう一歩足を延ばして、ルンガ泊地、フロリダ島ブカ、ラバウル、ミルン湾など天然の景勝の地を楽しく歩き、原始の風をチョッピリ吸ってみてはいかが

海軍二〇一空会の比島慰霊旅行、セブ基地跡を背に。前列左から４人目より元一航艦参謀・吉岡忠一氏、櫻森文雄飛長父・俊之氏、門司親徳氏、左から２番目が著者。右３人目は末娘の妙子さん。左方の慰霊碑周囲の花壇には現地のソリヤ氏（前列右端）の管理で花が絶えることはない（昭和52年８月６日）

著者が訪ねた特攻隊員の遺族たち。左は第八聖武隊小原俊弘上飛曹の義姉・小原花枝さん、鈴村善一氏（左）と著者（昭和49年６月16日、鹿児島・城山公園）。中央は葉桜隊山沢貞勝一飛曹の 姪・和子さん（50年7月７日、山口・下関）。右は笠置隊高井威衛上飛曹の弟・卓郎さん夫妻（50年7月8日、広島・竹原）。右下は第十七大義隊近藤親登二飛曹の父・秀一氏と母・をすぎさん（51年8月2日、長野・飯田）

梅花隊・聖武隊隊長・尾辻是清中尉の３３回忌。後列右から中尉の弟・清文氏と夫人、義姉、二人の姉。前列右から兄、元二〇一空整備長・松元堅氏、義兄、著者（昭和51年11月12日、鹿児島・枕崎の生家）

神風特別攻撃隊が初めて飛び立った比島マバラカットにある碑の前で追悼の辞を捧げる元二〇一空司令・山本栄氏（当時80歳）。この碑はデソン氏他６名の現地有志により建てられた（昭和50年８月10日）

靖国神社参道の桜の下で第一航空艦隊司令長官大西瀧治郎夫人・淑恵さん（奥の女性）と。夫人から右へ宮崎吉之助（一整曹）、緑川英雄（一整曹）、今沢志郎（一整曹）、池座義昌（中尉・整備）、著者、鈴村善一（上飛曹）、花川秀夫（一飛曹）の各氏。夜の更けるまで、泣きながら「同期の桜」を繰り返し繰り返し歌い続けた（昭和52年４月３日）

左はラバウル飛行場の慰霊団。前列右から二神季種中尉の兄・弘氏（元陸軍航空少佐）、著者、寿円正己空将。後列右から門司親徳氏夫妻、鈴村善一氏、樫根義隆氏（大尉）、牧山上飛曹の兄・衛氏、花川秀夫氏、野口義一中尉の妹・佐藤千代さん（昭和60年８月21日）。上は二神中尉が直上で戦死したガ島アウステン山上で追悼の辞を捧げる兄・弘氏（同月24日）

だろうか。お客が増えれば旅費も安くなり、往来しやすくなるだろう。我田引水かも知れないが、平和を最も願っている遺骨なき戦友たちも、きっとそれを喜ぶことだろう。

平成十三年九月十一日、ニューヨークに航空機による同時多発テロがあり、テレビは連日実況放送を続けていた。私は涙を押さえながら見ていた。あの斜めになってビルに体当たりする旅客機爆発の凄まじさ、場所も目的もまったく違ってはいたが、私は同じような場面を前に一度、ただ一人で大きく眼を開けて瞬きもせず見つめていた。葉桜隊の体当たり。

飛行長中島正中佐より「爆装隊員は沈着に判断行動せよ。敵を発見したならばまず一番機は一番大きな空母のリフトにぶつかって穴を開けろ、二、三番機はその結果を見て沈まないと思ったら二番機は一番機の開けた穴に突っ込め。それでも沈まなかったら三番機も同じ穴に突っ込め。目標を散らしては戦果が薄れる。戦艦の場合は煙突の中に突っ込め。直掩隊はこの間、敵の攻撃を受けても反撃は一切ならぬ。爆装隊の楯となり、全弾身に受けて爆装隊を進めよ。制空隊は敵上空直衛機を圏外に誘い出し、攻撃の終わるまで空戦を続け、全機突入を確認したならば帰投して宜しいが、確認できずまた離脱困難の場合は最後まで戦え」

鬼神のような中佐の命令通り、レイテ湾外の米機動部隊に一小隊一番機山下憲行一飛曹は大型空母フランクリンのリフトを狙って飛行甲板前部に、二番機広田幸宜一飛曹は戦艦の煙突を狙って突っ込もうとした（約十メートル後方に外れて爆発した）。三番機の櫻森文雄飛長は一番機のぶつかった穴を狙ったが途中被弾、火達磨となり一番機の爆煙のためか、自らの火炎のためによる目標確認困難からか、飛行甲板後部に命中大火炎を上げた。（零戦は空戦用に設計されているため、三千メートルより急降下すると機首が浮き上がってしまう。操縦席の尾翼変更輪をダウンに取ると機首は押さえることができるが、高速のため舵が重く利き方が鈍くなる。ソロモン戦線で幾度となく艦爆の直掩で四～五千メートルより一緒にダイブしたことのある私には、彼らの苦労が泣きたいほど良く分かっていた）

レイテ湾を見つめる葉桜隊櫻森飛長の父・俊之氏。著者が語る当時の状況を、涙も見せずに聞いていた（昭和52年８月７日）

三分後、二小隊一番機崎田清一飛曹は黒煙に覆われながらいまだ沈まぬフランクリンを見て、その飛行甲板中央に命中、二番機山沢貞勝一飛曹、三番機鈴木鐘一飛長はそれぞれ別の小型空母の飛行甲板に命中、大爆発した。二五〇キロ爆弾の威力と爆炎は、まさしくあのニューヨークのビルと同じ大きな爆炎であり、二人の制空隊員新井康平上飛曹、大川善雄一飛曹も帰っては来なかった。私が戦場を離れる時も空高く三本の黒煙は上っていた。乗っていたのは十九歳前後の少年兵、特に櫻森飛長はまだ十七歳と数ヵ月の若さであった。

昭和五十二年八月七日、私は八十歳近い櫻森飛長のお父上・俊之氏と一緒に、レイテ湾岸に立っていた。海は穏やかに飽くまでも青く、澄み切った大空にポツンと一握りの白雲が浮いている。

「あの雲の方向です」父君は私の指さす戦場の空を無言のままじっと見つめていた。私にはその雲が、飛長が「お父さんここですよ、この下にいますよ」と囁くように話しかけているように想われたが、父上の万感の想いに私も無言のままじっと耐えていた。

たとえ平和のためであっても、戦さはしてはならない、二度と遺族をつくってはならない。

このたび「修羅の翼」再刊にあたっては、気鋭の報道写真家・神立尚紀氏のご協力を戴き、一部訂正を加えると共に、前版では紙数の都合、資料の不足等により掲載できなかった多くの戦友とご遺族の姿を後世に残すことができました。

また、神風特別攻撃隊慰霊祭を機に知遇を得ました元第一航空艦隊大西瀧治郎中将の副官・門司親徳氏には身に余る序文を頂戴し、拙文に花を添えて戴きましたことを併せて厚く御礼申し上げます。

なお、門司氏は平成二十年八月十六日に亡くなられました。ご冥福をお祈りいたします。

角田和男

奉職履歴（抄）

本籍地　千葉県安房郡豊田村大字加茂九九一番地
　　　千葉県安房郡丸山町大字加茂九九一番地
現茨城県新治郡出島村大字宍倉三八〇六の一番地
　　　大正七年十月十一日生
　　　角田和男

昭和9　6　1　横須賀海軍航空隊入隊　横空隊
〃　海軍四等航空兵ヲ命ズ　〃
〃　第五期予科練習生ヲ命ズ　〃
11　11　1　海軍三等航空兵ヲ命ズ　〃
11　6　1　海軍二等航空兵ヲ命ズ　〃
12　4　勅令第四二二号ニ依リ飛行予科練習生トナル　〃
12　5　1　海軍一等航空兵ヲ命ズ　〃
5　31　艦務実習ノ為軍艦山城ニ派遣　〃
6　1　普通善行章一線附与　〃
〃　艦務実習ノ為軍艦長門ニ派遣　〃
8　3　飛行予科練習生第三学年教程修業　〃
〃　第五期乙種飛行予科練習生卒業　〃
〃　第五期飛行（操縦）練習生予定者トシテ霞浦海軍航空隊ニ入隊ヲ命ズ
8　9　第五期乙種飛行練習生ヲ命ズ　霞空隊
13　3　5　第五期乙種飛行練習生教程卒業　〃
〃　卒業ニ付佐伯海軍航空隊附ヲ命ズ　〃
5　1　任海軍三等航空兵曹　横鎮
9　16　大村海軍航空隊附ヲ命ズ　佐伯空
11　28　蒼龍乗組ヲ命ズ　大村空
14　5　1　任海軍二等航空兵曹　横鎮
〃　青島方面示威飛行　蒼龍
10　20　南寧作戦ニ従事　〃
12　15　筑波海軍航空隊附ヲ命ズ　〃
12　16　百里原海軍航空隊附ヲ命ズ　筑空隊
〃　教員ヲ命ズ　百空隊
15　1　31　第十二航空隊附ヲ命ズ　〃
4　29　支那事変ニ於ケル功ニ依リ勲七等青色桐葉章及金三〇〇円ヲ授ケ賜フ　賞勲局
〃　支那事変従軍記章授与セラル　〃
5　1　任海軍一等航空兵曹　横鎮
6　1　普通善行章一線附与（計二線）　十二空
9　21　四川省方面攻撃ニ対シテ支那方面艦隊司令長官ヨリ感状授与　〃
10　31　重慶成都方面空襲ニ対シテ支那方面艦隊司令長官ヨリ感状授与　〃
11　15　筑波海軍航空隊附ヲ命ズ　〃
11　17　教員ヲ命ズ　筑空隊
16　6　1　海軍一等飛行兵曹（昭和十六年勅令第六

二四号）　筑空隊
17 4 1 任海軍飛行兵曹長　〃
〃 横須賀第一海兵団准士官学生ヲ命ズ　〃
5 26 深沢くま（大正九年八月十日生）ト婚姻許可　横鎮
5 31 第二航空隊附ヲ命ズ　〃
7 30 ラバウル方面派遣（八幡丸便乗）　二空
11 1 第五八二海軍航空隊附トナル　〃
18 6 2 厚木海軍航空隊附ヲ命ズ　〃
7 20 成婚届出（昭和十七・八・六成婚）厚木空
17 12 5 公務発病昭和十八年横鎮
第八三号一一〇八　（角田）
19 2 20 第二〇三海軍航空隊附トナル（官房人機密第四一五号）　横鎮
3 6 第二五二海軍航空隊附ヲ命ズ　〃
4 1 戦斗第三〇二飛行隊附ヲ命ズ　〃
5 1 任海軍少尉　内閣
〃 補戦斗第三〇二飛行隊附　横鎮
6 15 叙正八位　宮内省
6 30 硫黄島基地進出ヲ命ジ館山発（戦三〇二）
7 6 硫黄島基地進出中ノ処館山帰隊（〃）
7 13 硫黄島基地進出ヲ命ジ館山発（〃）
8 19 硫黄島基地進出中ノ処館山帰隊（〃）
10 22 菲島基地進出ヲ命ジ台中発（〃）
3 7 叙勲六等授瑞宝章（仮記第三五二三八六号）　賞勲局

20 2 5・補戦斗第三一七飛行隊附（第二〇五海軍航空隊附）　横鎮
5 1 任海軍中尉　内閣
9 1 叙従七位　宮内省
12 29 予備役被仰付

付録資料

海軍第二航空隊戦闘機隊戦没者名簿
（昭和17年11月1日より第五八二空と改称）

昭和17年（1942年）

階級	姓名	戦死日時	戦死場所	出身
一飛曹	岩瀬毅一	8月26日	ブナ基地	千葉
三飛曹	井原大三	同右	同右	神奈川
一飛曹	真柄俸一	9月14日	ガ島上空	三重
二飛曹	岡崎虎吉	同右	同右	高知
二飛曹	丸山龍雄	10月5日	ブカ基地	新潟
中尉	二神季種《すえたね》	10月25日	ガ島上空	愛媛
三飛曹	森田豊男	同右	同右	兵庫
一飛	生方　直	同右	同右	福島
二飛曹	伊藤　勲	11月12日	ガ島上空	香川
飛長	若杉育造	11月13日	コロンバンガラ上空	愛知
飛長	本田秀三	11月14日	ムンダ東方	鳥取
一飛曹	大原義一	11月18日	ブナ基地	京都
飛長	長尾信人	11月26日	ドブヅル上空	福岡
大尉	坂井知行	11月30日	ブナ上空	広島
一飛曹	横山　孝	同右	同右	三重
二飛曹	上松　直	12月7日	ブナ基地	宮崎
飛長	佐藤敏美	12月12日	ブナ沖	岩手

昭和18年（1943年）

階級	姓名	戦死日時	戦死場所	出身
二飛曹	大槻　進	1月7日	ラエ船団護衛中	茨城
予少尉	浅野満興	1月17日	グッドイナフ島	東京
上飛曹	武本正実	2月7日	ガ島北方上空	山口
二飛曹	堀田三郎	3月1日	シーラク水道	富山
二飛曹	森岡辰男	同右	同右	愛媛
飛曹長	樫村寛一	3月6日	ルッセル島上空	香川
一飛曹	松永留松	3月10日	ルッセル島上空	静岡
一飛曹	有村正則	同右	同右	鹿児島
一飛曹	一本津留実	4月1日	ルッセル島上空	福岡
飛長	本田秀正	4月7日	フロリダ島沖	北海道
二飛曹	佐々木正吾	5月13日	ルッセル島上空	宮城
一飛曹	小川　覚	6月5日	ショートランド上空	長野
二飛曹	伊藤重彦	同右	同右	三重
二飛曹	馬場伝三郎	同右	同右	長崎
中尉	野口義一	6月12日	ルッセル島上空	秋田
二飛曹	沖繁国男	同右	同右	広島
二飛曹	藤岡宗一	同右	同右	福岡
一飛曹	古本克己	6月16日	ルンガ泊地	熊本
二飛曹	篠塚賢一	同右	同右	北海道
二飛曹	石橋元臣	同右	同右	広島
一飛曹	福森大三	同右	同右	岡山
一飛曹	八並信孝	6月30日	レンドバ沖	熊本
二飛曹	笹本孝道	同右	同右	熊本
上飛	落井信雄	同右	同右	福井

上飛曹	村崎房義	7月12日	クラ湾上空	鳥取
二飛曹	大宮路馨	同右	同右	鹿児島
二飛曹	井上末男	7月18日	ブイン上空	
上飛曹	楢原憲政	8月15日	ベララベラ上空	長崎
二飛曹	杉本正夫	8月30日	ラバウル上空	

（解隊転出後の戦死者）

一飛曹	榎本政一	9月25日	ビロア上空	東京
二飛曹	山内芳美	10月17日	ブイン上空	愛媛
二飛曹	伊藤俊次	同右	同右	福岡
二飛曹	田中　強	10月24日	ラバウル上空	熊本

昭和19年（1944年）

中尉	輪島由雄	2月22日	マリアナ沖	北海道
上飛曹	井汲一男	3月15日	厚木航空隊	神奈川
二飛曹	蕪木幾二	6月18日	マリアナ沖	群馬
飛曹長	竹中義彦	6月19日	マリアナ沖	奈良
上飛曹	関谷喜芳	6月24日	硫黄島	栃木
上飛曹	山本留蔵	6月24日	千島占守島	北海道
上飛曹	明慶幡五郎	7月4日	硫黄島	三重
上飛曹	尾崎光康	7月8日	サイパン上空	熊本
上飛曹	西山二三	7月8日	テニアン上空	栃木
二飛曹	牧山百郎	9月12日	比島マクタン上空	茨城
大尉	鈴木宇三郎	10月13日	比島沖	大分
上飛曹	長野喜一	11月16日	比島バンバン上空	静岡

第二五二海軍航空隊（舟木部隊）
戦闘第三〇二飛行隊（粟部隊）戦没者名簿

昭和19年（1944年）

飛長	池田幸吉	4月3日	三沢基地	熊本
一飛曹	花沢太郎	5月2日	三沢基地	千葉
二飛曹	鈴木幹夫	5月20日	三沢基地	茨城
	不明	6月17日	三沢館山間	
大尉	粟　信夫	6月24日	硫黄島沖航空戦（一次）	広島
大尉	舛本真義	同右	同右	広島
予少尉	勝田正夫	同右	同右	福島
飛曹長	橋本光蔵	同右	同右	福岡
上飛曹	名倉　誠	同右	同右	東京
上飛曹	戒能　守	同右	同右	愛媛
上飛曹	小山　勇	同右	同右	奈良
一飛曹	辻忠呂久	同右	同右	福岡
飛長	吉岡恒右門	同右	同右	京都
飛長	佐藤忠次	同右	同右	宮城
飛曹長	石田　乾	7月3日	硫黄島沖航空戦（二次）	熊本
上飛曹	前田秋夫	同右	同右	長崎
上飛曹	岡部任宏	同右	同右	群馬
一飛曹	赤崎　裕	同右	同右	鹿児島
一飛曹	若松千春	同右	同右	鹿児島
二飛曹	西川作一	同右	同右	徳島
二飛曹	川越　實	同右	同右	宮崎
二飛曹	勝又次夫	同右	同右	静岡

飛長	成田清栄	同右	同右		新潟
飛長	沢崎光男	同右	同右		神奈川
一飛曹	久木田正秀	7月4日	同右		鹿児島
一飛曹	藤田義光	同右	同右		佐賀
飛長	平塚辰己	同右	同右		福岡
飛長	田代澄穂	同右	同右		熊本
一飛曹	小川忠士	7月28日	硫黄島		山口
飛長	佐々木義民	8月4日	硫黄島		広島
飛長	諏訪喜代司	同右	同右		群馬
上飛曹	中崎栄吉	9月15日	硫黄島		群馬
大尉	木村国男	10月14日	台湾沖		長野
一飛曹	森　清	10月24日	比島沖		愛知
二飛曹	村上嘉夫	11月5日	マバラカット		石川
飛長	福田武雄	11月12日	比島沖	特攻	北海道
飛長	司城三成	11月27日	サイパン沖	特攻	大分
飛長	新堀清次	同右	同右	特攻	東京
飛長	上田祐次	同右	同右	特攻	神奈川
飛長	明城　哲	同右	同右	特攻	福井
一飛曹	吉井経弘	11月29日	比島沖		福岡
上飛曹	西村　潮	12月8日	硫黄島		熊本
上飛曹	筒口金丸	12月11日	クラーク		長崎
飛長	橋本勇夫	12月14日	比島		埼玉
上飛曹	若林良茂	12月15日	比島沖	特攻	埼玉
上飛曹	桑原正一	12月25日	九州上空		愛媛

昭和20年（1945年）

一飛曹	出津正平	1月5日	リンガエン湾	特攻	茨城
上飛曹	後藤喜一	1月6日	リンガエン湾	特攻	埼玉
上飛曹	宮本一夫	1月30日	台湾		大分
上飛曹	泉　茂美	2月16日	関東上空		愛媛
一飛曹	唐渡賀雄	4月17日	沖縄	特攻	香川
二飛曹	藤岡三千彦	4月26日	鹿児島上空	特攻	福岡
飛長	橋爪和美	6月7日	沖縄	特攻	和歌山
中佐	舟木忠夫	7月10日	クラーク		熊本

第二〇一海軍航空隊戦死者名簿（著者関係）

昭和19年（1944年）

一飛曹	崎田　清	10月30日	レイテ特攻（葉桜隊）	熊本
一飛曹	広田幸宜	同右	同右	新潟
一飛曹	山下憲行	同右	同右	熊本
一飛曹	山沢貞勝	同右	同右	山口
飛長	鈴木鐘一	同右	同右	岐阜
飛長	櫻森文雄	同右	同右	宮崎
上飛曹	新井康平	同右	同右	広島
一飛曹	大川善雄	同右	同右	東京
中尉	尾辻是清	11月12日	レイテ特攻（梅花隊）	鹿児島
上飛曹	和田八男三	同右	同右	栃木
一飛曹	岡村恒三郎	同右	同右	群馬
上飛曹	二木　弘	11月18日	特攻（第八聖武隊）	茨城
上飛曹	小原俊弘	同右	同右	鹿児島

二飛曹	吉原久太郎	同右	同右	広島
上飛曹	高井威衛	11月25日	レイテ特攻（笠置隊）	広島
上飛曹	飯田義隆	12月14日	特攻（第三金剛隊）	茨城

第二〇五海軍航空隊戦死者名簿

昭和20年（1945年）

中尉	岩波欣昭	2月27日	台中	東京
中尉	吉盛一己	同右	同右	鹿児島
中尉	清水武	4月1日	特攻（第一大義隊）	東京
中尉	酒井正俊	同右	同右	岐阜
二飛曹	松岡清治	同右	同右	埼玉
二飛曹	太田静輝	同右	同右	広島
中尉	伊藤喜氏治	4月2日	特攻（第二大義隊）	静岡
二飛曹	宮下正男	4月2日	白帆沖合不時着	東京
上飛曹	石井保	4月2日	石垣島自爆	千葉
二飛曹	深沢敏雄	4月3日	沖縄（特攻第二大義隊）	神奈川
中尉	山崎州夫	4月3日	沖縄（特攻第三大義隊）	千葉
二飛曹	北浦義夫	同右	同右	香川
上飛曹	矢田義治	4月4日	特攻（第四大義隊）	愛知
二飛曹	磯部義明	4月4日	台東不時着	熊本
上飛曹	小林友一	4月5日	特攻（第五大義隊）	山梨
一飛曹	村健一郎	同右	同右	山口
中尉	武内好人	4月5日	石垣島沖不時着	大阪
中尉	満田茂	4月13日	特攻（第九大義隊）	東京
二飛曹	山崎隆	同右	同右	京都
中尉	粕谷仁司	4月14日	特攻（第十大義隊）	兵庫
二飛曹	三浦信義	同右	同右	北海道
飛曹長	斎藤信雄	4月17日	特攻（第十二大義隊）	茨城
一飛曹	文谷良明	同右	同右	大阪
上飛曹	下川邦保	4月18日	石垣島東南海上	大阪
二飛曹	和田文蔵	4月28日	特攻（第十五大義隊）	長崎
中尉	今野惣助	4月28日	特攻（第十六大義隊）	宮城
二飛曹	小川武男	4月28日	戦死認定	北海道
中尉	谷本逸司	5月4日	特攻（第十七大義隊）	広島
二飛曹	近藤親登	同右	同右	長野
上飛曹	常井忠温	同右	同右	茨城
一飛曹	鉢村《はちむら》敏英	同右	同右	栃木
上飛曹	田中勇	同右	同右	山口
中尉	細川孜	同右	同右	長野
二飛曹	佐野一斉	同右	同右	山梨
飛曹長	大石芳男	同右	同右	静岡
中尉	黒瀬順斉	5月9日	特攻（第十八大義隊）	富山
上飛曹	前田秀秋	同右	同右	北海道
上飛曹	中島信次郎	同右	同右	京都
上飛曹	河合芳彦	同右	同右	静岡
一飛曹	宮川孝義	同右	同右	大阪
一飛曹	高塚儀男	5月15日	宜蘭	愛媛
二飛曹	柳原定夫	6月7日	特攻（第二十一大義隊）	北海道
一飛曹	橋爪和美	同右	同右	和歌山
二飛曹	小村恵謙	6月28日	石垣島被爆	徳島

上飛曹	横山恭平	6月28日	石垣島	茨城
一飛曹	瀬尾大吉	同右	同右	広島
二飛曹	杉山善鴻	8月3日	台湾	神奈川
一飛曹	前田種益	不詳	台中	大阪

単行本　平成十四年三月　光人社刊

NF文庫

修羅の翼 新装版

二〇二一年一月二十四日 第一刷発行

著 者 角田和男

発行者 皆川豪志

発行所 株式会社 潮書房光人新社

〒100-8077 東京都千代田区大手町一-七-二

電話／〇三-六二八一-九八九一㈹

印刷・製本 凸版印刷株式会社

定価はカバーに表示してあります

乱丁・落丁のものはお取りかえ致します。本文は中性紙を使用

ISBN978-4-7698-3200-3 C0195

http://www.kojinsha.co.jp

NF文庫

刊行のことば

第二次世界大戦の戦火が熄《や》んで五〇年——その間、小社は夥しい数の戦争の記録を渉猟し、発掘し、常に公正なる立場を貫いて書誌とし、大方の絶讃を博して今日に及ぶが、その源は、散華された世代への熱き思い入れであり、同時に、その記録を誌して平和の礎とし、後世に伝えんとするにある。

小社の出版物は、戦記、伝記、文学、エッセイ、写真集、その他、すでに一、〇〇〇点を越え、加えて戦後五〇年になんなんとするを契機として、「光人社NF（ノンフィクション）文庫」を創刊して、読者諸賢の熱烈要望におこたえする次第である。人生のバイブルとして、心弱きときの活性の糧《かて》として、散華の世代からの感動の肉声に、あなたもぜひ、耳を傾けて下さい。